ROSE DANIEL

Warda
Die Dornen der Rose

RoseRed Verlag

Rose Daniel

Warda

Die Dornen der Rose

Roman

„Zwischen Liebe und Hass lebt die Hoffnung."

RoseRed Verlag
Breite Str. 49
50170 Kerpen
Web: www.rosered-verlag.de
E-Mail: info@rosered-verlag.de

Originalausgabe
1. Auflage, August 2025

Text: Rose Daniel
Lektorat: Svetlana Kramer
Korrektorat: Lisa Reim-Benke
Layout, Satz: Sabine Albrecht
Umschlag, Illustration: Ani Kostandyan

ISBN 978-3-910729-24-7

Triggerwarnung

Die folgende Geschichte enthält Szenen mit körperlicher sowie seelischer Gewalt. Außerdem werden explizit Rassismus und Fremdenfeindlichkeit thematisiert. Leserinnen und Leser, die solchen Themen gegenüber empfindlich sind, mögen dies bitte zur Kenntnis nehmen. Alle Personen und Ereignisse aus diesem Buch sind frei erfunden. Für die bessere Lesbarkeit wird auf das Gendern häufig verzichtet.

Für alle, die an das Gute im Menschen glauben,
obwohl es so viel Grausamkeit auf der Welt gibt.

SCHICKSAL

1

Im Angesicht des Todes

Der Schmerz ist so dumpf, dass sie nicht zuordnen kann, von welchem Körperteil er ausgeht. Vermutlich liegt es daran, dass ihre Nervenzellen bei dem Sturz in Mitleidenschaft gezogen wurden. Das Lachen der Menschen wie auch das Gekicher der Kinder sind jedenfalls verstummt.

Sie wollte eigentlich sofort wieder die Augen öffnen, um zu sehen, was da gerade um sie herum geschehen ist, aber das kann sie nicht, denn unzählige Splitter haben sich in ihr Gesicht gebohrt. Das Blut fließt warm ihren Hals hinunter. Sie riecht den Gestank von verbranntem Fleisch. Wäre sie jetzt bei klarem Verstand, würde sie vermutlich vor Panik aufschreien. Aber sie ist nicht in der Lage zu begreifen, was gerade mit ihr geschehen ist oder woher die Flüssigkeit kam, die ihr Kleid durchtränkt hat. Doch eins begreift sie schon: Etwas ist mächtig schiefgelaufen.

Das Denken fällt ihr zunehmend schwerer, also richtet sie ihre Aufmerksamkeit auf die Sirenen, die hoffnungsvoll aus der Ferne erklingen, anstatt – wie sonst auch – an die Zukunft zu denken, die im Augenblick unendlich fern erscheint.

Regungslos liegt sie da, nicht imstande, irgendeines ihrer Glieder zu bewegen. Vielleicht ist es besser so, denn sie wird mit Sicherheit nicht ertasten wollen, in welchem Zustand ihr Körper sich gerade befindet.

Als der Notarzt endlich eintrifft und das Sirenen-Geheule verstummt, kehrt eine Art Erleichterung in ihr ein. Bald wird man sie entdecken und in Sicherheit bringen. Vor was, das weiß sie im Moment nicht genau, sie versteht nur, dass ihr Schicksal einen unheilvollen Lauf genommen hat.

Nur noch ein bisschen durchhalten, dann wird alles wieder gut, tröstet sie sich. So war es bisher immer. So muss es sein. Am Ende siegt das Gute. Ein ungeschriebenes Gesetz.

Doch ihr Herz, in dem so viel Liebe, so viel Wärme und so viel Hoffnung stecken, hört auf zu schlagen, noch bevor sie begreift, dass es für sie keine Rettung mehr geben wird.

Eine Stunde zuvor

Glück ist das Einzige, das sich verdoppelt, wenn man es teilt – so heißt es zumindest. Wenn dem tatsächlich so ist, dann herrscht heute vermutlich eine regelrechte Glückswelle. Denn es ist einer dieser herrlichen Sommertage, an denen man seine Sorgen mit gutem Gewissen wegsperren und sich den schönen Dingen des Lebens hingeben kann. Ein Tag, der selbst bei Pessimisten ein Fünkchen Hoffnung auferstehen lässt.

Die akkurat gepflanzten Birken werfen ihre Schatten auf die asphaltierte Straße. Cherins kastanienbraune Haare flattern im Wind wild umher, während sie mit einem Lächeln auf den Lippen und den Kopfhörern in den Ohren die kerzengerade Allee entlangradelt.

Der heutige Tag ist für sie etwas ganz Besonderes, obwohl Optimismus ohnehin zu ihrem Naturell gehört. Eigentlich kennt Cherin keine schlechten Tage, denn sie besitzt die Gabe, in allem etwas Gutes zu sehen.

Wie üblich trägt sie eines der farbenfrohen Sommerkleider, die zuhauf in ihrem Kleiderschrank hängen. Dieses in zitronengelb ist knielang, mit Rüschen an den Ärmeln und vielen Gänseblümchen am Saum. Dazu hat sie flache Sandalen kombiniert, weil sie sich eigentlich schon am Morgen bewusst war, dass sie den ganzen Tag auf den Beinen sein würde.

Da selbst im Juni oft noch eine frische Brise aufzieht, hat sie sich ein dünnes Strickjäckchen um die Hüfte gebunden. Als bekennende Frostbeule geht sie immer auf Nummer sicher, wenn sie das Haus verlässt. Vorsicht ist besser als Nachsicht, dies ist eine der vielen Devisen, die sie sich zu Herzen nimmt.

Ihr Lächeln wird immer breiter, und ein leises Lachen gesellt sich dazu, was aber weniger mit dem zu tun hat, was in ihr Ohr gesprochen wird, als vielmehr an der Person, die diese Worte ausspricht.

„Komm schon! Sag, was es für eine Überraschung ist!“ Sie stöhnt und rollt mit den Augen. „Jetzt mach doch nich' so ein Geheimnis draus!“

Wieder lauscht sie den Worten auf der anderen Seite und kann ihr Lächeln kaum verbergen.

Auf den Straßen Kölns ist heute so gut wie nichts los. Die Geschäfte sind, wie für Sonntage üblich, geschlossen und so fährt sie mit ihrem Fahrrad im Turbogang auf der Hauptspur entlang. An einer schmalen Gasse biegt sie schließlich ab.

„Na gut, dann werde ich mich wohl oder übel bis heute Abend gedulden müssen“, nörgelt sie halb ernst, halb amüsiert.

An einer freien Ecke hält sie an, steigt von ihrem Fahrrad und befestigt es mit einem Schloss an der erstbesten Säule.

„Ich liebe dich auch!“, sagt sie nun auf Arabisch und verleiht ihrer Stimme ganz bewusst einen sanfteren Klang. Zum Abschied haucht sie einen Kuss-Laut in den Hörer, drückt auf eine Taste auf ihrem Handy, das sie aus der Hosentasche herauskramt, und zieht die Kopfhörer aus den Ohren.

Mit einem Seufzer bindet sie sich ihre lange Mähne zu einem Knoten. Dann löst sie das Strickjäckchen von ihrer Hüfte und streift es sich über, um ihre nackten Schultern zu bedecken.

Nachdem sie einen kurzen Blick in den Fahrradspiegel geworfen hat, streicht sie die abstehenden Haarsträhnen noch einmal glatt, nimmt aus dem Fahrradkorb einen kleinen Pappkarton heraus und geht geradewegs auf eine weiße Moschee in der Nähe zu, die aus einer gewissen Entfernung fast so prächtig erscheint wie der Kölner Dom.

Vor der Moschee reihen sich ellenlang Bierbänke neben entsprechenden Tischen, an denen eine große Zahl von Menschen Platz genommen hat. Unter den überwiegend muslimischen

Besuchern, die vor allem an ihrem südländischen Äußeren zu erkennen sind, befinden sich aber auch viele westliche Nationalitäten. Die meisten von ihnen unterhalten sich bei bester Laune mit ihren Sitznachbarinnen und Sitznachbarn.

Auf den Tischen sind verschiedene arabische Spezialitäten platziert sowie eine große Anzahl an Papptellern und Plastikbechern. Junge Volontärinnen und Volontäre gehen, mit Tabletts ausgestattet, durch die Reihen, verteilen ihre selbstgebackenen Süßigkeiten an die Gäste und wünschen ihnen einen frohen Ramadan.

Unter ihnen ist auch Cherin, die gerade einem deutschen Paar lächelnd ihre Baklavas hinhält.

„Schön, dass Sie gekommen sind!"

Der Mann nimmt zwei Gebäckstücke vom Tablett und überreicht eins seiner Frau.

„Wir freuen uns, an Ihrem Zuckerfest teilnehmen zu dürfen." Er steckt sich das Gebäck mit einem Happen in den Mund.

Cherin wünscht dem Paar noch schnell ein frohes Fest, dreht sich dann zur anderen Seite und hält das Tablett einer fünfköpfigen marokkanischen Familie hin. Sie selbst ist auch Marokkanerin und in etwa einer halben Stunde – sofern sie denn mal pünktlich sind – wird sich auch ihre Familie dazugesellen.

Zwar ist Cherin nicht sonderlich religiös erzogen worden, sie hat beispielsweise selbst nie ein Kopftuch getragen und besuchte nur selten die Moschee, dennoch hatte sie sich für die heutige Feierlichkeit als Unterstützung angeboten. Sie liebt solche Veranstaltungen, zu denen verschiedene Kulturen zusammenkommen, um ihre Traditionen miteinander zu feiern. Nur wenn die Menschen offen miteinander umgehen und andere Kulturen kennenlernen, können sie friedlich miteinander leben. Davon ist sie fest überzeugt.

Mit einem fast leeren Tablett macht sie sich auf den Weg zur improvisierten Servicetheke, auf der die mitgebrachten Speisen und Getränke zur Ausgabe aufgestellt sind.

Ein kleiner Junge kommt ihr auf halbem Weg entgegengerannt. Sie greift nach der letzten Baklava und überreicht sie ihm freudestrahlend.

Als sie wieder aufblickt, fällt ihr eine hübsche junge Frau, nur wenige Meter entfernt, ins Auge. Sie trägt ein weißes Sommerkleid, das sich locker an ihren zierlichen Körper schmiegt. Der Kinderwagen, den sie mit beiden Händen festhält, ist in einem hellen Beige und passt perfekt zu ihrem engelhaften Erscheinungsbild. Die Unbekannte entspricht beinahe Cherins Größe und hat ebenfalls dunkles Haar, das ihr glatt über die Schultern fällt. Ein außenstehender Betrachter würde die beiden Frauen wahrscheinlich für Schwestern halten, so sehr ähneln sie sich auf den ersten Blick. Auf den zweiten erkennt man jedoch sicherlich deutliche Unterschiede, denn die Fremde wirkt durch ihre hellere Haut eher so, als ob sie aus Europa abstammen würde.

Cherin schaut sie fasziniert an. Die Augen der Unbekannten haben unterschiedliche Farben: das rechte hellblau, das linke dunkelbraun. Die auffällige Iris-Heterochromie verleiht ihren sonst kindlichen Gesichtszügen etwas Sonderbares.

Sie sieht aus wie eine Schwanenprinzessin, geht es Cherin durch den Kopf.

„Frohen Ramadan!“, wünscht sie der Fremden, als sie sich einander nähern. Doch die starrt sie nur ausdruckslos an. Schließlich nickt sie, ohne Cherins Lächeln zu erwidern, und blickt sich um.

„Suchen Sie jemanden?“

Die Fremde schaut wieder zu ihr, schüttelt dann schweigend den Kopf.

Neugierig, wie Cherin ist, versucht sie, einen Blick in den Kinderwagen zu erhaschen. Zu ihrem Bedauern ist er mit einem Tuch abgedeckt, sodass man das darin liegende Baby nicht sehen kann. So still, wie es ist, muss es gerade tief schlafen. Zu gerne hätte sie gewusst, ob das Kind die Gene der Mutter geerbt hat.

Die Unbekannte bemerkt Cherins Blick. Bevor diese noch etwas sagen kann, wendet sich die Frau rasch von ihr ab und geht mit eiligen Schritten davon, ohne sich zu verabschieden.

Irritiert über das abweisende Verhalten hebt Cherin ihre Brauen, zuckt dann aber mit den Schultern. *Schönheit macht einen noch lange nicht sympathisch*, denkt sie sich und will selbst schon wieder weiter, als ihr Blick auf etwas Schimmerndes auf dem Boden fällt. Sie beugt sich hinunter und erkennt, dass es sich um ein ziemlich kleines Armband aus weißen Perlen handelt. In der Mitte ist der goldene Buchstabe E eingereiht. Es sieht aus wie ein typisches Armband, das man Babys oder Kleinkindern schenkt. Die Fremde mit dem Kinderwagen muss es verloren haben.

Cherin hebt es auf, blickt sich um, kann sie aber nirgends mehr in der Menschenmasse entdecken. Um es nicht zu verlieren, streift sie es sich um das Handgelenk. Zwar ist das Armband sicherlich kaum etwas wert, da weder die Perlen noch das Gold echt wirken, aber vielleicht hat es einen persönlichen Wert für die junge Frau. Sympathisch oder nicht, Cherin möchte es ihr zurückgeben. Sobald das Tablett abgestellt ist, wird sie eine Runde drehen, um die Besitzerin zu suchen.

Ohne den Verlust des Armbands zu bemerken, marschiert die Fremde geradewegs auf zwei nahe gelegene Hochhäuser zu, die sich direkt an das Festgelände angliedern. Die junge Frau hat jetzt ganz andere Dinge im Kopf, viel wichtigere Dinge.

Mit wachsamem Blick mustert sie die Umgebung, nimmt jeden Laut und jede Bewegung wahr. Doch die Besucher sind so in ihre Gespräche vertieft, dass keiner sie und ihren

Kinderwagen sonderlich bemerkt. Aufzufallen ist nämlich das Letzte, das sie jetzt möchte. Alles verläuft nach Plan.

Eilig schiebt sie den Kinderwagen genau in die Ecke zwischen den beiden Gebäuden, atmet einmal tief ein und aus, dann löst sie ihre Hände vom Griff. Einen Kontrollblick über die Schulter verkneift sie sich. Jetzt ist es sowieso zu spät, um es sich anders zu überlegen. Sie hat schon lange genug überlegt, viel zu lange. Sie muss hier schleunigst weg.

Mit gesenktem Kopf, um jeglichen Augenkontakt mit den sie umgebenden Leuten zu vermeiden, schiebt sie sich durch die gut gelaunte Menschenmenge. Dabei entgeht sie nicht dem musternden Blick des Mannes, an dem sie gerade vorbeieilt. Er ist kräftig gebaut, hat dunkle Haut und noch dunklere Augen, die sich unter dichten schwarzen Brauen verbergen. Erschrocken bemerkt sie seine stechenden Augen. Ist er etwa einer von der Security? Hier sollte es doch keine geben!

Schnell huscht sie vorbei und ist auch schon einige Meter von ihm entfernt, als er ihr plötzlich hinterhereilt. Sie hört seine Schritte und erhöht ihr Tempo, versucht jedoch nicht, allzu eilig zu wirken.

Als er sie fast eingeholt hat, packt er sie an der Schulter. Erschrocken bleibt sie stehen, dabei wollte sie eigentlich möglichst schnell weg. Weit weg von hier. Aber wenn sie jetzt flieht, weiß er Bescheid. Also dreht sie sich langsam zu ihm um, während sie versucht, ihre schnelle Atmung zu beruhigen.

Ihr Blick scannt ihn von oben bis unten. Der Kerl ist einen ganzen Kopf größer als sie und seine breite Statur verleiht ihm unverkennbar das Äußere eines Türstehers. Nur seine Kleidung wirkt leger.

Einen Augenblick lang betrachten die beiden einander schweigend, bis seine dunkle Stimme endlich die Stille durchbricht.

„Ich kenn dich doch!“

Vier einfache Worte, die in ihrer Magengrube ein ungutes Gefühl auslösen. Am liebsten möchte sie sich jetzt umdrehen und davonlaufen. Egal wohin, nur weg von ihm. Aber sie darf nicht auffallen. Sie muss sich jetzt absolut natürlich geben, damit er keinen Verdacht schöpft. Oder hat er sie schon längst entlarvt?

Wut steigt in ihr auf. So oft hat sie den heutigen Tag durchdacht. Hat genau verinnerlicht, was wann zu tun ist. Doch, wie immer, kommt etwas Unerwartetes dazwischen, und auf diese Situation ist sie nicht vorbereitet. Wie auch? Ihr wurde versichert, dass es hier keine Sicherheitsleute geben würde. Wieso hat sie es nicht besser gewusst?

Mit starrem Blick schaut sie ihn weiterhin an, während ihre Gedanken rasen.

Wer bist du? Woher kennst du mich?

Ihre Nervosität ist ihr sicherlich anzumerken, obwohl sie versucht, sie hinter einer ausdruckslosen Fassade zu verbergen. Soll sie etwas sagen?

Er kommt ihr zuvor. „Du bist Agnesa, nicht?"

Sie schluckt schwer. Er kennt ihren Namen. Müsste sie ihn dann nicht auch kennen? Doch sein rundliches Gesicht mit den glühenden Wangen löst keinerlei Erinnerung in ihr aus.

Plötzlich zeichnet sich ein Lächeln auf den Lippen des jungen Arabers ab. Das irritiert sie erst. Aus irgendeinem Grund beruhigt sie sein Lächeln aber ein wenig, und sie kann ihre Angststarre wieder verlassen. Soll sie jede Bekanntschaft abstreiten? Aber falls er sie tatsächlich kennt, wird sie das vor allen als Lügnerin entlarven.

Wortlos nickt sie ihm zu. Sie glaubt, es ist besser, jetzt so wenig wie möglich zu sprechen.

„Ich saß fünf Jahre lang neben dir im Gymnasium", löst er endlich das Rätsel um seine Person.

Gymnasium? Sie setzt ein Lächeln auf, obwohl sie ihn noch immer nicht zuordnen kann. Er merkt es offensichtlich.

„Ich bin's, der Nouri."

Sie überlegt kurz, dann macht es endlich Klick in ihrem leergefegten Kopf.

„Ach, Nouri." Sie spricht seinen Namen so leise aus, dass er sie gerade so versteht.

Jetzt, wo die Erleichterung darüber eintritt, dass er nicht zu der Security gehört, erinnert sie sich augenblicklich daran, weshalb sie eigentlich hier ist. Und ihr wird außerdem klar, was als Nächstes kommen wird.

Jetzt ist keine Zeit für ein Pläuschchen. Die Lage ist bitterernst. Doch das darf sie ihm auf keinen Fall zeigen.

„Was machst du hier?" Er lächelt noch immer.

„Ich, ähm …" Sie legt eine kurze Pause ein, um nach einer passenden Antwort zu suchen. Es will ihr aber beim besten Willen keine Ausrede einfallen. „Ich wollte nur mal kurz vorbeischauen", antwortet sie schließlich und hofft, es dabei belassen zu können.

„Toll!" Nouri wirkt sichtlich erfreut.

Agnesa erinnert sich daran, wie er sie als Fünfzehnjähriger einmal gefragt hatte, ob sie mit ihm ausgehen würde. Das müsste nun etwa zehn Jahre her sein. Er hat sich stark verändert. Über zwanzig Kilo muss er zugenommen haben, und seine so weichen Gesichtszüge verstecken sich heute irgendwo hinter dem Vollbart.

In dem Moment wird sie sich dessen bewusst, dass sie gerade kostbare Zeit damit verschwendet, über einen alten Klassenkameraden nachzudenken, der in ihrem jetzigen Leben keine Rolle mehr spielt. Zeit, die sie nicht hat.

„Toll!", wiederholt er. Dieses Wort hat er auch damals ständig benutzt. Für Nouri war alles immer „toll". Toll oder wunderbar. Obwohl er immer ein kräftiges Äußeres besaß, war er dennoch ein herzensguter Mensch, weshalb sie auch damals seiner Bitte nachgegeben hatte und mit ihm ins Kino gegangen war. Es war das erste und letzte Mal. Doch das hatte nur ihre bestehende Meinung über ihn als den lieben Kerl bestätigt, für den sie ihn hielt.

Und jetzt steht er nach zehn Jahren vor ihr und löst ein Gefühl in ihr aus, das sie schon seit Langem verloren hat: Zweifel.

Unruhig schwankt sie von einem Bein aufs andere. Nach kurzem Zögern sagt sie endlich: „Ich muss leider los."

Nouri betrachtet sie leicht skeptisch. „Die Feier hat doch gerade erst angefangen."

Agnesa versteht, dass sie sofort eine Begründung braucht, aber ihr kommt spontan wieder nichts in den Sinn, und die Wahrheit kann sie ihm natürlich nicht sagen.

„Mir ist was dazwischengekommen", sagt sie stattdessen und hofft inständig, dass sie es dabei belassen kann.

Sein Lächeln verschwindet. „Ach, komm schon, nur zehn Minuten, wegen der alten Zeiten."

Agnesa sagt nichts darauf, atmet nur im schnellen Rhythmus ihres Herzschlags.

„Ich will dich meiner Familie vorstellen", übernimmt er wieder das Wort. Dabei deutet er mit dem ausgestreckten Arm zu einer der hinteren Tischreihen, wo eine junge Frau und zwei Kinder sitzen. Das kleine Mädchen bemerkt ihn, tippt ihre Mutter an, deutet dann auf Nouri und beide winken ihm zu.

Agnesas Gesichtsmuskeln verkrampfen sich augenblicklich. *So ein Mist!* Panik breitet sich wie eine riesige Stichflamme in ihr aus. Nouris Familie sitzt nur wenige Meter von dem Kinderwagen entfernt, den sie dort vor einigen Minuten abgestellt hat.

Zur gleichen Zeit steht in etwa 500 Metern Entfernung ein schwarzer Volvo auf der anderen Straßenseite unauffällig unter einer Eiche. Durch die Schatten, die die vielen Blätter und Zweige werfen, kann man von außen nicht erkennen, was im Innenraum des Fahrzeugs passiert. Doch plötzlich kann man eine Bewegung ausmachen, und eine menschliche Silhouette wird schwach sichtbar.

Der junge Mann auf dem Fahrersitz sieht, trotz seiner achtundzwanzig Jahre, um einiges reifer als sein tatsächliches Alter aus, was seinen markanten Gesichtszügen geschuldet ist. Das dunkelblonde Haar hat er akkurat zu einem Scheitel gekämmt, ein silberner Ohrring hängt an seinem rechten Ohrläppchen. Er schaut durch das Beifahrerfenster in Richtung Moschee. Sein Blick ist finster. Dennoch lässt seine schnelle Atmung eine gewisse Nervosität erkennen.

Er starrt schon seit einer gefühlten Ewigkeit aus dem Fenster. Die Frau in Weiß hat er dabei immer fest im Blick.

„Jetzt komm schon endlich!“, beschwört er sie, als könnten seine Worte sie erreichen, wenn er sie nur laut genug ausspricht.

Sein Blick schweift zu der Uhr über dem Radio. Es ist kurz vor eins. Viel zu spät!

Unruhig klopft er mit den Fingern auf das Lenkrad. Er muss handeln! Irgendetwas tun, um sie da wegzukriegen. Aber das wäre gegen den Plan! Er darf sich nicht einmischen. Das könnte alles ruinieren.

„Na los, was stehst du da noch rum? Komm jetzt endlich!“, zischt er in die Leere und zieht dabei die Brauen noch strenger zusammen. Nein, er kann nicht mehr länger warten! Er darf es nicht. Scheiß auf den Plan!

Er löst seinen Gurt und greift nach der Türklinke. Da bemerkt er plötzlich, dass seine Zielperson weitergeht. Sie schlägt seine Richtung ein.

Endlich! Er lässt den Motor an und ist bereit, jeden Augenblick loszufahren.

Nouri marschiert geradewegs auf seine Familie zu, die ihn aus der Ferne freudig anlächelt. Die Begegnung mit Agnesa gerade eben empfand er als seltsam. Zwar sind sie noch nie beste Freunde gewesen, aber er hatte auch ihrerseits etwas mehr Freude erwartet. Immerhin verbindet sie die ganze Schulzeit. Irgendetwas ist mit ihr los. Sie hat nervös gewirkt, fast schon ängstlich. Womöglich eine private Angelegenheit. Schade eigentlich, er würde gerne noch ein wenig mit ihr über die alten Zeiten plaudern. Andererseits ist es vielleicht besser so, sie seiner Frau nicht vorzustellen. Die ist ohnehin eifersüchtiger Natur, und an Agnesas Schönheit hat sich nach all den Jahren nichts verändert. Keine einzige Falte um ihre einzigartigen Augen. Das Einzige, das sich in ihrem Blick geändert hat, ist die Unbeschwertheit von damals, die nicht mehr gegeben zu sein scheint.

Egal, Vergangenheit soll man Vergangenheit sein lassen. Seine Gegenwart sitzt zehn Meter vor ihm und strahlt ihn an, wie nur eine liebende Frau strahlen kann. Er lächelt zurück.

„Nouri!“, erklingt unerwartet Agnesas Stimme hinter ihm.

Hat sie es sich etwa anders überlegt?

Er bleibt stehen, während sie mit schnellen Schritten auf ihn zueilt.

„Geh nicht zu ihnen!“, ruft sie aus der Ferne.

Irritiert runzelt er die Stirn.

„Warum nicht?“, schafft er es noch zu fragen. Doch die Antwort, die er darauf erhält, kommt nicht von ihr. Denn genau in diesem Augenblick explodiert der verwaiste Kinderwagen hinter ihm mit einem unerträglich lauten Knall.

Ein Knall, der noch in allen umliegenden Straßen die Fensterscheiben zum Vibrieren bringt und den bisher noch vorherrschenden Frieden aus dem Nichts heraus zerreißt.

Durch die Wucht der Detonationswelle werden die Menschen direkt vor Agnesas Augen von ihren Plätzen geschleudert. Einzelteile des Kinderwagens fliegen zusammen mit anderen Gegenständen, die zuvor noch auf den Tischen standen, wie Taschen und deren Inhalte, durch die Luft.

Keine Zeit mehr, um sich die Frage zu stellen, was um Himmels willen da plötzlich geschieht.

Keine Zeit mehr, um seine Kinder beschützend in die Arme zu nehmen.

Keine Zeit mehr für ein „Ich liebe dich".

Keine Zeit für ein „Lebewohl".

Nicht einmal Zeit für einen Schrei des Entsetzens.

Doch wie in Zeitlupe betrachtet Agnesa, mit aufgerissenen Augen, was gerade innerhalb weniger Sekunden vor ihr geschieht.

Nouris verzerrtes Gesicht, halb verständnislos, halb panisch. Das spritzende Blut von Kindern und Alten, wie aus einer Rasensprenganlage hinter ihm.

Was hast du getan?, ist der letzte Gedanke, den sie hat, bis sich ihre eigenen Füße vom Boden lösen und sie mit heftiger Wucht gegen eine Steinwand prallt.

Kurz vor der Bewusstlosigkeit liegt sie da, nicht mehr imstande zu denken und zu fühlen, bis auch sie der Qualm wie eine Walze erreicht und mit allen anderen um sie herum in sich vergräbt.

2

Der Schmerz danach

Der Geräuschpegel im Sankt Barbara Hospital ist ohrenbetäubend. Geschrei vermischt sich mit lauten Stimmen in den unterschiedlichsten Sprachen, gepaart mit dem quietschenden Klang der Räder von den Krankenbetten, die im rasenden Tempo durch die Gänge geschoben werden. In regelmäßigen Abständen ertönen die Sirenen der Rettungswagen hinter den Glastüren der Eingangshalle und teilen mit, dass eine neue Lieferung an Patientinnen und Patienten eingetroffen ist, deren Leben am seidenen Faden hängt.

Ärzte und Krankenschwestern eilen in ihren weißen Kitteln, teils mit Blutspritzern befleckt, quer durch die Notaufnahme. Das Entsetzen über den Zustand der meisten Opfer ist ihnen in die Gesichter geschrieben. Es herrscht absoluter Ausnahmezustand.

Das nahe liegende Wartezimmer quillt förmlich vor Menschen über. Dabei ist es nur für maximal fünfzehn Personen ausgelegt. Jetzt hält sich mindestens die dreifache Menge darin auf. Hauptsächlich sind es die Angehörigen, die weinend und schluchzend alle Sitzplätze eingenommen haben und bis in den Gang hinein stehen.

Alle mit dem gleichen Gedanken, der ihnen im Kopf herumschwirrt: *Bitte, lieber Gott, lass sie noch am Leben sein.*

Jedes Mal, wenn eine Ärztin oder ein Arzt das Wartezimmer betritt, um die Angehörigen der Opfer über den Zustand des jeweiligen Patienten zu informieren, zucken die Wartenden aus Angst zusammen, eine tragische Nachricht zu erhalten, oder verspüren einen neuen Hoffnungsschimmer, dass es das Schicksal vielleicht doch gut mit ihnen meint.

Latifa Al-Bari, eine zierliche Frau Ende vierzig, die ihre kastanienbraunen Haare zu einem lockeren Dutt hochgebunden hat, sitzt zusammengekauert auf einem der Stühle und wischt sich anscheinend zum hundertsten Mal mit einem bereits durchtränkten Taschentuch über die Wangen. Ihr schmerzerfülltes Gesicht ist schon von kleinen Fältchen gezeichnet, die den alltäglichen Sorgen einer fürsorglichen Mutter geschuldet sind. Ihr drei Jahre älterer Mann Rashid steht direkt neben ihr, die Hand auf die Schulter seiner Frau gelegt, um ihr durch seine Berührung Trost zu spenden. Mit seinen üppigen Rundungen stellt er optisch das komplette Gegenteil von Latifa dar. Gerne würde er sie in die Arme schließen, nicht zuletzt, weil er selbst etwas Trost vertragen könnte. Aber er will sie mit seinen Gefühlen nicht weiter verunsichern, denn er weiß, wie ernst die Lage ist. Die beiden sind erst vor Kurzem hier eingetroffen. Gleich nachdem sie der Anruf mit der Hiobsbotschaft erreicht hat.

Alle Augenpaare richten sich auf den jungen Mann, der das Wartezimmer betritt und sich umblickt. Kein Arzt mit neuer Botschaft, aber auch er trägt Arbeitskleidung: eine blaue Uniform.

Hochgewachsen und breitschultrig erfüllt er das Idealbild eines Polizisten. Seine kinnlangen schwarzen Haare und die natürlich gebräunte Haut verraten seinen südländischen Ursprung. Die glasigen dunkelbraunen Augen stehen im Kontrast zu seinem sonst strengen Äußeren.

Als sein Blick den von Rashid Al-Bari trifft, nickt er ihm zu. Er versteht sofort, streicht seiner Frau über die Schulter und teilt ihr auf Arabisch mit, jetzt aufzustehen.

Kaum haben die beiden das Wartezimmer verlassen, fällt Latifa ihrem Sohn um den Hals und presst ihr verweintes Gesicht auf seine Brust.

„Warum? Warum?", wiederholt sie schluchzend.

Tamer Al-Bari antwortet ihr nicht. Er sucht offenbar selbst nach einer Antwort auf diese Frage.

Der junge Mann gibt seiner Mutter kurz die Chance, sich in seinen Armen zu beruhigen. „Die Ärztin wartet auf uns", sagt er schließlich.

Schweigend folgen ihm seine Eltern durch den schmalen, fast endlos erscheinenden Gang, begleitet von der immer weiterwachsenden Furcht, was sie am Ziel vielleicht erwarten könnte.

Vor der Intensivstation bleiben sie stehen. Dr. Shiva wartet bereits vor der Tür auf sie. Sie nickt der Familie mitfühlend zu. Latifa benötigt einen Moment, bis sie den Mut fasst hineinzugehen. Rashid greift nach ihrer Hand und betritt nach seinem Sohn das Zimmer.

Nur einige Meter von der Türschwelle entfernt bleiben sie wieder stehen. Alle Augenpaare schauen zum Bett in der Mitte des kleinen Einzelzimmers.

Die junge Frau, die dort regungslos liegt, ist mit dem Gesicht leicht zum Fenster gewandt. Ihr dunkles Haar liegt über der weißen Decke, die ihren Körper umhüllt. Ein Verband bedeckt ihre Stirn.

Latifa streicht sich erneut mit dem zerknüllten Taschentuch über die geröteten Augen. Ihr Mann ist bemüht, seine eigenen Tränen zurückzuhalten. Nur der junge Polizist blickt völlig starr auf das Krankenbett, ganz so als stünde er noch unter Schock.

Mit vorsichtigen Schritten nähern sich er und sein Vater schließlich dem Bett. Latifa beobachtet sie mit klopfendem Herzen aus der Distanz. Sie traut sich nicht näher heran, vermutlich aus Sorge vor dem, was sie sehen wird.

Der Atem der jungen Patientin ist so gleichmäßig, als würde sie in einem friedlichen Tiefschlaf liegen. Würde sich ihr Brustkorb unter der Decke nicht auf und ab heben, könnte man meinen, sie atme nicht. An ihrem schon leicht bläulich verfärbten Arm sind Schläuche angeschlossen.

Dr. Shiva gibt der Familie einen Moment, um sich die Frau genauer anzusehen. Als keinerlei Reaktion folgt, fragt sie noch mal nach: „Ist sie das?"

Ein langes bedrückendes Schweigen ist die Antwort. Schließlich schüttelt Tamer kaum merklich den Kopf.

Latifa schluchzt laut auf und tritt automatisch einen Schritt zurück. Rashid steht bewegungslos da, doch sein Körper zittert.

„Lassen Sie uns bitte nach draußen gehen", führt Dr. Shiva fort. „Die Patientin benötigt jetzt viel Ruhe."

Rashid dreht sich langsam um und geht auf seine Frau zu. Er muss jetzt stark sein – für sie. Er nimmt Latifa in den Arm und führt sie hinter Dr. Shiva hinaus.

Der Polizist verharrt noch immer an der gleichen Stelle, den Blick nicht von der jungen Frau abgewandt. Dann geht er einige Schritte auf sie zu, um sie näher zu betrachten.

Mit kalkbleichem Gesicht liegt sie regungslos da und wirkt fast wie ein Geist, der weder den Lebenden noch den Toten angehört.

Dr. Shiva führt die Al-Baris in eine ruhige Ecke, da die Nachricht, die sie ihnen jetzt mitteilen muss, die Familie erschüttern wird. Rashid erkennt auch schon anhand des wehleidigen Blicks der Ärztin, was gleich folgen wird. Ohne seinen eigenen Gefühlen Raum zu geben, drückt er seine Frau noch fester an sich.

Als sein Sohn sich zu ihnen stellt, holt die Ärztin tief Luft. Man sieht ihr an, dass sie diese Nachricht heute schon oft überbracht hat, es ihr aber dadurch nicht leichter fällt, sie zu wiederholen.

Der junge Al-Bari stellt sich daraufhin auf die andere Seite seiner Mutter und greift nach ihrem Arm, als bestünde die Gefahr, dass sie gleich zusammenbricht.

„Ich bedauere, Ihnen mitteilen zu müssen …“, setzt Dr. Shiva behutsam an.

Latifas Lippen beginnen zu beben, während die Ärztin weiterspricht.

„… es gibt sonst keine Überlebende, die der Beschreibung Ihrer Tochter entspricht.“

Latifa sackt ohnmächtig zusammen. Vater und Sohn schaffen es gerade noch zu verhindern, dass sie zu Boden fällt.

Rashid schluchzt laut auf, nicht mehr in der Lage, seine Trauer zu unterdrücken. Tamer steht mit bebendem Körper da und versucht, seine Mutter aufrecht zu halten, ohne dabei selbst die Fassung zu verlieren.

Beide Männer stützen Latifa fest in ihrer Mitte, die langsam wieder zu sich kommt. Dr. Shiva senkt den Blick, offensichtlich unfähig, die passenden Worte zu finden, um die Situation zu mildern. Wie eine zusammengeschmolzene Statue, die kurz davor ist zu zerfallen, stehen die Al-Baris da.

Tamer schaut, mit den Schreien seiner Mutter im Ohr, auf den kahlen Boden vor sich. Langsam realisiert er die Aussage der Ärztin, und schließlich versteht auch er, dass es wohl keine Hoffnung mehr für seine Schwester gibt.

Sie ist tot, geht es ihm durch den Kopf, *Cherin ist tot.*

Drei Worte, die sich wie eine Dauerschleife wiederholen, bis die hilflosen Schreie Latifas zu einem fernen Hall übergehen und alles vor seinen Augen schwarz wird.

Seine Schritte hallen im Flur wider. Er eilt den Korridor entlang, vorbei an der arabischen Familie. Seine Kappe hat er tief in das Gesicht gezogen, sodass man seine Augen nicht sieht.

Als sein Weg den des Polizisten kreuzt, berühren sich die Schultern der beiden Männer versehentlich, doch ihre Blicke schweifen aneinander vorbei.

Noch vor einer Stunde saß Franco voller Adrenalin in seinem Wagen, konnte kaum abwarten, bis sein Plan endlich in die Tat umgesetzt wurde. Nun verflucht er sich dafür, in völligem Seelenfrieden dagesessen und tatenlos zugesehen zu haben. Wie verrückt war es, IHR diese Aufgabe zu übergeben? Er hätte es besser wissen müssen. Nur er selbst hätte es tun können. Jetzt steckt er tief in der Scheiße und hat überhaupt keine Ahnung, wie er wieder rauskommen soll.

Vor einer Krankenschwester, die ihm zufällig entgegenkommt, bleibt er schließlich stehen und packt sie zu ihrer Überraschung am Arm.

„Ich suche meine Frau", sagt er energisch, ohne den Kopf zu heben. „Sie war bei dem Anschlag vor Ort."

Die Krankenschwester schaut ihn mitleidig an.

„Sie ist groß, schlank, hat langes braunes Haar …"

Doch bevor er seine Beschreibung fortführen kann, fällt sie ihm ins Wort: „Bitte erkundigen Sie sich an der Rezeption nach der Patientin. Ich kann Ihnen leider keine Auskunft geben."

Franco lässt resigniert ihren Arm los, woraufhin die Krankenschwester davoneilt.

Weil er nicht weiß, was er tun soll, blickt er auf die kahle Wand vor sich. Er kann nicht zur Rezeption, um sich über ihre Verfassung zu erkundigen. Sie werden ihm sonst Fragen stellen. Womöglich werden sie ihren Namen wissen wollen und sich sein Gesicht einprägen. Er darf hier nicht auffallen. Schon allein die Tatsache, dass er sich in diesem Krankenhaus aufhält, ist nicht nur töricht, sondern auch gefährlich. Er riskiert viel. Aber ihm bleibt keine andere Wahl. Er muss sich vergewissern, dass es ihr gut geht. Einen anderen Gedanken lässt er gar nicht zu.

Jedes Mal, wenn ihm das Bild wieder vor Augen kommt, wie ihr zierlicher Körper durch die Luft geschleudert wird, um gleich darauf wie ein Sack Mehl auf den Asphalt zu knallen, beißt er die Zähne zusammen, ballt die Hände zu Fäusten und sagt sich im Geiste: „Nein!"

Jetzt ist nicht die Zeit für Gefühlsausbrüche. Er muss fokussiert bleiben, einen kühlen Kopf bewahren. Es hängt viel von ihm ab. Er darf seinen Emotionen nicht nachgeben. Bestimmt ist alles okay. Sie war viel zu weit weg von der Bombe, um schwerwiegende Verletzungen abzubekommen.

Es kann ihr nichts passiert sein, wiederholt er innerlich wie ein Mantra. Er muss lediglich herausfinden, in welchem Zimmer sie liegt, und sich überlegen, wie er sie da rauskriegen kann, ohne dass es jemandem auffällt. Sie darf nicht hierbleiben. Er wird schon einen Arzt für sie finden, der sich ihrer Verletzungen annimmt. Vermutlich hat sie sowieso nur leichte Prellungen abbekommen.

Schnellen Schrittes irrt er wahllos durch alle möglichen Gänge des Krankenhauses und versucht, einen Blick in die Krankenzimmer zu erhaschen, die offenstehen. Lauscht den Gesprächen der ihn Umgebenden, um eventuelle Hinweise zu hören.

An der Intensivstation bleibt er schließlich ungewollt stehen, da die Doppeltür abrupt vor ihm aufspringt und ein Krankenbett von einem Pfleger herausgeschoben wird, auf dem die Silhouette einer Frau zum Vorschein kommt.

Wie der Rest des Körpers ist ihr Gesicht mit einem Tuch verdeckt, doch unter dem weißen Schleier ragen lange, dunkle Haare hervor.

Francos Blick verharrt auf ihr, und er folgt mit den Augen dem Krankenbett, als es in Richtung der Aufzüge gerollt wird.

Er begreift nicht genau, warum er es tut, vielleicht ist es eine Art Intuition, doch er folgt dem Pfleger.

Noch bevor sich die Aufzugtüren öffnen, reißt er – ohne weiter zu überlegen – das Tuch von dem Kopf der Leiche herunter.

„Was machen Sie da?" Der Pfleger geht verärgert dazwischen.

Franco hört ihm aber gar nicht zu. Er ist beim Anblick der Toten erstarrt. Ihr Gesicht ist völlig entstellt. Es ist von Splittern übersät, trägt große Wunden und teilweise hängt die Haut herunter, so dass die Frau nicht mehr identifizierbar ist.

Der Pfleger zieht Franco das Tuch aus der Hand und deckt den Leichnam wieder zu. Doch der kurze Augenblick reicht ihm aus, um ein kleines Detail zu erkennen. Ein Indiz, das ihre Identität sofort verrät.

Wie zu einem Gebet sind die verdreckten Hände der toten Frau über ihrer Brust aufeinandergelegt. In ihrer linken Hand kann er die Perlen erkennen, die sich um die schmutzigen Finger winden.

„Haben Sie ein bisschen Respekt!", entgegnet ihm der Pfleger noch immer verärgert.

Franco starrt weiterhin auf die Frau, obwohl ihre hässliche Fratze unter dem Tuch verschwindet. Sein Körper ist wie gelähmt. So etwas Grässliches hat er nie zuvor in seinen achtundzwanzig Lebensjahren gesehen.

Das ist sie nicht, sagt er zu sich selbst. *Das ist sie nicht.* Doch so oft er denselben Satz auch wiederholt, kann er nicht verhindern, dass seine Augen feucht werden und seine Hände zu zittern beginnen.

Während der Pfleger den Wagen kopfschüttelnd in den Aufzug schiebt, bleibt Franco noch immer auf demselben Fleck wie angewurzelt stehen, unfähig auch nur einen Teil seines Körpers zu bewegen.

Das ist sie nicht, wiederholt er im Geiste erneut, bis die Worte ihre Glaubwürdigkeit ganz verlieren und er wieder zu Bewusstsein kommt.

Er muss hier verschwinden, solange es noch nicht zu spät ist.

Das ist sie nicht, redet er sich noch ein letztes Mal ein, um die Kraft zu finden weiterzugehen.

Als die Taubheit in seinen Beinen endlich verschwindet, schaltet er seine Gedanken ab und lässt seinen Körper gegen seine Willenskraft handeln. Der führt ihn, schwankend wie ein Betrunkener, in die Richtung zurück, aus der er gekommen ist.

Der ganze Vorplatz vor der Moschee ist ringsherum abgesperrt. Mehrere Polizeiwagen haben sich zu einem Halbkreis aufgestellt, um den Tatort zu sichern. Bis auf die uniformierten Männer und einige Schaulustige auf den gegenüberliegenden Straßen ist der Platz leer geräumt. Keine Spur mehr von der feierlichen Stimmung, die hier Stunden zuvor noch geherrscht hat. Nur stille Anzeichen des Albtraums, der sich kurz darauf ereignete, während die Vögel unbeschwert ihre Lieder weitersingen, ahnungslos, welche Gräueltat sich auf dem Boden unter ihnen abgespielt hat. Eine Tat, zu der nur ein Mensch in seiner Boshaftigkeit imstande ist.

Tamer Al-Bari bückt sich unter dem rot-weiß linierten Absperrband hindurch und schreitet vorsichtig an den Trümmerhaufen auf dem Asphalt vorbei. Er achtet darauf, nichts versehentlich zu berühren.

Zwei Mitarbeiter der Anti-Terroreinheit unterhalten sich in einiger Entfernung. Durch ihre schwarze Uniform und die grünen Westen unterscheiden sie sich auf den ersten Blick von Tamers Dienstkleidung.

Unter ihnen entdeckt er den roten Haarschopf von Max. Er öffnet den Mund, um etwas zu sagen, doch sein Kollege kommt ihm zuvor.

„Was machen Sie hier? Das ist nicht die Angelegenheit der Polizei."

Max hebt beschwichtigend die Hand. „Schon gut, er gehört zu mir." Ohne weitere Erklärung geht er auf Tamer zu und drückt ihn fest an sich. „Mein tiefstes Beileid, Bruder!"

Tamer sagt nichts, lässt sich mit leerem Blick und herunterhängenden Armen wortlos von seinem langjährigen Freund trösten. Schließlich ist es Max, der sich aus der Umarmung löst.

„Ich weiß nicht, ob es eine gute Idee ist, dass du hergekommen bist."

Doch Tamer reagiert nicht auf ihn, stattdessen geht er einfach weiter, während seine wachsamen Augen irgendetwas auf dem Boden suchen. Max schaut ihm mitfühlend nach.

Von den weißen Kreide-Silhouetten der Opfer umringt, die zur Rekonstruktion der Tat auf dem Boden nachgezeichnet wurden, bleibt Tamer inmitten des Vorplatzes stehen und blickt endlich zu seinem Freund auf, der seinen Blick erwidert.

„Welche hiervon ist sie?"

Max schaut ihn hilflos an.

„Welche hiervon ist meine Schwester?", ruft Tamer jetzt so laut, dass alle anwesenden Mitarbeiter sich zu ihm umdrehen.

Keiner sagt etwas. Die Stille breitet sich weiter aus, bis sie unerträglich wird.

Niemand der Anwesenden kann sich vorstellen, was sich hier noch vor wenigen Stunden abgespielt hat. Nur die Geisterzeichnungen auf dem Boden, die zwischen den zerbrochenen, zerfetzten und zersplitterten Gegenständen wie auf einem Schlachtfeld verteilt liegen, erinnern daran, dass es nicht nur ein Albtraum gewesen sein kann.

Den Blick starr auf die Kreidefiguren gerichtet, schließt Tamer die Augen, um zu verdrängen, was nie wieder aus seinem Gedächtnis gelöscht werden kann.

Cherins Lächeln, als sie sich noch am Morgen von ihm verabschiedete, wird ausgetauscht mit ihrem leblosen Körper, den er jetzt in Gedanken vor seinen Füßen liegen sieht. Und Cherins Stimme, die ihm scherzhaft „Bruderherz" zuruft, wird zu einem lauten Schrei der Verzweiflung.

Was seine kleine Schwester wohl in den Sekunden gefühlt hat, in denen ihr junges Leben ein Ende nahm?

„Welche hiervon ist sie?", haucht er schließlich so leise, dass nur der sanfte Wind ihn versteht und seine Frage mit sich davonträgt.

Dorthin, wo es keine Antworten gibt.

3

Ein unbeschriebenes Blatt

Als sei das Unheil der vergangenen Woche schon längst vergessen, dringen die Sonnenstrahlen mit ihrer ganzen Wärme durch das halb offene Fenster in die Intensivstation. Sie kündigen den Beginn eines neuen Tages an, der wieder Hoffnung verspricht.

Dem Universum ist dieser Vorfall egal. Die Welt funktioniert wie gehabt. Sie kann sich schließlich nicht an jedem Leid lange aufhalten. Es gibt viel zu viele Kriege, Hungernde und Tote, denen man nachtrauern könnte. Das Leben muss weitergehen, mit all seinen Verlusten.

Agnesa liegt noch immer regungslos im Krankenbett, doch ihre natürliche Gesichtsfarbe ist zurückgekehrt und die Kratzer am Kinn und an den Wangen sind fast verheilt. Nur den Verband trägt sie weiterhin fest um den Kopf gewickelt. Die zuständige Krankenschwester wechselt einen der Schläuche an ihrem Arm.

„Sie liegt noch im Koma“, informiert sie Tamer, während sie den Schlauch zurück an die dafür vorgesehene Vorrichtung steckt. „Am besten hinterlassen Sie uns Ihre Telefonnummer und wir benachrichtigen Sie, wenn sie aufwacht. Dann müssen Sie nicht jedes Mal umsonst hierher kommen.“

Tamer nickt dankend.

Als die Krankenschwester mit einem Lächeln hinausgeht, nähert er sich der Patientin. Vor ihrem Bett bleibt er stehen und betrachtet sie eine Weile.

Wie das schlafende Dornröschen liegt sie friedlich da, als warte sie nur darauf, endlich wachgeküsst zu werden.

Tamer kann sich nicht daran erinnern, jemals zuvor eine solche Schönheit gesehen zu haben. Dabei ist es nicht die Symmetrie ihrer Gesichtszüge, die ihm als Schönheitskriterium erscheinen. Es ist das engelsgleiche Gesicht, das so viel Unschuld ausstrahlt und ihn ganz in seinen Bann zieht.

„Wer hat dir das angetan?“, flüstert er in die Stille des Zimmers hinein.

Er kann nicht erklären warum, aber er fühlt sich für diese Frau verantwortlich. Vielleicht liegt es daran, dass sie ihn aus sonderbarem Grund an seine Schwester erinnert. Vielleicht ist es auch einfach die Hilflosigkeit, in der sie sich befindet. Doch er möchte unbedingt wissen, wer diese Fremde ist, die ihm nicht mehr aus dem Kopf geht.

Die aufgebrachte Menschenmasse ist nur schwer zu kontrollieren. Zwar hat die Polizei an diesem Morgen verkündet, dass die Demonstration eskalieren könnte, weshalb auch viele Einsatzkräfte auf der Route der Demonstranten platziert wurden, dennoch ist Tamer erstaunt darüber, wie viele Menschen auf die Straße getreten sind, um ihre Stimme gegen das Unrecht zu erheben, das seiner Schwester und so vielen anderen widerfahren ist. So viele Menschen aller Nationen sind hier vor der Moschee versammelt, um Gerechtigkeit zu fordern und um zu zeigen, dass in Deutschland kein Platz für Fremdenfeindlichkeit ist.

Es erfüllt ihn jedes Mal mit Stolz, in diesem Land zu leben, wenn er in die multikulturellen Gesichter seiner Mitbürger schaut. Es sind sogar Leute aus dem Umland hierhergekommen, um an der Demonstration teilzunehmen.

Als er seinen Blick durch die Menge schweifen lässt, entdeckt er sie. Ihr Gesicht erkennt er selbst aus großer Entfernung. Schließlich kennt er sie aus Kindheitstagen: Jenny, die beste Freundin seiner Schwester, die vor seinen Augen zu einer jungen Frau herangewachsen ist. Sie hält ein Plakat in die Höhe, auf dem nur vier Worte stehen:

Wir ALLE sind Deutschland!

„Bin gleich zurück", stammelt Tamer zu seiner Kollegin und marschiert auf Jenny zu.

Sie winkt, als sie ihn entdeckt, und begrüßt ihn mit einer herzlichen Umarmung.

Das letzte Mal hat er sie auf Cherins Beerdigungsfeier gesehen. Da war die Trauer um den Verlust noch so frisch, dass sie kaum Worte miteinander austauschen konnten.

„Lass mich raten, du hast das Ganze hier mit organisiert?"

Sie nickt, während sich ihre Gesichtszüge plötzlich verhärten. „Viel mehr kann ich ja leider nicht tun."

Er legt ihr eine Hand auf die Schulter. „Das ist mehr als genug."

Sie blickt betrübt in die Ferne, vorbei an all den Menschen, die sie umgeben, als wäre niemand anderes da.

„Ich hätte nicht gedacht, dass so viele teilnehmen würden", äußert er seine Gedanken laut.

Das Lächeln kehrt auf ihr Gesicht zurück. „Ich hatte keine Zweifel daran, dass es in dieser Stadt mehr vernünftige Menschen gibt als diese Nazis."

Eine laute Stimme verkündet etwas durch ein Mikrofon und die Menschenmasse beginnt sich fortzubewegen. Sie wollen durch ganz Köln ziehen und ihre Botschaft weitertragen.

„Ich muss dann mal zu meinen Leuten", verkündet Jenny.

Tamer drückt sie noch mal an sich. „Danke für deine Unterstützung."

Es sind Menschen wie sie, die ihn daran glauben lassen, dass es keine Rolle spielt, welcher Religion man angehört, wenn die Menschlichkeit überwiegt.

Siebenunddreißig Tote, zweiundzwanzig Schwerverletzte, siebzehn Leichtverletzte und sechs Patienten, die äußerst glimpflich davongekommen sind.

Insgesamt hat das Ärzteteam des Sankt Barbara Krankenhauses mehr Leben retten können als erwartet. Dennoch ändern diese Fakten nichts daran, dass der Verlust jedes Einzelnen seine Spur hinterlassen hat, wenngleich dieser Beruf auch damit einhergeht, Tote in Kauf zu nehmen. Umso wohltuender ist es zu sehen, dass bei einigen die Hilfe nicht zu spät gekommen ist.

In ihren grünen OP-Kittel gekleidet, nimmt Dr. Shiva das Beatmungsgerät zur Hand und drückt es auf Agnesas Mund. Sie liegt immer noch bewusstlos vor ihr, den grellen Lichtern des OP-Saals ausgeliefert. Die Ärztin hebt den Arm der Patientin und desinfiziert die Innenseite des Handgelenks mit einem Tuch. Anschließend überreicht ihr der Assistenzarzt eine Spritze, die sie mit einer klaren Flüssigkeit füllt und vorsichtig mit der spitzen Nadel in Agnesas Haut steckt.

Nach wenigen Sekunden bewegen sich ihre Lider.

Langsam öffnet sie die Augen und schaut um sich, ohne den Kopf zu drehen.

Dr. Shiva hat sich über sie gebeugt und spricht mit sanfter Stimme: „Hallo! Wenn Sie mich verstehen, dann nicken Sie bitte."

Agnesa starrt sie kurz an, bewegt dann leicht ihren Kopf, was wie ein Nicken aussieht. Zu mehr hat sie offensichtlich nicht die Kraft.

„Sie haben sich vor zwei Wochen eine schwere Kopfverletzung zugezogen. Wir mussten Sie in ein künstliches Koma versetzen, damit sich Ihr Körper erholen konnte."

Agnesa stöhnt leise, dann plötzlich zuckt sie vor einem unerwarteten Schmerz zusammen.

Die Ärztin gibt ihrem Assistenten sofort die Anweisung, ihr ein intravenöses Schmerzmittel zu reichen, woraufhin dieser hastig eine Schublade mit verschiedenen Medikamenten aufzieht.

„Die Kopfschmerzen werden leider etwas andauern, aber ich gebe Ihnen ein Analgetikum."

Der junge Assistenzarzt überreicht Dr. Shiva eine aufgezogene Spritze. Sie greift nach Agnesas Hand und drückt sie fest. „Keine Sorge! Sie werden sich bald wieder besser fühlen."

Agnesa scheint nicht zu merken, wie die Nadel in ihre schon blau verfärbte Haut eindringt, denn ihr fallen bereits wieder die Lider zu.

Dr. Shiva hat genug Komapatienten gesehen, um zu wissen, wie vorsichtig sie mit ihnen umzugehen hat. In diesem benebelten Zustand gibt es keinen Platz für all die Gedanken, die bald schon auf ihre Patientin einbrechen werden.

Wo bin ich? Erschrocken reißt Agnesa die Augen auf. Das fahle Nachtlicht gibt jedoch nicht viel von ihrer Umgebung preis. Dieser Ort ist ihr fremd, so viel steht fest. Was sie hier tut, ist aber unklar.

Was ist das denn für ein Schlauch, der an ihrem Arm befestigt ist? Es dauert einige Augenblicke, bis sie wahrnimmt, wo sie sich befindet. Ist das hier ein Krankenzimmer?

Behutsam schiebt sie ihre Decke zur Seite. Jede Bewegung schmerzt und erfordert viel Kraft von ihr. Aber sie kann nicht einfach hier liegenbleiben.

Mit wackeligen Beinen steht sie barfuß auf, zieht den Schlauch aus ihrem Arm, greift nach der Gehhilfe neben ihrem Bett und bewegt sich damit ganz langsam nach vorn. Jeder Tritt fühlt sich an, als würde sie auf Nägeln gehen. Ihr ist etwas schwindelig. Sie greift die Gehhilfe noch fester, um nicht umzukippen.

Nur noch ein paar Schritte, dann ist sie am Badezimmer angekommen.

Als sie am Wandspiegel des Waschbeckens vorbeigeht, bleibt ihr Blick stehen und sie erkennt ihren erbärmlichen Zustand. Mit zusammengekniffenen Augen tritt sie näher heran und betrachtet ihr Spiegelbild voller Argwohn. Der gepunktete Patientenkittel, den sie auf ihrer nackten Haut trägt, hängt wie ein Beutel an einem Kleiderhaken.

Sie kneift die Augen weiter zu, während sie die Gestalt im Spiegel intensiv mustert. Schließlich beginnt ihr Herz schneller zu pochen, ihr Atem wird brüchig und völlig unerwartet überkommt sie ein Gefühl der Panik. Den Grund, warum sie überhaupt aufgestanden ist, hat sie längst vergessen.

Sie reißt mit all der Kraft, die sie aufbringen kann, die Badezimmertür auf und humpelt hinaus. Raus aus ihrem Zimmer, den Flur entlang.

Die Gänge des Krankenhauses sind menschenleer. Es ist totenstill wie auf einem Friedhof.

Ihre Schritte werden im Rhythmus ihrer Atmung immer schneller. Ziellos irrt sie durch die Gänge, nimmt die Kälte des Vinylbodens unter ihren nackten Füßen wahr.

Die geisterhafte Stille im ganzen Haus lässt ihre Panik weiter ansteigen. Am liebsten würde sie laut aufschreien, um alle Schlafenden zu wecken, um sich zu vergewissern, dass sie Hilfe bekommt. Doch irgendetwas schnürt ihr den Hals zu.

Sie fühlt sich wie ein Schatten in einer Geisterstadt und hofft, dass es nur ein Albtraum ist, aus dem sie gleich wieder erwacht.

Wo soll sie lang? Sie hat keine Orientierung hier. Kurz lässt sie ihre Hände los, um sich die ungekämmten Haare aus dem Gesicht zu streichen, da rutscht ihr die Gehhilfe plötzlich weg. Sie versucht noch, danach zu greifen. Keucht, schwankt, ist kurz davor umzukippen, kann sich aber im letzten Augenblick noch an der Wand festhalten.

Hinter sich hört sie Schritte und schaut über die Schulter. In der Ferne erkennt sie jemanden ganz in Weiß gekleidet. Endlich eine lebende Gestalt. Oder bildet sie sich das nur ein?

„Ach, wie schön! Sie sind endlich aufgewacht."

Agnesa richtet sich atemlos auf, während die Fremde ihr die weggerollte Gehhilfe zuschiebt. Sie muss eine Krankenschwester der Nachtschicht sein. Zumindest sieht sie so aus.

Verängstigt schaut sie die Unbekannte vor sich an. Wenn sie tatsächlich keine Einbildung ist, dann ist auch das Ganze hier kein Hirngespinst, sondern schreckliche Realität.

Die Schwester schaut an ihr hinab und runzelt die Stirn. Agnesa folgt ihrem Blick. Jetzt erst registriert sie, dass sie keine Schuhe trägt.

„Alles okay bei Ihnen? Benötigen Sie irgendetwas?"

Agnesa schüttelt den Kopf.

„Soll ich Sie zurück in Ihr Zimmer begleiten?"

Agnesa schaut nach hinten in den leeren langen Gang. Aus welcher Tür ist sie hinausgekommen?

„Finden Sie Ihr Zimmer nicht mehr?" Die Krankenschwester lächelt Agnesa an, während sie geduldig auf eine Antwort wartet. „Wenn Sie mir Ihren Namen sagen, schaue ich gerne nach, welche Zimmernummer Sie haben."

Agnesa betrachtet die Schwester weiterhin wortlos. Mit dieser Frage ist sie völlig überfordert.

„Können Sie mich verstehen?", fragt diese nach einer kurzen Pause. „Sprechen Sie Deutsch?"

Agnesa nickt zögerlich, weiß aber noch immer nicht, was sie ihr antworten soll.

Die Schwester stößt einen kleinen Seufzer aus. „Ich bräuchte schon Ihren Namen", wiederholt sie, als noch immer keine Antwort erfolgt.

Unsicher tritt Agnesa von einem Bein aufs andere. Kaum hörbar beginnt sie zu flüstern: „Ich weiß nicht ..."

„Wie bitte?" Die Krankenschwester hebt verständnislos die Brauen.

Agnesa kann selbst kaum glauben, was sie da im Begriff ist auszusprechen. Mit zittriger Stimme vervollständigt sie ihren Satz: „Ich weiß nicht mehr, wie ich heiße."

4

Leere im Kopf, Leere im Herzen

Noch am selben Tag wurde Agnesa in das Rehabilitationszentrum verlegt. Es gab keinen Grund mehr, sie auf der Intensivstation unterzubringen, nachdem sich ihr Zustand stabilisiert hatte. Das, was sie jetzt am nötigsten hatte, war ohnehin eine Physio- und Ergotherapie, um wieder volle Mobilität zu erlangen.

Die nachfolgenden Tage bei Bewusstsein empfindet sie als eine reine Zumutung. Das Schlafmittel, das ihr nachts verabreicht wird, hat solch eine starke Wirkung auf sie, dass sie bis zum Mittag durchschläft. Heute ist es nicht anders. Zwar ist sie zwischendurch kurz wach geworden, ist dann aber kraftlos wieder eingenickt. Das Hämmern in ihrem Kopf lässt nicht zu, an irgendetwas anderes zu denken als an die Schmerzen. Schlaf ist die einzige Lösung, dem zu entkommen.

Schon stundenlang sitzt Agnesa aufrecht in ihrem Bett und muss sich die belanglosen Unterhaltungen über Wundheilsalbe oder Detox-Shakes ihrer Zimmergenossinnen anhören. Die noch bis vor kurzem andauernden Gespräche über den Anschlag sind im Krankenhaus mittlerweile Schnee von gestern.

Die Frau links von ihr ist überaus gesprächig und quasselt ununterbrochen über sie hinweg mit der Patientin auf der anderen Seite des Zimmers. Zwar nimmt Agnesa den Inhalt des Gesprächs nur halb wahr, aber dennoch verursacht ihr das ganze Geschwätz Kopfschmerzen.

Als endlich ein Moment der Ruhe einkehrt, weil die Frau rechts von ihr in die Kantine geht, um sich ein – wie sie sagt – „ordentliches Mittagessen" zu gönnen, atmet Agnesa erleichtert auf. Ihre Nachbarin zur Linken hat schon nach den ersten Versuchen eines Gesprächs mit ihr verstanden, dass ihr nicht nach Small Talk zumute ist. Doch die Ruhe hält nur kurze Zeit an.

Nach nicht einmal zehn Minuten wird der Fernseher angeknipst und Agnesa muss sich dem Geplapper eines Talkshow-Moderators hingeben.

Am liebsten würde sie so etwas sagen wie: „Können Sie den Fernseher bitte leiser stellen?" Aber sie ist sich tatsächlich nicht sicher, wie sie sich verhalten soll. Soll sie sich durchsetzen oder die Lautstärke tolerieren? Ist sie jemand, der sich beschwert oder gehört sich das nicht?

Zum wiederholten Mal betrachtet Agnesa die bläuliche Tätowierung auf der Innenseite ihres linken Handgelenks. Sie ist gerade einmal zwei Zentimeter lang. Ein Telefonhörer, dessen Kabel auf der anderen Seite abgerissen ist.

Was hat das zu bedeuten? Was steckt hinter diesem Symbol? Aus welchem Grund hat sie sich dieses sinnlos erscheinende Tattoo stechen lassen? Oder gibt es jemanden am Ende der Leitung? Es ist die einzige Tätowierung. Das weiß sie, weil sie ihren Körper genaustens untersucht hat.

Jetzt sind bereits mehr als drei Wochen vergangen, seit sie in das Sankt Barbara Hospital eingewiesen wurde. Davon hat sie zwanzig Tage im Koma verbracht. Nicht einmal zweiundsiebzig Stunden sind jedoch seit der Erkenntnis vergangen, dass sie sich an absolut nichts mehr erinnern kann. Weder wer sie ist, noch woher sie kommt. Diese komplette Unsicherheit überfordert sie völlig.

Dr. Shiva hat ihren Zustand mit einer durch den starken Aufprall ausgelösten Amnesie erläutert, die zu einer Beeinträchtigung ihres Langzeitgedächtnisses geführt hat. Zwar meinte sie, dass es noch lange nicht heißt, Agnesa würde sich nie wieder an ihre Vergangenheit erinnern, aber es könnte eine ganze Weile dauern, bis ihre Erinnerungen wieder langsam oder sogar schlagartig zurückkehren würden. Doch der Zustand der Ungewissheit beruhigt sie nicht gerade.

Was ihr aber noch mehr zu schaffen macht, ist diese Leere, die sie tief in sich spürt. Sie kann gar nicht beschreiben, was sie genau fühlt, weil sie sich nicht sicher ist, ob sie überhaupt etwas spürt – außer das Vakuum in ihrem Kopf. Unzählige Fragen schwirren dort chaotisch herum und lassen sie nicht in Frieden.

Wie ist es zu ihrer Kopfverletzung gekommen? Was hatte sie auf dem Fest zu suchen? War sie allein oder in Begleitung? Hat sie eine Familie? Und wenn ja, wo ist sie jetzt? Warum kommt sie niemand besuchen? Oder sind alle bei dem Anschlag ums Leben gekommen?

Die letzte Frage beschäftigt sie am meisten und sie versteht, dass sie das traurig stimmen müsste. Aber sie empfindet rein gar nichts. Denn sie weiß überhaupt nicht, um wen sie trauern soll. Das macht ihr große Angst.

Bin ich nicht mehr normal? Wie war ich früher? Habe ich einmal Gefühle empfunden? Für wen?

Ihre Gedanken kreisen ständig um dieselben Fragen und würden es noch weiter tun, wenn nicht ein lautes Lachen des

Publikums aus dem Fernseher sie aus ihrer Denkschleife reißen würde.

Sie blickt zu der rundlichen Frau neben sich, deren Gesicht vor Lachen leicht errötet ist.

„Ist das nicht urkomisch?“, sagt sie zu Agnesa gewandt.

Doch sie reagiert nicht. Hat den Witz ohnehin verpasst, weil sie geistig abwesend war. Aber auch sonst zweifelt Agnesa daran, so etwas wie Freude verspüren zu können. Das Einzige, was sie imstande ist zu fühlen, ist Wut. Wut über sich selbst. Darüber, dass sie sich an nichts erinnern kann.

Da es nicht den Anschein erweckt, als beabsichtige ihre Bettnachbarin, den Fernseher bald auszuschalten – sie stellt den Ton nämlich noch lauter –, beschließt Agnesa, unter die Dusche zu gehen, um ein wenig für sich zu sein. Allein mit ihren Gedanken.

Sie hängt das dünne Nachthemd, das sie von der Krankenschwester am Vortag erhalten hat, auf einen der Haken hinter der Tür, humpelt mit ihrer Gehhilfe zum Waschbecken. Noch ist sie zu schwach, um auf den Beinen zu stehen, ohne sich an etwas festzuhalten. Ihr Physiotherapeut ist aber zuversichtlich, dass sie bald wieder ganz normal laufen kann.

Sie schaut auf ihren nackten Körper hinab. Noch immer kommt er ihr so fremd vor, als gehörten diese Körperteile nicht ihr.

Vorsichtig streicht sie sich mit den Fingerspitzen über die Brüste, um sich zu vergewissern, dass es tatsächlich ihre sind und dass sie wenigstens körperlich etwas spüren kann, wenn schon nicht emotional.

Ihre Hand gleitet immer weiter hinunter in Richtung ihres Bauchnabels sowie bis zu der Narbe, die quer darunter verläuft. Behutsam berührt sie die gewölbte Linie auf ihrer Haut. Das sieht nicht nach einer Wunde aus, sondern nach einer professionell gezogenen Linie, die so breit ist, dass ein ganzer Arm hindurchpassen würde.

Agnesa dreht sich zum Spiegel, um ihren Bauch aus der Entfernung zu betrachten. Die Narbe ist bereits verheilt, weshalb sie davon ausgeht, dass die Operation, die sie hinter sich hat, eine Weile zurückliegen muss. Schließlich dreht sie sich um, damit sie ihren Rücken betrachten kann. Ein paar verblasste Flecken sind landkartenartig auf ihren Schultern verteilt. Vermutlich Rückstände von ihrem Aufprall.

Einige Minuten steht sie so da, die Hände fest um den Griff der Gehhilfe gelegt, zu einer Statue eingefroren, und kann den Blick nicht von der schlanken Gestalt vor sich abwenden. Es wird eine ganze Weile dauern, bis sie sich an diesen Körper gewöhnt. Im Augenblick fühlt er sich an wie neu gekaufte Kleidung, die aber nicht wirklich gut passt. Und vermutlich wird es etwas länger dauern, bis das Gesicht der Fremden, die sie aus dem Spiegel anstarrt, zu ihrem eigenen wird.

Ihr Gesicht ist wunderschön, da ist sie sich sicher. Perfekte Züge mit gerader Nase, vollen Lippen und – wenn auch etwas gewöhnungsbedürftigen – zweifarbigen Augen. Aber das ist es auch schon. Ein perfektes Gesicht, an dessen Geschichte sie sich nicht erinnern kann. Keine Kindheit, keine Jugend, kein früheres Dasein.

Agnesa steigt in die Duschkabine, setzt sich vorsichtig auf den Hocker, der darin platziert ist, dreht den Griffhebel bis zum Anschlag auf und lässt das heiße Wasser ihre quälenden Gedanken wegspülen.

Als sie mit noch nassen Haaren wieder das Krankenzimmer betritt, nimmt sie als Erstes den breiten Rücken eines Mannes in blauer Uniform vor dem Bett ihrer geschwätzigen Nachbarin wahr, die ihn offensichtlich in ein Gespräch verwickelt hat.

„Ach, da ist sie ja!“, unterbricht sie sich selbst, woraufhin sich der Polizist augenblicklich zu Agnesa umdreht.

Von vorne ist er noch ansehnlicher, als seine wohlgeformte Statur von hinten vermuten lässt. Seine Augen kleben fest an ihr. Langsam gleitet sein Blick von Agnesas Gesicht hinab auf ihren Körper, der unter dem dünnen, leicht transparenten Stoff durchschimmert. Der Polizist blickt schließlich beschämt zu Boden.

Im gleichen Augenblick wird sich Agnesa bewusst, dass sie zu viel von ihrem Körper preisgibt. Einen BH trägt sie nicht und ihren einzigen Slip hat sie gewaschen und im Badezimmer zum Trocknen aufgehängt.

Sie eilt, so gut es ihr mit der Gehhilfe gelingt, zu ihrem Bett hinüber, legt sich hin und zieht die Decke bis zu ihren Schultern hoch.

„Ich habe mich gut mit deinem Besuch unterhalten, Liebes!“, erklingt wieder die heitere Stimme ihrer Bettnachbarin. Sie schaut neugierig zwischen Agnesa und dem Polizisten hin und her, als wolle sie herausfinden, in welchem Verhältnis die beiden zueinander stehen.

Mit skeptischem Blick beobachtet Agnesa den jungen Mann dabei, wie er sich ihr nähert und sich, mit einem leichten Kopfnicken zur Begrüßung, neben ihrem Bett aufbaut.

Er ist wegen mir hier?

Erst gestern war eine Frau von irgendeiner Anti-Terror-Einheit da, die sie als Zeugin wegen des Anschlags befragt hat. Warum haben sie heute wieder jemanden geschickt? Sie hat doch versichert, sich an nichts mehr zu erinnern. Oder ist dieser Mann aus einem anderen Grund hier? Sein Blick wirkt jedenfalls nicht so ausdruckslos wie der ihrer letzten Besucherin. Fast könnte sie meinen, er wäre schon einmal bei ihr gewesen.

Mehrere Sekunden schaut Tamer gebannt in die Augen der Unbekannten. Er sieht sie zum ersten Mal im wachen Zustand.

Die linke Iris ist so dunkel wie seine und gibt dieser Gesichtshälfte etwas Warmes, Vertrautes. Die rechte hingegen ist eisblau und lässt diese Gesichtshälfte kühl und unnahbar erscheinen.

Seine Pupillen bewegen sich hastig von rechts nach links, da er die Wirkung beider Gesichtshälften der schönen Fremden nicht gleichzeitig erfassen kann.

Ein Gesicht, aber zwei Emotionen, die es in ihm auslöst. Hätte er nicht bereits einen Artikel über Iris-Heterochromie gelesen, würde er jetzt glatt annehmen, sie hätte eine Kontaktlinse verloren, so ungewohnt und zugleich fesselnd ist ihr Anblick.

Das Sonnenlicht scheint aus dem Fenster direkt auf ihre zierliche Gestalt und lässt sie in ihrem weißen Nachtkleid fast engelsgleich leuchten.

Doch plötzlich bemerkt er an ihrer Steifheit, dass ihr die Situation unangenehm ist und sie sein Starren in Verlegenheit gebracht hat. Seine Wangen glühen auf, und er blickt schnell zur Bettkante.

„Mein Name ist Al-Bari. Ich bin von der Kölner Polizei und hier, um Ihnen einige Fragen zu stellen."

Agnesa schaut ihn schweigsam an, während er weiterspricht.

„Sie sind eine der Überlebenden des Bombenanschlags vor drei Wochen und damit eine wichtige Zeugin."

Er hält kurz inne, um seinen Worten Nachdruck zu verleihen. Dass er eigentlich in privater Angelegenheit hier ist und nicht im offiziellen Auftrag, behält er für sich. Genauso auch die Tatsache, dass er der Bruder eines der Opfer ist.

„Ich habe gehofft, dass Sie mir mit einigen Informationen weiterhelfen können."

Sie blickt ihn stumm an, ohne eine Absicht erkennen zu lassen, zu diesem Gespräch bereit zu sein. Tamer hat in seiner Berufslaufbahn viel zu oft mit solchen Situationen zu tun gehabt und kann mittlerweile gut einschätzen, was ihr Blick zu bedeuten hat.

Als er noch etwas hinzufügen möchte, kommt ihm Agnesa zuvor: „Ich kann Ihnen nicht weiterhelfen."

Für einen kurzen Moment ist Tamer erstaunt über ihre schnelle Abweisung. Doch so leicht will er nicht aufgeben.

„Vielleicht erinnern Sie sich ja an etwas …", setzt er neu an, doch sie fällt ihm sofort ins Wort. Und zwar mit einer solchen Schroffheit, die er ihrem lieblichen Äußeren gar nicht zugetraut hätte.

„Ich erinnere mich an gar nichts!"

Die Art und Weise, wie sie es sagt, lässt keinen Zweifel daran, dass die Unterhaltung damit beendet ist.

5

Bitterer Beigeschmack

Er sitzt schon seit einer gefühlten Ewigkeit da und starrt auf das Foto an der gegenüberliegenden Wand, auf dem die Vergangenheit wie ein trauriges Andenken aus einer längst vergessenen Zeit verewigt ist. Noch immer kann und will er nicht wahrhaben, dass sie nur noch auf diesen Fotos existiert. Dass sie diese Räume nie wieder lebendig betreten wird. Sie ist nur noch ein wandelnder Geist.

Die erste Nacht ohne sie war bei weitem nicht die schlimmste gewesen, denn da konnte er sich noch der Täuschung hingeben, dass alles nur ein schlechter Albtraum gewesen sei. Doch umso mehr Nächte vergingen, desto rissiger wurde diese Illusion. Desto mehr drängte sich die Wahrheit ans Tageslicht. Sie wollte gesehen werden. Und so kämpfte sie sich so hartnäckig durch, dass weder Alkohol noch irgendeine andere Droge die Lüge weiter verbergen konnte. Und nun, genau in diesem Augenblick, in diesem Zimmer hier, leuchtet sie auf wie eine grelle Leuchtreklame und macht es ihm unmöglich, woanders hinzuschauen als in die Augen der bitteren Realität.

Auf dem Couchtisch vor ihm liegen all die Zeitungen der letzten Wochen ausgebreitet. Auf der Titelseite immer der Anschlag mit der Bitte um Hinweise auf die Täter oder der bloßen Auskunft, dass es noch keine ausreichenden Hinweise gibt. Keine einzige Zeitung hat er in die Hand genommen und durchgelesen. Kein einziges Mal die Nachrichten angeschaut oder angehört. Zu tief sitzt noch der Schmerz und zu schnell kann die Wunde wieder aufreißen.

Francos Hand zittert, als er das Whiskeyglas an seine Lippen drückt. Dieser Schluck schmeckt so derb, so widerlich, wie nichts anderes, das je seine Zunge berührt hat. Er spuckt das Zeug wieder zurück ins Glas.

Genug betäubt! Es reicht jetzt! Reiß dich zusammen, Junge! Du hast mit dem Feuer gespielt, und jetzt musst du mit der Brandwunde leben.

Als hätte ihn seine innere Stimme aus einem Tiefschlaf gerissen, springt er von dem Sessel auf, schnappt sich alle Zeitungen vom Tisch, geht zur offenen Wohnküche und entsorgt alles in die Papiertonne. Dann marschiert er geradewegs auf das eingerahmte Foto zu, das ihn die ganze Zeit in seinem Bann hält. Mit einem Handgriff entfernt er es von der Halterung und geht damit weiter in das Schlafzimmer.

Aus einem der Schränke zieht er ein Handtuch heraus, in das er das gerahmte Bild einwickelt. Dann kehrt er zurück ins Wohnzimmer. Ein Blick durch den Raum offenbart noch weitere Fotos von ihr, weitere Erinnerungen an die Schuld, die er nicht ausblenden kann. Sie starren ihn von Kommoden und Regalen an. Eins nach dem anderen entfernt er, ohne es wirklich zu betrachten. Zwar weiß er, dass er ihr Bild nicht so leicht aus seinem Kopf bekommen wird, aber wenigstens schaut sie ihn nicht von allen Ecken an und hält ihm so sein

Versagen wie einen Spiegel entgegen. Francos schlechtes Gewissen begleitet ihn ohnehin seit dem alles entscheidenden Tag, aber wenigstens ihr Geist soll aus diesen vier Wänden verschwinden.

Er ist gerade dabei, auch die anderen Bilderrahmen im Schrank zu verstauen, sodass sie aus seinem Blickfeld verschwinden, als ihm ein Gedanke kommt, der ihn alles stehen und liegen lässt.

„Wo ist das verdammte Handy?", spricht er laut zu sich selbst.

Erst nachdem er die ganze Wohnung auf den Kopf gestellt hat, findet er es endlich unter dem Sofakissen. Er wählt eine Nummer und wartet ab.

Wieso hat er nicht schon vorher darüber nachgedacht? Er kennt die Antwort. Er war unfähig, auch nur einen einzigen klaren Gedanken zu Ende zu führen. Doch jetzt ist ihm diese Vernachlässigung bitter bewusst. Und er muss handeln, solange es nicht zu spät ist.

„Hey, Paul, alles klar bei dir?" Er wartet die Antwort gar nicht erst ab. „Du musst mir einen Gefallen tun, Kumpel."

„Franky? Endlich mal ein Lebenszeichen von dir. Mann, ich hab mir schon Sorgen um dich gemacht."

„Mir geht's gut. Kein Grund zur Sorge." Er hat keine Lust auf unnötiges Geschwätz und will zum Wesentlichen übergehen, doch Paul kommt ihm zuvor.

„Die Jungs haben mir von dem tragischen Vorfall erzählt. Mein aufrichtiges Beileid, Franky."

Auch das noch. Auf dieses Mitleidsgehabe kann er jetzt wirklich verzichten. Also geht er gar nicht erst darauf ein.

„Hör zu! Wie schnell kannst du Fotos aus dem Netz entfernen?"

„Fotos? Was für Fotos?"

„Ihre Bilder." Mehr muss er nicht sagen, damit sein Gegenüber es begreift. „Die Bullen werden sicherlich die Leichen identifizieren wollen. Und wenn sich niemand finden lässt, der sie identifizieren kann, werden sie weitersuchen, bis die Spur zu mir führt."

„Verstehe. Gib mir 'ne Sekunde."

Paul tippt irgendetwas auf einer Tatstatur. Das kann Franco hören.

„Schick mir ein aktuelles Foto von ihr. Am besten eins von vorn in guter Auflösung. Oder nein, noch besser: auch eins vom Profil."

„Okay, sieh aber zu, dass du alles löschst. Angefangen von irgendwelchen Aufnahmen im Klassenbuch bis zu sämtlichen Selfies, die andere mit ihr ins Netz gestellt haben. Sie muss aus allen möglichen Datenbanken verschwinden."

Was hat er sich nur dabei gedacht, eine Komapatientin befragen zu wollen, ohne sich zuvor über ihren aktuellen Zustand zu informieren?

Zwar ist Tamer noch immer über ihre rasche Abfuhr gekränkt, aber er kann alles nachvollziehen. Hätte er bloß vorab gewusst, dass sie ihr Gedächtnis verloren hat. Er wäre anders an die Sache herangegangen. Hätte ihr anvertraut, dass er ihren Schicksalsschlag teilt. Jetzt hat er erst einmal bei ihr verspielt.

Was sie wohl alles durchmachen musste. Hinzu kommt die Tatsache, nicht mehr zu wissen, wer sie ist und zu wem sie gehört. Noch dazu ganz allein in diesem riesigen Krankenhaus zurückgelassen.

Er hat sich nur wenige Meter von ihrem Zimmer entfernt, als ihn eine junge Krankenschwester, die ihn bereits von seinen vorherigen Besuchen kannte, mit ihrem Ruf aufhält.

„Herr Al-Bari? Hat sich noch niemand auf die Vermisstenanzeige unserer unbekannten Patienten gemeldet?"

Tamer kommt einige Schritte auf sie zu. „Nein, leider blieb unser Aufruf bisher erfolglos."

Das ist vielleicht auch der eigentliche Grund, warum er die Fremde in Zimmer 103 so oft besuchen kam: Sie hat sonst niemanden.

„Die Patientin ist schon so lange bei uns, aber es hat sich noch niemand von ihren Angehörigen gemeldet", fährt die Krankenschwester fort. „Das ist ziemlich eigenartig, nicht?"

Tamer nickt.

„Es muss doch irgendjemanden geben, der sie vermisst", sagt die Schwester mit einem ironischen Unterton.

Das Gleiche ging Tamer auch schon durch den Kopf. „Es ist leider schwierig für uns, Informationen über sie herauszufinden, wo Ihre Patientin keinerlei Ausweispapiere bei sich trug", entgegnet er mit der einzigen Antwort, die er parat hat.

Die Schwester überlegt kurz. „Glauben Sie, ihr Ehemann ist bei dem Anschlag ums Leben gekommen?"

Tamer schaut sie verwundert an. „Weshalb nehmen Sie an, dass sie verheiratet ist?"

„Sie trug einen Ehering, als sie bei uns eingeliefert wurde", erklärt die Schwester sachlich.

Tamers Blick wandert nachdenklich zu Zimmer Nummer 103. *Sie ist also verheiratet,* denkt er mit einem sonderbaren Bedauern, das er selbst nicht einordnen kann.

„Wir geben unser Bestes, um ihre Identität herauszufinden."

Er macht sich zum Gehen bereit. Seine Mittagspause wird bald vorbei sein, und er muss rechtzeitig wieder beim Dienst erscheinen.

„Da wäre noch etwas", erklingt die Stimme der Krankenschwester hinter ihm.

Erneut dreht er sich zu ihr um.

„Wir können die Patientin nicht mehr länger bei uns behalten, jetzt wo sie aus dem Koma erwacht ist."

Tamer zieht die Brauen hoch.

„Ihr Aufenthalt hier kostet das Krankenhaus eine hohe Summe."

Er schaut sie erwartungsvoll an. Doch es kommt nichts weiter.

„Sie können die Frau ja nicht einfach auf die Straße setzen", spricht er seinen ersten Gedanken laut aus.

„Natürlich nicht. Deshalb suchen wir auch schon nach einem Heim, wo sie vorerst bleiben kann. Ich wollte Sie nur darüber in Kenntnis setzen, dass sie nicht mehr lange bei uns sein wird."

Tamer nickt nachdenklich. „Wer kümmert sich hier darum? Ich würde gerne mit der zuständigen Person sprechen."

„Das kommt gar nicht infrage!"

Latifa steht, mit einer roten Schürze um die Hüfte gebunden, neben dem Herd und schneidet in schnellen Bewegungen eine Zucchini auf einem Holzbrett klein.

„Dass du überhaupt auf diese Idee kommst!"

Tamer seufzt. „Mama, sie hat sonst niemanden." Er sitzt mit seinem Vater um den rechteckigen Küchentisch herum und schaut zu ihr hinüber.

„Dann soll sie in ein Heim, wie die Krankenschwester es vorgeschlagen hat", erklärt seine Mutter weiter in ihrer Muttersprache. Dabei greift sie nach einer Aubergine und lässt das scharfe Messe mit voller Wucht hinab, so dass es das Gemüse in der Mitte trennt. Sie merkt, dass sie ihre Ablehnung weiter begründen muss. „Dort wissen sie, wie sie mit solchen Patientinnen umzugehen haben."

„Du hast sie doch selbst gesehen, wie hilflos sie dalag“, versucht Tamer erneut auf sie einzureden. Dann steht er von seinem Platz auf und geht auf sie zu. „Sie braucht Unterstützung, ja, aber nicht in einem Heim lauter Fremder, die sie umgeben.“

Latifa dreht sich abrupt zu ihm um, als er ihr näher kommt.

„Und wir sind keine Fremden für sie?“

Tamer schaut auffordernd zu seinem Vater hinüber. Dieser streicht sich nachdenklich über den Vollbart.

„Ich muss ihm zustimmen, Habibi. Sie braucht Menschen, die ihr dabei helfen, den Alltag zu bewältigen.“

Latifa legt das Messer zur Seite und putzt ihre Hände an der Schürze ab. „Und warum sollen das ausgerechnet wir sein?“

Tamer schüttelt den Kopf. „Ich sag ja nicht, dass du dich vierundzwanzig Stunden um sie kümmern sollst.“ Er senkt seine Stimme. „Sie soll hier nur ein Dach über dem Kopf haben und etwas Warmes zu essen, bis ich eine andere Lösung gefunden hab.“

Als er ihre Schulter berühren will, weicht sie ihm aus.

„Ich kann das nicht!“

Ein kurzer Satz, aggressiver als gewollt. Tamer legt dennoch seine Hand auf die Schulter seiner Mutter, diesmal weicht sie nicht zurück. Er spricht sanfter als zuvor: „Ist es, weil sie dich so an Cherin erinnert?“

Augenblicklich bricht Latifa in Tränen aus.

„Mama!“

Sie wendet sich von Tamer ab, während sie die Hände schluchzend vor das Gesicht legt. Rashid steht ebenfalls auf und kommt auf sie zu.

„Warum ist es nicht unser Mädchen, das noch lebt?“

Rashid nimmt seine Frau in den Arm und streicht ihr sanft über den Kopf. „Auf diese Frage gibt es keine Antwort, Habibi.“

Eine Weile stehen sie so schweigsam da: das Ehepaar, Arm in Arm verschlungen, und ihr Sohn mit schmerzerfülltem Blick neben ihnen. Schließlich wird die Stille von dem Piepen in Tamers Hosentasche unterbrochen.

Er zieht sein Handy heraus und wirft einen kurzen Blick auf das Display, dann greift er nach seiner Jacke, die über seinem Stuhl hängt, um sich zum Gehen bereit zu machen. Eine Frage wirft er jedoch noch in die Stille hinein: „Was, wenn es Cherin wäre, die jetzt allein und ohne Erinnerung im Krankenhaus liegen würde?"

6

Unter Fremden

Cherins ehemaliges Zimmer ist in sanften Pastelltönen im Vintage-Stil eingerichtet und immer noch akkurat gepflegt. Es erweckt den Eindruck, als sei hier eben erst geputzt worden – und genau das ist auch der Fall.

Latifa, die bereits mitten im Zimmer steht, betrachtet Agnesas beschädigtes Kleid, welches sie am Tag des Anschlags getragen haben muss. Vermutlich hat man es ihr bei ihrer Entlassung aus dem Krankenhaus überreicht, immerhin hätte sie schlecht mit einem Patientenkittel auf die Straße gekonnt.

Es ist an einigen Stellen leicht zerrissen und sieht genauso mitleidig aus wie seine Trägerin.

Agnesa bleibt unsicher am Türrahmen stehen und schaut in das Zimmer. Man kann ihr anmerken, dass sie sich nicht weiter hinein traut.

„Sie können sich da drüben frische Kleidung herausnehmen." Latifa deutet zum Kleiderschrank in der linken Ecke hinter ihr. „Ich vermute, dass Sie die gleiche Größe tragen.“ Sie versucht dabei, ihre Trauer hinter einem zaghaften Lächeln zu verstecken.

Agnesa nickt dankend.

„Tja, dann …“ Latifa reibt nervös die Hände aneinander. „… wenn Sie noch etwas brauchen, finden Sie mich unten.“ Sie eilt an Agnesa vorbei.

Kaum dass sie aus dem Zimmer ihrer Tochter tritt, fließen die unterdrückten Tränen ihre Wangen hinunter, als hätte man einen Wasserhahn aufgedreht.

Tamer, der bis eben noch unbemerkt im Gang stand, greift nach ihrem Handgelenk, als sie an ihm vorbeigeht.

„Danke!“, flüstert er auf Arabisch.

Sie erwidert nichts, blickt nur starr auf die Wand gegenüber, dann geht sie schluchzend weiter.

Erst als sich Agnesa sicher ist, dass keiner mehr hinter ihr steht, betritt sie langsam das Schlafzimmer und betrachtet alles aus einer gewissen Distanz.

Zu ihrer Rechten sind zwei hohe Fenster mit einem transparenten Vorhang in zartrosa versehen, der die Dunkelheit draußen nur schwach verdeckt. Die Möbel sind in hellem Beige gehalten und lassen das Zimmer – trotz der Abendstimmung – freundlich erscheinen.

Links von ihr steht ein breites Bett, auf dem zwei Personen bei Bedarf schlafen könnten. Es ist ebenfalls mit einem Bezug in Rosé bedeckt.

Auch sonst ist das Zimmer liebevoll dekoriert, überwiegend in zarten Rosé-Tönen, was darauf schließen lässt, dass die Tochter des Hauses eine Vorliebe für diese Farbe hatte. Ansonsten sind Pastellgelb und Hellgrün als weitere Farbenkombination zu erkennen, die dem Zimmer einen mädchenhaften Charme verleihen.

Langsamen Schrittes nähert sie sich einer breiten Vintage-Kommode, die zwischen den beiden Fenstern steht. Es sind mehrere gerahmte Fotos auf ihr platziert.

Agnesa betrachtet die Bilder der Reihe nach, ohne sie zu berühren. Auf allen ist Cherin zu erkennen, immer mit einem Lächeln im Gesicht, aber ständig von anderen Leuten umgeben.

Auf einem Foto ist sie als sexy Partylöwin umzingelt von einer Gruppe junger Frauen abgelichtet. Alle sind schick gekleidet, top frisiert und zum Ausgehen bereit. Sie lachen Arm in Arm in die Kamera. Auf einem anderen Bild ist sie als halbe Portion mit zwei Zöpfen, die eine riesige Schultüte umklammert, inmitten ihrer stolzen Eltern zu sehen. Wiederum eine andere Fotografie zeigt sie als pubertierendes Mädchen mit einem frechen Grinsen, das ihre Zahnspange präsentiert und ihrem älteren Bruder mit der freien Hand heimlich Hasenohren über den Kopf hält.

Wenngleich die Bilder sich in ihrem Datum unterscheiden, begreift Agnesa, um wen es sich bei der jungen Frau handelt, in deren Zimmer sie sich befindet. Vermutlich liegt es an dem Funkeln von Cherins Augen, durch das sie sich von allen anderen Personen abhebt: Sie strotzt nur so vor Lebensfreude.

Eines der Fotos nimmt Agnesa zögerlich in die Hand, um es genauer zu betrachten. Es steht in einem selbstgebastelten roten Rahmen, der mit lauter Herzchen-Stickern versehen ist, weshalb es ihr wohl auch ins Auge gestochen ist. Cherin wirkt darauf älter als auf allen anderen Fotos. Es muss sich um ein relativ aktuelles Bild von ihr handeln. Sonnengebräunt streckt sie in einem rosa gepunkteten Bikini frech die Zunge heraus. Gleich neben ihr steht ein korpulenter junger Mann in schwarzer Badehose mit gekräuseltem Haar, dessen leicht behaarter Oberkörper einen Sonnenbrand aufzuweisen scheint. Trotz der getönten Sonnenbrille, die seine Augen komplett verdeckt, lässt sich erahnen, dass sie hinter den Gläsern strahlen. Denn sein Lächeln erstreckt sich quer über das ganze Gesicht. Man kann nicht nur an den Herzchen des Bilderrahmens ablesen, dass es sich bei den beiden um ein Liebespaar handelte. So wie er den Arm beschützend über die Schultern seiner Freundin legt, wirkt es fast so, als wolle dieser Mann der ganzen Welt beweisen, dass diese wunderbare Frau an seiner Seite zu ihm gehört.

Als sei das Foto nicht ohnehin wie dem Romancover einer schnulzigen Liebesgeschichte entnommen, steht das Paar vor dem idealen Schauplatz: Das klare Wasser hinter ihnen glitzert unter dem Sonnenlicht, als sei es mit einem Tuch aus Diamanten verhüllt. Der Sand unter ihren Füßen ist weiß wie Schnee und die perfekt geschwungene Palme an ihrer Seite wirkt wie eine Filmrequisite, eigens für das Bild dort platziert. Man kann fast meinen, der Hintergrund sei nur eine Leinwand, vor der sie posieren, so perfekt sieht dieser Strand aus.

Alles, was Agnesa über diese Unbekannte weiß, ist ihr Name. Mehr nicht. Doch jetzt, wo Cherin ein Gesicht bekommt, zieht sich plötzlich ihr Magen merkwürdig zusammen. Liegt das an der Wirkung, die diese Bilder auf sie haben? Sie offenbaren die bittere Wahrheit: Dieses unbefangene Lächeln existiert nicht mehr. Ist nur noch auf diesen Fotos eingefroren und gehört der Vergangenheit an.

Womit hat diese junge Frau das verdient? Womit ihre Familie, ihre Freunde? Und womit der strahlende Mann an ihrer Seite, dem das vollkommene Glück geraubt wurde?

Plötzlich kommt ihr ein anderer Gedanke, der sie zusammenzucken lässt. Ihr hätte das gleiche Schicksal drohen können. Immerhin war sie zur gleichen Zeit am gleichen Ort, als das Unglück geschah.

Womit habe ICH es verdient zu leben und diese junge Frau nicht? Warum hat das Schicksal sich ausgerechnet meiner erbarmt?

Je länger Agnesa das Bild betrachtet, umso mulmiger wird es ihr dabei. Dann geschieht es: Völlig unerwartet erscheint Cherin vor ihrem inneren Auge, als sie noch lebte. Wie sie sich mit einem leeren Tablett in der Hand zu ihr dreht und sie mit diesem unverwechselbaren Lächeln anstrahlt.

Noch ehe Agnesa das schwammige Bild in ihrem Kopf erfassen kann, verschwindet es auch gleich wieder.

Was war das gerade? Eine Erinnerung oder bloße Fantasie? Bin ich ihr tatsächlich begegnet? Möglich ist es schließlich.

Irritiert legt sie das Foto der Verstorbenen wieder auf seinen Platz zurück. Ihr Zimmer gleicht einem Altar, der Cherins Leben in bunten Bildern für die Ewigkeit zur Schau stellt.

Völlig kraftlos lässt sie sich auf das Bett fallen. Sie hatte heute zu viele neue Eindrücke, die sie erst verarbeiten muss. Sie hat sich noch gar nicht an ihr eigenes Spiegelbild gewöhnt und muss jetzt schon in diesem fremden Haus mit ihren fremden Gastgebern zurechtkommen. Am liebsten möchte sie sich in ein Erdloch verkriechen und erst wieder herauskommen, wenn die Welt so ist, wie sie sie einst kannte. Wie auch immer das sein mag.

Im Augenblick fühlt sie sich nur, wie ein weißes Blatt Papier, das noch beschrieben werden muss. Aber sie hat nicht die leiseste Ahnung, mit was sie diese leere Seite füllen soll.

Bedächtig hebt sie ihre rechte Hand in die Luft und starrt eine Weile auf den goldenen Ring an ihrem Finger, der in der Dämmerung der Nacht schwach aufleuchtet. Das ist, neben der Narbe auf ihrem Bauch und der Tätowierung unter ihrem Handgelenk, der einzige Hinweis auf die Vergangenheit, der ihr geblieben ist.

Irgendwie macht ihr dieser Ring sowohl Angst als auch Hoffnung. Angst davor, dass derjenige, der ihr diesen Ring geschenkt hatte, nicht mehr existiert, und Hoffnung, dass er sie vielleicht doch wiederfindet, wenn er noch am Leben ist.

Sie zieht ihn von ihrem Ringfinger herunter und betrachtet die schmale Gravur auf der Innenseite.

Auf ewig Dein.

Plötzlich kommt ihr ein neuer Gedanke, der sie erschaudern lässt. *Was, wenn der Mann, für den diese Worte bestimmt sind, mich gar nicht zurückhaben will? Vielleicht ist er froh darüber, dass ich aus seinem Leben verschwunden bin. Denn warum sollte er nicht nach mir suchen? Oder glaubt er, ich sei tot?*

Doch sie lebt. Sie hat überlebt. Aus irgendeinem Grund hat sie überlebt. Aber warum fühlt sie sich dann so, als sei ein entscheidender Teil von ihr gestorben?

Nicht mehr fähig, ihre Tränen zu unterdrücken, schluchzt sie laut auf, während sie den Ring fest in ihrer Faust hält. Schließlich beißt sie sich auf die Zähne und presst ihr Gesicht in das Kissen, damit ihre zitternde Stimme unter dem weichen Stoff verstummt. Sie will nicht, dass ihre Trauer durch die Wände, die sie umgeben, hinausgelangt. Diese Familie hat, weiß Gott, genug eigene Sorgen. Sie ist hier nur zu Gast und ist sich sicher, dass lautes Weinen in dieser Situation unangemessen erscheint.

Mit einem tiefen Gefühl von Mitleid betrachtet Tamer sie aus dem Türspalt. Eigentlich ist er im Flur geblieben, um sich nach ihrer Verfassung zu erkundigen, aber er hat den richtigen Moment verpasst, sie anzusprechen.

Irgendwie fällt es ihm schwer, ein Gespräch mit ihr zu beginnen. Auf der ganzen Fahrt hierher hat sie nämlich kein Wort gesagt. Hat nur abwesend aus dem Fenster gestarrt, als würde sie nach dem Horizont suchen, der endlos weit entfernt ist.

War es die richtige Entscheidung, sie hierher zu bringen? Es hat ihm einiges an Überredungskunst abverlangt, um die

Erlaubnis von der Behörde einzuholen. Hoffentlich täuscht ihn seine Intuition nicht, dass es ihr bei seinen Eltern besser gehen wird als in einem Heim. Schließlich weiß er, wie fürsorglich sie sind.

Er möchte jetzt gerne zu ihr hingehen, ihr sagen, dass sie sich keine Sorgen machen muss. *Alles wird gut werden. Du bist nicht allein. Ich bin für dich da.* Doch er bewegt sich nicht vom Fleck. Sie will jetzt bestimmt keine Nähe. Wahrscheinlich nicht einmal Mitgefühl. Er muss dies respektieren. Schließlich ist er ein Fremder für sie, so wie auch sie eine Fremde für ihn ist. Sicherlich ist es die Ähnlichkeit mit seiner Schwester, die in ihm ein tiefes Vertrauen weckt. Und doch ist es nicht das Gefühl zwischen Bruder und Schwester, das er empfindet, wenn er sie anschaut. Es ist irgendwie anders, nur kann er es nicht zuordnen. Er fühlt sich in jedem Fall magisch angezogen.

Auf der anderen Seite empfindet er auch viel Unsicherheit ihr gegenüber. Denn er weiß, dass diese Frau irgendwo da draußen einen Ehemann hat, der sie sicherlich zurückhaben möchte. Und es ist seine Aufgabe, sogar seine Pflicht, dafür zu sorgen, dass er sie wieder mit ihrem Mann vereint.

Doch obwohl er das begreift und sein Kopf ihm sagt, dass es das einzig Richtige ist, sich von ihr fernzuhalten, muss er sich eingestehen, dass er froh ist, sie in seiner Nähe zu haben. Auch wenn es nur für kurze Zeit sein sollte.

Behutsam zieht er den Türgriff zu sich heran, ohne dass sie seine Präsenz überhaupt bemerkt, und lässt den namenlosen Gast mit ihrer Trauer allein.

Die Al-Baris sitzen schweigsam am Frühstückstisch, als Agnesa am nächsten Morgen die Küche betritt. Sie trägt ein schlichtes safrangelbes Kleid, das ihr locker um die

Schultern hängt. Rashid lächelt sie aus der Entfernung an. Latifa hingegen betrachtet sie in der Kleidung ihrer Tochter mit schmerzerfülltem Ausdruck. Agnesa bemerkt ihren Blick und verschränkt die Arme vor der Brust.

Es ist ihr selbst unangenehm, das Kleid einer Verstorbenen zu tragen, aber sie besitzt nichts anderes. Nur die beschädigte Kleidung, mit der sie aus dem Krankenhaus entlassen wurde. Heute Morgen hat sie eine Weile vor dem Kleiderschrank gestanden und sich überlegt, was sie aus der bunten Auswahl tragen soll. Ihrem Gemütszustand entsprach nichts davon. Aber egal, was sie auch ausgewählt hätte, der Schmerz in den Augen ihrer Gastgeberin wäre der gleiche gewesen. Agnesa kann es ihr nicht einmal verübeln, immerhin ist erst ein Monat vergangen, seit sie ihre Tochter verloren hat. Die Tatsache, dass sie jetzt hier sein darf, beweist, wie großherzig das Ehepaar ist.

„Haben Sie gut geschlafen, Liebes?“ Rashids Worte lösen die spürbare Spannung im Raum.

Agnesa nickt und versucht, ein Lächeln hervorzubringen, was sicher nicht gezwungener aussehen könnte. Es entspricht zwar nur halb der Wahrheit, denn sie ist zweimal mitten in der Nacht aufgewacht, vermutlich weil sie nicht an das fremde Bett gewöhnt war. Aber dennoch war sie müde genug, um jedes Mal wieder einzuschlafen. Cherins Bett ist mit Abstand weitaus bequemer als das in ihrem vorherigen Krankenzimmer.

„Danke, dass ich bei Ihnen bleiben darf.“ Das hätte sie eigentlich gestern schon sagen sollen, aber sie war zu sehr in ihren Kummer vertieft.

„Es ist uns eine Freude, Sie als Gast bei uns zu haben.“ Er schiebt den freien Stuhl neben sich zur Seite, damit Agnesa sich zu ihnen setzen kann. „Sie kommen gerade rechtzeitig für die legendären Omeletts meiner Frau.“ Sein Lächeln wird breiter.

Im gleichen Augenblick, als Agnesa sich hinsetzt, steht Latifa von ihrem Platz auf. Um der befremdlichen Situation zu entkommen, geht sie mit gesenktem Kopf zur Küchenzeile hinüber.

„Trinken Sie lieber Tee oder Kaffee?", fragt sie, wie es sich für eine gute Gastgeberin gehört.

Agnesa hebt die Schultern und lässt sie wieder fallen. „Das weiß ich gar nicht, um ehrlich zu sein", sagt sie zögerlich. Das stimmt sogar. Es gibt so viele banale Dinge, die sie über ihr früheres Ich noch herausfinden muss.

Es folgt eine seltsame Stille, die sie schnell zu überbrücken versucht: „Tee, bitte."

Latifa greift zu dem orientalischen Teekessel, der mehrmals täglich bei ihnen zum Einsatz kommt, und hält ihn unter den Wasserhahn. Rashid überreicht ihrem neuen Gast derweil den Teller mit den Omeletts, da sie zu schüchtern wirkt, um sich selbst zu bedienen.

Eine Weile herrscht einvernehmliches Schweigen, sodass jeder Klang in der Küche hörbar und vor allem spürbar wird – selbst die leisen Schmatzgeräusche aller Anwesenden. Schließlich ist es wieder Rashid, der die bedrückende Stimmung beendet.

„Nun, wie sollen wir Sie denn am besten nennen?"

Agnesa, die bis gerade eben auf ihren Teller gestarrt hat, blickt ihn überrascht an. „Darüber habe ich gar nicht nachgedacht."

„Gibt es einen Namen, der Ihnen gefällt?" So leicht will er offenbar nicht aufgeben.

Agnesa überlegt kurz. „Ich weiß nicht, welcher Name zu mir passt."

Rashid schaut sie mit einer hochgezogenen Braue an. „Wie wäre es mit Amber: das Juwel?"

Agnesa zieht ebenfalls die Brauen hoch.

„Oder Qamar: der Mond?“, bietet er alternativ an.

Sie schüttelt lächelnd den Kopf. Diesmal nicht aufgesetzt.

„Nein? Hm … Dann vielleicht Fajar …“ Er deutet zum Fenster. „… der Sonnenaufgang.“

Agnesa lächelt erneut und schüttelt den Kopf selbstsicherer als zuvor. Auch auf Latifas Gesicht bildet sich ein Lächeln. Ihr Mann streicht sich bedächtig den Bart.

„Und Bahar: das Meer?“

Agnesa überlegt kurz, schüttelt den Kopf dann erneut.

„Ich hab's!“, entfährt es ihm voller Überzeugung in der Stimme. „Rashida …“ Er deutete jetzt vielsagend auf sich selbst. „… die Weise!“

„Rashid!“, mahnt ihn seine Frau amüsiert.

Agnesa lacht zum ersten Mal.

„Nehmen Sie meinen Mann bitte nicht ernst!“, wendet sich Latifa vom Herd aus an ihren Gast. Sie stellt die Tasse Tee vor Agnesa hin und setzt sich zu den beiden an den Tisch. „Er hat eine Leidenschaft für Namen mit Bedeutungen“, begründet sie mit liebevoller Zuneigung.

Rashid bemerkt es jedoch gar nicht. Er schaut nachdenklich vor sich. Agnesa folgt seinem Blick, der auf einem Strauß roter Rosen auf dem Küchentisch verharrt. Die Blüten erstrahlen im Schein der morgendlichen Sonne.

„Aber natürlich!“ Er sagt es mehr zu sich selbst.

Agnesa runzelt verständnislos die Stirn, als ihr Gastgeber sich nach vorne beugt, eine der Rosen am Stiel aus der Vase herauszieht und sie ihr hinhält.

„Wir nennen Sie WARDA …“ Ein Funkeln breitet sich in seinen fast tiefschwarzen Augen aus. „… die Rose!“

Agnesa schaut zwischen Rashid und Latifa hin und her.

„Bezaubernd wie diese Blume.“ Er riecht an ihr. „Betörend wie ihr Duft.“ Dann streicht er sachte über eine rote Blüte. „Zart wie ihre Blüten …“ Er hebt den Zeigefinger in die

Höhe. „… doch unantastbar wie ihre Dornen.“ Ein zufriedenes Lächeln breitet sich auf seinem runden Gesicht aus und lässt ihn herzlicher aussehen, als er es ohnehin tut.

Agnesa nimmt die Rose behutsam entgegen, um sich nicht an ihren ausgeprägten Dornen zu verletzen.

„Warda?“ Sie blickt von der Blume in ihrer Hand zu dem Ehepaar, das sie erwartungsvoll ansieht. Dann taucht auch auf ihrem Gesicht endlich ein erfreutes Lächeln auf. „Das gefällt mir!“

IDENTITÄT

7

Die Entdeckung

„Habt ihr was Neues rausgefunden?“, fragt Tamer, während er zwei Portionen Zucker in seinem Plastikbecher verrührt.

Max schüttelt seinen roten Schopf. „Wir wissen bisher nur, dass es sich um einen akkurat geplanten Terrorakt handelt, an dem mehr als eine Person beteiligt war.“ Er beißt in seinen Schokodonut. Den Kaffee trinkt er dafür immer schwarz, ohne Milch, ohne Zucker, damit der seinen Geschmack ganz entfalten kann. „Aber wer es auch immer war, ist spurlos verschwunden.“

Tamer blickt nachdenklich aus dem Fenster der Tankstelle.

Die beiden Männer haben sich für eine kleine Kaffeepause getroffen, um sich erneut über den Anschlag auszutauschen.

Für gewöhnlich ist es ihnen nicht möglich, ihre Pausen gemeinsam zu verbringen, da Max am anderen Ende der Stadt arbeitet. Heute ist er aber rein zufällig in der Nähe der Polizeiwache gewesen, wo sich sein Freund für gewöhnlich aufhält.

Also hat er ihn spontan kontaktiert und nach einem Treffen gefragt.

Er weiß zu gut, dass Tamer darauf brennt, Neuigkeiten über den Terrorakt zu erfahren, da er als Bruder eines der Opfer direkt betroffen ist. Max selbst hat der Tod Cherins schwer getroffen. Er hat die kleine Schwester seines besten Freundes schon aus Grundschultagen gekannt. Damals noch als lästiges Gör empfunden, hatte er schon bald eine leichte Schwärmerei für die hübsche Heranwachsende entwickelt. Dem Charme Cherins und ihrem ansteckenden Lachen ließ sich schwer entkommen. Doch sie hatte sich nie besonders beeindruckt von ihm gezeigt, weshalb sich Max auch nie getraut hatte, ihr seine Gefühle zu offenbaren.

Die Tatsache, dass sie nicht mehr unter ihnen weilt und er ihr bezauberndes Lächeln nie wieder sehen wird, erschüttert ihn zutiefst. Umso mehr, wenn er jetzt die Verzweiflung in den Augen seines Freundes sieht. Er selbst hat keine Geschwister, doch Tamer ist wie ein Bruder für ihn.

„Seid ihr euch jetzt sicher, dass es Rechtsextreme waren?" Tamer nimmt einen Schluck von seinem Pappbecher und schaut wieder aus dem großen Glasfenster vor ihm in die Weite.

Max lässt einen Laut aus, der wie ein abgebrochenes Lachen klingt. „Niemand platziert zufällig eine Bombe während eines religiösen Festes."

Ihm ist bewusst, dass seine Vorgesetzten es sicherlich nicht gutheißen werden, dass er geheime Informationen herausgibt. Auch wenn Tamer bei der Polizei tätig ist, hat diese mit solchen Fällen nichts zu tun. Das ist Angelegenheit der Anti-Terroreinheit, der er selbst angehört. Aber er vertraut Tamer so sehr, dass kein Zweifel an seiner Loyalität besteht. Dafür verbindet sie eine viel zu lange und enge Freundschaft.

Sie hatten sich damals gemeinsam für den Posten bei der Anti-Terroreinheit beworben, weil sie beide einen starken

Sinn für Gerechtigkeit verspüren und ihren Anteil dabei leisten wollten, mehr Frieden in die Welt zu bringen. Vermutlich liegt ihre Begeisterung für den Kampf gegen die „Schurken" an den zahlreichen Batman-Comics, die sie in ihren Jugendtagen zusammen gelesen und nachgespielt hatten. Jedenfalls ist es ihr geteilter Traum gewesen, eines Tages zu den Alphas zu gehören, wie die Spezialeinheit gerne von anderen genannt wird, weil sie zu den besten zählt, die sich mit den harten Fällen beschäftigt. Leider hat sich dieser Traum für Tamer jedoch nie erfüllt. Zwar hat er alle notwendigen Voraussetzungen gehabt, um angenommen zu werden – er ist körperlich fit, klug und talentiert im Umgang mit Waffen –, weshalb er es auch bei dem Auswahlverfahren in die letzte Runde geschafft hat. Doch dann ist ihm sein Temperament im ausschlaggebenden Moment in die Quere gekommen. Eine wichtige Eigenschaft, die nämlich jedes Alpha-Mitglied mit sich bringen muss, ist die Fähigkeit, in schwierigen Situationen die Ruhe zu bewahren und nicht aus der Emotion heraus zu handeln. Tamer hat seine Lehre daraus gezogen und bei der späteren Aufnahmeprüfung bei der Polizei sein Temperament zurückgehalten, was ihn auch für den Beamtenstatus als Polizist qualifiziert hat. Es ist aber kein Geheimnis, dass ihn die Absage der Spezialeinheit schwer getroffen hat. Denn die Chance auf eine zweite Bewerbung ist ihm verwehrt gewesen, womit sein Traum auch nur ein Traum geblieben ist. Nichtsdestotrotz hat Max nie auch nur das leiseste Anzeichen von Neid in ihm gespürt. Entweder kann sein Freund seine wahren Gefühle gut verheimlichen oder er hat sich mittlerweile damit abgefunden. An Letzterem zweifelt er jedoch. Denn als er ihm damals spaßeshalber angeboten hatte, zum Tag der offenen Tür vorbeizukommen, um live zu erleben, wie es bei den Alphas aussieht, hat Tamer nicht gelacht. Er hat aber auch nichts Giftiges erwidert. So ist er nun mal: immer rücksichtsvoll mit seinen Mitmenschen. Eine seiner stärksten Eigenschaften, für die Max ihn bewundert. Und seit jenem Tag hat er sich fest vorgenommen, nie wieder so einen blöden Spruch abzulassen. Mit manchen Witzen sollte man nicht scherzen, wenn sie auf Kosten anderer sind, ist die Lehre, die er selbst im Laufe seines Lebens gelernt hat.

„Außerdem wurde die Bombe sehr kalkuliert platziert, um den größtmöglichen Schaden anzurichten“, berichtet er weiter.

Sein Blick fällt über Tamers Kopf hinweg auf einen Teenager im Sportanzug, mit hellblauer Kappe auf dem Kopf, der hinter einem fettleibigen Mann an der Kasse steht und verdächtig lange auf die kleinen Spirituosen in seiner unmittelbaren Reichweite starrt.

„Die haben zur Aktivierung des Sprengstoffs eine gängige Uhr ‚Made in China‘ verwendet.“

Max spricht, ohne den Teenager aus den Augen zu verlieren. Durch seine Arbeit hat er gelernt, zwei Dinge gleichzeitig zu tun, und hat sein Umfeld immer im Visier. Aufmerksamkeit hat in seinem Job höchste Priorität.

Der Teenager wirft einen flüchtigen Blick über die Schulter, entdeckt niemanden hinter sich und schiebt seine Hand vorsichtig zwischen die Flaschen, kaum dass sich der Verkäufer mit dem Rücken zu ihm umdreht.

„Wir haben den Hersteller überprüft …“

Tamer hört ihm aufmerksam zu.

„… aber es gibt keine Chance, den richtigen Besitzer zu finden.“

Die kurz aufgeflammte Hoffnung in den Augen seines Freundes erlischt augenblicklich.

„Die produzieren Hunderte davon und verschachern sie weltweit.“ Mit diesem Satz beendet Max seinen Report, trinkt seinen Kaffee in einem großen Schluck aus und schmeißt den leeren Becher in den Eimer neben sich, den Blick wieder auf den Teenager gerichtet.

Dieser greift nach ein paar Spirituosen und lässt sie in seiner Jackentasche verschwinden.

Tamer bekommt von alldem nichts mit, was nicht zuletzt daran liegt, dass er mit dem Rücken zur Kasse steht.

„Habt ihr mittlerweile einen Hinweis, wie der Sprengstoff hineingeschmuggelt wurde?“

Max lässt einen hämischen Laut von sich. Genau für diese Information hat er sich mit seinem Freund getroffen.

„Der war in einem Kinderwagen versteckt.“

Tamers Augen weiten sich. Max hat genau mit dieser Reaktion gerechnet. Diese Vorstellung ist wahrlich unerfreulich.

Derweil ist der Teenager nun an der Reihe zu zahlen. Er legt etwas Winziges, vermutlich eine Packung Kaugummis, auf den Tresen und schaut schnell noch einmal nach hinten, um sich zu vergewissern, dass ihn auch keiner bemerkt hat. Da trifft sein Blick plötzlich die beiden Männer in Uniform am Kaffeeautomaten. Offensichtlich hat er sie beim Betreten der Tanke gar nicht bemerkt, weil sie abseits seines Blickwinkels in einer hinteren Ecke stehen. Selbst aus dieser Entfernung sieht Max, wie der Junge schwer schluckt.

Was für ein Amateur, denkt er, kurz abgelenkt. Dann konzentriert er sich wieder auf das Wesentliche.

„Wir haben die verstreuten Überreste eingesammelt und den Kinderwagen digital rekonstruiert.“

Tamer blickt neugierig zu seinem Freund. Der starrt den Teenager so finster an, dass dieser die Flaschen nervös aus seiner Tasche herausnimmt und sie zum Bezahlen auf die Theke stellt.

„Kannst du mir das Bild weiterleiten?“, fragt Tamer nach.

Der Teenager geht in diesem Moment, den Blick zum Boden gerichtet, an den beiden Männern vorbei Richtung

Ausgang. Max schaut ihm mahnend hinterher, dann richtet er seine Aufmerksamkeit wieder auf Tamer.

„Das ist mein Job, Kumpel!“ Sofort bereut er seine Wortwahl und korrigiert sich. „Du weißt, dass ich das nicht darf.“

Tamer, der bis gerade eben ruhig dagestanden hat, hebt unerwartet die Stimme. „Und was schlägst du vor?“

Da ist es wieder, sein temperamentvolles Naturell, das er mit Mühe unter Kontrolle hält.

„Soll ich zu Hause Däumchen drehen, während der Mörder meiner Schwester wohlbehütet unter uns weilt?“ Er zischt die Worte mit einem ironischen Unterton. Voller Wut zerdrückt er den noch halb vollen Kaffeebecher in seiner Hand. Einige Tropfen berühren seine Haut, doch er scheint außer Wut nichts zu spüren, als er den Becher gleichgültig in die Mülltonne neben sich schmeißt.

Max betrachtet seinen Freund stumm. Es hilft jetzt nichts, an seine Vernunft zu appellieren. Tamer weiß selbst, dass er ihn um etwas Verbotenes bittet. Es ist aber nicht der Polizist in Uniform, der aus ihm spricht. Es ist der Bruder eines unschuldigen Opfers, der Gerechtigkeit verlangt.

„Ich überleg’s mir“, äußert Max schließlich, obwohl er bereits weiß, dass er die Bitte seines besten Freundes nicht abschlagen wird.

„Vielleicht können Sie ja etwas hiermit anfangen.“

Rashid Al-Bari zieht ein Buch aus einer dunkelbraunen Aktentasche, auf dessen Cover das menschliche Gehirn abgebildet ist. Es trägt den Titel: Amnesie.

„Ich habe diese Lektüren aus der Bibliothek ausgeliehen.“ Er zieht zwei weitere Bücher hervor und stellt sie neben Warda auf dem Sofa ab. Sein Arbeitszimmer ist zwar klein, aber dafür liebevoll eingerichtet und ganz mit Naturholz ausgestattet.

Sie nimmt das erste Buch in die Hand und betrachtet interessiert den Einband.

Dem Glanz in ihren Augen sieht er an, dass sie es kaum abwarten kann, mehr über ihren jetzigen Zustand zu erfahren. Vielleicht helfen ihr diese Lektüren, um herauszufinden, was sie tun kann, damit ihre Erinnerung zurückkehrt.

„Sie kümmern sich so gut um mich, Herr Al-Bari. Ich weiß gar nicht, wie ich mich revanchieren soll."

Rashid bringt sein übliches Lächeln hervor. „Darüber machen Sie sich mal keine Gedanken, meine Liebe. Es tut uns gut, ein wenig Abwechslung hier zu haben."

Es folgt eine kurze Pause, bevor er weiterspricht. „Das Haus fühlt sich nicht so leer an …"

Rashid lässt seinen Satz unbeendet, denn er kann nicht aussprechen, was klar auf der Hand liegt.

Während Warda in dem Fachbuch herumblättert, beobachtet er sie von der Seite. Ihre Ähnlichkeit mit seiner Tochter ist verblüffend. Dabei liegt es nicht an ihrem Gesicht, sondern an allen anderen Merkmalen. Von hinten könnte er sie sogar mit ihr verwechseln. Zwar ist ihm ihr wahres Alter unbekannt, aber sie muss ungefähr so alt sein wie seine Cherin. Ihre Haut ist noch perfekt, ohne irgendwelche Anzeichen der Alterung.

Rashid fragt sich, welche Wurzeln sie wohl hat. Ihre Gesichtszüge sind weich und ihre Hautfarbe hell – vor allem im Kontrast zu ihren mahagonifarbenen Haaren, die bis in die Spitzen glänzen. Sie ist wahrlich eine entzückende Rose.

Im Prinzip ist es ihm egal, welche Herkunft sie besitzt. Für ihn sind alle Menschen gleich. Er ist nur neugierig und möchte wissen, was sie dazu verleitet hat, an dem Ramadanfest teilzunehmen. Oder war sie nur zufällig dort?

Er selbst ist zwar Moslem, aber wie der Rest seiner Familie nicht besonders religiös. Gefastet hat er schon seit Jahren nicht mehr. Sein Arzt hat ihm wegen seiner gesundheitlichen Verfassung davon abgeraten. Für ihn sind religiöse Traditionen zwar nett, aber nicht notwendig. Er ist fest davon überzeugt, dass Gott – an dessen Existenz er fest glaubt – auch für all diejenigen da ist, die nicht zu ihm beten. Und mit diesem Glaubensansatz hat er auch seine Kinder erzogen.

Warda liest konzentriert das Inhaltsverzeichnis und bemerkt seinen musternden Blick nicht einmal. Als eine Haarsträhne über ihre Schulter fällt, steckt sie diese sofort wieder hinter das Ohr. Eine Angewohnheit, die auch Cherin besaß.

Cherin, meine kleine Cherin, denkt sich Rashid, während er den Blick nicht von Warda lässt und sich für diesen kurzen Augenblick der Lüge hingibt, dass seine Tochter neben ihm sitzt.

Vierundzwanzig Jahre hat er sie fast täglich um sich gehabt. Hat ihre positiven Strahlen aufgesogen, die seinen Tag erhellt haben, und hat sich durch den Klang ihrer wohligen Stimme verzaubern lassen. Er hat es für selbstverständlich gehalten, dass es immer so sein würde, bis zu dem Tag, an dem er selbst nicht mehr da wäre, um sich an ihr zu erfreuen. Nicht einen Augenblick lang hat er daran gedacht, dass sie vor ihm diese Welt verlassen könnte. Und genau deshalb ist er völlig unvorbereitet auf den unerträglichen Schmerz gewesen, der seine Brust in der Mitte aufgerissen hat.

Nur mit Mühe verkneift sich Rashid die sinnlose Frage nach dem Warum. Denn er weiß, dass er keine Antwort darauf finden wird, egal wie lange er danach sucht. Aus irgendeinem Grund hat Gott beschlossen, seinen größten Schatz vorzeitig zu sich zu holen.

Rashid will daran glauben, dass es nur eine Frage der Zeit ist, bis er seine Tochter wieder in die Arme schließen wird. Dennoch kann er nicht verhindern, dass ihn hin und wieder das Gefühl der Schuld überkommt. Obwohl ihm bewusst ist, dass er keine direkte Schuld an ihrem Tod trägt, fragt er sich oft, warum er sie hat allein zu dieser Feier gehen lassen, um dort auszuhelfen. Hätte er sie begleitet, hätte er die Gefahr eventuell vorhergesehen und sie verhindern können. Oder hätte sich beschützend auf seine Tochter geworfen, als die Explosion geschah, damit die splitternden Nägel, die ihren Körper in Höchstgeschwindigkeit durchbohrt hatten, ihn getroffen hätten.

Ruckartig schüttelt er den Kopf, als müsste er wieder zu Bewusstsein kommen. Er darf jetzt nicht in seine Trauer verfallen. Das ist hier nicht angebracht.

Warda scheint die Regung neben sich zu spüren, denn sie schaut zu ihm auf. Er zwingt sich zu einem Lächeln, während seine Augen damit kämpfen, die Tränen zu unterdrücken. Diese junge Frau braucht jetzt seine Unterstützung und schon allein deshalb, weil sie auch seine Tochter sein könnte, will er alles dafür tun, um ihr zu helfen.

Ein Klopfen an der offenen Tür lässt beide gleichzeitig aufschauen. Tamer steht in seiner Polizeiuniform am Eingang des Zimmers. Er hält einen großen Umschlag in der Hand.

„Lässt du uns kurz mal allein?“, sagt er an seinen Vater gerichtet.

Rashid nickt und steht auf. An der Tür dreht er sich aber um.

„Wenn ich noch etwas für Sie tun kann, Warda, finden Sie mich im Garten.“ Beim Hinausgehen zieht er die Tür hinter sich zu.

„Warda?“ Tamer hebt erstaunt die Brauen.

Agnesa lächelt ihn an. „Ihr Vater hat mir diesen Namen verliehen.“

Er bringt ein leichtes Lächeln hervor, bevor er den Umschlag öffnet. „Apropos Namen …“ Er kommt einige Schritte näher und überreicht ihr ein Blatt Papier. „Das hier ist eine

Liste aller Überlebenden. Vielleicht erkennen Sie einen der Namen wieder …"

Sie nimmt den Zettel aufgeregt entgegen. Doch als sie die Vor- und Nachnamen durchliest, schüttelt sie enttäuscht den Kopf.

Tamer zieht einen zweiten Zettel aus dem Umschlag.

„Das ist die Liste der Opfer." Seine Stimme ist leiser.

Agnesa zögert, dann nimmt sie den Zettel und geht auch hier die Namen aufmerksam durch. Als sie Cherin Al-Bari auf der Liste entdeckt, zuckt sie reflexartig zusammen. Mitfühlend blickt sie zu Tamer auf. Doch der schaut augenblicklich weg.

„Ich kenne niemanden." Sie reicht ihm den Zettel zurück. „Tut mir leid!"

Tamer zieht noch einen weiteren Zettel aus dem Umschlag, während Agnesa ihn neugierig beobachtet.

„Da gäbe es noch etwas …" Er setzt sich mit etwas Distanz neben sie und hält ihr ein Foto hin. „Können Sie sich hieran erinnern?"

In dreckigen Gummistiefeln steht Latifa inmitten ihres gut gepflegten Gartens und gießt ihre kleine Sammlung an Tomaten, Zucchini und Auberginen. Eigentlich ist Gartenarbeit ihr Hobby, aber seit dem Tod ihrer Tochter dient sie ihr vielmehr als Heilmittel, um sich von ihren Gedanken abzulenken. Sie erträgt es nicht, zu Hause zu sein. Umgeben von diesen Wänden voller Erinnerungen. Cherin hatte nicht viel übrig für Gartenarbeit, weshalb dieser Ort der einzige ist, wo nicht sofort alles an sie und damit an ihren Tod erinnert.

Heute ist Latifa jedoch aus einem anderen Grund draußen, obwohl ihr gar nicht danach ist, sich um ihr Obst- und

Gemüsebeet zu kümmern. Sie fühlt sich in ihrem eigenen Zuhause nicht mehr wohl. Will vermeiden, mit ihrem neuen Gast allein zu sein. Eine Situation, der sie früher oder später nicht mehr ausweichen kann.

Sie weiß nicht, worüber sie mit dieser fremden Frau in ihrem Haus sprechen soll. Und das liegt nicht nur daran, dass diese sich an nichts erinnert. Sie haben keinerlei Gemeinsamkeiten. Das Einzige, was sie verbindet, ist das Leid, das sie beide erfahren haben.

Ihr Verstand sagt Latifa zwar, dass dieses Mädchen ihre Unterstützung braucht, und tief in ihrem Herzen tut sie ihr unendlich leid in ihrer misslichen Lage. Doch aus irgendeinem Grund verspürt sie eine Abneigung ihr gegenüber. Sie versucht, es sich dadurch zu erklären, dass sie fremd ist. In Wirklichkeit weiß Latifa aber, dass es einen ganz anderen Grund gibt.

Jedes Mal, wenn sie die Unbekannte anschaut, die ihrer Tochter in so vieler Hinsicht ähnelt, muss sie darüber nachdenken, dass es Cherin sein sollte, die überlebt hat. Sie hatte doch ein Herz aus reinem Gold. Aber Gott hat dieses Mädchen ausgewählt. Hat sie verschont statt ihrer Tochter.

Warum? Womit ist sie etwas Besseres als mein Kind?, ist die Frage, die ihr nicht mehr aus dem Kopf gehen möchte.

Sie versteht, dass ihre Gedanken grausam sind, und sie schämt sich ein wenig dafür. Aber sie kann nicht verhindern, dass diese Dinge ihr durch den Kopf gehen. Hoffentlich verzeiht ihr Gott, ist sie doch nur eine liebende Mutter, die nicht aufhören kann, um ihr verlorenes Kind zu trauern.

Plötzlich hält sie inne und schaut durch das reflektierende Fenster neben sich in das Arbeitszimmer ihres Mannes, wo sich ihr Gast und Tamer auf dem Sofa unterhalten. Einen Augenblick lang bildet sie sich ein, ihre Tochter zu sehen. Das gelbe Kleid haben sie vor mehr als fünf Jahren gemeinsam ausgewählt. Cherin wollte es unbedingt haben, obwohl es ihr eine Nummer zu groß war. Und so hat Latifa das Kleid enger genäht, damit es perfekt an ihrer Tochter saß. In ihren Augen war sie nämlich perfekt. Eine Tochter, die sich jede Mutter wünschen würde.

Doch die schöne Illusion hält nicht lange an, obwohl Latifa daran festhalten möchte. Ihr Gast dreht den Kopf zum Fenster, scheint Latifa jedoch nicht zu erkennen. Ihr Gesicht ist ganz anders als Cherins. Sie lächelt kaum und ihre Augen sind undurchdringlich. Sie gewähren keinen Einblick in ihr Inneres.

Sofort presst Latifa die Lider zusammen, versucht noch einmal, das Bild ihrer Tochter zurückzuholen. Ach, könnte sie Cherin doch bloß für einen Tag zurückbringen. Noch einmal ihre Wärme spüren, noch einmal ihr Lachen hören, ihre Hand halten und den Duft ihrer Haare einatmen.

Tränen fließen über ihre Wangen. Sie hält sie nicht auf. Es ist ohnehin zwecklos. Nur wenn sie die Tagesration an Tränenfluss verbraucht hat, kehrt für kurze Zeit Ruhe in ihr ein.

Akzeptiere es!, sagt sie im Geiste, während sie die Fremde hinter dem Glas, das sie trennt, anstarrt.

Wie Warda da sitzt, die Füße zusammengepresst, die Schultern schlaff herunterhängend, den Kopf zum Boden gesenkt, wird Latifa schlagartig klar, dass sie nicht die Einzige ist, die sich in diesem Haus fremd fühlt. Und es ist ihre Aufgabe, dafür zu sorgen, dass dieses Mädchen sich hier einlebt. Schließlich würde sie auch wollen, dass man ihre Tochter gut behandelt, wenn sie an Wardas Stelle wäre. Sie muss sich zusammenreißen und eine gute Gastgeberin sein. Nicht für ihr Image, sondern für ihr Gewissen.

Ihr Mann nähert sich ihr von hinten. Sie hört seine vertrauten Schritte, dreht sich aber nicht um.

„Für einen Moment schien es mir so, als wäre das unsere Kleine, die dort sitzt“, flüstert sie auf Arabisch.

Rashid, der sie bereits erreicht hat, legt seinen Arm um ihre Taille. Beide schauen durch das Fenster auf die hilflose Gestalt im Kleid ihrer Tochter, die jetzt deren Platz eingenommen hat.

„Ich glaube, es ist kein Zufall, dass sie bei uns ist“, spricht Rashid ebenfalls auf Arabisch, während er seine Frau näher zu sich zieht.

Latifa lehnt ihren Kopf mit einem Schluchzen an seine Brust.

„Gott hat in allem seine Finger im Spiel“, flüstert er ihr ins Ohr, und sie hofft, dass er recht behält.

Agnesa betrachtet die digitale Rekonstruktion eines Kinderwagens. Er ist beige, etwas altmodisch, mit Röschen versehen. Sie begreift nicht, weshalb Tamer ihr dieses Bild zeigt. Warum soll sie sich daran erinnern?

Sie zieht das zweite Bild hervor, das darunter liegt. Es zeigt den Kinderwagen nun aus einer anderen Perspektive von oben.

Er ist mit einem weißen Bettbezug bedeckt.

Da geschieht es: Ganz unerwartet erscheint ihr ein verschwommenes Bild vor Augen.

„Ich erinnere mich …“, schießt es aus ihr heraus. „Ein süßes Mädchen mit gelockten Haaren lag darin. Sie trug ein rosafarbenes Kleidchen und spielte mit einer Rassel.“ Ihre Stimme klingt sanft, als sie das Kleinkind beschreibt.

Tamer legt verwundert die Stirn in Falten. „Das ist nicht möglich. Es war kein Kind in dem Wagen.“ Er macht eine kurze Pause, bevor er mit der Wahrheit herausrückt. „Darin lag die Bombe.“

Agnesa hält schockiert die freie Hand vor den Mund. „Welcher Mensch tut denn so etwas?“

Tamer stößt einen langen Seufzer aus. „Jemand, der imstande ist, unschuldige Bürger zu töten."

Sie schweigen eine Weile. Agnesa versucht, sich das Bild leibhaftig vorzustellen. *Wer um Gottes willen bewahrt eine Bombe in einem Kinderwagen auf?*

„Wieso tun manche so etwas Schreckliches?", fragt sie fassungslos.

Tamer zuckt mit den Schultern. „Das kann niemand sagen. Wer weiß schon, was in dem Kopf eines solchen Unmenschen vorgeht?"

„Aber es muss doch einen Grund geben …"

„Egal welcher Grund es auch sein mag", fällt er ihr ins Wort, „nichts berechtigt irgendjemanden dazu, Unschuldige in den Tod zu ziehen!"

Agnesa antwortet nichts darauf. Nachdenklich betrachtet sie das Bild noch eine Weile, aber das kleine Mädchen ist daraus verschwunden. Zu gerne wüsste sie, was dem Täter durch den Kopf ging, als er die Bombe in dem Kinderwagen versteckt hat.

„Wie viel Hass in einem Menschen stecken muss, um zu so einer Tat imstande zu sein?", murmelt sie leise vor sich hin.

Tamer betrachtet sie von der Seite. „Sie sollten sich nicht mit solchen Gedanken quälen." Er blickt ihr tief in die Augen. „Diese Leute haben mit Ihnen nichts gemeinsam! Sie können ihre Beweggründe nicht verstehen."

Sie lächelt verlegen und überreicht ihm die Zeichnung zurück. „Tut mir leid, dass ich Ihnen nicht weiterhelfen konnte."

„Danke trotzdem!" Tamer steckt die Bilder wieder in den Umschlag und möchte schon aufstehen, da fällt ihr noch eine Frage ein, die sie ihm stellen wollte.

„Hat Ihr Freund eigentlich irgendetwas über mich herausgefunden?"

„Leider nicht, sonst hätte ich Ihnen das natürlich längst mitgeteilt. Ihre Fingerabdrücke haben keinerlei Übereinstimmung mit den gespeicherten Daten der Polizei gezeigt. Sie scheinen eine weiße Weste zu haben. Zumindest sind Sie bislang in keiner polizeilichen Akte aufgetaucht.“

Einerseits beruhigt sie diese Information, andererseits hat sie sich mehr als Ergebnis erhofft.

„Und mein Foto hat auch keine Übereinstimmung ergeben?“

Er fährt sich mit den Fingern durchs Haar, ganz so, als möchte er Zeit schinden, bis er mit der nächsten Antwort rausrückt. „Offensichtlich haben Sie ein sehr zurückhaltendes Leben geführt, denn es konnten keine Bilder im Netz gefunden werden, die ihrem Foto entsprachen.“

„Nicht einmal ein Personalausweis?“, hakt sie ungläubig nach.

Seine Stirn legt sich in Falten, ganz so, als wundere ihn diese Tatsache ebenfalls.

„Es könnte sein, dass Sie eine größere OP hinter sich haben und anschließend keinen neuen Ausweis in Auftrag gegeben haben.“

Jetzt runzelt auch Agnesa die Stirn. „Sie meinen also, dass ich mir das Gesicht hab operieren lassen?“

Er zuckt etwas beschämt mit den Schultern. „Na ja, ich möchte Ihnen da nichts unterstellen, aber Sie haben ziemlich ebenmäßige Gesichtszüge mit einer perfekten Nase und …“ Er bricht ab. „Das sieht man selten.“

Sie fasst sich instinktiv an die Nase. Auf diesen Gedanken ist sie selbst gar nicht gekommen. Hat sie vielleicht tatsächlich etwas an ihrem Äußeren verändert?

„Ich muss jetzt leider zurück zum Dienst, meine Mittagspause ist bald um.“ Er geht Richtung Tür, während er weiterspricht. „Aber seien Sie vergewissert, dass ich Sie als Erste informiere, wenn es Neuigkeiten gibt.“ Er hebt den Umschlag in seiner Hand hoch. „Danke noch mal – Warda.“

Sie bemerkt ein amüsiertes Lächeln, als er ihren Namen sagt. Auch sie kann sich ein Lächeln nicht verkneifen, denn es gefällt ihr, wie er ihn ausspricht. Zwar fühlt sich der Name noch etwas fremd an, aber sie kann sich an den Klang gewöhnen.

„Tamer!", ruft sie ihm nach. Es ist das erste Mal, dass auch sie ihn beim Namen nennt.

Er bleibt mit einem unterdrückten Lächeln stehen.

„Ja?"

„Gefällt er Ihnen?"

Tamer hebt ratlos die Brauen.

„Mein Name", hilft sie ihm auf die Sprünge.

Sein Lächeln kehrt zurück. „Ja. Er passt zu Ihnen." Zwar öffnet er die Tür, doch er hält noch einmal inne, um etwas hinzuzufügen. „Rosen sind meine Lieblingsblumen."

Sie schauen einander ein bisschen zu lange an. Verlegen blickt Agnesa schließlich zur Seite und steckt sich eine Haarsträhne hinter das Ohr. Er hingegen schaut nicht von ihr weg. Sie spürt seinen Blick auf sich ruhen und spielt mit ihren Fingern im Haar herum.

„Hat Ihr Name auch eine Bedeutung?"

Sie weiß nicht, warum sie ihn das fragt. Vermutlich aus reiner Neugier. Da Herr Al-Bari solch eine Leidenschaft für Namen besitzt, hat er mit Sicherheit bei seinen Kindern eine bewusste Auswahl getroffen.

Tamer antwortet nicht sofort, woraufhin sie davon ausgeht, ihre Frage sei dumm. Doch genau in dem Moment, als sie sich entschuldigen möchte, kommt die etwas verlegene Antwort.

„Ein ganzer Mann."

Überrascht schaut sie zu ihm auf. „Was für ein Zufall!" Sie kann ihr Lächeln nicht verbergen.

Er versteht offensichtlich nicht, wie sie das meint, denn er hebt wie gewohnt seine Augenbrauen.

„Zufall?“

Sie deutet mit dem ausgestreckten Arm auf seine Uniform.

„Weil Sie für die Gerechtigkeit kämpfen. Das tun doch ganze Männer, nicht?“

In der Dunkelheit des Abends leuchtet die Moschee wie weißer Kristall. Tamer beobachtet aus dem Fenster seines VWs den Tatort, der mittlerweile mit etlichen Blumenkränzen dekoriert ist und durch ein Meer an Kerzen erleuchtet wird.

Er ist schon einige Male hier gewesen, um vergeblich irgendwelche Hinweise zu finden. War schon in allen umliegenden Gebäuden. Hat die Besitzer der Geschäfte und die Einwohner nach Auffälligkeiten befragt. Nicht weil das seine Arbeit verlangt. Im Gegenteil, er soll sich keineswegs in diese Angelegenheit einmischen, das hat ihm Max überdeutlich gemacht. Aber er kann die Suche nicht tatenlos anderen überlassen. Solange Cherins Mörder auf freiem Fuß sind, wird er keinen Frieden finden.

Mit einer weißen Rose in der Hand kniet er vor dem Andenken der Opfer hin und platziert sie auf dem Boden, neben dem Schwarm an roten Kerzen.

Eine hochschwangere Frau mit ihrem Sohn an der Hand, der ihr gerade mal bis zur Hüfte geht, nähert sich und kniet vor ihm zu Boden. Sie nickt ihm zu, als ihre Blicke sich treffen.

Leise spricht sie ein Gebet. Tamer hört nur den Namen Allahs, der Rest ist auf einer Sprache, die ihm nicht vertraut ist.

Sie wiederholt die Worte immer und immer wieder, beide Handflächen nach oben gerichtet und den Kopf zum schwarzen Himmel erhoben. Der kleine Junge hält seine Arme um sie geschlungen und blickt Tamer mit traurigen Kulleraugen an. Es muss sich wohl um seinen Vater handeln, dem dieses Gebet gilt. Die Frau weint nicht, doch der Ausdruck des Schmerzes verrät alles.

Von einer tiefen Trauer erfüllt, blickt Tamer den beiden nach, als sie wieder in der Dunkelheit verschwinden, aus der sie gekommen sind. Eine Ehefrau, die nun als Witwe weiterleben muss, ein kleiner Junge und ein Ungeborenes, deren Vater nicht mehr sehen wird, wie sie aufwachsen.

So viele Menschen haben wie Cherin ihr Leben bei dem Anschlag verloren. Einfach nur, weil irgendjemand genug Hass in seiner Brust trug, um ihrem Dasein grundlos ein Ende zu setzen.

Die Trauer in Tamers Innerem verändert sich rasant, und die Wut glüht auf wie das ihn umgebende Kerzenlicht. Eine Wut in einem Ausmaß, das er noch nie zuvor gespürt hat. Er starrt auf das flackernde Rot der Kerzen vor sich, die vor seinen Pupillen langsam verschwimmen.

„Wer dir das auch angetan hat, wird dafür bezahlen!", flüstert er dem Geist seiner Schwester zu. Ein Schwur, den er einhalten wird, koste es, was es wolle. Schließlich steht er mit neuer Kraft auf und verschwindet ebenfalls in der Schwärze der anbrechenden Nacht.

8

Ein Fremder zu viel

Frau Dr. Klein aus der neurologischen Abteilung tippt etwas in den PC auf ihrem ordentlich gepflegten Schreibtisch ein. Griffbereit liegt darauf auch die aufgeschlagene Krankenakte von Agnesa. In der oberen Zeile ist etwas unter „Befund" vermerkt.

Kortexale Amnesie

Der Drucker spuckt nach wenigen Sekunden ein Rezept aus, das Dr. Klein mit einem Lächeln ihrer Patientin überreicht. Latifa, die sie hierher begleitet hat, sitzt gleich daneben.

„Ich habe Ihnen wieder Propranolol verschrieben. Das ist momentan das effektivste Medikament zur Wiederherstellung Ihres Gedächtnisses."

Agnesa wirft einen kurzen Blick auf das Rezept.

„Die Dosis habe ich erhöht, damit sich die Wirkung schneller zeigt", fährt Dr. Klein fort.

Agnesa nickt nur. „Und wofür ist das zweite Medikament?"

„Das ist ein Antidepressivum, was Ihnen auch bei Ihren Schlafstörungen helfen wird.“ Frau Dr. Klein schaut zu Latifa. „Ich empfehle trotzdem eine Beratungsstunde beim Psychologen. In solchen Fällen reicht eine medikamentöse Behandlung allein nicht aus.“

Agnesa schweigt. Sie hat diesen Rat schon zuvor abgelehnt. Die Vorstellung, einem völlig Fremden ihre Gefühls- und Gedankenwelt zu offenbaren, gefällt ihr nicht. Außerdem weiß sie ohnehin nicht, worüber sie mit einem Psychologen sprechen soll, wo sie sich doch bis heute an nichts erinnert.

„Vielen Dank, Frau Doktor!“

Latifa steht von ihrem Stuhl auf und Agnesa tut es ihr gleich.

„Machen Sie sich keine Sorgen, Frau Al-Bari! Ihrer Tochter wird es bald wieder besser gehen.“

Die Worte der Ärztin treffen die trauernde Mutter wie eine Ohrfeige ins Gesicht. Das sieht Agnesa ihr sofort an. Latifa öffnet den Mund, um das Missverständnis aufzuklären, verkneift es sich aber und nickt stattdessen.

Agnesa wirft ihr einen überraschten Blick zu. Ein schwaches Lächeln taucht auf ihren Lippen auf. Sie ist ihr dankbar dafür, obwohl sie sich keineswegs als Tochter fühlt. Ganz im Gegenteil: Sie ist sich ihrer Rolle als Gast im Hause der Al-Baris wohl bewusst. Sonst vermittelt ihr Latifa mit ihrem Schweigen sogar das Gefühl, unerwünscht zu sein, und sie kann es ihr nicht einmal verübeln. Immerhin lebt sie auf Kosten der ihr fremden Familie und erbringt keine Gegenleistung dafür. Zwar würde sie es gerne tun, doch weiß sie nicht wie, außer hier und da mal im Haushalt auszuhelfen. Doch selbst die einfachen Tätigkeiten wie Staubsaugen oder Wäscheaufhängen übernimmt ihre Gastgeberin immer selbst, womit sie Agnesa indirekt ihren Gaststatus aufstempelt. Zwar hat Agnesa schon zweimal angesprochen, dass sie sich eine andere Unterkunft suchen wird, um keine Last mehr zu sein, doch da hat Herr Al-Bari stets darauf beharrt, dass sie bei ihnen weiterhin willkommen sei. Seine Frau hat hingegen diese Aussage nie bekräftigt. Ist Latifa ihr jetzt freundlicher gesonnen?

Die Antwort auf diese Frage bekommt sie wieder durch das Schweigen ihrer Begleiterin. Während der ganzen Rückfahrt sprechen sie nämlich kaum ein Wort miteinander. Der kurze Moment der Nähe, den Agnesa bei der Ärztin gespürt hat, ist längst wieder verpufft.

Mit hochgezogenem Kleid stellt sie sich am Mittag vor dem bodenlangen Schrankspiegel in Cherins Zimmer und streicht vorsichtig über die blasse Narbe, die sich über ihren Bauch erstreckt. Seit dem Tag, als sie den Kaiserschnitt zum ersten Mal entdeckt hat, geht ihr eine Frage nicht mehr aus dem Kopf: *Bin ich etwa eine Mutter? Falls ja, was ist mit meinem Kind? War es eine Fehlgeburt? Lebt es noch? Oder ist es bei dem Anschlag ums Leben gekommen?*

Sie kann nicht sagen, was das schlimmere Übel wäre. Wenn sie tatsächlich irgendwo da draußen ein Kind hätte, das jetzt ohne seine Mutter dasteht, oder wenn es nicht überlebt hätte.

Agnesas Augen füllen sich mit Tränen wie jedes Mal, wenn sie über die Bedeutung der Narbe nachdenkt, und das, ohne zu wissen, für wen diese Tränen bestimmt sind.

Wie es wohl ist, Mutter zu sein?, geht ihr durch den Kopf. Hat sie einen Sohn oder eine Tochter? Sieht das Kind ihr ähnlich? Wie alt ist es? Was für einen Namen hat sie ihm gegeben? Schließlich eine ganz andere Frage: *Bin ich eine gute Mutter für mein Kind gewesen?*

Das Klopfen an der Tür unterbricht ihren Gedankengang. Schnell verdeckt sie ihren entblößten Körper und zieht ihr Kleid zurecht.

Cherins Garderobe besteht hauptsächlich aus Kleidern, und noch dazu alle bunt. Agnesa hat nicht ein einziges schwarzes Teil gefunden. So muss sie in bunten Kleidern herumlaufen, obwohl ihr gar nicht nach heiteren Pastelltönen ist. Wenn es nach ihr ginge, würde sie am liebsten Schwarz tragen. Ganz so wie ihr Inneres sicherlich aussieht.

Sie wischt sich mit dem Handrücken eine Träne aus dem Gesicht, bevor sie sich umdreht.

„Ja, bitte."

Latifa öffnet die Zimmertür, tritt aber nicht herein, als gäbe es eine unsichtbare Schwelle, die sie nicht überschreiten darf.

Mittlerweile sind zwei Wochen vergangen, seit Agnesa zu den Al-Baris gezogen ist, aber noch immer hält Latifa eine gewisse Distanz, im Gegenteil zu ihrem Mann, der sich sehr darum bemüht, eine Unterhaltung mit ihr anzufangen. Sie selbst ist nämlich nicht sonderlich gesprächig. Wahrscheinlich deshalb, weil ihr kein sinnvoller Gesprächsstoff einfällt. Anscheinend geht es Latifa da ähnlich. Denn jedes Mal, wenn Agnesa mit ihr allein im Wohnzimmer oder in der Küche sitzt, herrscht eine bedrückende Stille, die sie abwechselnd damit lösen, dass eine von ihnen den Raum verlässt, als gäbe es etwas zu erledigen.

Auch das kann sie Latifa nicht übel nehmen, sieht sie doch jedes Mal in ihren dunklen Augen den noch tief verwurzelten Schmerz. Und sie begreift, dass ihre Präsenz in diesem Haus überflüssig ist. Aber was soll sie tun? Es gibt keinen anderen Ort, wohin sie gehen kann. Und so geht sie täglich eine Stunde lang um den Block spazieren, um sich frei zu fühlen, oder verbringt die meiste Zeit in Cherins Zimmer, um etwas für sich zu sein, aber auch, um der Familie die Privatsphäre zu geben, die sie durch ihre Anwesenheit nicht hat.

In diesem Moment lächelt Latifa sie aber an. Es kommt nicht oft vor, dass die Frau des Hauses ein Lächeln für sie übrighat. Offenbar gibt es gute Nachrichten.

„Es hat sich jemand auf unsere Anzeige gemeldet", verkündet sie mit heiterer Stimme.

Agnesa begreift nicht sofort, über welche Anzeige sie spricht.

Als könne Latifa ihren Blick deuten, ergänzt sie: „Jemand, der angibt, Ihr Ehemann zu sein."

Mustafa Abdul-Farak sitzt im Wohnzimmer der Al-Baris und kaut nervös an seiner Unterlippe herum, den Blick erwartungsvoll zur Tür gerichtet. Als Agnesa in ihrem fliederfarbenen Samtkleid das Zimmer betritt, stockt ihm der Atem.

Agnesa mustert ihn ebenfalls aus der Ferne. Er muss um die Vierzig sein, vielleicht 1,65 Meter groß. Das ist schwer zu sagen in der Sitzposition. Sein Haar ist schütter und ein kahler Fleck gibt sich auf seinem Hinterkopf zu erkennen. Obwohl er frisch rasiert ist, sieht es durch den dunklen Schatten auf seinen Wangen gar nicht danach aus. Seine dichten schwarzen Augenbrauen lassen ihn etwas düster erscheinen. Doch sonst hat er ein gewöhnliches Aussehen. Er trägt eine Stoffhose und einen ockerfarbenen Pullover, der die kleine Wölbung seines Bauches dezent verbirgt.

So hat sich Agnesa ihren Ehemann nicht vorgestellt.

Als sie auf ihn zugeht, springt Mustafa von seinem Platz auf. Er reicht ihr gerade einmal bis zum Kinn. Mit einem Meter Abstand bleibt sie vor ihm stehen. Sie weiß nicht, ob sie ihm die Hand zum Gruß reichen soll, wie einem Fremden – denn genau das ist er in diesem Augenblick für sie – oder ob eine Umarmung angebracht ist. Immerhin sind sie verheiratet. Ihr ist nach nichts von beidem.

Zu ihrer Erleichterung nickt er nur mit einem strahlenden Lächeln, das seine weniger strahlenden Zähne zum Vorschein bringt.

Einen Moment bleiben sie so stehen, mustern einander, dann sagt er ein leises: „Hallo!“

Rashid deutet zum Sofa, damit sie sich setzen. Sie kommt dankbar der Aufforderung nach.

Erneutes Schweigen.

Latifa erscheint mit einem Tablett in den Händen aus der Küche. Sie stellt es auf dem kleinen Tisch vor ihrem Gast ab und platziert die Teekanne mit passenden Teetassen und einem Teller mit selbst gebackener Baklava in seiner Reichweite. Dabei nutzt sie die Gelegenheit, um den Fremden näher zu betrachten, geht dann aber wieder aus dem Zimmer.

„Tja dann …“, beginnt Rashid. „… lassen Sie uns über Ihre Frau sprechen.“

Agnesa schluckt bei diesen Worten. *Bin ich wirklich die Frau von diesem Mann?*

Je länger sie ihn betrachtet, umso weniger kann sie nachvollziehen, was sie an ihm gefunden hat. Sie ermahnt sich jedoch schnell, keine voreilige Meinung über den Fremden zu bilden. Von Äußerlichkeiten soll man sich nicht täuschen lassen. Da sie ihn als Mann an ihrer Seite ausgewählt hat, muss er etwas an sich haben, was diesen Status rechtfertigt, oder nicht?

Mustafa kaut wieder nervös an seiner Unterlippe herum.

Beim besten Willen ist es für Agnesa unmöglich, sich vorzustellen, mit diesem Kerl verheiratet zu sein.

Es klingelt an der Tür. Einen Augenblick später tritt Tamer ein. Sein Vater muss ihn über den Besuch informiert haben, weshalb er nach der Arbeit sofort hierhergefahren ist. Er trägt nämlich noch seine Polizeiuniform, was den Besucher kurz irritiert und wieder an seiner Lippe herumkauen lässt.

Tamer stößt mit einer formellen Begrüßung und einem strengen Blick an seinen Vater gerichtet dazu. Er wirkt über den Anblick Mustafas fast genauso irritiert wie Agnesa vorhin.

Sein Blick schweift zu ihr. Darin steht geschrieben: *Er passt nicht zu dir.*

„Du kommst gerade richtig", sagt Rashid zu ihm. „… unser Gast ist kurz vor dir eingetroffen." Er wendet sich wieder Mustafa zu. „Das ist mein Sohn. Er hat dafür gesorgt, dass Ihre Frau vorübergehend bei uns bleibt."

Mustafa atmet erleichtert auf. Tamer setzt sich direkt neben ihn in die Ecke des Sofas, sodass er sowohl ihn als auch Agnesa auf dem Stuhl gegenüber im Auge behalten kann. Sie schaut ihn hilfesuchend an.

„Dann können wir ja zum Wesentlichen kommen …", fährt Rashid fort.

Mustafa blickt zwischen allen Anwesenden hin und her, wie ein Angeklagter vor Gericht. Er öffnet den Mund, um etwas zu sagen, spricht aber nicht.

Tamer übernimmt an seiner Stelle das Wort: „Wie lange sind Sie beide schon verheiratet?"

Mustafa schaut an die Decke, als zähle er gerade nach. „Seit drei Jahren." Seine Stimme ist etwas hoch für einen Mann, und er spricht mit einem Akzent, der seinen Migrationshintergrund deutlich macht.

„Gibt es irgendwelche Familienangehörigen seitens Ihrer Frau?"

„Nein, kein Kontakt mehr, schon lange."

Tamers Brauen schießen verwundert nach oben. „Warum nicht?"

Mustafa zuckt mit den Achseln. „Probleme mit Familie." Er kaut wieder an seiner Unterlippe herum.

Der Small Talk geht noch einige Minuten weiter. Tamer stellt die Fragen, Mustafa antwortet tatsächlich wie bei einem Verhör. Agnesa sagt in der ganzen Zeit kein Wort, blickt nur auf ihre Hände, die sie ineinander gekreuzt hat. Auch Rashid hält sich zurück.

Mustafa löffelt nervös in seiner Tasse herum, als Tamer endlich zur Sache kommt.

„Wo waren Sie, als der Anschlag passierte?"

„Ich krank war." Die Antwort kommt direkt, fast schon so, als hätte er sie auswendig gelernt. „Konnte nicht gehen, leider. Das war Grund, warum meine Frau ohne mich gegangen."

„Wieso haben Sie sich nicht schon eher auf die Vermisstenanzeige gemeldet?", hakt Tamer nach.

Mustafa blickt ihn beschämt an. „Ich nicht lese so viel." Es folgt eine kurze Pause, dann: „… Ich auch denke, Frau ist tot."

Tamer visiert Agnesa. Selbst ein Blinder würde sicherlich merken, wie unangenehm ihr die Situation ist.

„Gibt es etwas, das Sie gerne fragen möchten, Warda?"

Sie blickt zu ihm auf, sagt aber nichts. Rashid stellt hingegen eine Frage, die längst fällig ist: „Wie heißt sie denn mit richtigem Namen?"

„Aylin", gibt Mustafa zum ersten Mal lächelnd als Antwort.

Aylin, wiederholt Agnesa im Kopf. Das klingt so fremd. Sie überlegt, ob sie die Frage stellen soll, die ihr schon die ganze Zeit auf der Zunge liegt. Schließlich fasst sie ihren Entschluss. Sie muss es wissen.

„Was ist mit unserem Kind passiert?"

Alle drei Männer drehen ihre Köpfe verblüfft in ihre Richtung.

Mustafa hält für einige Sekunden den Mund offen, dann stammelt er: „Wir kein Kind haben."

Agnesa legt die Stirn in Falten. „Warum hatte ich dann einen Kaiserschnitt?"

Die Worte bleiben in der Luft hängen. Sowohl Tamer als auch Rashid sind baff. Latifa, die vermutlich von der Küche aus dem Gespräch lauscht, taucht sofort an der Türschwelle auf, um nichts zu verpassen.

Mustafa schluckt schwer. Leichte Schweißtropfen sind an seiner Stirn zu erkennen, und das liegt mit Sicherheit nicht an der Zimmertemperatur.

„Es war Totgeburt“, stammelt er erneut.

Agnesa tauscht einen kurzen, aber vielsagenden Blick mit Tamer aus. Er begreift sofort, dass sie dem Mann nicht glaubt, denn er nickt ihr zu.

Einige Sekunden inspiziert er Mustafa genau. Seine Hand zittert, mit der er die Teetasse festhält. Als er Tamers Blick bemerkt, setzt er die Tasse sofort auf dem Tisch ab.

„Wieso tragen Sie keinen Ehering?“, will Tamer von Mustafa wissen.

„Ich Moslem, keinen Ring tragen.“ Er versucht, ein Lächeln hervorzubringen, das eher nach einer schlechten Grimasse aussieht.

Tamer schaut zu Agnesa, die den Blick wieder gesenkt hält. „Warum trägt Ihre Frau dann einen?“

Mustafa schaut auf Agnesas Hand und entdeckt nun ebenfalls den Ring. Die Schweißtropfen an seiner Stirn verdoppeln sich.

„Frau wollte unbedingt haben, weil hier üblich sein.“

Tamer wendet sich wieder an Agnesa. „Warda, erwähnten Sie nicht, dass Ihr Ring mit einer Gravur versehen ist?“

Sie nickt.

„Können Sie uns sagen, was eingraviert ist?“, richtet er sein Wort wieder an den Besucher.

Mustafa schaut zwischen Tamer und Agnesa hin und her. Mit der rechten Hand wischt er sich den Schweiß von der Stirn, versucht dabei, so zu tun, als fahre er sich durch die Haare. Aber Tamer bemerkt es ebenso wie Agnesa.

„Das schon lange her sein …“

Mit einem lauten Räuspern steht Tamer von seinem Platz auf.

„Sie wissen, dass Sie sich gerade strafbar machen?“

Mustafa schluckt schwer.

„Ich kann erklären!“, versucht er, sich zu rechtfertigen.

Es hat keinen Zweck, die Lüge weiter zu vertuschen. Ihm ist klar, dass sein Spiel aufgeflogen ist.

„Das hoffe ich auch für Sie“, entgegnet Tamer, während er mit dem Arm zum Ausgang zeigt.

Die Haustür fällt hinter Mustafa ins Schloss. Tamer dreht sich zu Warda um, die die Arme ineinander verschränkt am Ende des Flurs steht.

„Um diesen Betrüger brauchen Sie sich keine Sorgen mehr zu machen“, versucht er, sie zu beruhigen. „Er kann von Glück reden, dass ich ihn nur mit einer Verwarnung gehen gelassen hab.“

Warda flüstert erleichtert ein: „Danke.“

Er nickt nur. Es brodelt in ihm. Wie konnten seine Eltern nur so töricht sein, diesen völlig fremden Kerl zu sich nach Hause einzuladen? Gott sei Dank ist er rechtzeitig da gewesen, um handeln zu können. Wardas verletzliche Erscheinung in der Ecke bekümmert ihn. Dass sie sich das auch noch in ihrer emotionalen Verfassung antun musste, tut ihm leid. Er will nicht zulassen, dass irgendjemand sie verletzt. Er sieht sich für sie und ihr Wohlergehen verantwortlich. Gerne würde er nach dem Kaiserschnitt fragen, den sie angesprochen hat, aber das ist gerade nicht angebracht. Er muss es bei einer anderen Gelegenheit tun. Wenn sie mit ihm darüber sprechen wollte, hätte sie es schließlich längst getan.

„Woher waren Sie sich so sicher, dass er lügt?“, will sie von ihm wissen.

Tamer zuckt mit den Schultern. „Er hat zwar brav auf alle Fragen geantwortet, aber die Art, wie er gesprochen hat, hat mich stutzig gemacht. Sie haben keinen Akzent, weshalb ich davon ausgehe, dass Sie schon länger in Deutschland leben, wenn nicht sogar hier geboren sind. Diesen Eindruck hatte ich von ihm nicht. Zudem hat er nur hin und wieder zu Ihnen rüber geschaut, so als seien sie sich fremd. Er hat aber keinen Versuch gemacht, Sie zu berühren und auch kein einziges Wort an Sie gerichtet. Da wusste ich, dass irgendetwas mit diesem Kerl nicht stimmt. So würde sich kein Ehemann verhalten."

Sie nickt lächelnd, offenbar beeindruckt von seiner Beobachtungsgabe. Das freut ihn. Jetzt, wo die bedrückende Stimmung von vorhin einigermaßen verklungen ist, bemerkt er erst, wie schön sie aussieht in ihrem langärmeligen Kleid. Der Flieder unterstreicht ihre zarte Blässe und verleiht ihr etwas Anmutiges.

„Bitte, nehmen Sie mein Bild aus der Anzeige raus." Mit dieser Aussage überrascht sie ihn jedoch.

„Dann sinken unsere Chancen, Ihre Angehörigen zu finden."

„Ich möchte nicht, dass jeder in dieser Stadt mein Gesicht kennt."

Tamer will noch ein Gegenargument einbringen, begreift jedoch sofort, dass sie ihre Entscheidung schon getroffen hat.

Latifa spült gerade die Teetassen, als ihr Sohn mit herunterhängenden Schultern die Küche betritt.

„Machst du mir bitte einen Kaffee?" Er zieht einen Stuhl heran und lässt sich müde darauf fallen.

Seine Mutter greift nach der noch vollen Kaffeekanne und stellt ihm eine saubere Tasse hin.

„Mein Gott, welcher Perverse macht denn so was …“, sagt sie wie immer in ihrer Muttersprache, „… einfach zu behaupten, der Ehemann zu sein.“ Sie schüttelt missbilligend den Kopf.

„Er ist alleinstehend. Vor einem Jahr als Flüchtling hierhergekommen, hat kürzlich das Bild von Warda in der Zeitung gesehen und sich gewünscht, dass sie seine Frau wäre“, fasst Tamer das Aufklärungsgespräch mit Mustafa zusammen, das er unter vier Augen geführt hat.

Seine Mutter stellt ihm den Teller mit dem Gebäck hin, aber er schüttelt den Kopf und gibt stattdessen Zucker in seine Tasse.

„Wie wahrscheinlich jeder Mann mit etwas Geschmack“, kommentiert er noch leise.

Latifa begreift seine Anspielung, und ihr Mundwinkel hebt sich. „Zählst du auch dazu?“

Tamers Wangen erröten. Statt zu antworten, nimmt er nur verlegen einen Schluck von seinem Kaffee. Um von sich abzulenken, führt er das Thema wieder auf den Besucher zurück. „Und weil sie keine Angehörigen hat, dachte er sich, dass sie bei ihm als fürsorglichen Mann gut aufgehoben wäre.“

„Verstehe“, murmelt seine Mutter. „Dabei gibt es doch schon einen Mann, der sich fürsorglich um sie kümmert.“ Sie zwinkert ihm zu.

Tamer spürt, wie er errötet. Darauf weiß er nichts zu erwidern. Wozu auch? Seiner Mutter kann er ohnehin nichts vormachen. Sie durchschaut ihn jedes Mal.

9

Informationssuche

Diese Stadt ist ihr genauso fremd wie alles andere. Agnesa schaut aus dem Fenster des Beifahrersitzes auf die vorbeiziehenden Gebäude. Vielleicht ist sie aber gar nicht aus dieser Gegend. Vielleicht ist sie von ganz woanders, weshalb auch niemand von ihren Angehörigen sie finden kann. Aber schon allein Köln ist so groß, dass sie in der Menschenmasse untergeht. In einer anderen Großstadt hätte sie vermutlich schlechtere Karten.

Tamer wirft ihr hinter dem Steuer einen kurzen Seitenblick zu. Es ist das erste Mal, seit er sie zu seinen Eltern gebracht hat, dass sie zu zweit unterwegs sind. Da schon über ein Monat vergangen ist, in dem sie trotz mehrerer Anzeigen noch von niemandem gefunden wurde, ist jetzt die Zeit gekommen, selbst auf die Suche zu gehen.

„Ich habe alle Adressen der Überlebenden notiert", setzt er sie über seine Recherchen in Kenntnis. „Wenn wir Glück haben, ist einer darunter, der Sie wiedererkennt."

Agnesa berührt mit der freien Hand ihren Ehering. „Wenn mein Mann noch leben würde, dann müsste er doch nach mir suchen, nicht?"

Dieses Thema hat sie bislang nie bei ihm angesprochen, weshalb er sich durch die Frage sichtlich überrumpelt fühlt. Er überlegt kurz, was er ihr antworten soll.

„Es kann verschiedene Gründe dafür geben, warum Sie nichts von ihm gehört haben."

Die Ampel vor ihnen wechselt auf Rot. Er geht auf die Bremse. „Vielleicht denkt er, dass Sie nicht überlebt haben. Immerhin gab es Todesopfer, die bedingt durch die Auswirkungen der Explosion nicht mehr identifiziert werden konnten."

„Oder wir hatten uns schon vor dem Anschlag getrennt."

„Wie meinen Sie das?"

„Manche Frauen tragen doch noch lange nach einer Trennung ihren Ehering, weil sie emotional daran gebunden sind, nicht?"

„Das halte ich für unwahrscheinlich. Sie machen nicht den Eindruck auf mich, als wären solche Sentimentalitäten nach Ihrem Geschmack."

„Warum nicht? Weil ich so gefühllos wirke?", konfrontiert sie ihn mit ihrer Interpretation seiner Aussage.

„Nein, das wollte ich damit nicht sagen. Entschuldigen Sie bitte." Er dreht den Kopf beschämt weg.

Es folgt eine kurze Pause, bis sie die Gedanken ausspricht, die sie quälen: „Vielleicht haben Sie recht. Manchmal frage ich mich, ob ich ihn je geliebt habe." Sie blickt in die Ferne vor sich. „Ich erinnere mich nicht einmal mehr an das Gefühl. Eigentlich fühle ich gar nichts."

Tamer schaut zu ihr hinüber. „Das wird sich bestimmt noch ändern." Die Ampel wird wieder grün, und er fährt weiter. „Sehen Sie es mal so: Es gibt auch Menschen und Gefühle, die möchte man am liebsten vergessen und kann es nicht."

„Da ist was Wahres dran. Vielleicht ist es besser, dass ich mich nicht mehr an meine Vergangenheit erinnere.“ Sie schaut ihn zum ersten Mal während der ganzen Fahrt an. „Gibt es in Ihrem Leben denn jemanden, den sie nie vergessen konnten?“

Er erwidert ihren Blick zögerlich. Eine unausgesprochene Trauer liegt in seinen Augen verborgen.

„Ja!“ Nach kurzem Schweigen fügt er hinzu: „Aber sie hat mich schon längst vergessen.“ Er schaut wieder auf die Straße vor sich.

„Das tut mir leid.“ Sie wendet ebenfalls den Blick von ihm ab.

„Muss es nicht!“ Er biegt in eine Seitenstraße ab. „Trauere nicht den Menschen aus deiner Vergangenheit nach. Es gibt einen Grund, warum sie es nicht in deine Zukunft geschafft haben.“

Agnesa dreht ihren Kopf erneut zu ihm. Ihre Blicke treffen sich zum zweiten Mal.

Tamer lächelt sie an. „Hab ich irgendwo mal gelesen.“ Er hält den Wagen an einer schmalen Straße an. Für einige Sekunden sitzen sie schweigsam nebeneinander. „Wer zusammengehört, findet wieder zusammen“, sagt er schließlich. „Davon bin ich fest überzeugt.“

Er stellt den Motor aus und öffnet seinen Gurt. „Seien Sie beruhigt. Wenn Ihr Mann noch lebt, wird er nichts unversucht lassen, um Sie zu finden.“

In einer hinteren Ecke einer leicht heruntergekommenen Kneipe sitzt Franco in seiner Lederjacke mit dem Rücken zur Theke gewandt. Ihm gegenüber hat es sich ein bärtiger Typ bequem gemacht, der gerade sein Bierglas leert. Jack ist Francos „rechte Hand“. Wenn es etwas zu erledigen gibt, ist er immer zur Stelle. Die beiden kennen sich schon seit zwei

Jahren. Ihr geteilter Hass hat sie zusammengeführt und zu einem unschlagbaren Team gemacht.

Franco liest sich gerade einen Artikel in der Zeitung durch mit dem Titel:

Wie sicher sind unsere muslimischen Bürger?

Darunter ist eine Fotografie von der Moschee, auf die das Attentat während des Ramadanfestes verübt worden ist.

„Die haben uns von der Titelseite rausgenommen", zischt Jack, sichtlich unzufrieden. „Stattdessen berichten die jetzt über die ganzen Demos deutschlandweit. Das müssen wir ändern!"

Francos Gesichtsausdruck bleibt hingegen unverändert.

„Solange sie noch in den Zeitungen darüber berichten, haben wir keine Eile." Er blickt Jack finster an. „Oder hast du schon vergessen, was beim letzten Mal passiert ist?"

Jack zuckt mit den Schultern. „Das war ein echt blöder Unfall!"

„Ein blöder Unfall?", gibt Franco lauter als gewollt von sich.

„So war das nich' gemeint …"

Jack versucht, sich rauszureden, doch Franco hört ihm gar nicht mehr zu. Seine Gedanken reisen zurück an jenen Tag, als er in das entstellte Gesicht seiner Frau geblickt hat. Dieses Bild verursacht ihm bis heute noch schlaflose Nächte. Und die Schuldgefühle, die er überallhin mit sich trägt, schnüren ihm fast die Kehle zu.

An jenem Tag hat Franco auch das Letzte verloren, das ihm wichtig war. Vielleicht ist das die Strafe Gottes für seine Sünde. Nichtsdestotrotz hat dieses Ereignis seine Rachgier nur verdoppelt. Wenn er für seine Taten in der Hölle landet, dann soll das so sein. Wenigstens hat er zu seinen Lebzeiten etwas inneren Frieden, weil er weiß, dass er für Gerechtigkeit gesorgt hat, statt wie all die anderen Feiglinge tatenlos die Lage hinzunehmen.

Eine Gerechtigkeit, die Gott nicht kennt. Aber egal! Seine Gefühle muss er wie immer mit sich selbst rumschleppen. Jack ist mit Sicherheit nicht der richtige Gesprächspartner für solche Themen. Zwar teilen sie nicht nur dasselbe Feindbild, sondern auch den gleichen Schmerz, aber er ist weit entfernt davon, nachzuvollziehen, was in ihm vor sich geht, davon ist Franco überzeugt. In diesem Leben ist man auf sich allein gestellt. Nur der Stärkste überlebt. Und jetzt, wo auch seine Frau nicht mehr unter den Lebenden weilt, ist stark zu sein das Einzige, das zählt.

Er stellt die Zeitung mit der Rückseite nach oben auf dem Tisch ab und zieht den Reißverschluss seiner Jacke zu.

„Statt hier dumm rumzusitzen, sollten wir uns vorbereiten", sagt er mit neuem Antrieb.

„Du hast doch gerade noch gemeint, wir hätten es nich' eilig", erwidert Jack und nippt an seinem Glas.

Franco beugt sich zu ihm hinunter und schaut ihm direkt in die grün-grauen Augen.

„Das heißt nicht, dass es für uns nichts zu tun gibt. Die Polizei hat die Kontrollen verschärft." Er stellt sich wieder aufrecht hin. „Wir müssen uns jetzt schlauer anstellen, um nich' erwischt zu werden."

Jack grinst zufrieden, leert sein Glas in einem Zug und steht ebenfalls auf.

Außerdem bin ich mir sicher, dass es noch einen Racheakt geben wird, denkt sich Franco, sagt es jedoch nicht laut, um nicht noch mehr Öl ins Feuer zu gießen.

Er zieht einen Fünf-Euro-Schein aus seiner Jackentasche heraus und legt das Geld neben der Zeitung ab – direkt neben einem klein gedruckten Artikel ohne Bild:

Überlebende des Bombenangriffs im Juni
sucht nach ihren Angehörigen.

Er geht hinaus, ohne das Lebenszeichen seiner Frau wahrzunehmen.

„Darf ich Ihnen eine persönliche Frage stellen?"

Agnesa nickt Tamer zu. Sie hat sich schon gewundert, warum er noch nicht ausgestiegen ist, obwohl sie bereits am Zielort angekommen sind.

„Haben Sie sich schon Gedanken darüber gemacht, dass dieses Mädchen mit den Locken im rosa Kleid, an das sie sich damals erinnert haben, na ja, dass es vielleicht eine Erinnerung an Ihr eigenes Kind war?"

Endlich hat er es angesprochen. Vielleicht ein Versuch, sie indirekt auf den Kaiserschnitt anzusprechen, da sie es selbst noch nicht getan hat.

Tatsächlich ist ihr dieser Gedanke noch gar nicht gekommen. Sie ist davon ausgegangen, dass der rekonstruierte Kinderwagen eine Erinnerung an irgendein Kind auf dem Zuckerfest ausgelöst hat.

Dort gab es sicherlich mehr als nur einen Kinderwagen, den sie bemerkt haben könnte.

„Sie meinen, dass der Kinderwagen eine Erinnerung aus meiner eigenen Vergangenheit hervorgerufen hat?"

„Wäre doch gut möglich."

Ein Schwall an undefinierbaren Gefühlen überkommt sie.

„Ich kann Sie aber beruhigen. Ein Kind nach Ihrer Beschreibung war nicht unter den Todesopfern. Diesbezüglich habe ich schon nachgefragt."

„Aber auch nicht unter den Überlebenden …", schlussfolgert sie.

Er nickt. „Das wollte ich Ihnen nur noch gesagt haben."

Zum ersten Mal in all dieser Zeit berührt sie seine Hand, die noch auf der Gangschaltung liegt. „Danke, dass Sie nachgeforscht haben."

Seine Wangen werden rot, ganz so, als löse diese Berührung mehr in ihm aus, als ihm lieb sei. „Das ist meine Aufgabe als Polizist."

Sie zieht ihre Hand zurück. Irgendwie enttäuscht sie seine Antwort. Vielleicht hat sie sich erhofft, dass er ihr aus anderen Gründen helfen möchte, obwohl sie nicht genau definieren kann, welche Gründe das sein könnten.

Frau Steinmeier, eine etwas mitgenommene füllige Dame Ende vierzig, führt Agnesa und Tamer in ihr altmodisches Wohnzimmer. Ihr älterer Mann döst leise auf dem Sessel vor sich hin. Der Fernseher ist lauter aufgedreht als notwendig. In der einen Hand, die er auf seinem runden Bauch abgelegt hat, hält er die Fernbedienung, die andere Hand fehlt samt Arm.

Seine Frau beugt sich zu ihm und berührt ihn an der Schulter, um ihn sanft aus dem Schlaf zu wecken. „Liebling, du hast Besuch bekommen."

Als Herr Steinmeier sich zu den beiden Gästen umdreht, zuckt Agnesa zusammen. Sein Gesicht ist von Narben durchzogen, die seine Haut wie ein Puzzle miteinander verbinden. Sein Blick fällt augenblicklich auf Tamers Uniform.

„Schon wieder die Polizei? Ich hab Ihnen doch alles gesagt, was ich weiß." Er schaut zu Agnesa, die im Gegensatz zu Tamer leger gekleidet ist. Sofort senkt er seinen Tonfall. „Und Sie sind?"

Bevor Agnesa ihm antworten kann, schiebt sich Tamer vor sie. Er erhebt seine Stimme, mit dem Versuch, den Fernseher zu übertönen. „Entschuldigen Sie die Störung. Meine

Begleiterin war während des Anschlags ebenfalls vor Ort. Sie ist eines der Opfer.“

Herr Steinmeier setzt sich aufrecht hin. Offenbar hat Tamer seine Aufmerksamkeit geweckt.

„Sie kann sich aber aufgrund einer Amnesie an nichts mehr erinnern“, fährt er fort, da es Agnesa durch seinen vernarbten Anblick die Stimme verschlagen hat. „Deshalb sind wir hier.“

Herr Steinmeier blickt zwischen den beiden Fremden in seinem Wohnzimmer hin und her.

„Wir haben gehofft, Sie könnten uns vielleicht weiterhelfen.“ Damit beendet Tamer seine Vorstellungsrunde.

Der Hausherr greift zur Fernbedienung, um den Ton auszuschalten. „’schuldigung, ich hör nicht mehr so gut, seit dem Anschlag.“

Frau Steinmeier deutet ihren beiden Besuchern mit einer Geste, auf dem Sofa Platz zu nehmen. „Eine Tasse Tee oder Kaffee für Sie?“

Agnesa und Tamer schütteln synchron den Kopf. „Nein, danke!“, sagen sie wie aus einem Mund, während sie sich gleichzeitig hinsetzen. Einen Moment lang schauen sie sich etwas irritiert an, wenden ihren Blick dann peinlich berührt voneinander ab. Herr Steinmeier schmunzelt. „Wie kann ich Ihnen denn helfen?“

Endlich übernimmt Agnesa das Wort. „Ich hatte gehofft, Sie würden sich an mich erinnern.“

Er begutachtet sie von Kopf bis Fuß, schüttelt dann aber bedächtig seinen kahlen Kopf. „So eine hübsche Frau hätte ich bestimmt nicht vergessen.“

Agnesa, die sich durch seinen entstellten Anblick noch immer unwohl fühlt, versucht, längeren Blickkontakt mit ihm zu meiden.

Das entgeht ihm nicht. Er muss diese Reaktion schon gewöhnt sein. „Sie haben viel Glück gehabt, dass die Bombe Sie nicht so zugerichtet hat.“

Agnesa schaut sofort wieder zu ihm auf. Diesmal hält sie seinem Blick stand. „Sie haben Ihren Arm verloren, Herr Steinmeier, und einen Teil Ihres Gesichts, ich hingegen meine ganze Identität."

Tamer beobachtet Agnesa gebannt.

„Ich kann mich nicht einmal an meinen eigenen Namen erinnern, und es gibt anscheinend auch niemanden, der weiß, wer ich bin", führt sie ohne Unterbrechung fort. „Glück ist also nicht ganz das passende Wort."

Herr Steinmeier nickt überrascht über ihre selbstbewusste Antwort. Auch Tamer ist verblüfft.

„Nun, ich glaube, wir können trotzdem beide dankbar sein, dass wir heute hier sitzen dürfen." Er starrt auf den stummen Fernseher, auf dem gerade eine Zahnpasta-Werbung läuft. „Mein Kollege war auch auf dem Fest. Er war der Grund, warum ich überhaupt hingegangen bin. Da er stets zu unserer Weihnachtsfeier kam, dachte ich mir, kann ich auch mal an einem seiner Feste teilnehmen."

Herr Steinmeier schwelgt für einige Sekunden in Erinnerungen. Dann ächzt er laut. „Seine Frau hat immer ein Stück Kuchen für mich eingepackt, wenn sie etwas gebacken hat. Letzte Woche wurde ihr zweiter Sohn geboren." Er pausiert erneut. „Jetzt ist sie Witwe und hat zwei Kinder allein zu versorgen."

Tamer zuckt zusammen – ganz so, als wüsste er, über wen gesprochen wird.

Auf dem Fernsehbildschirm lächelt derweilen eine reizende Südländerin mit strahlend weißen Zähnen in die Kamera.

„Wer hätte gedacht, dass er die Geburt seines Kindes nicht mehr erleben würde." Herr Steinmeier schließt seine kleine Geschichte mit einem tiefen Atemzug ab. Dann beugt er sich nach vorn und schaut Agnesa direkt in die Augen. „Wenn es da draußen einen Gott gibt, dann wird er dafür sorgen, dass diese gewissenlosen Täter ihre Strafe bekommen."

10

Ein bekanntes Gesicht

Max sitzt in seinem mickrigen Büro, die Beine auf den vollgepackten Schreibtisch hochgelegt, und kaut am oberen Ende seines Kugelschreibers herum, das schon leichte Bissspuren aufweist. Eine blöde Angewohnheit, die sich immer dann zeigt, wenn er angestrengt nachdenkt.

Es sind schon drei Monate seit dem Terrorakt vergangen, und sie sind den Tätern noch immer nicht auf der Spur. Alle Hinweise, die sie mühevoll zusammengesucht haben, reichen leider nicht aus, um die Terroristen zu identifizieren. Das müssen geübte Profis sein, die genau wissen, was sie tun.

Die Bombe selbst bestand nicht aus käuflichen Haushaltsutensilien, die man ohne Weiteres von überall herbekommt, sofern man natürlich Ahnung davon hat, wie sich Sprengstoff zusammenbauen lässt. Das ist heutzutage aber dank Google keine große Herausforderung. Wer auf den richtigen Seiten sucht, kann mit Leichtigkeit eine Schritt-für-Schritt-Anleitung finden. Die Attentäter müssen aber einen Kontaktmann haben, der Ihnen schon fertigen Sprengstoff besorgt.

Die Tatsache, dass es sich hierbei um einen ausführlich durchdachten Anschlag mit mehreren Beteiligten handelt, beunruhigt Max. Es gibt keine Garantie dafür, dass die Täter nicht erneut zuschlagen werden, zumal sie auf freiem Fuß sind. Er ist davon überzeugt, dass es nicht bei dem einen Terrorakt bleiben wird. Dazu hat er schon zu viele Täterprofile im Laufe seiner Karriere analysiert. Die Frage ist nur, wann es passieren wird. Manche lassen sich Jahre Zeit, manche wiederum nur Monate.

Als hätte er einen sechsten Sinn, ertönt genau in diesem Augenblick sein Telefon. Er hebt sofort ab. Die ersten Worte reichen aus, um ihn von seinem Platz aufspringen zu lassen.

Es ist soweit!

Auf einem Schild vor der Einfahrt zu einem großen Gebäudekomplex steht in großen Druckbuchstaben:

Sankt Marien Heim – Wohngemeinschaft
für Menschen mit Behinderungen

Ein trostloser Ort, an dem man landet, wenn man keine andere Wahl hat, denkt sich Tamer, während er die Einfahrt auffährt.

Die Fahrt hierher hat fast zwei Stunden gedauert. Als er den Motor abstellt, klingelt sein Handy. Es ist Max, der ihn in aller Kürze über die Vorkommnisse informiert.

„Die Moschee wurde evakuiert?", spricht Tamer laut in den Hörer. Eine Weile hört er aufmerksam zu.

Agnesa, die gleich neben ihm sitzt, schaut ihn gebannt an. Versucht, seinem Gesichtsausdruck zu entnehmen, was zu ihm gesagt wird.

„Diese Schweine!", entfährt es ihm. „Glaubt ihr, es waren dieselben Täter?" Verärgert schüttelt er den Kopf. „Wenigstens diesmal keine Opfer."

Agnesa atmet erleichtert auf. Sie hat sich den Kontext des Gesprächs schon selbst zusammengereimt.

„Wie widerlich!" Tamer schüttelt den Kopf. „Alles klar, Kumpel! Danke für die Info!" Er legt auf.

Agnesa schaut ihn erwartungsvoll an. Tamer atmet tief aus und blickt dann endlich zu ihr.

„Irgendjemand hat heute ein Paket vor dem Hinterausgang einer Moschee in Frankfurt hinterlassen. Es wurde angenommen, dass sich dort eine Bombe befindet, aber es war nur ein ekelhafter Scherz."

„Was war denn in dem Paket?"

Tamer schaut weg. „Ein zerhacktes Schwein."

Agnesa reißt die Augen auf. „Wieso machen die so was?"

„Heute ist Eid al-Adha, das wichtigste Opferfest für Muslime." Agnesa legt die Stirn in Falten.

„Das ist so ein Brauch bei uns", klärt er sie auf. „Die Opfergaben werden in drei Stücke zerteilt." Er fährt sich mit der Hand durch die Haare, die sich sofort wirr aufstellen. „Fragt sich nur, ob das Paket von den Terroristen stammt."

Mit großen Schritten betritt Franco das gemeinsame Versteck, wo er sich mit den anderen verabredet hat. Sie sitzen bereits am Tisch und warten auf ihn. Drei Männer, unter ihnen auch Jack. Eine einzige Glühbirne im Raum erzeugt schwaches Licht und wirft dunkle Schatten auf die massiven Wände. Ein Fenster gibt es hier nicht.

Franco fühlt eine Schwere, die sich auf seine Brust legt. Er fand die Atmosphäre hier drin schon immer bedrückend. Er presst die zusammengerollte Zeitung an sich und schnappt nach Luft. Denen wird er jetzt was erzählen. Mit voller Wucht knallt er die Zeitung auf den Holztisch. „Wer von euch war das?"

Die Männer schauen ihn überrascht an, betrachten dann den Zeitungsartikel. Auf dem Titelblatt ist eine Moschee abgebildet. Der fett gedruckte Titel lautet:

Geschmacklose Botschaft von den Terroristen?

Nur Jack steht völlig gleichgültig mit einer Lucky Strike im Mund daneben und schaut als Einziger nicht auf die Zeitung.

Die Männer tauschen verständnislose Blicke aus. Einer von ihnen meldet sich schließlich zu Wort: „Das waren wir nich'!"

„Erzähl keinen Scheiß! Wer soll es sonst gewesen sein?", blafft Franco weiterhin.

Jack nimmt noch einen langen Zug von seiner Zigarette und bläst den Rauch genüsslich aus. „Ich war's!"

Alle Anwesenden drehen ihre Köpfe schlagartig in seine Richtung. Franco geht mit geballten Fäusten zu ihm rüber.

„Bist du von allen guten Geistern verlassen?!"

Jack raucht unbekümmert weiter. „Irgendwer musste denen ja eine Warnung schicken."

Franco packt ihn mit einer Hand am Kragen. Es kommt so unerwartet, dass Jack seine Zigarette fallen lässt.

„Weißt du, in was für Schwierigkeiten uns das bringen kann?"

Jack versucht, Francos Hand von seinem Kragen zu lösen. „Beruhige dich mal! War doch nur ein kleiner Scherz."

Franco lässt ihn nicht los. „Und was, wenn dieser kindische Scheiß uns die Bullen auf den Hals jagt?"

Jack zuckt mit den Achseln. „Hat es bisher nicht."

Franco hebt die Faust, bereit für einen Schlag, doch ein dritter Mann geht schnell dazwischen. „Beruhigt euch wieder! Oder sind wir jetzt Feinde?"

Franco beherrscht sich in letzter Minute und senkt den Arm. „Ich hab dich für klüger gehalten." Langsam lässt er Jacks Kragen wieder los, dann dreht er sich zu den anderen. „Hört jetzt genau zu! Wir sind hier nich' im Kindergarten. Wir sind im Krieg! Und da zählt jeder Schachzug! Verstanden?!" Das letzte Wort brüllt er.

Die beiden Männer nicken zustimmend. Doch Jack bückt sich nur, hebt seine Zigarette wieder auf und steckt sie sich zurück in den Mund.

Es hilft nichts, weiter auf ihn einzureden, weshalb Franco es auch bei der Warnung belässt. Er nimmt sich aber vor, Jack im Auge zu behalten. Der wird ihm vielleicht weitere Probleme bereiten.

In einem vierzig Quadratmeter großen Aufenthaltsraum sitzen mehrere Heimbewohner um eckige Tische herum und beschäftigen sich mit irgendetwas: Brettspielen für Kinder, Puzzeln oder einfachen Malen-nach-Zahlen-Bildern.

Eine etwas übergewichtige Frau, die mit einem Pfleger Memory spielt, lacht laut auf, als sie zwei richtige Karten findet, und klatscht dabei fröhlich in die Hände wie ein Kleinkind.

Agnesa sitzt ruhig auf einem Stuhl in ihrer Nähe und betrachtet die Heimbewohnerin mitleidig. Tamer steht neben ihr. Seine Aufmerksamkeit gilt seiner Begleiterin.

„Und hier ist auch schon Ihr Besuch, Nouri", erklingt eine junge Stimme hinter ihnen.

Agnesa und Tamer drehen sich gleichzeitig zur Tür. Ein bärtiger Mann im Rollstuhl wird von einer Pflegerin in den Gemeinschaftsraum geschoben. Sein Blick ist völlig leer.

Nouri scheint in seiner eigenen Welt zu sein, denn er sieht aus, als hätte er seine Seele verloren. Trotz seines kräftigen

Körperbaus und seiner beachtlichen Größe wirkt er in diesem weißen Pyjama hilflos. Die Arme hängen ihm schlaff hinunter, die Hände hat er zwischen die Beine gesteckt, und sein Kopf hängt kraftlos auf seiner Brust.

Agnesa steht nach kurzem Zögern von ihrem Platz auf und nähert sich ihm. Sie streckt Nouri die Hand zur Begrüßung hin. Er reagiert nicht.

„Wollen Sie nicht Guten Tag sagen, Herr Sayed?", fordert ihn die Pflegerin freundlich auf.

Nouri schaut auf Agnesas ausgestreckte Hand, regt sich jedoch keinen Millimeter. Sie betrachtet ihn lange. Sein Haar ist frisch gewaschen, und seine schwarzen Locken kommen zum Vorschein.

Tamer stellt sich neben Sie und fragt leise: „Kommt er Ihnen immer noch bekannt vor?"

Da Nouri Sayed schon länger in diesem Heim lebt, hat Tamer um eine Fotografie von ihm gebeten, damit Agnesa schauen konnte, ob sein Bild Erinnerungen in ihr wachrief. Und tatsächlich, sein Gesicht kam ihr sofort vertraut vor. Grund genug, um den Weg hierher auf sich zu nehmen.

Agnesa nickt als Antwort. „Ich kann aber nicht zuordnen, woher."

Tamer wendet sich der Pflegerin zu. „Danke, dass Sie uns empfangen. Meine Begleiterin hat bei dem Anschlag ihr Gedächtnis verloren, und Herr Sayed ist der Letzte auf unserer Liste an Überlebenden."

Nouri schaut abstinent auf den Boden, als betreffe ihn all das gar nicht.

„Wir hoffen, dass er uns Auskunft über ihre Identität geben kann."

Die Pflegerin lächelt etwas unsicher. „Ich befürchte, dass Sie umsonst hergekommen sind. Herr Sayed hat ein Gehirntrauma durchlebt, und wie Sie selbst sehen, ist er nicht in der

Lage, klare Gedanken zu fassen, geschweige denn zu sprechen."

„Das ist sehr bedauerlich", kommentiert Tamer mit einem kurzen Seitenblick auf Agnesa.

„Was ist mit seiner Familie? Warum lebt er hier?", will sie wissen.

Die Pflegerin macht ein betrübtes Gesicht. „Die hat den Anschlag leider nicht überlebt. Seine Frau und Kinder waren auf der Stelle tot. Die Bombe stand direkt hinter ihnen."

Agnesa schluckt. „Wie schrecklich!"

„Ja, das ist es. Seine restliche Verwandtschaft lebt in seiner Heimat. Er hat hier niemanden, der sich um ihn kümmern kann. Also tun wir es."

Agnesa betrachtet Nouri erneut. Eine unerträgliche Trauer überkommt sie. Nicht deshalb, weil ihre letzte Hoffnung darauf, endlich erkannt zu werden, in diesem Augenblick erloschen ist, sondern deshalb, weil sie sich mit ihm identifizieren kann. Hätten die Al-Baris sie nicht bei sich aufgenommen, wäre sie jetzt vielleicht auch in einem Heim untergebracht.

Sie beugt sich zu Nouri hinunter und versucht, Augenkontakt mit ihm herzustellen. Er ist gedanklich jedoch weit weg.

„Wir haben wohl etwas gemeinsam." Sie legt ihre Hand behutsam auf seine. Durch die intime Berührung wachgerüttelt, schaut er sie zum ersten Mal an. „Wir sind beide Fremde in unserem eigenen Körper geworden. Nur ist dir das nicht einmal bewusst."

Plötzlich beugt sich Nouri zu ihr nach vorn, sodass sein Gesicht nur wenige Zentimeter vor ihrem steht. Gebannt schaut er ihr in die Augen. Sie kennt diese Reaktion. Die meisten sind wegen ihrer unterschiedlichen Augenfarben zuerst irritiert. Doch sein Blick wirkt anders. Fast so, als sähe er sie nicht zum ersten Mal. Als erkenne er ihre Augen wieder. Hoffnung keimt in ihr auf.

„Aaa…“ Ein langgezogener Buchstabe, mehr kommt jedoch nicht aus ihm raus.

Agnesas blinzelt, weil sein intensiver Blick ihr leichtes Unbehagen bereitet.

„A, a, aaa…“, wiederholt er ein und denselben Buchstaben.

„Ja“, flüstert sie.

„Ag, ag…“, versucht er krampfhaft zu sprechen.

Die Pflegerin legt eine Hand auf seine Schulter. „Schon okay, Herr Sayed. Wir wissen, dass Sie aufgeregt sind.“

Nouri schaut noch immer wie hypnotisiert in Agnesas Augen, die seine Hand jetzt fester hält.

„Ag, ag…“

Agnesa dreht sich zur Pflegerin um. „Er versucht, mir etwas zu sagen.“ Sie schaut ihn wieder erwartungsvoll an.

„Agn, agn …“ Nouri gibt sich große Mühe, um ihren Namen auszusprechen.

„Hin und wieder versucht er zu sprechen, aber es kommen nie mehr als ein paar Silben oder Laute heraus“, mischt sich die Pflegerin wieder ein. „Machen Sie sich also keine falschen Hoffnungen.“ Sie fasst wieder an die Griffe des Rollstuhls, während er die drei Buchstaben in selber Reihenfolge ständig wiederholt.

„Gleich fängt seine Physiotherapie an. Sie entschuldigen uns.“ Die Pflegerin dreht den Rollstuhl Richtung Tür. „Jedenfalls, danke für Ihren Besuch! In den vergangenen Monaten war niemand hier, um ihn zu sehen.“

Agnesa greift nun auch mit der freien Hand nach seiner.

„Ich komme wieder“, verspricht sie ihm, dann sieht sie betrübt dabei zu, wie Nouri fortgebracht wird.

Tamer stellt sich direkt hinter sie. Er streckt seinen Arm aus, um sie zu berühren, zieht ihn aber wieder zurück.

„Ich glaube, er hat sich an mich erinnert“, flüstert Agnesa mit einem kleinen Schimmer Hoffnung in den Augen.

11

Eine Sache des Glaubens

Frau Al-Bari ist ihr nach wie vor ein Rätsel. Einerseits ist sie die perfekte Gastgeberin, kocht immer die aufwendigsten Gerichte, hält das Haus samt ihrem Gästezimmer akkurat sauber, lässt sie keinen Finger im Haushalt rühren und fragt ständig nach, ob sie noch etwas braucht, aber das ist es auch schon. Sie erfüllt ihre Pflicht. Zu ihrem Mann und ihrem Sohn ist sie völlig anders. Sie nimmt sie ständig in den Arm und nennt sie mit solch einem liebevollen Ausdruck in der Stimme „Habibi", dass ihre ganze Liebe spürbar wird.

Einmal hat Agnesa sie dabei beobachtet, wie sie mit dem Staubwedel in der Hand vor den eingerahmten Bildern auf Cherins Kommode minutenlang stehen geblieben ist. Eins davon hat sie dann hochgehoben und mit den Fingern sanft darübergestrichen. Zwar konnte Agnesa aus dem Flur nicht erkennen, welches Bild es war, aber es war überdeutlich, dass es sich um Cherins Foto handeln musste, das sie liebevoll geküsst hatte. Die Situation war ohnehin unangenehm, da Agnesa sich in dem Moment wie eine Spionin gefühlt hatte, die bei etwas zusah, das nicht für ihre Augen bestimmt war. Aber was danach folgte, machte es viel schlimmer. Denn Agnesa wurde auch unbeabsichtigt Zeugin dessen, mit welcher Wut ihre Gastgeberin kurz darauf den Bettbezug wechselte. Des Bettes, in dem sie schlief. Sie, der unerwünschte Gast in diesem Haus.

Und auch jetzt steht Agnesa wie ein Spitzel im Flur und schaut Latifa durch die halb offene Tür dabei zu, wie sie sich in der Küche unbefangen mit ihrer Freundin unterhält, die zu Besuch gekommen ist. So unbeschwert sieht man die Hausherrin selten. Worüber gesprochen wird, versteht Agnesa zwar nicht, denn die beiden Frauen unterhalten sich auf Arabisch, aber die Stimmung wird überdeutlich.

Latifas Freundin zieht das Kopftuch wieder hoch, als die Türklingel läutet. Hastig tritt sie beiseite, um von ihnen nicht gesehen zu werden.

Herr Al-Bari hält vier Einkaufstüten fest. Jeweils zwei in jeder Hand. Agnesa nimmt ihm sofort zwei ab und bringt sie mit ihm gemeinsam in die Küche. Ein Gefühl von Schuld überkommt sie, weil sie ihm nicht beim Einkauf geholfen hat. Dabei hatte sie ihm ihre Hilfe zuvor angeboten, aber er hatte mit den Worten „Ich muss nur ein paar Sachen besorgen“ höflich abgelehnt.

Offensichtlich braucht hier niemand ihre Hilfe. Klar, sie versteht, dass ihre Gastgeber ihr einfach keine Umstände machen wollen. Aber genau das stört sie am meisten: sich nutzlos zu fühlen. Wenn sie wenigstens das Gefühl hätte, dem Ehepaar irgendwie nützlich zu sein, käme sie sich weniger als Parasit vor, der sich auf ihre Kosten ernährt.

„Lieben Dank, Warda“, sagt er mit seinem warmen Lächeln, als habe sie gerade eine Kiste voll Steine für ihn herumgetragen.

Kaum beginnt sie die Lebensmittel aus den Papiertüten auszupacken und auf dem Küchentisch zu platzieren, da eilt auch schon Latifa herbei und nimmt ihr eine Dose mit roten Bohnen aus der Hand. „Danke, aber darum kümmere ich mich schon."

„Ich habe gerade eh nichts zu tun", argumentiert Agnesa, doch Latifa will ihre Hilfe wieder einmal nicht in Anspruch nehmen, denn sie zieht die Tüten zu sich heran.

„Das ist wirklich nett von Ihnen, aber Sie wissen ja gar nicht, wo alles hinkommt."

Agnesa sagt nichts mehr darauf, weil es offensichtlich ist, dass Latifa sie nicht in der Küche haben möchte. Dabei weiß Agnesa ganz genau, wo sie Dosen, Flaschen und alles andere aufbewahrt. Sie hat ihrer Gastgeberin nämlich oft genug beim Einräumen zugeschaut, und auch schon in ruhigen Minuten, wenn das Ehepaar aus dem Haus ging, selbst nachgeschaut, wo alles verwahrt wird.

Die Tatsache, dass Latifas Freundin ihr nun beim Einräumen hilft, ohne dass diese sie als Besucherin auch darauf hinweist, die Arbeit ihr zu überlassen, macht die Situation für Agnesa noch unangenehmer.

Sie dreht sich schon um, um hinauszugehen, als ihr der betrübte Ausdruck in Rashids Gesicht auffällt.

„Ist etwas vorgefallen?", fragt sie, ihrer Intuition folgend.

Er nickt vielsagend. „Gerade haben sie im Radio verkündet, dass es einen neuen Anschlag gab."

Sofort hat er auch die Aufmerksamkeit der anderen Frauen, die in ihrer Tätigkeit verharren.

„Von den Terroristen?", hakt Agnesa erschrocken nach.

„Terroristen vermutlich schon, aber diesmal andere."

„Was ist passiert?", will nun auch Latifa mit besorgter Stimme wissen.

Rashid zieht einen Stuhl heran und setzt sich hin.

„Eine Gruppe islamistischer Radikaler hat bei dem Konzert einer Gospel-Band auf die Besucher geschossen."

Latifa legt sich eine Hand auf den Mund. Ihre Freundin kommentiert etwas auf Arabisch. Agnesa fehlen die Worte.

Im Internet ist noch nicht viel über die schreckliche Tat zu finden. Zwar wird überall darüber berichtet, jedoch gibt es bislang nur Spekulationen über die Beweggründe der Täter, da sich diese – man hat sie bereits gefasst – noch nicht dazu geäußert haben.

Es liegt jedoch nahe, dass es sich um einen Racheakt handelt, als Vergeltung für das Attentat während der Feier des „Eid al-Fitr", dem Zuckerfest.

Die wütenden Kommentare der Bürgerinnen und Bürger im Netz wecken in ihr gemischte Gefühle. Es herrscht ein reges Wortgefecht zwischen denen, die den Islam als Bedrohung wahrnehmen, und denen, die vor der Gefahr rechter Gewalt warnen. Beide Seiten haben ihre Befürworter und Gegner.

„Wohin soll das alles nur führen?", heißt es in einem der Kommentare.

„Stirbt die Menschlichkeit jetzt völlig aus?", heißt es in einem anderen.

„Geschieht euch recht, ihr Nazis!", provoziert eine Gegenstimme. „Habt ihr nicht anders verdient."

„Ein Leben für das andere", verlangt eine weitere Stimme.

Agnesa klappt den Laptop zu, so sehr hämmert es schon in ihrem Kopf. Plötzlich spürt sie eine Hand auf ihrer Schulter. Sie muss sich nicht umdrehen, um zu wissen, wer es ist.

Frau Al-Bari würde sie niemals berühren.

„Schrecklich, nicht, wie viel Hass es unter Menschen gibt."

Sie stimmt seinen Worten mit einem Nicken zu.

Er lehnt sich an seinen Schreibtisch. „Wie geht es Ihnen heute?"

Das fragt er sie fast täglich.

Sie lächelt ihn zaghaft an. „Den Umständen entsprechend.“ Sie greift nach einem Buch, das auf dem Schreibtisch liegt, und hält es ihm hin. „Das hier habe ich schon gelesen. Es kann wieder zurück in die Bibliothek.“

Er betrachtet das Cover.

Wie unser Gedächtnis funktioniert

steht als Titel mit dicken Druckbuchstaben darauf.

„War es denn hilfreich?“

Sie zuckt mit den Schultern. „Es war zumindest interessant.“

„Wenn Sie möchten, können Sie nächstes Mal gerne mitkommen und selbst schauen, welches der Bücher sie anspricht.“

Sie nimmt das Angebot mit einem Lächeln an. „Wie stehen Sie eigentlich zum Glauben?“, fragt sie nach, um ein Gespräch in Gang zu bringen. „Sie machen keinen religiösen Eindruck auf mich.“

„Das stimmt!“ Er deutet mit dem ausgestreckten Arm zum Sofa.

Sie folgt ihm und setzt sich an seine Seite. Im Gegensatz zu der Präsenz Latifas, fühlt sich seine Nähe trotz der noch vorhandenen Fremdheit in Ordnung an. Sie mag es sogar, wenn sie mit ihm allein ist, weil sie sich dann unbefangener unterhalten können.

„Ich bin in einer recht religiösen Familie aufgewachsen. Mein Vater hat regelmäßig gebetet und auch immer von uns Kindern verlangt, dass wir mit in die Moschee gehen.“

Sie hört ihm aufmerksam zu. Über seine eigene Familie hat er bislang noch nichts erzählt.

„Ich hab es zwar immer gemacht, aber nicht aus eigener Überzeugung. Irgendwie habe ich mich Gott zu Hause näher gefühlt als in der Moschee, umgeben von Fremden.“

„Sie glauben also an Gott?"

„Das tue ich. Zugegeben, nicht zu hundert Prozent, aber ich möchte gerne daran glauben, dass es einen Gott gibt, der unserem Leben eine tiefere Bedeutung gibt."

Ihr gefällt die Art, wie er über seinen Glauben spricht.

„Für mich steht Gott für das Gute im Menschen und der Glaube, egal an welche Religion, für einen Wegweiser und eine kraftspendende Quelle."

Sie versucht, seine Worte zu visualisieren, und merkt, wie sich ihr Gesicht aufhellt.

„Wenn ich woanders geboren wäre, wäre ich vielleicht Christ, Buddhist oder Hinduist. Letztendlich hat das auch etwas mit der Kultur zu tun, in der wir aufwachsen."

Es liegt so viel Wahres in seiner Aussage.

„Teilt Ihre Frau Ihre Ansichten? Sie sind beide in Marrakesch aufgewachsen, nicht?"

„Ja, wir waren Nachbarn. So haben wir uns kennengelernt." Das Lächeln reicht ihm bei dieser Erinnerung bis zu den Ohren. „Latifas Familie war noch strenger als meine. Sie durfte so gut wie nichts selbst entscheiden."

Er zieht sein Portmonee heraus und fischt ein altes Schwarz-Weiß-Foto aus einer der Taschen. Darauf ist Latifa als Jugendliche zu erkennen.

„Ich hab das Foto behalten, da die Ähnlichkeit zu Cherin hier so groß ist. Dabei hasst Latifa das Bild."

Überrascht hebt Agnesa die Brauen. „Ihre Frau trug mal ein Kopftuch." Damit hatte sie nun wirklich nicht gerechnet.

„Damals schon, und sie hat es gehasst."

Tatsächlich wirkt Latifa todernst auf dem alten Foto.

„Sie hat es jedes Mal ausgezogen, sobald sie aus der Reichweite ihrer Eltern war. Ich habe sie dann mal gefragt, warum sie ihren Eltern nicht einfach sagt, dass sie kein Kopftuch tragen möchte, aber ihre Sorge war zu groß, sie zu enttäuschen."

Agnesa wirft noch einen schnellen Blick auf das Foto, bevor Rashid es wieder wegpackt.

„Als sie dann fürs Studium weggezogen ist, hat sie das Kopftuch dann für alle Zeiten weggepackt. Es gehöre nicht zu ihr, hat sie mir erklärt, als sie wieder zurückkam."

Dieses Bild der selbstbestimmten Frau passt gar nicht zu der Latifa, die Agnesa tagtäglich erlebt, wo sie doch ziemlich pflichtbewusst ihren häuslichen Aufgaben nachgeht.

„Sie hat sich sogar dagegen gewährt, es nochmal anzuziehen, als ich sie darum gebeten hab, es höflichkeitshalber vor meinen Eltern zu tragen." Er verstellt seine Stimme, um seine Frau nachzuahmen. „Entweder akzeptiert mich deine Familie so, wie ich bin, oder du suchst dir eine andere Freundin, wenn du nicht zu mir stehen willst."

Agnesa muss bei dieser Vorstellung lachen, und das nicht nur wegen Rashids verzerrter Stimme. Die Frau des Hauses ist wohl doch nicht so traditionell, wie sie erwartet hat.

„Wie haben Sie denn Ihre Kinder erzogen?", fragt sie neugierig.

„Wir haben stets offen über Gott gesprochen. Ich habe die Kinder auch schon in die Moschee mitgenommen. Sie durften aber auch an Kommunionen ihrer Freunde in der Kirche teilnehmen. Im Endeffekt muss jeder selbst entscheiden, woran er glaubt."

Rashids weise Aussagen machen ihn nur noch sympathischer in Agnesas Augen.

„Aber Tamer ist, zu meinem Bedauern, überzeugter Atheist."

„Zu Ihrem Bedauern?"

„Na ja, es tut mir leid für ihn, dass er die Macht des Glaubens nicht für sich entdeckt hat."

Er blickt auf den zugeklappten Laptop in der Ferne und schüttelt bedächtig den Kopf.

„Wobei Glaube leider auch viel Schlimmes anrichten kann."

„War Cherin auch Atheistin?", fragt sie vorsichtig nach, weil sie sich unsicher ist, ob er darüber sprechen möchte.

Zu ihrer Überraschung lacht er jedoch. „Cherin hatte schon jede Glaubensrichtung durch."

Agnesa legt die Stirn in Falten. Wie meint er das denn?

„Je nachdem, mit wem sie befreundet war, kam sie mal als überzeugte Buddhistin, mal als Verehrerin von Shiva nach Hause. Sie hatte auch mal eine Gothic-Phase mit ihrer Freundin und hat sich lauter Kreuze um den Hals und die Ohren gehangen. Sie fand jede Glaubensrichtung faszinierend."

Agnesa versucht, sich Cherin ganz in Schwarz gekleidet vorzustellen, was ihr ziemlich schwerfällt, bei der bunten Kleiderwahl in ihrem Schrank.

„Mit vierzehn setzte sie sich, in ein Kopftuch gehüllt, an den Frühstückstisch und verkündete, dass sie von nun an ihr Haar nicht mehr zeigen wolle."

„Wie hat Ihre Frau darauf reagiert?", kommt es sofort über Agnesas Lippen.

„Latifa hat sich neben Cherin gesetzt und ihr mitgeteilt, dass es in Ordnung sei, wenn sie das Kopftuch aus Überzeugung anbehalten wolle. Was aber nicht okay wäre – und davon ist sie ausgegangen –, wenn sie es nur tragen wolle, weil sie es schön fand. Zu dem Zeitpunkt hatte Cherin nämlich eine sehr enge muslimische Freundin, die ständig mit einem neuen Kopftuch ausgestattet in die Schule kam."

Agnesa bringt das Bild von Latifa im Kopftuch wieder zurück in ihre Erinnerung. So in etwa muss auch Cherin damals ausgesehen haben.

„Woran meine Kleine zuletzt geglaubt hat, kann ich leider nicht sagen. Aber ich bin mir fast sicher, dass sie irgendeinen Glauben hatte, denn Cherin hat die Hoffnung nie aufgegeben. Und ist Hoffnung nicht auch irgendwo eine Form des

Glaubens?“ Seine Augen glänzen bei diesem letzten Satz, fast so, als spüre er diese Hoffnung gerade selbst in sich.

Agnesa legt ihre Hand auf seine, weil es sich richtig anfühlt. Er drückt ihre Finger, ohne noch etwas zu sagen.

„Ich frage mich, woran ich geglaubt habe, bevor ich mein Gedächtnis verloren hab.“

„Spielt das denn eine Rolle?“ Er schenkt ihr dieses väterliche Lächeln, das sie so gern hat. „Was gestern war, zählte gestern. Heute können Sie entscheiden, woran sie JETZT glauben möchten.“

GLAUBE

12

In Gottes Ohr

Der Herbst hat die Natur in ein buntes Farbenmeer verwandelt. An diesem Sonntag scheint die Sonne so hell, dass sie zu einem Spaziergang geradezu einlädt. Mit genau dieser Absicht parkt Tamer seinen alten VW vor der Haustür seiner Eltern. Er hat sich fest vorgenommen, Warda irgendwohin mitzunehmen, wo es schön ist. Sie verbringt ohnehin viel zu viel Zeit in diesen vier Wänden, da sie keinerlei Kontakte außerhalb seiner Familie hat, und kaum eigenes Geld, um es ausgeben zu können. Die kleine Summe, die sie als finanzielle Hilfe vom Amt erhält, gibt sie seinen Eltern, um sich dafür erkenntlich zu zeigen, dass sie bei ihnen leben darf. Deshalb möchte er an diesem herrlichen Tag etwas Schönes mit ihr unternehmen.

Lange hat er gegrübelt, was ihr wohl gefallen könnte. Er weiß kaum etwas über sie, und ihren Geschmack kennt er noch weniger.

Schließlich ist er zu dem Entschluss gekommen, das zu machen, was auch er gerne tut: im Park spazieren gehen, dann ein Mittagessen bei seinem Lieblingschinesen und danach vielleicht noch eine Runde kegeln. Er ist recht begabt darin und hat nichts dagegen, ihr sein Kegeltalent unter Beweis zu stellen.

Letzten Endes ist vermutlich alles spannender für sie, als ihre Zeit in einem kleinen Häuschen mit Gastgebern zu verbringen, die fast doppelt so alt sind wie sie.

Gut gelaunt klingelt er an der Haustür seiner Eltern und richtet sich schnell noch den Kragen seines Hemdes gerade. Für gewöhnlich läuft er privat lieber im Casual-Look herum, doch heute hat er sich für ein hellblaues Hemd entschieden, das seine athletische Figur unterstreicht. Um aber nicht zu schick auszusehen, hat er dieses mit einer dunklen Jeans und Sneakern kombiniert. Denn das trägt er ohnehin am liebsten. Nach seiner Uniform natürlich.

Es dauert keine halbe Minute nach seinem Klingeln, bis ihm die Tür geöffnet wird. Sein Vater steht im Anzug, ebenfalls zum Ausgehen bereit, vor ihm und strahlt ihn an. Als Tamer einen Blick hinter seine Schulter wirft, bemerkt er Warda. Sie trägt eine weiße Tunika mit weichen Wellenmustern über einer beigen Hose und sieht aus wie ein Engel. Er kann nicht anders, als sie breit anzulächeln. Sie schenkt ihm ein verlegenes Lächeln als Begrüßung zurück.

„Genau zur richtigen Zeit, Sohn!“ Rashid legt ihm die Hand auf die Schulter.

Tamer runzelt die Stirn. „Zur richtigen Zeit wofür?“

„Na, dem Gottesdienst im Dom.“

Tamer kramt in seinen hinteren Gehirnzellen nach. Hat er etwas vergessen? Es will ihm jedenfalls nicht mehr einfallen.

„Welcher Gottesdienst?“ Er schmunzelt. „Habt ihr den Glauben gewechselt?“

Rashid schüttelt wenig begeistert von seinem Scherz seinen ergrauten Kopf. „Es ist der Gedenkgottesdienst für die Opfer beider Anschläge in diesem Jahr", erinnert er seinen Sohn. „Die christliche Gemeinde möchte damit ihr Mitgefühl für alle christlichen sowie muslimischen Bürger zeigen."

Enttäuscht lässt Tamer die Schultern hängen. So schnell lassen sich Pläne in die Tonne schmeißen. Seine gute Laune ist dahin.

„Ich wollte nur mal kurz Hallo sagen." Etwas Besseres kommt ihm so spontan als Ausrede nicht in den Sinn. Er kann es sich aber nicht verkneifen, Warda dabei anzuschauen.

Sie wendet den Blick verlegen von ihm ab.

„Ich warte hier, bis ihr wieder zurück seid."

Tamer hält nicht viel von religiösen Veranstaltungen, ganz gleich, welche Religion es betrifft. Er ist überzeugter Atheist. Außerdem hat er keine Lust, sich mit einer großen Gruppe an Menschen eine Standardrede anzuhören, denn er trauert lieber allein.

Also zieht er seine Sneaker aus und stellt sie neben die Haustür, als klares Zeichen, dass er nicht beabsichtigt, irgendwohin zu gehen.

„Komm doch bitte mit, Liebling", erklingt die Stimme Latifas hinter ihm, die gerade den Flur betritt.

„Ihr wisst doch, dass ich nichts von diesem religiösen Zeug halte." Er kann es noch so oft sagen, wie er will, seine Mutter gibt nicht auf, ihn von der Existenz Gottes überzeugen zu wollen.

Als er an ihr vorbeigehen möchte, hält sie ihn sanft am Arm fest. „Wenn du es schon nicht für Gott tust, dann wenigstens für deine Schwester."

Tamer schaut seine Mutter vorwurfsvoll an. Sie kann es einfach nicht lassen, auf sein Gewissen einzureden. Aber er wird standfest bleiben!

„Wir müssen alle in diesen schwierigen Zeiten zusammenhalten“, meldet sich wieder sein Vater zu Wort. „Ganz gleich, welchen Glauben wir haben.“

Tamer stöhnt laut, schnappt sich dann seine Schuhe, um sie wieder anzuziehen.

Der Kölner Dom wird durch das grelle Licht, das durch die hohen Mosaikfenster mit Bildern aus der Bibel hineinscheint, bunt erleuchtet und wirkt noch schöner in seiner gotischen Erhabenheit. Von oben erklingt Orgelmusik. Auf dem Podest steht ein schmächtiger großgewachsener Priester mit grau meliertem Schnurrbart in dunkelrotem Gewand. Alle Sitze vor ihm sind besetzt. In den hinteren Reihen stehen viele sogar. Hier und dort sind auch Frauen mit Kopftüchern zu erkennen. Die Musik verstummt und der Priester beginnt seine Predigt: „Liebe Gemeinde, liebe Bürgerinnen und Bürger, wir sind heute hier versammelt, um uns noch einmal an die unschuldigen Menschen zu erinnern, die uns vor nur kurzer Zeit und ohne Vorankündigung mit grausamer Gewalt entrissen worden sind.“

Agnesa, die in einer der hinteren Reihen neben den Al-Baris sitzt, hört gebannt den Worten des Priesters zu. Den trauernden Gesichtern der Anwesenden nach zu urteilen, haben einige den Verlust noch lange nicht verarbeitet.

„In solchen Zeiten, in denen sich das Böse auf der Welt verbreitet, ist es sehr schwer, an das Gute zu glauben. Aber Gott …“, betont er, „… wird uns allen die Kraft geben, um unser Leben –“

„Ach, hört doch auf mit eurem beschissenen Gott!“

Schockiert drehen sich alle Anwesenden um und schauen auf den dunkelhäutigen jungen Mann, der am Eingang steht. Seine weichen Gesichtszüge sind vor Zorn entstellt.

„Wo war er denn, als die Bombe explodiert ist? Oder als die Schüsse fielen?“, fährt er lauthals fort. „Was hat er gemacht, um die Menschen zu retten?“

Latifa legt erschrocken die Hand vor den Mund, als sie ihn erkennt.

Agnesa kommt er zwar auch von irgendwoher bekannt vor, aber sie kann nicht zuordnen woher. Ist sie ihm schon mal begegnet?

„Er hat sich einen Scheiß drum gekümmert! Und wisst ihr warum?“ Der junge Mann grinst höhnisch. „Weil es ihn nicht gibt, euren verdammten Gott.“ Der Eindringling zeigt mit dem erhobenen Zeigefinger an die Decke. „Oder Allah oder wie ihr ihn auch nennen wollt!“

Agnesa wirft einen Seitenblick zu Tamer. Der muss sich sichtlich beherrschen, um nicht einzugreifen.

Endlich fasst sich der Priester wieder und spricht mit ruhiger Stimme ins Mikrofon: „Bitte, junger Mann, wenn Sie sich nicht zügeln können, muss ich Sie auffordern, die Kathedrale zu verlassen.“

Der Unbekannte spricht unbekümmert von der Warnung weiter. „Ihr habt euch euren Gott ausgedacht, damit ihr für jede Scheiße, die in eurem Leben passiert, einen Heiligen habt, der euch für alles einen Sinn gibt.“

Ein korpulenter Mann in der ersten Reihe springt völlig empört von seinem Platz auf. „Warum verschwindest du nicht einfach?!“

Der Störenfried schwankt leicht, obwohl er fest an seinem Platz steht, doch seine Stimme hat er unter Kontrolle. „Einer muss euch blinden Hühnern ja die Augen öffnen, damit ihr endlich die Wahrheit schnallt.“

„Jetzt reicht's!“, murmelt Tamer zu sich selbst, steht ebenfalls von seinem Platz auf und drängt sich durch die Leute neben sich den Gang hindurch.

Der empörte Priester versucht, wieder einzugreifen. „Ich möchte Sie daran erinnern, dass Gotteslästerung in diesem Haus verboten ist!“

Doch der junge Mann hört ihm gar nicht zu. „Na klar, ihr hirnlosen Schafe, tut, was man euch sagt. Hauptsache, ihr folgt eurem heiligen Hirten.“

Tamer geht mit schnellen Schritten auf ihn zu, hat ihn fast erreicht.

„Betet nur für ihn, euren unsichtbaren Gott. Vielleicht hört er ja –“

Mitten im Satz zieht ihn Tamer zur Seite.

„Komm mit! Du machst dich hier noch lächerlich.“ Er zieht den ungebetenen Besucher gegen seinen Willen am Arm Richtung Ausgang.

„Is’ mir doch egal, was dieses heuchlerische Pack von mir denkt“, erwidert der teilnahmslos. Plötzlich bekommt er Schluckauf, was ihn nicht daran hindert weiterzusprechen.

„Ja, betet euren Gott, euren Allah, den Erlöser oder Messias an, der tatenlos zusieht, wie Unschuldige in die Luft gesprengt und erschossen werden.“

Weitere Personen melden sich jetzt zu Wort.

„Nun bringt ihn doch endlich mal zum Schweigen!“, beschwert sich eine Frau mit Kopftuch.

„Werft ihn lieber raus!“, schlägt ein anderer vor.

Der Störenfried wird lauter, um die Stimmen der Leute zu übertönen. „Klar, die Wahrheit verkraftet ihr nicht. Mit ’ner Lüge lässt’s sich besser leben, nicht?“

Tamer packt nun kräftiger zu, da sich der junge Mann weigert, ihm zu folgen.

„Gott, unser Barmherziger, ist gnädig und wird seinem verlorenen Sohn seine Sünden verzeihen.“ Der Priester versucht, die aufgebrachte Menge zu beruhigen. „Möge unser Herr seinen wie auch euren tiefen Schmerz des Verlustes heilen …“

Die Unruhe unter den Besucherinnen und Besuchern wächst trotz seiner Worte. Alle Augen sind auf die beiden Männer gerichtet. Auch Agnesa schaut, nach hinten gewandt, zu, wie Tamer den Störenfried hinauszuzerren versucht.

„Kennen sich die beiden?", will sie von Latifa wissen.

„Das ist …", beginnt Latifa, korrigiert sich dann aber sofort, „… das war Cherins Freund." Sie richtet den Blick auf den Boden und wischt sich eine Träne mit ihrem zerknüllten Taschentuch weg.

Jetzt erst versteht Agnesa, woher ihr sein Gesicht bekannt vorkommt. Das ist der Unbekannte auf dem eingerahmten Foto auf Cherins Kommode. Von dem glücklichen jungen Mann am idyllischen Strand umrahmt von Herzchen ist nichts übrig geblieben. Er hat sich in einen verbitterten Säufer verwandelt.

Agnesa starrt weiterhin zum Ausgang, obwohl die zwei Männer bereits verschwunden sind. Sie spürt einen Stich, der ihr durchs Herz geht, nicht etwa aus Mitleid, obwohl sie auch das empfindet, aber es ist wegen eines anderen Gefühls. Dasselbe Gefühl, das er durch Worte ausgesprochen hat. Das Unverständnis dafür, wie Gott so etwas zulassen kann. Wenn er tatsächlich existiert, wenn er für das Gute auf der Welt steht und allmächtig ist, wie mächtig muss dann das Böse auf der Welt sein?

Auf der Domplattform versucht Tamer, den Leidensgenossen zu besänftigen, der jedoch wie ein entlaufener Tiger aus einem Käfig einfach nicht zu bändigen ist, gewillt, jeden zu beißen, der ihm auch nur nahe kommt.

„Jetzt beruhig dich endlich, Djamil!", ruft Tamer gereizt. Seine Geduld ist langsam am Ende.

„Lass mich in Ruhe!", schreit der mit geballten Fäusten zurück.

„Das bringt doch alles nichts!"

Djamil entweicht ein ironisches Lachen. „Bist du jetzt auch schon einer von denen geworden?“ Er zeigt mit dem ausgestreckten Arm zum Eingang des Doms, der gerade von Touristen als Fotohintergrund genutzt wird.

Tamer schüttelt verständnislos den Kopf. „Du kannst noch so sehr über Gott herziehen, aber das bringt sie auch nicht zurück.“

Urplötzlich bricht Djamil wie ein kleiner Junge in Tränen aus.

„Scheiße Mann!“ Er deckt sich die Augen vor Scham mit den Händen zu und wendet sich mit dem Rücken zu Tamer.

Der lässt ihn einige Minuten in Ruhe, dann zieht er eine Packung Zigaretten aus seiner Tasche und hält sie Djamil hin. Er fischt mit Mühe eine Zigarette heraus. Tamer nimmt sich ebenfalls eine. Erst zündet er Djamils Zigarette an, dann seine eigene.

Wortlos rauchen sie nebeneinander, bis sich Djamil durch die Wirkung des Nikotins etwas beruhigt hat.

„Du rauchst wieder?“ Er bläst eine Rauchwolke in Tamers Richtung.

Der zuckt mit den Schultern. „Hin und wieder mal, seit sie nicht mehr da ist.“

Beide starren in die Ferne.

„Ich schwör dir …“, durchbricht Djamil die Stille zwischen ihnen, „… wenn ich weiß, wer es getan hat, leg ich das Schwein persönlich um.“ Er wirft seine Zigarette auf den Boden und zertritt sie mit seinem verdreckten Schuh.

Tamer erwidert nichts, doch er muss sich eingestehen, dass auch ihm derselbe Gedanke mehrfach gekommen ist, auch wenn ihm seine Ausbildung verbietet, aus Rachsucht zu handeln. Er ist Polizist, ja, aber in erster Linie ist er ein leidender Bruder. Nur muss er erst einmal herausfinden, wer überhaupt der Mörder seiner Schwester ist. Dann kann er immer noch die Entscheidung treffen, wie seine Vergeltung aussehen soll.

13

Feuerwerk der Gefühle

Schon zum zweiten Mal heute kehrt Rashid den Schnee vor der Einfahrt ihres Hauses weg. Er will damit fertig sein, bevor es dunkel wird. Es hat schon mehrere Tage aufeinander geschneit. Die Dächer der Häuser sind mit einer dichten weißen Decke überzogen, und die Straßen sind zu einer rutschigen Gefahrenzone geworden.

Derweil schaut Agnesa aus der warmen Küche zum Einfamilienhaus hinter ihm auf der gegenüberliegenden Straßenseite. Die Haustür ist mit Lichterketten und einem Weihnachtskranz dekoriert. Ein junges Paar tritt gerade festlich gekleidet hinaus und steigt in den Toyota vor ihrer Garage ein.

In wenigen Stunden wird das neue Jahr anbrechen, aber die Stimmung bei den Al-Baris ist alles andere als festlich.

Latifa und Agnesa stehen gemeinsam an der Küchenzeile und schneiden allerlei Gemüse für das Abendessen klein.

„Feiern Sie Silvester?“, versucht Agnesa, ein Gespräch mit ihrer schweigsamen Gastgeberin anzufangen.

Latifa schaut von der Paprika vor sich auf. „Seit wir nach Deutschland gezogen sind, haben wir immer Neujahr gefeiert, obwohl nach unserem Kalender noch gar kein Jahreswechsel stattfindet“, erklärt sie, ohne aufzublicken. „Wir haben es den Kindern zuliebe gemacht.“ Ihre Stimme bekommt einen traurigen Klang. „Cherin liebte Feuerwerke. Sie freute sich immer wie ein kleines Kind darüber.“ Ein Lächeln kommt auf ihrem Gesicht zum Vorschein. „Sie hat Tamer und Djamil jedes Mal aufgefordert, so viele Feuerwerkskörper wie möglich für sie zu besorgen, die sie dann mit großer Begeisterung vor der Haustür in die Luft geschossen haben.“ Latifa nimmt eine Zwiebel aus der Schale vor sich und beginnt sie zu schälen. „Alle Nachbarn wussten Bescheid und sind um Mitternacht herausgekommen, um sich Cherins Spektakel anzusehen.“ Mit der freien Hand wischt sie sich eine Träne aus dem Gesicht. ‚Heute Nacht gehört der Himmel uns‘, hat sie dann immer gesagt.“

Agnesa schaut sie mitfühlend an.

Latifa fasst sich wieder und schneidet das Gemüse weiter. „Diese Zwiebeln sind aber auch nervig.“

Agnesa lässt alles in ihrer Hand liegen, beugt sich zu Latifa und nimmt sie zum ersten Mal in all dieser Zeit, in der sie hier lebt, in die Arme. Latifa lässt ihren Tränen freien Lauf.

Einige Sekunden stehen sie so da. Keiner spricht. Aber das ist auch nicht nötig. Denn dieses Mal fühlt sich das Schweigen zwischen ihnen nicht unbehaglich an wie sonst.

Für Agnesa ist es der erste körperliche Kontakt mit einer anderen Person, da sie sich an keine Umarmungen erinnern kann. Es fühlt sich etwas befremdlich, aber auch gut an.

„Jetzt ist Cherin selbst ein Teil des Himmels“, sagt sie leise, nimmt Latifas freie Hand und drückt sie fest an ihre Brust.

Sie weiß noch nicht, woran sie glauben soll, aber sie möchte unbedingt an dem Glauben festhalten, dass es einen Himmel gibt.

Bis auf das Geklirre von Besteck und Geschirr, das herumgereicht wird, herrscht völlige Stille am Esstisch. Agnesa sitzt dem Ehepaar Al-Bari direkt gegenüber, Tamer gleich neben ihr. Er ist für den Jahreswechsel extra vorbeigekommen. Aber nur das üppige Essen, das sie im Wohnzimmer statt wie sonst in der Küche einnehmen, lässt vermuten, dass es kein gewöhnlicher Tag ist.

Von draußen erklingen die heiteren Stimmen von Teenagern aus der Nachbarschaft, die die Straße entlanggehen und viel zu verfrüht Böller anzünden.

Seit sie am Tisch Platz genommen haben, ist kein Wort gefallen. Die Stimmung im Haus ist bedrückender als sonst. Agnesa führt es darauf zurück, dass es das erste Neujahrsfest ohne Cherin ist. Sie kann sich nur vorstellen, wie es der Familie emotional ergehen muss, wo dieses Jahr doch eine so tragische Wendung für sie genommen hat. Aber sie möchte nicht, dass sie das neue Jahr auf diese trostlose Weise empfangen. Das würde mit Sicherheit auch nicht im Sinne Cherins sein.

Plötzlich kommt ihr ein Einfall. Sie blickt von ihrem Teller zu den anderen auf, die leise an ihrem Essen herumkauen. Sie zögert. Ist sich nicht sicher, ob es angebracht ist, es auszusprechen. Dann entscheidet sie sich aber kurzerhand dafür.

„Wie lange haben die Geschäfte heute geöffnet?"

Tamer schaut sie etwas überrascht von der Seite an.

„Wahrscheinlich bis 18 Uhr. Brauchen Sie irgendwas?"

Agnesa überlegt wieder. Soll sie es sagen? Sie muss es riskieren, auch wenn es vielleicht nicht angebracht erscheint.

„Ich, ähm, ich würde gerne ein paar Feuerwerkskörper holen.“

Nun blicken auch Latifa und Rashid zu ihr auf.

„Ich glaube, Cherin würde sich darüber freuen, wenn wir an ihrer Stelle das Feuerwerk dieses Jahr übernehmen“, spricht sie es endlich aus. Automatisch fällt ihr Blick auf Latifa, ganz so, als brauche sie ihre Einwilligung. Die sieht sie nur entsetzt an.

„Ich denke nicht, dass wir irgendeinen Grund zum Feiern haben“, sagt sie schließlich im schroffen Tonfall.

Tamer tauscht einen kurzen Blick mit seinem Vater aus.

„Sie hat recht, Habibi“, sagt Rashid zu Agnesas Überraschung. „Unsere Cherin würde sich darüber freuen.“

Tamer nickt zustimmend. Latifa hingegen schaut weiterhin skeptisch in die Runde.

„Das ist doch völlig verrückt! Was sollen denn die Nachbarn von uns denken?“ Sie wischt sich den Mund mit einer Serviette ab. „Es ist noch nicht einmal ein Jahr vergangen seit –“ Sie lässt den Satz unbeendet.

„Wenn es tatsächlich einen Himmel gibt, in dem Cherin jetzt ist, dann sollten wir ihn zum Leuchten bringen, damit sie sieht, wie sehr sie hier vermisst wird.“

Auf diese rührenden Worte Agnesas findet selbst Latifa kein Gegenargument.

Es hat über eine Stunde Fahrerei benötigt, bis sie endlich ein Geschäft finden konnten, dessen Feuerwerkskörper nicht alle schon ausverkauft waren. Mit einem vollen Kofferraum kehren sie zurück.

„Ihr Vater hat gesagt, dass Sie Atheist sind. Sie glauben also nicht an Gott?“ Agnesa wirft Tamer hinter dem Steuer einen Seitenblick zu.

„Das stimmt. Ich glaube an keinen Gott, aber ich glaube an das Gute im Menschen."

Sie wirft ihm ein zaghaftes Lächeln zu. „Wie erklären Sie sich dann aber diese Anschläge? Die sprechen doch deutlich dafür, dass das Böse auf der Welt existiert."

„Auch das stimmt." Er bleibt vor einer roten Ampel stehen. „Das Gute kann nur existieren, wenn es sein Gegenstück gibt. Wie Yin und Yang. Die meisten Dinge im Leben bestehen aus zwei entgegengesetzten Kräften. Dabei kann das eine oft nicht ohne das andere existieren. Wie Tag und Nacht, Ebbe und Flut, Himmel und Erde."

Sie mustert ihn aufmerksam. „Glauben Sie denn an einen Himmel?"

„Ich glaub an das, was man beweisen kann."

„Also glauben Sie an kein Leben nach dem Tod? Oder ein Reich der Seelen?", will sie wissen.

„Das stimmt und stimmt auch wieder nicht. Da man das nicht nachweisen kann, solange man lebt, ist es weder richtig noch falsch. Vielleicht gibt es einen Himmel oder Wiedergeburt, vielleicht auch nicht. Das kann man erst herausfinden, wenn man auf dieser Erde selber nicht mehr existiert."

Ein Hupen hinter ihnen gibt ihm zu verstehen, dass die Ampel längst grün geworden ist. Er fährt los, während er seinen Gedanken weiter ausführt.

„Ich will daran glauben, dass ich meine Schwester eines Tages wiedersehen werde. Genauso wie ich daran glauben möchte, dass es Gerechtigkeit auf der Welt gibt."

Sie nickt ihm zu, obwohl er geradeaus schaut. Auch sie möchte daran glauben.

„Ich hoffe sehr, dass die Gerechtigkeit siegen wird und dass das Gute am Ende gewinnt."

Jetzt nickt auch er. „Tatsache ist, dass in jedem von uns neben dem Guten auch das Böse schlummert. Glauben Sie mir, obwohl ich Polizist bin, habe ich auch schon Rachegefühle verspürt und wäre in diesen Momenten zu allem bereit. Die Frage ist nur, welcher dieser beiden Kräfte wir die Macht über uns geben."

Rechtzeitig kurz vor Mitternacht treten die Al-Baris vor die Haustür. Agnesa und Tamer, in dicke Jacken gehüllt, haben die Feuerwerkskörper bereits in einer akkuraten Linie auf der Straße aufgebaut. Tamer überreicht Agnesa und seinen Eltern jeweils ein Feuerzeug. Anschließend wirft er einen Blick auf seine Armbanduhr. Als es eine Minute vor zwölf schlägt, beginnt er die Sekunden leise mitzuzählen. Agnesa stellt sich aufgeregt in Bereitschaftsposition.

Latifa schaut mit einem skeptischen Blick zu ihrem Mann. Sie ist sich offensichtlich noch immer nicht sicher, ob es richtig ist, was sie da zu tun beabsichtigen. Er nickt ihr aber beruhigend zu.

Als nur noch die letzten zehn Sekunden bis zum Jahreswechsel bleiben, zählt Tamer lauter mit. Um Punkt 12 Uhr beugen sich alle vier nach vorn und zünden einen Feuerwerkskörper nach dem anderen an. Die funkelnden Strahlen schießen geradewegs in die Dunkelheit über ihnen und lösen sich mit lautem Knall in ein buntes Farbenspiel auf, das den Himmel für wenige Augenblicke hell erleuchten lässt.

Einige Nachbarn kommen vor die Haustür, um das Feuerwerk mit anzusehen. Latifa tritt einen Schritt zurück und betrachtet das bunte Lichtspektakel über ihnen.

„Lieber Gott!", murmelt sie mit leuchtenden Augen.

Rashid legt ihr lächelnd einen Arm um die Schulter. „Wenn unsere Kleine das nur sehen könnte."

Mit offenen Mündern schaut die Familie dem herrlichen Feuerwerk zu, während weitere Nachbarn sich ihnen anschließen.

Tamer dreht sich zu Agnesa. Seine Augen sind glasig.

„Danke!“, haucht er ihr ins Ohr.

Agnesa lächelt ihn nur an, dann schaut sie wieder in die funkelnde Dunkelheit hoch und flüstert: „Heute Nacht gehört der Himmel dir, Cherin.“

14

Neus Jahr, neues Glück

Das neue Jahr hat friedlich begonnen. Der Schnee ist fast geschmolzen und die Sonne lässt sich häufiger am Himmel blicken.

Rashid und Agnesa sitzen bei einer Tasse Tee auf dem Sofa und schauen sich gemeinsam die Stellenanzeigen in der Zeitung an.

Agnesa hat sich fest vorgenommen, den Jahreswechsel als Anlass zu nehmen, um ihr Leben zu verändern. Als Erstes braucht sie dafür eine Arbeit, um finanziell unabhängig zu sein. Sie möchte ihr eigenes Geld verdienen, um sich neue Dinge, nach ihrem Geschmack, leisten zu können. Zwar trägt sie Cherins Kleider mittlerweile gerne, doch sie will ihren eigenen Stil entdecken. Schließlich ist sie nicht Cherin, auch wenn sie in ihrem Haus lebt und in ihrem Bett schläft. Außerdem will sie der Familie keine Last mehr sein. Zwar haben die Al-Baris mit keinem Wort je erwähnt, dass sie nicht mehr bei ihnen willkommen sei, aber sie weiß, dass sie nicht ewig hierbleiben kann. Schon allein die regelmäßigen Kontrollanrufe des Meldeamts lassen sie unterschwellig spüren, dass dies hier nur ein vorübergehender Aufenthaltsort und nicht etwa ihr festes Zuhause ist. So langsam hat sie sich auch mit dem Gedanken abgefunden, dass niemand aus ihrer Vergangenheit sie vermisst. Nicht einmal Nouri, den sie hoffnungsvoll noch zweimal im Heim besucht hat, konnte ihr weitere Auskunft geben. Obwohl sie sich fast sicher ist, dass sie einander kannten, blieb es nur bei seinen kläglichen Versuchen zu sprechen.

Es ist Zeit, nach vorne zu schauen. Ihre Vergangenheit ist ein Buch mit sieben Siegeln. Ihre Zukunft will sie selbst in die Hand nehmen, und dafür muss sich die Gegenwart verändern.

„Hier, das klingt doch interessant." Rashid deutet mit dem Zeigefinger auf eine Anzeige und liest vor. „Freundliche Kinderbetreuung gesucht."

Agnesa nickt.

„Ich würde gerne mit Kindern arbeiten."

„Und ich bin mir sicher, dass du das ausgezeichnet hinbekommst", bestätigt er ihr.

Seit der Silvesternacht haben sie sich darauf geeinigt, dass sie endlich mit dem Siezen aufhören und zum Du übergehen sollten. Es ist zwar eine kleine Veränderung, aber sie fühlt sich gut an.

Rashid nimmt einen bunten Marker zur Hand und unterstreicht die hinterlegte Telefonnummer.

„Was sagst du dazu, Habibi?", richtet er sich nun an seine Frau.

Latifa, die gedanklich abwesend auf dem Sessel ihnen gegenüber sitzt und in ihrer Teetasse herumrührt, blickt ihn mit hochgezogenen Brauen an. Offenbar hat sie ihm gar nicht zugehört, denn sie wechselt kommentarlos das Gesprächsthema.

„Ich habe mir gedacht, da Samstag ja Cherins Geburtstag ist …“, Sie pausiert kurz. „… also ich möchte gerne ein kleines Zusammentreffen organisieren.“

Sofort hat sie die Aufmerksamkeit der anderen beiden.

„Mit allen Freunden und Verwandten, die Cherin gern hatte.“ Sie schaut mit erwartungsvollem Blick auf Rashid, der die Zeitung beiseitelegt. „Zu ihrem Andenken, meine ich.“ Sie pausiert erneut, um die Reaktion in seinem Gesicht zu deuten. „Es wäre doch schön, wenn noch einmal alle zusammenkämen, um sich an unsere Cherin zu erinnern, nicht?“

Ein breites Lächeln erscheint auf Rashids faltigem Gesicht. „Das ist eine wunderbare Idee, Habibi!“

Es haben fast alle zusagt, was Latifa in ihre übliche Aufregung versetzt hat. Denn wenn es darum geht, Gäste bei sich zu empfangen, stellt sie das ganze Haus auf den Kopf.

Sie hat eine lange Liste an Gerichten erstellt, die sie zubereiten möchte. Diese bestehen ausschließlich aus den Lieblingsspeisen Cherins. Ein Kuchen darf natürlich auch nicht fehlen. Dafür benötigt sie aber einen neuen Mixer, denn ihr alter hat beim letzten Einsatz den Geist aufgegeben.

Agnesa schaut sich im Erdgeschoss eines vierstöckigen Kaufhauses um.

„Wie sollen wir hier nur einen Mixer finden?“

Tamer überholt sie, deutet dabei in Richtung Rolltreppe. „Immer mir nach.“

Auf der Anzeigentafel kontrollieren sie, auf welcher Etage sich die Haushaltswaren befinden.

Agnesa fährt gerade hinter Tamer die Rolltreppe hoch, als auf der anderen Seite eine attraktive Rothaarige, die auf dem Weg nach unten ist, bei ihrem kurzen Augenkontakt erstarrt.

Tamer bemerkt sie hingegen gar nicht und auch der nimmt die Frau kaum wahr. Oben angekommen, wirft Agnesa noch einen kurzen Blick über die Schulter. Die Unbekannte beobachtet sie noch. Doch da sie sich ertappt fühlt, dreht sie sich augenblicklich um.

Komische Person, geht es Agnesa durch den Kopf.

Inmitten verschiedener elektronischer Geräte hält Agnesa einen pinken Handmixer hoch.

„Der hier scheint alles mixen zu können."

Erst jetzt merkt sie, dass Tamer gar nicht mehr hinter ihr steht. Sie entdeckt ihn schließlich zwischen Glätteisen- und Lockenstab.

„Ich wusste gar nicht, dass du dich für diese Art von Technik begeisterst." Sie lacht.

„Und ich wusste nicht, was es alles für eine perfekte Frisur gibt." Tamer deutet auf eine Packung, auf der Lockenwickler der neuen Generation abgebildet sind.

„Verstehst du jetzt, wie schwer es ist, eine Frau zu sein?"

„Daran habe ich nie gezweifelt", kommentiert er. „Wobei deine Haare von Natur aus schön sind."

Agnesa lächelt verlegen, wechselt dann sofort das Thema.

„Ich habe jedenfalls den perfekten Mixer gefunden." Sie hält die Packung in ihrer Hand hoch.

„Pink?!", entfährt es ihm.

„Das wäre doch nach Cherins Geschmack."

Fröhlich dreht sie sich um und schaut direkt in das Gesicht der Rothaarigen von vorhin, die einige Meter entfernt vor ihr steht. Sie lächelt nicht, starrt sie nur mit ihren kristallblauen Augen an. Irgendwoher kommt sie Agnesa bekannt vor. Oder bildet sie sich das nur ein?

Kaum merklich öffnet die Fremde die Lippen, als Tamers Zwischenruf ihre Aufmerksamkeit ablenkt.

„Brauchst du noch etwas von hier, Warda?“

Agnesa dreht sich zu Tamer. Er hält ein Waffeleisen hoch.

Sie schüttelt lächelnd den Kopf. Als sie sich wieder zu der Rothaarigen dreht, ist sie verschwunden.

Agnesa runzelt die Stirn. Kannten sie sich etwa, oder wieso ist sie zurückgekehrt? Sie war doch bereits unten. Aber falls dem so ist, dann hätte die Fremde sie doch angesprochen. Also verwirft sie den Gedanken wieder.

„Warda?“, murmelt die Rothaarige hinter der Säule versteckt. *Wieso dieser Name?* Bei diesem Gesicht kann sie sich doch nicht irren. Diese Augen gibt es nur einmal.

Ihr Magen krampft sich zusammen. Aber es ist nicht einmal der Name, der sie irritiert. Sie haben sich angesehen, zweimal sogar. Sie muss sie doch erkannt haben. Es sei denn …

Sie traut sich noch einen kurzen Blick von ihrem Versteck aus. Agnesa marschiert mit ihrem hübschen Begleiter lachend zur Rolltreppe.

Wer ist dieser Mann? Wieso sind sie sich so vertraut? Der Blick, mit dem sie einander anschauen, ist nicht der von Freunden.

Die Rothaarige muss nicht lange überlegen, was sie tun soll. Agnesa lebt, aber hat sie nicht erkannt. Was für eine Erleichterung. Besser könnte es für sie nicht sein.

Die Küche der Al-Baris hat sich in ein Schlachtfeld aus klein geschnippeltem Gemüse, mariniertem Fleisch und ausgerolltem Teig verwandelt. Die Gerüche vermischen sich zu einem wohligen Duft, der sofort Appetit weckt.

Während im Ofen der Schokoladenkuchen langsam Form annimmt, brutzelt auf dem Herd ein bunter Gemüsemix in der Pfanne. Gleich daneben kocht ein großer Topf Linsensuppe.

Agnesa beugt sich darüber und atmet den genüsslichen Duft ein, der aus dem halb offenen Stahldeckel heraussteigt, in dem sich ihr Gesicht reflektiert. Vorsichtig hebt sie den Deckel hoch und steckt einen Esslöffel hinein. Dann pustet sie mehrere Male, um ihn zu kühlen. Mit geschlossenen Augen lässt sie die warme Suppe ihre Kehle hinunterfließen. Sie schmeckt köstlich.

„Ist sie gut genug gewürzt, Liebling?", erklingt eine sanfte Stimme in ihrem Ohr. Sie ist ihr fremd und vertraut zugleich.

Überrascht öffnet Agnesa die Augen und schaut sich um.

„Fehlt noch etwas Salz?", möchte Latifa wissen.

Agnesa starrt sie verwundert an. Das war nicht ihre Stimme, die sie gerade im Ohr hatte. Da ist sie sich sicher.

„Nein, sie schmeckt sehr gut."

Latifa bemerkt, dass etwas nicht stimmt, und kommt einen Schritt auf sie zu.

„Ist alles in Ordnung?"

Agnesa legt den Löffel weg. „Ich glaube, ich habe mich gerade an etwas erinnert."

Latifa schaut sie erwartungsvoll an.

„Vielleicht die Stimme meiner Mutter."

Latifas Gesicht hellt sich auf. „Das ist ja wundervoll!" Sie legt ihre Hand auf Agnesas Arm.

„Ich glaube, sie hat diese Suppe früher auch zubereitet", fährt sie fort. „Der Geschmack kommt mir so vertraut vor."

Latifa holt einen Suppenteller aus dem Schrank und geht damit zum Herd.

„Na, dann lass uns doch sehen, welche Erinnerungen wir noch zurückholen können."

Leider blieb es nur bei dieser kurzen Rückblende in ihre Vergangenheit. So sehr Agnesa auch versucht, der Stimme ihrer Mutter, die noch in ihrem Kopf hallt, ein Gesicht zu geben, gelingt es ihr nicht. Aber davon lässt sie sich nicht entmutigen. Sie ist froh darüber, dass überhaupt eine Erinnerung nach all diesen Monaten zurückgekehrt ist. Das gibt Hoffnung, und sie ist guter Dinge, dass es nicht bei einem Einzelfall bleiben wird. Ihre Ärztin hat ihr immerhin versichert, dass es nur eine Frage der Zeit ist, bis ihr Gedächtnis zurückkehrt.

Schon bald wirst du dich wieder an alles erinnern, sagt sie zu sich selbst. Bis dahin muss sie sich aber weiterhin in Geduld üben und sich auf das Wesentliche konzentrieren: ihre Gegenwart und ihre Zukunft.

Sie ist unendlich dankbar dafür, wie sich die Dinge entwickelt haben, denn sie wurde bei einer wundervollen Familie aufgenommen und fühlt sich mittlerweile fast schon als ein Teil von ihr.

Je mehr Zeit vergeht, umso mehr identifiziert sie sich auch mit der jungen Frau, deren Platz sie eingenommen hat.

Cherins Zimmer ist ihr so vertraut geworden wie ihr eigenes. Trotz ihrer Unterschiede sieht sie gewisse Gemeinsamkeiten zwischen ihnen beiden und hat Cherin lieb gewonnen, ohne sie überhaupt je gekannt zu haben.

All die Dinge, die sie in diesem Haus zurückgelassen hat, halten die Erinnerung an sie fest. Nicht zuletzt liegt es an den Erzählungen der Al-Baris, die Cherin in Agnesas Augen zum Leben erwecken.

Wie so oft betrachtet Agnesa die Bilderrahmen auf der Kommode im Schlafzimmer, um sich Cherins Bild wieder vor Augen zu rufen. Es ist schon einige Male vorgekommen, dass die kurze Erinnerung an sie zurückgekehrt ist, die sie am allerersten Tag gehabt hat, als sie hier eintraf. Inzwischen ist sie davon überzeugt, dass sie Cherin wohl vor dem Anschlag begegnet ist. Weshalb sonst hat sich das bewegte Bild in ihrem Kopf eingebrannt? Erzählt hat sie es ihrer Familie aber nicht. Wozu auch? Das würde sie vermutlich nur wieder an ihren

Schmerz erinnern. Denn auch Agnesa empfindet ein seltsames Ziehen in ihrer Magengrube, jedes Mal wenn Cherins Gestalt vor ihr erscheint.

Aus einer Intuition heraus öffnet sie die oberste Schublade der Kommode, um hineinzuschauen. Bisher hat sich Agnesa zurückgehalten, was Cherins Hab und Gut betrifft. Irgendwie hält sie es nicht für angebracht, ihre Schränke zu durchwühlen, und hat es deshalb bei ihrem Kleiderschrank belassen. Doch heute ist ihr danach, mehr über die Tochter des Hauses zu erfahren.

Wenn sie noch leben würde, wäre sie heute fünfundzwanzig Jahre alt geworden. Agnesa fragt sich wieder einmal, wie alt sie selbst wohl ist. Vermutlich nicht weit entfernt von Cherins Alter. Auch fragt sie sich hin und wieder, ob sie und Cherin hätten Freundinnen werden können, wenn das Schicksal für sie beide anders verlaufen wäre. Sie hätte gerne diese strahlende junge Frau näher kennengelernt. Es scheint ihr so, als hätten sie sich gemocht. Doch das wird sie nie herausfinden. Sie hofft nur, dass Cherin – wo immer sie jetzt auch sein mag – ihr nicht übel nimmt, dass sie in ihre Privatsphäre eintaucht.

Behutsam geht sie die ordentlich hintereinander gestapelten CDs durch, die sich in der obersten Schublade befinden. Das sieht nach jemandem aus, der nicht nur einen Sinn für Ordnung hatte, sondern auch eine Liebe für Pop- und Rock-Musik. Von Britney Spears bis Aerosmith ist alles dabei. Eine CD-Hülle kommt ihr bekannt vor und sie zieht sie zwischen den anderen heraus. Es ist ein Album von Jon Bon Jovi. Agnesa fragt sich, ob ihr früheres Ich diese Band auch mochte. Am besten findet sie es heraus, indem sie in die CD reinhört.

Während „It's My Life" aus dem CD-Player erklingt, stöbert Agnesa im Kleiderschrank herum und singt den Refrain, den sie schnell gelernt hat, mit. Der Song gefällt ihr.

Stirnrunzelnd zieht sie die Kleiderbügel nacheinander zur Seite. Sie ist sich unsicher, was sie heute anziehen soll. Es ist zwar eine Geburtstagsfeier, doch das Geburtstagskind lebt nicht mehr, um daran teilzunehmen. Was ist da angebracht?

In der unteren Reihe entdeckt sie eine weiße Schachtel mit einer schwarzen Schleife darauf, die ihr bislang nicht aufgefallen ist. Neugierig zieht sie die Box heraus und wirft einen Blick hinein. In ihr befindet sich ein langes Seidenkleid in zartem Rosa mit japanischen Kirschblüten verziert. Es sieht wunderschön aus. Sie kann nicht anders, als es anzuprobieren.

Zufrieden betrachtet sie sich im Spiegel. Sie muss gestehen, dass es perfekt an ihr sitzt. Noch dazu fühlt es sich an wie eine zweite Haut.

Der Song wechselt automatisch. Eine Ballade beginnt. Freudig bewegt Agnesa sich im Takt der Musik. Sie schließt die Augen, um sich auf die Worte zu konzentrieren, und lässt sich immer mehr von der Melodie leiten. Sie tanzt barfuß und dreht sich dabei unter „A Bed of Roses“ im Kreis. Ihre Bewegungen sind graziös und anmutig, wie die einer Ballerina. In diesem Augenblick ist alles um sie herum vergessen. Es gibt nur noch die Musik.

Tamer, der gerade den Flur in Richtung Bad entlanggeht, hört die Ballade aus dem Zimmer seiner Schwester und öffnet die Tür einen Spalt breit, um hineinzusehen. Als er Warda in dem hauchzarten Seidenkleid über den Parkettboden wie einen Schwan schweben sieht, kann er nicht anders, als ihr gebannt zuzuschauen.

Voller Bewunderung beobachtet er sie noch lange, ohne dass Warda etwas davon merkt. Sie scheint, in ihre eigene Welt eingetaucht zu sein, und tanzt mit geschlossenen Augen, während sie sich von dem Rhythmus der Musik leiten lässt.

Als das Lied verstummt, bleibt sie in einer grazilen Pose stehen: die Arme nach oben gestreckt, das rechte Bein seitlich mit der Ferse auf dem Boden platziert. Langsam öffnet sie die Augen, als erwache sie gerade aus einem viel zu schönen Traum, dabei ist sie noch immer wie eine märchenhafte Eisfigur eingefroren.

Als sie Tamer an der Tür entdeckt, wird sie augenblicklich steif. Er hingegen tritt einige Schritte hinein und klatscht dabei in die Hände. Sein schiefes Lächeln muss ihr verraten, dass er sie schon länger beobachtet hat, denn sie schlägt schlagartig die Hände vor das Gesicht.

„Du warst wohl Tänzerin."

Warda lächelt halb geschmeichelt, halb verlegen. Tamers Blick gleitet derweil an ihr hinab und bleibt an ihrem Kleid hängen. Er tut es unauffällig, doch sie merkt es sofort. Hastig verschränkt sie die Arme vor der Brust.

„Ich, ähm, hab das nur mal anprobiert. Ich muss mich noch umziehen." Eilig schnappt sie nach den Sachen auf dem Bett, die sie zuvor trug.

„Lass es bitte an!" Er greift nach ihrer Hand, merkt aber an ihrem irritierten Blick, dass die Berührung ihr Unbehagen verursacht, und lässt sie sofort wieder los.

„Es steht dir sehr gut." Er steckt beide Hände in die hinteren Hosentaschen, weil er plötzlich nicht weiß, wohin mit ihnen. „Außerdem hat Cherin es sehr gern getragen."

Warda dreht sich verlegen um, geht zum Musikplayer und schaltet ihn aus.

„Was ist eigentlich deine schönste Erinnerung an Cherin?", versucht sie geschickt, das Thema zu wechseln.

Das muss sie ihn nicht zweimal fragen. Bereit in die Vergangenheit einzutauchen, macht er es sich auf dem Bett bequem.

In der Zwischenzeit rührt Latifa mit dem neuen Handmixer die Schokoladencreme für den Geburtstagskuchen, als Rashid die Küche betritt.

„Ist Tamer schon da? Ich brauche seine Hilfe mit den Möbeln im Wohnzimmer." Wie üblich spricht er auf Arabisch mit ihr.

Sie rührt unbeirrt weiter, während sie ihm antwortet: „Wenn er nicht hier unten ist, muss er nach oben gegangen sein." Sie schaltet den Mixer aus und dreht sich zu ihrem Mann. „Ist es nicht schön, ihn wieder öfter hier zu haben?" Sie wischt sich die mit Schokolade verschmierten Hände an ihrer Schürze ab, bevor sie ihm die Hand liebevoll auf die Wange legt.

„Tja, wir sind wohl weniger der Grund, warum er sich jetzt regelmäßig hier blicken lässt." Er zwinkert ihr zu.

Sie lächelt ihn an, wohl wissend, was er damit meint.

„Ich freue mich, Tamer endlich wieder glücklich zu sehen."

Rashid schiebt ihre Hand zu seinem Mund und küsst sie sanft. „Ja, er scheint sich in die kleine Warda verliebt zu haben." Plötzlich legt sich seine Stirn in Falten.

„Was ist?", fragt Latifa nach, weil ihr der besorgte Blick ihres Mannes sofort auffällt.

„Irgendwie habe ich ein ungutes Gefühl dabei." Er schnauft. „Was, wenn es wirklich noch einen Ehemann gibt?"

„Na, der soll erst einmal auftauchen!" Sie macht eine wegwerfende Handbewegung. „Wobei, nach all dieser Zeit macht das auch keinen Unterschied mehr."

Rashid blickt in die Schüssel auf der Ablage und atmet mit einem lang gezogenen „Mmmmmm" den süßen Duft der Schokolade ein.

„Möchtest du mal probieren?"

Ehe Latifa ihm einen Löffel überreichen kann, steckt er einen Finger in die Creme und leckt sie ab.

„Rashid! Nicht mit den Fingern!“ Sie verdreht die Augen.

„Schmeckt vorzüglich!“ Er hebt seine buschigen Brauen. „Aber die Creme ist nur fast so süß wie du.“

Latifa unterdrückt ihr Schmunzeln mit großer Mühe. Ihr Mann zieht sie an ihrer Schürze zu sich und küsst sie auf den Mund. Da schafft selbst sie es nicht, ihre Strenge beizubehalten, und prustet laut los.

Eine Etage über ihnen sitzen Tamer und Agnesa verkrampft wie zwei schüchterne Teenager beim ersten Date nebeneinander auf dem Bett. Der Abstand zwischen ihnen ist so groß, dass noch ein Elefant Platz nehmen könnte.

„Cherin war zwölf, ich selbst fünfzehn. Wir hatten damals ständig Krach miteinander“, erzählt er lächelnd von einem Erlebnis mit seiner Schwester. „Einmal hab ich ihr zur Versöhnung ein altes Comicheft von mir geschenkt. Ich glaub, es war von den Simpsons. Sie war so glücklich darüber, dass ich mich glatt mies gefühlt hab.“

Agnesa hört gebannt zu.

„Ich hab ihr dann am gleichen Abend angeboten, dass sie sich so viele Comics, wie sie mag, aus meiner Sammlung aussuchen kann. Da hat sie gleich alles eingepackt, was sie tragen konnte.“ Er schüttelt lachend den Kopf. „Am nächsten Tag fand ich sie dann mit meiner ganzen Sammlung auf einem Klappstuhl vor unserer Garage. Einige Jungs aus der Nachbarschaft waren vor ihr versammelt.“

Agnesa zieht erwartungsvoll die Brauen hoch.

„Sie hat doch tatsächlich die alten Dinger an unsere Nachbarskinder verschachert.“

Beide lachen laut.

„Seit diesem Tag wusste ich, was für einen kleinen Fuchs ich als Schwester habe.“ Er blickt zu ihren Fotos auf der Kommode. „Nach außen hin sah sie zwar aus wie die Unschuld vom Lande, aber man sollte sie lieber nicht unterschätzen." Er schaut Agnesa in die Augen und fügt hinzu: „So wie dich."

Stirnrunzelnd blickt sie ihn an. „Ist das gut oder schlecht?"

Er lächelt schief. „Kann man so oder so interpretieren."

Sie schauen einander tief in die Augen.

„Ihr habt sehr viel gemeinsam." Sein Blick bleibt an ihren Lippen hängen. Er legt sachte seine Hand auf ihre.

Überrascht über diese Berührung zuckt sie leicht zusammen, zieht ihre Hand aber nicht weg. Plötzlich erklingt die Stimme seines Vaters aus dem Flur und jegliche Romantik verfliegt.

„Tamer, kommst du mal bitte?"

Die beiden schauen verlegen weg, als seien sie gerade beim Knutschen erwischt worden, dabei sind sie weiterhin allein im Zimmer. Bis auf den Elefanten, der wieder aufgetaucht ist.

15

Ein Toast auf das Leben

Die ersten Gäste treffen langsam ein. Latifa empfängt sie in einem pfirsichfarbenen Chiffonkleid, das ihr außergewöhnlich gut steht. Es handelt sich um ein Ehepaar mit ihrem pubertären Sohn im Schlepptau. Familienangehörige väterlicherseits.

„Mrhban!“, begrüßt Latifa die Familie auf Arabisch und verteilt vier Wangenküsse an jeden von ihnen. „Pünktlich wie immer!“

„Wir wollten unbedingt die Ersten sein“, verkündet die Frau im hellblauen Kopftuch.

„Das ist euch gelungen.“

Agnesa beobachtet die eintreffenden Gäste aus einer gewissen Distanz und nickt lächelnd zur Begrüßung. Auf Tamers Beharrlichkeit hin hat sie das Seidenkleid anbehalten. Das war die richtige Entscheidung, denn sie fühlt sich pudelwohl darin. Nur ist ihr diese Situation gerade etwas unbehaglich, da sie als Einzige für die Besucher fremd ist. Latifa gibt jedoch ihr Bestes, um sie zu integrieren, indem sie Agnesa allen persönlich vorstellt.

Wenig später klingelt es erneut an der Tür. Ein rundlicher Mann – Cherins Onkel – kommt hereinstolziert.

„Ich hoffe, ihr habt noch nicht mit dem Essen begonnen."

Latifa küsst ihn auf die leicht erröteten Wangen.

„Ich dachte, du bist auf Diät, Hakim."

„War ich auch – bis heute." Er streicht um seinen kugelrunden Bauch. „Deinen Kochkünsten kann ich nicht widerstehen. Da ist jegliche Abwehr zwecklos."

Beide lachen.

Kurz darauf treffen drei junge Frauen ein. Agnesa erkennt eine von ihnen von den Fotos in Cherins Zimmer wieder. Es ist Jenny, Cherins beste Freundin. Sie fällt Latifa um den Hals.

„Was für eine tolle Idee von euch, ihren Geburtstag zu feiern." Sie begrüßt Agnesa mit einem freundlichen Nicken.

Das Haus füllt sich mit immer mehr Gästen. Zuallerletzt schließt sich ihnen ein Bekannter der Familie an: ein hochgewachsener Mann Ende vierzig. Er bemerkt Agnesa in der Ecke und geht auf sie zu.

„Hallihallo! Ich glaube, wir kennen uns noch nicht." Er streckt ihr die Hand entgegen. „Ich bin Mario, ein alter Freund der Familie." Er drückt ihr einen unerwarteten Kuss auf den Handrücken.

Agnesas Wangen erröten.

Genau in diesem Moment dreht sich Latifa zu den beiden um. „Mario, darf ich vorstellen, das ist unser neues Familienmitglied, Warda."

Er lächelt über beide Ohren, sichtlich erfreut, sie kennenzulernen.

„Apropos alter Freund … Warda ist in Cherins Alter, also halb so jung wie du."

Agnesa kann ihr Lachen bei dieser offensichtlichen Anspielung nicht zurückhalten.

Das Wohnzimmer der Al-Baris platzt mittlerweile vor lauter Gästen, die sich alle durcheinander unterhalten, sodass eine gewisse Lautstärke im Raum herrscht. Doch da erklingt auch schon ein lautes Klimpern, was für sofortige Ruhe sorgt. Alle Köpfe drehen sich zum Gastgeber um.

Rashid ist von seinem Fensterplatz am Esstisch aufgestanden und klopft noch dreimal mit einem Löffel gegen sein Glas. In seinem grauen Anzug sieht er so festlich aus, wie Agnesa ihn noch nie zuvor gesehen hat. Nur auf die Krawatte hat er verzichtet.

„Liebe Gäste, jetzt, wo wir alle vollständig sind, möchte ich einige Worte an euch richten", beginnt er mit seiner Rede. Die gehört zu jedem Zusammentreffen im Hause der Al-Baris dazu, auch wenn er eigentlich kein leidenschaftlicher Redner ist. Zumindest hat das Latifa behauptet.

„Erst einmal möchte ich mich im Namen unserer Familie dafür bedanken, dass ihr alle heute gekommen seid, um mit uns gemeinsam den Geburtstag unseres kleinen Engels zu feiern: unserer lieben Cherin." Er lässt seinen Blick durch die bekannten Gesichter schweifen. „Vor genau fünfundzwanzig Jahren hat Cherin mit ihrer Geburt unser Leben bereichert, und auch das von dem ein- und anderen hier im Raum."

Rashid hat die ungeteilte Aufmerksamkeit aller.

„Cherin hat mit ihrer positiven und lebensfrohen Art viel Freude verbreitet. Sie war eine fleißige und vor allem intelligente junge Frau, die sich hohe Ziele gesetzt hatte. Leider ist ihr Leben viel zu früh zu Ende gegangen. Es schmerzt noch immer, über sie in der Vergangenheit zu sprechen." Er hält kurz inne, fasst sich dann jedoch schnell wieder. „Aber auch wenn sie nicht all ihre Ziele erreichen konnte, so hat sie doch etwas Wesentliches bewirkt. Sie hat sich Liebe und Respekt aufgebaut und uns mit wunderschönen Erinnerungen an sie zurückgelassen.“ Er wirft seiner Frau, die direkt an seiner Seite sitzt, ein Lächeln zu. „Und genau deshalb wollen wir den heutigen Tag dazu nutzen, um ihr Leben zu feiern und uns an diese schönen Erlebnisse mit ihr zu erinnern.“

Latifa nickt mit Tränen in den Augen.

„Jetzt habe ich aber genug geredet“, kommt er langsam zum Schluss. „Ich überlasse das Wort nun meiner Frau.“

Die Gäste klatschen in die Hände, während er sich hinsetzt.

„Das hast du sehr schön gesagt, Habibi!“, flüstert Latifa ihm auf Arabisch zu. Dann wendet sie sich an die Gäste. „Nun, was soll ich da noch hinzufügen.“ Sie verstummt kurz. „Cherin pflegte immer zu sagen: *‚Es kommt, wie es kommen muss!‘* In diesem Sinne möchte ich noch einmal euch alle hier daran erinnern, jeden Tag so zu leben, als wäre es der letzte. Denn niemand von uns weiß, wie schnell es mit uns zu Ende sein kann.“

Sie wischt sich eine Träne von der Wange. „So, und ab jetzt keine weiteren Tränen mehr, denn heute wollen wir uns mit Freude an unsere Cherin erinnern, nicht in Trauer.“ Sie deutet auf den Büfetttisch, den sie an der Wand aufgestellt haben. „Also, greift zu! Ich habe speziell für diesen Anlass Cherins Lieblingsspeisen zubereitet.“

Die Gäste geben erneut Beifall und steuern kurz darauf auf das üppig gedeckte Büfett zu. Es riecht köstlich nach einer Mischung aus arabischen wie auch deutschen Spezialitäten.

Agnesa blickt zu Tamer. Der steht gleich neben dem CD-Player, den er aus Cherins Zimmer hinuntergetragen hat. Er nutzt die Gelegenheit, als alle beschäftigt sind, und legt eine CD auf.

„Zu jeder Feier darf die richtige Musik nicht fehlen. Heute Abend hören wir uns Cherins Lieblingsalben an.“

Aus den Lautsprechern ertönen in diesem Augenblick die Backstreet Boys mit „Everybody“.

„Tut mir für alle aus der älteren Generation leid, da müsst ihr jetzt durch."

Einige der Anwesenden lachen. Cherins Freundinnen jubeln hingegen, kaum als die Boyband zu singen beginnt.

Mitten im bunten Treiben ertönt die Türklingel aus der Ferne. Agnesa gibt Latifa ein Zeichen, dass sie den Besucher hineinlassen wird, und geht in den Flur.

Als sie die Haustür öffnet, steht Djamil breitschultrig vor ihr. Neben ihm wirkt Agnesa beinahe zerbrechlich. Sie erinnert sich sofort an ihn. Zwar ist der erste Eindruck beim Gottesdienst nicht sonderlich positiv gewesen, aber sie versteht, was ihn zu so einem unangebrachten Verhalten geleitet hat.

Agnesa lächelt ihn an, doch er erwidert ihre Freundlichkeit nicht. Stattdessen schaut er sie verwundert an. Anscheinend versucht er zuzuordnen, wer sie ist. Dann fällt sein Blick auf das Seidenkleid, das sie trägt, und seine Gesichtszüge verhärten sich. Agnesa fühlt sich bei seinem durchlöchernden Blick unwohl. Auch ihr Lächeln schwindet dahin.

„Mrhban!", grüßt sie ihn in seiner Muttersprache und tritt zur Seite, damit er hineinkommen kann.

Nur mit einem Kopfnicken betritt er mit einer Flasche Rotwein in der Hand das Haus und marschiert geradewegs Richtung Wohnzimmer, ohne ihr weitere Beachtung zu schenken. Irritiert und ein wenig verletzt über seine schroffe Art, schaut sie ihm nach. Was hat sie bloß falsch gemacht?

Derweil hält Cherins beste Freundin Jenny – umkreist von den anderen Gästen – gerade eine Rede.

„Seit der Schulzeit haben wir uns jeden Monat vorgenommen, mit einer Diät anzufangen. Dann haben wir uns am Sonntag getroffen, um es uns an dem letzten Tag vor unserem Diätplan noch einmal richtig gut gehen zu lassen." Sie muss sich ihr Lachen verkneifen. „Dann lagen wir faul auf der Couch und haben alles in uns reingestopft, was die Süßigkeiten-Theke hergab." Sie grinst breit. „Leider haben wir die Diät danach jedes Mal vergessen."

Cherins übergewichtiger Onkel kommentiert dies mit den Worten: „So geht es mir bis heute." Das Gelächter wird lauter.

„Noch eine Sache", fährt Jenny etwas ernster fort, als etwas Ruhe einkehrt. „Eigentlich bringt man zu einem Geburtstag Geschenke mit. Also haben wir …", Sie deutet auf ihre beiden Freundinnen. „… in Cherins Freundeskreis Geld gesammelt, und wir möchten den heutigen Anlass dazu nutzen, um Gedenkkerzen für sie anzuzünden." Sie hält ihr Handy in die Höhe. „Es ist ganz einfach. Wir machen es online. Es sind digitale Kerzen, die für immer leuchten werden. Vielleicht möchtet ihr euch anschließen?"

Der Vorschlag findet Anklang, denn die Gäste zücken ihre Handys und befolgen Jennys Anweisungen.

Agnesa, die kein Handy besitzt, blickt sich um. Die Gäste unterhalten sich angeregt, essen, trinken, lachen. Es herrscht eine heitere Stimmung. Nur sie steht leicht befangen herum, bis sie jemand von hinten anstupst. Es ist Jenny.

„Hi! Ich hab mich noch gar nicht richtig vorgestellt."

Sie streckt Agnesa die Hand entgegen. „Ich bin Jenny."

Agnesa erwidert die Begrüßung mit einem Lächeln. „Ich heiße Warda. Zumindest bis sich etwas anderes herausstellt!"

„Ich weiß! Hab schon viel von dir gehört."

Agnesa hebt überrascht die Brauen.

„Also, seit heute Abend", stellt Jenny klar.

Beide lachen.

„Ich kenne dich leider nur von den Fotos von Cherin. Ihr scheint viel zusammen erlebt zu haben."

Jenny seufzt verträumt. „O ja, wir waren unzertrennlich …" Ihre Augen werden feucht. Sie nimmt einen tiefen Atemzug und schenkt Agnesa wieder ihr strahlendes Lächeln. „Möchtest du auch eine Kerze anzünden?“

„Sehr gerne! Aber ich habe kein Handy.“ *Und auch kein Geld*, möchte sie eigentlich hinzufügen, aber da hält ihr Jenny schon ihr eigenes Handy hin.

„Das hab ich mir fast gedacht. Ich zeig dir, wie es geht.“

Es ist tatsächlich so einfach, wie Jenny gesagt hat. Man gibt nur den Namen der Verstorbenen ein sowie Geburts- und Todesjahr, wählt zwischen einer kostenlosen weißen oder kostenpflichtigen goldenen Kerze eine aus und kann dann noch einen Text verfassen.

Agnesa überlegt kurz, welche Worte sie eintippen soll, wo sie Cherin ja gar nicht kennt.

Du wirst hier sehr vermisst,
aber deine Wärme hast du zurückgelassen.
Danke dafür!

Sie drückt auf „Absenden“ und reicht Jenny das Handy zurück.

„Wenn du Lust hast, können wir ja mal was zusammen unternehmen. Ich kenne die besten Läden in der ganzen Stadt.“

Agnesas Gesicht hellt sich auf. „Sehr gerne.“ *Ich habe eh nichts anderes zu tun*, ist sie beinahe dabei hinzuzufügen, verkneift es sich aber. An neuen Freundschaften will sie in diesem Jahr auch arbeiten. Einer ihrer vielen Vorsätze.

Etwa zehn Meter von ihnen entfernt kommt Djamil mit einem Glas des selbstgebrachten Rotweins in der Hand auf Tamer zu, der sich gerade mit seinem Freund Max unterhält.

„Schön, dass du doch noch gekommen bist.“ Tamer legt ihm die Hand auf die Schulter. Doch Djamil schaut wie gebannt zu Warda.

„Wer ist sie?" Er deutet mit dem Kopf in ihre Richtung.

„Das ist Warda. Sie hat bei dem Anschlag ihr Gedächtnis verloren und bleibt jetzt erst mal hier, bis wir ihre Angehörigen finden."

Die Männer beobachten, wie Jenny sich mit einer freundschaftlichen Umarmung von ihr verabschiedet.

Als sich Warda umdreht, kreuzen sich ihre Blicke. Djamil schaut sie finster an.

„Ihr wisst also nicht, wer sie ist, und lasst sie einfach bei euch wohnen?"

Tamer mustert ihn mit zusammengezogenen Brauen. „Worauf willst du hinaus, Kumpel?"

Djamil hält den Blick noch immer auf Warda fixiert, dann zuckt er nur mit den Schultern. „Sehr kulant von euch!" Ohne weiteren Kommentar zieht er mit seinem Weinglas weiter.

„Der war mir noch nie besonders sympathisch", kommentiert Max und beißt in eine Hähnchenkeule.

„Du hast auch keine Ahnung, wie es ist, die Liebe deines Lebens zu verlieren."

Max erwidert nichts darauf, doch das Stück Hähnchen in seinem Mund lässt sich offensichtlich nur mit Mühe herunterschlucken.

Die Feier geht munter weiter. Agnesa hat sich mittlerweile in die Gruppe integriert und unterhält sich mit der Verwandtschaft der Al-Baris, die ihr neugierig Fragen stellen. Auf die meisten hat sie zwar keine Antwort, aber so langsam fühlt sie sich nicht mehr fehl am Platz.

Aus dem Augenwinkel bemerkt sie plötzlich, wie Djamil, dem sie bewusst aus dem Weg zu gehen versucht, ganz allein vor einem Foto seiner verstorbenen Freundin steht. Der

Glanz in seinen Augen verrät trotz der Distanz seine Gefühle. Schließlich gießt er seinen Rotwein mit einem großen Schluck den Rachen hinunter. Er muss die mitgebrachte Flasche allein geleert haben, denn Alkohol gibt es auf dieser Feier nicht.

Agnesa empfindet tiefes Mitgefühl für ihn. Auch wenn er sie ansieht wie einen Fremdkörper, der nicht in dieses Haus gehört, so hat er doch Grund dafür, nicht gutzuheißen, dass eine völlig fremde Frau den Platz seiner Liebsten eingenommen hat. Gerne würde sie zu ihm hingehen und ihn tröstend in die Arme nehmen. Aber sie ist vermutlich der letzte Mensch im Raum, dessen Mitgefühl er jetzt brauchen kann.

Es sind bereits drei Stunden vergangen, doch die Zeit verfliegt so schnell, dass es den Anwesenden gar nicht so vorkommt. Nacheinander hält jeder Gast eine kurze Rede zum Andenken an Cherin oder erzählt von einer schönen oder auch witzigen Erinnerung an sie.

Obwohl Cherin selbst nicht anwesend ist, wird sie gefeiert, wie es sich für ein Geburtstagskind gehört. Zwar fehlen die Kerzen auf dem Schokoladenkuchen, den Latifa gebacken hat, aber dafür stehen Cherins Name und ihr Alter darauf hübsch verziert. In der Mitte des Büfetts aufgestellt, wartet der Kuchen noch darauf, angeschnitten zu werden.

Latifas jüngere Schwester, die eine starke Ähnlichkeit mit ihrer Gastgeberin aufweist und sogar dieselbe rote Haarfarbe nutzt, ist mitten in einer Anekdote: „... Dann hat sie heimlich meinen BH aus dem Schrank genommen und ihn mit Khasibs Socken vollgestopft."

Einige der Gäste kichern.

„Ich konnte nicht mehr vor Lachen, als ich sie so gesehen hab. Über Nacht war ihre Körbchengröße auf D gewachsen." Sie unterbricht ihre Geschichte, um sich eine Lachträne wegzuwischen. „Und dann kommt Khasib mit nur einer Socke rein, starrt auf ihre Brüste und fragt Cherin todernst: ‚Kann ich meine blaue Socke wiederhaben?'"

Jetzt lachen alle. Nur ihr Mann Khasib, der wenige Meter entfernt steht, verzieht keine Miene. „Die hab ich bis heute nicht zurückbekommen."

Agnesa muss sich selbst vor Lachen die Tränen wegwischen. Jede einzelne dieser Geschichten lässt Cherin vor ihren Augen immer mehr Gestalt annehmen. Es ist fast so, als würde ihr Geist durch den Raum spazieren und sich mit den Anwesenden gemeinsam über die geteilten Erinnerungen freuen.

Agnesa setzt ihr halb volles Glas Orangensaft ab und schaut sich in der Menge um. Jeder im Zimmer hat schon eine Rede gehalten, selbst der pickelige Cousin Cherins, der knallrot angelaufen ist, als sein Vater ihn vor versammelter Mannschaft dazu überredet hat, auch von einem Erlebnis zu erzählen. Das heißt, jeder im Raum außer ihr. Sie weiß nicht, was sie sagen soll, schließlich kannte sie Cherin doch gar nicht. Aber irgendwie ist der Wunsch danach groß, auch einen Toast auf das Geburtstagskind auszusprechen. Immerhin bewohnt sie schon seit über einem halben Jahr ihr Zimmer.

Agnesa holt tief Luft, nimmt ihren ganzen Mut zusammen und stellt sich in die Mitte des Wohnzimmers.

„Also, wenn ich vielleicht auch ein paar Worte sagen dürfte."

Alle Köpfe im Raum drehen sich zu ihr um. Sie bemerkt, wie Tamer sie überrascht anblickt und einige Schritte näher kommt. Ihr wird etwas mulmig. So viel Aufmerksamkeit ist ihr fremd. Sie schluckt, bevor sie weiterspricht.

„Wahrscheinlich bin ich die Einzige hier, die Cherin nicht persönlich gekannt hat. Und wenn ihre Familie nicht so freundlich gewesen wäre, um mich bei sich aufzunehmen, dann hätte ich auch nie die Chance erhalten, Cherin aus der Ferne kennenzulernen."

Sie blickt zu den Gastgebern. Latifa und Rashid hören ihr erwartungsvoll zu.

„Ich kann nicht viel über das Geburtstagskind sagen, außer das, was ich selbst über sie erfahren durfte." Agnesa macht eine kurze Pause, um ihre Gedanken zu sortieren. „Jemand, der so sehr von allen geliebt wird und so viele hier zum Lachen gebracht hat, nein, noch immer bringt …", korrigiert sie sich sofort, „… muss ein guter Mensch gewesen sein."

Ihr Blick fällt aus dem Fenster in den Garten, wo Djamil gerade allein eine Zigarette raucht. Er beobachtet sie mit demselben kühlen Ausdruck wie zuvor. Ihre Worte dringen sicherlich nicht zu ihm durch. Schnell schaut sie von ihm weg, um sich nicht irritieren zu lassen.

„Ich habe Cherin zwar nicht selbst gekannt, aber sie hat auch in mein Leben Freude gebracht, indem sie mir die Möglichkeit gab, ein Teil ihrer wundervollen Familie zu werden." Sie lächelt die Al-Baris an, bevor sie an ihnen vorbei zum Geburtstagskuchen blickt.

„Also, danke, Cherin! Deine guten Taten gehen noch immer weiter." Sie richtet ihr Glas nach vorn, als stehe Cherins Geist vor ihr und warte nur drauf, mit ihr anzustoßen.

Die Gäste klatschen begeistert in die Hände, während Tamer sie völlig gerührt anschaut.

Als sie an Latifa vorbeigeht, um nicht mehr in der Mitte stehen zu bleiben, nimmt diese sie in die Arme.

„Das hast du sehr schön gesagt, Habibi!"

Agnesa strahlt über beide Ohren. Noch nie hat Latifa sie so genannt.

Kaum dass sie zur Seite getreten ist, kommt Djamil schwankend wieder zurück ins Haus. Er stellt sich genau auf den Platz in der Mitte, wo sie eben noch stand.

„Nun denn …", ruft er in die Runde, „… wenn sich hier *jeder* zu Wort meldet, möchte ich keine Ausnahme bilden."

Er wirft ihr bei dem Wort „jeder“ einen herablassenden Blick zu.

Tamer, der gerade auf dem Weg zu Agnesa ist, bleibt stehen und schaut sofort zu Djamil.

„Aber was sagt man an so einer Feier, wo der Ehrengast nicht anwesend ist?“, fragt er mit ironischem Unterton.

Tamer will schon auf ihn zugehen, als sein Vater ihn am Arm zurückzieht.

„Lass ihn!“

Tamer bleibt widerwillig stehen. Er ahnt offensichtlich nichts Gutes. Djamil fischt etwas aus seiner Hosentasche.

„Das letzte Mal, als ich mit Cherin sprach, habe ich ihr eine Überraschung versprochen.“ Er streckt den Ring in seiner rechten Hand nach oben, sodass er im Licht des Kronleuchters über ihm funkelt. „Also bin ich zum nächsten Juwelier und hab mir den teuersten Ring ausgesucht, den ich mir leisten konnte.“ Er lacht bitter. „Unnötig zu sagen, dass es nie zu der Überraschung kam.“

Schweigen breitet sich unter den Gästen aus, die nun sichtlich betrübt dreinschauen.

Es dauert einen Moment, bis er weiterspricht. „Sie wollte immer schon Zwillinge.“ Er betrachtet den teuren Ring in seiner Hand. „Zwei süße Mädchen, die sie dann gleich anziehen konnte.“ Seine Stimme nimmt einen unpassend heiteren Tonfall an. „Und in den Flitterwochen wollte sie nach China, weil sie keine Lust hatte, nur am idyllischen Sandstrand herumzuliegen, wie die meisten Paare.“ Seine Augen füllen sich langsam mit Tränen, die er mit aller Kraft wegzublinzeln versucht.

Latifa bricht plötzlich selbst in Tränen aus. Djamils Blick fällt von ihr auf Agnesa.

„Apropos Reisen, das Kleid …“ Er zeigt auf Agnesa. „… hab ich ihr bei unserem, wie sich leider herausstellt, letzten gemeinsamen Urlaub in Prag geschenkt.“

Agnesa, die nun von allen um sie herum angeschaut wird, spürt, wie sie vor Scham rot anläuft.

„Aber wie es scheint, hat es jetzt eine neue Besitzerin gefunden." Er greift nach einem beliebigen Glas, das in seiner Reichweite steht, und hält es hoch. „Na dann, lasst uns auf die schönen Erinnerungen trinken!" Er führt das Glas an die Lippen, merkt jedoch, dass es leer ist, und setzt es so unvorsichtig wieder ab, dass es von der Tischkante fällt und zerbricht.

Niemand im Raum traut sich, etwas zu sagen. Die zuvor noch heitere Stimmung ist schlagartig verpufft.

Tamer kann sich nicht mehr zusammenreißen. Er geht wütend auf Djamil zu und zerrt ihn am Arm von seinem Platz. „Du hast für heute genug Schaden angerichtet!"

Djamil grinst höhnisch. „Ach was? Ich dachte, jeder hier hat das Recht, von seinen Erinnerungen zu erzählen."

Tamer drückt ihn gegen die Wand und schaut ihm direkt in die dunklen Augen. „Was soll das, Djamil? Was bezweckst du damit?"

Der zuckt mit den Schultern. „Also, irgend so 'ne Wildfremde darf über meine Freundin sprechen und wird bejubelt ..." Er fährt sich mit der Hand durch die verschwitzten Haare. „... 'schuldigung, Ex-Freundin. Aber ich werd' beleidigt?"

„Du siehst die Dinge nicht mehr klar." Tamer löst seinen festen Griff, als ihm bewusst wird, dass er zu weit geht. Er möchte seine Hand zur Besänftigung auf Djamils Schulter legen, doch der tritt ruckartig weg.

„Sorry, Kumpel, aber diese Party is' nich' ganz nach meinem Geschmack." Er drückt Tamer den Verlobungsring in die Hand. „Vielleicht kannst du den ja gebrauchen." Dann dreht er sich um und schwankt Richtung Ausgang. Tamer folgt ihm. Alle Blicke sind auf die beiden Männer gerichtet.

„Ich bestell dir ein Taxi!"

„Und jetzt werd' ich auch noch von meinem Ex-Schwager bemuttert. Nein, danke!" Er winkt mit einer Handbewegung ab.

Tamer bleibt stehen.

„Na gut, wenn alle hier deine Feinde sind, dann mach du mal, wie du meinst." Verärgert dreht er sich von ihm weg.

„Djamil!" Agnesa ist ihm mit schnellen Schritten in den Flur gefolgt.

Er dreht sich widerwillig um. Einen Moment blickt sie voller Mitgefühl in seine feuchten und zugleich vor Zorn erröteten Augen. Seine Unterlippe bebt.

Agnesa streckt ihm seine Jacke entgegen, die er auf einem der Stühle liegenlassen hat. Er reißt sie wortlos aus ihrer Hand und geht hinaus, ohne sich von ihr zu verabschieden.

Zurück im Wohnzimmer merkt sie sofort die bedrückte Stimmung. Einige der Gäste flüstern einander etwas zu, andere schauen hilflos durch die Gegend. Latifa ist hinausgestürmt, um sich das verweinte Gesicht zu trocknen, das hat Agnesa noch zuletzt mitbekommen.

Auf der Suche nach den anderen Familienmitgliedern blickt sie sich um. Tamer steht, die Hände den Kopf stützend, in einer Ecke und starrt an die Decke. Unpassenderweise erklingt aus dem CD-Player der Refrain von Bob Marleys „No Woman, No Cry", das in diesem Kontext eine ironische Bedeutung erhält. Tamer scheint von der Musik jedoch nichts mitzubekommen. Sein Vater, gleich hinter ihm, tritt jetzt nach vorne.

„Vielleicht sollten wir jetzt den Kuchen anschneiden. Der Abend neigt sich langsam dem Ende zu."

Ein vergeblicher Versuch, die Feier zu retten, denn man sieht den Anwesenden an, dass ihnen der Appetit längst vergangen ist.

16

Die unsichtbare Wand

Mittlerweile herrscht wieder völlige Stille im Hause Al-Bari. Alle Gäste sind kurze Zeit nach Djamils leidigem Auftritt nacheinander gegangen. Der Abend, der so ausgelassen mit Scherzen und Gelächter begann, ist schlagartig zu einer Trauerfeier übergegangen. So sehr sich Rashid auch bemüht hat, die Stimmung aufzuheitern, ist es ihm nicht mehr gelungen.

Djamils Worte hallen jetzt noch im Raum nach, als hätten sie die Wände im Haus eingesperrt. Zurückgeblieben ist nur die Unordnung.

Cherins Geburtstagskuchen liegt ungerührt am selben Fleck und erinnert auf traurige Weise daran, dass die Feier gefloppt ist. Agnesa lässt betrübt die Schultern hängen. So hat sie sich das Ende des Abends nicht vorgestellt. Vor allem tut ihr aber Latifa leid, die sich so große Mühe gegeben hat, um alles zu organisieren. Jetzt werden nicht mehr die schönen Momente von den Geschichten, die über Cherin erzählt wurden, an diesen Tag erinnern, sondern Djamils schmerzhafte Worte, die sich auch in ihren Kopf eingebrannt haben. Es ist nicht fair, aber so ist der Mensch nun mal gestrickt. Gute Erinnerungen geraten schneller in Vergessenheit als schlechte.

Agnesa ist gerade dabei, die benutzten Gläser auf ein Tablett abzustellen, um sie in die Küche zu tragen, als Latifa ihr von hinten eine Hand auf die Schulter legt.

„Vielen Dank für deine Unterstützung!"

Agnesa lächelt ihr zu. Am liebsten würde sie ihr sagen, wie furchtbar leid ihr das alles tut. Aber es kommt nichts über ihre Lippen. Sie ist selbst noch viel zu mitgenommen, also sagt sie stattdessen: „Das ist doch selbstverständlich."

Latifa nimmt ihr das Tablett aus der Hand und stellt es wieder auf dem Tisch ab. Sie schaut zu Rashid hinüber, der in einer bequemen Position auf dem Sessel ruht. Er nickt ihr vielsagend zu. Latifa wischt sich die freie Hand an ihrer Schürze ab und zieht dann eine kleine Geschenkbox aus der vorderen Tasche heraus. Sie überreicht sie Agnesa mit einem Lächeln. Diese nimmt die Box etwas irritiert entgegen.

„Das hatten Rashid und ich für Cherins Geburtstag schon vor einer ganzen Weile gekauft", erklärt sie. „Als ich es im Schaufenster gesehen habe, wusste ich sofort, dass sie es lieben würde."

Agnesa schaut Latifa noch immer irritiert an, weil sie nicht weiß, was sie mit der Box machen soll. Rashid steht von seinem Platz auf und gesellt sich dazu.

„Jetzt, wo unser kleines Mädchen nicht mehr da ist, möchten wir es dir schenken."

Agnesa starrt beide mit aufgerissenen Augen an. „Das kann ich nicht annehmen."

Sie reicht die Box Latifa zurück, doch die schüttelt nur den Kopf. „Wir würden uns sehr darüber freuen, wenn du es an ihrer Stelle trägst."

Agnesa schaut von Latifa zu Rashid. Ihr fehlen jegliche Worte, um ihre Gefühle auszudrücken.

„Willst du nicht nachschauen, was es ist?"

Sie öffnet behutsam die Box und findet einen goldenen Anhänger in Form einer nach unten gerichteten Hand mit einem Auge in ihrer Mitte aus einem Saphirstein. Es sieht magisch aus.

„Das ist die Hand der Fatima, auch Hamsa genannt. Wir haben es in Marokko gekauft. Es ist ein weitverbreitetes Symbol bei uns", erklärt Rashid.

„Das kann ich wirklich nicht annehmen."

„Gefällt es dir nicht?", fragt Latifa nach.

„Doch, es ist wunderschön", antwortet sie hastig, „aber ich hab es gar nicht ver–"

Rashid unterbricht sie. „Na, das lass mal unsere Entscheidung sein!"

„Nein, wirklich, ich …" Sie verstummt.

Latifa holt die Halskette aus der Box heraus. „Wir akzeptieren kein Nein." Sie hebt Agnesas lange Haare an und legt es ihr um den Hals. Ihre Augen füllen sich heute zum dritten Mal mit Tränen.

„Vielen Dank!" Agnesa schließt erst Latifa, dann Rashid fest in die Arme. „Hat es eine Bedeutung?"

Er nickt. „Es soll seine Trägerin im Kampf gegen das Böse beschützen."

„Ich danke euch sehr", wiederholt sie und möchte noch etwas hinzufügen, um all ihren Gefühlen, die sie für die Al-Baris empfindet, Ausdruck zu verleihen, als Tamer in diesem Moment hereinkommt.

„So, hab jetzt alle Stühle den Nachbarn zurückgebracht. Gibt es noch etwas zu erledigen?"

Agnesa löst sich aus Rashids Umarmung und wischt sich – den Rücken zu Tamer gewandt – die Tränen weg.

„Nein, für heute ist es genug mit der Arbeit. Wir sollten jetzt langsam mal schlafen gehen“, erwidert sein Vater.

Tamer blickt auf die Wanduhr. Es ist schon nach Mitternacht.

„Dann fahr ich mal nach Hause.“

Latifa geht auf ihn zu. „Wieso bleibst du nicht einfach hier? Du musst doch hundemüde sein.“

Er wirft einen kurzen Blick auf Agnesa. Die strahlt glücklich über das ganze Gesicht. Es braucht keine weitere Überredung.

Draußen ist es stockfinster. Nur ein schwacher Schein des Mondlichts strahlt durch die durchsichtigen Vorhänge hinein und verleiht Cherins Zimmer eine bläuliche Färbung. Nachdenklich liegt Agnesa auf der Matratze, den Blick zur Wand gerichtet, hinter der sich Tamers altes Schlafzimmer befindet. *Ob er schon schläft?* Ihr Herz klopft bei der Vorstellung, dass er ihr so nah ist. Und doch trennt diese Wand sie voneinander.

Was ist das für ein Gefühl in ihr, das aus heiterem Himmel aufgetaucht ist und sie einfach nicht schlafen lässt? Es fühlt sich gut, aber zugleich auch falsch an. Zwar will sie das Gefühl nicht loslassen, doch ihr Verstand sagt ihr, dass es nicht richtig ist, was sie für ihn empfindet. Sie ist eine verheiratete Frau, und solange sie nicht mit Sicherheit weiß, ob ihr Mann lebt, muss sie sich auch wie eine verheiratete Frau verhalten. Warum nur sagt ihr Herz etwas anderes?

Noch eine ganze Weile starrt sie hypnotisiert die Wand an, die sie von ihm trennt, und hört dem lauten Pochen ihres Herzens zu.

Tamer liegt ebenfalls wach auf dem unbequemen Aufklappsofa, eine Decke um sich geschlungen und den Blick auf die Wand zum Zimmer seiner Schwester gerichtet. Die Vorstellung, dass Warda in diesem Moment dort liegt, löst etwas in ihm aus, das ihm Angst bereitet. Es ist eine Mischung aus Verlangen und Sehnsucht. Lange ist es her, als er das letzte Mal so etwas für eine Frau empfunden hat. Damals hatte er sich fest vorgenommen, nie wieder solche Gefühle zuzulassen. Er hat die schmerzhafte Lehre aus seiner gescheiterten Beziehung gezogen und will so eine Erfahrung nicht noch einmal machen. Dennoch ist er nun hier, mit diesem Gefühl tief in ihm drin, das sich nicht abschalten lässt. Er hat keine Kontrolle darüber. Nein, es kontrolliert ihn.

Sie ist verheiratet, erinnert er sich bewusst daran. Das muss doch Grund genug sein, um die lüsternen Gedanken in seinem Kopf abzustellen. Er will, weiß Gott, nicht derjenige sein, der das Scheitern einer Ehe zu verantworten hat. Trotz aller Vernunft kann er aber nicht aufhören, über sie nachzudenken. Und an das, was er jetzt lieber tun würde, als hier allein auf dem Sofa zu liegen.

Die tickende Küchenuhr verrät, dass es bereits drei Uhr nachts ist. Sonst breitet sich gähnende Stille im Haus aus. Das heißt, bis zu dem Moment, als der Wasserhahn aufgedreht wird und Agnesa, in ihr leichtes Nachthemd gehüllt, ein leeres Glas darunter hält.

Mit gierigen Schlucken trinkt sie das kalte Leitungswasser und tupft sich mit den Fingern den Mund trocken. Eine ruhige Nacht ist nicht in Sichtweite, das weiß sie. Wenn sie wieder in ihr Zimmer geht, wird sie sich doch nur im Bett herumwälzen, von ihren Gedanken über ihren attraktiven

Zimmernachbarn abgelenkt. Wahrscheinlich ist es besser, wenn sie sich in Rashids Büro eines der psychologischen Lektüren widmet. Das wird sie eine Weile beschäftigt halten, bis ihr vielleicht doch noch die Augen zufallen.

Sie stellt das Glas neben das Spülbecken und will gerade aus der Küche gehen, als kein anderer als Tamer vor ihr auftaucht: nur in Boxershorts gekleidet.

Beide erstarren für einen kurzen Moment, mustern sich dann von Kopf bis Fuß und lächeln verlegen.

Mit glühenden Wangen wünscht Agnesa ihm eilig eine gute Nacht und setzt zum Weitergehen an, um der peinlichen Situation zu entkommen. Doch da packt er sie ruckartig am Handgelenk, sodass sie genau vor ihm stehen bleibt.

Einige Sekunden schauen sie einander tief in die Augen, als wollten sie die Gedanken des jeweils anderen lesen. Ein kläglicher Versuch, der beiderseits scheitert.

Agnesa blickt auf ihre Hand hinunter, die immer noch von seiner umklammert ist. Nervös wippt sie von einem Fuß auf den anderen. Da beugt sich Tamer völlig unerwartet zu ihr vor und küsst sie genau auf den Mund. Agnesa ist so überrascht, dass sie zusammenzuckt und schließlich versteinert in einer Position verharrt. Derweil hält er seine Lippen weiter an ihre gedrückt, und scheint nicht vorzuhaben, sie wieder zu lösen. Unwillkürlich lässt sie ihre Bedenken fallen, schließt die Augen, entspannt ihre verkrampften Muskeln und erwidert den Kuss, indem sie ihre Lippen stärker an seine presst.

Er riecht so gut nach herbem Aftershave, was ihr Verlangen nach ihm erhöht.

Langsam lässt er seine Finger an ihrer Hand entlanggleiten, während sie den Mund für ihn öffnet und sich ihre Zungenspitzen berühren. Ein kalter Schauer schießt durch Agnesas Körper, den er jetzt an seinen presst, seinen Arm fest um ihre Taille geschlungen. Noch nie sind sie sich so nahe gewesen, und dennoch fühlt es sich an, als wären ihre Körper füreinander bestimmt. Sie schreien nur so vor Begierde.

Als sein Daumen jedoch ihren Ehering streift, stockt er augenblicklich und löst instinktiv seinen Mund von ihrem.

Überrascht öffnet sie die Augen. Sie schauen einander erneut an, aber diesmal mit einem leichten Anzeichen von Reue.

Abrupt zieht Agnesa ihre Hand aus seiner und senkt den Blick. Beide atmen schwer mit dem Klicken der Küchenuhr im Hintergrund.

„Gute Nacht!", flüstert sie zum zweiten Mal, als sie sich an ihm vorbei in den Flur drängt. Diesmal hält er sie nicht auf.

Wieder im Bett, zieht Agnesa die Decke über den Kopf, bemüht, ihren schnellen Atem zu kontrollieren, was ihr pochendes Herz jedoch unmöglich macht.

Ist das gerade tatsächlich passiert, oder hat sie das nur geträumt?

Sie hebt die Hand und streicht mit den Fingern über ihre Lippen. Schon allein die Vorstellung, dass sie noch vor Kurzem an seine gepresst waren, verursacht ihr Gänsehaut. Wie gerne würde sie jetzt in seinen Armen liegen und seinen kräftigen Körper wieder spüren. Das Gefühl der Erregung wird jedoch schnell wieder durch Scham abgelöst. Die Situation ist mehr als nur peinlich zu Ende gegangen, da sie wie ein unreifes Schulmädchen weggelaufen ist. Wie soll sie ihm jetzt wieder in die Augen schauen? Vor allem nach diesem leidenschaftlichen Kuss.

Sie errötet bei dem Gedanken, kann sich aber nicht dagegen wehren, diesen Augenblick immer wieder in ihr Gedächtnis zurückzuholen und darüber nachzudenken, wie es weitergegangen wäre, wenn ihr Ring nicht zwischen ihnen stände.

Sie zieht die Decke herunter und betrachtet das goldene Ehegelöbnis um ihren Finger. Es sind jetzt schon über zehn

Monate nach ihrem Einzug bei den Al-Baris vergangen. Zehn Monate, in denen sich niemand gemeldet hat, der den Anspruch auf ihr Gelöbnis wahrgenommen hätte. Warum trägt sie diesen Ring denn überhaupt noch? Vielleicht weil es die einzig wahre Erinnerung an ihr vorheriges Leben ist. Sie kann nur darüber spekulieren, ob ihr Ehemann noch lebt. Ob er sie zurückhaben will. Es ist gut möglich, dass er sie schon längst vergessen oder durch eine andere ausgetauscht hat, falls es ihn tatsächlich gibt. Wie sonst ist es zu erklären, dass er nicht alles in die Wege geleitet hat, um sie zu finden? Aber auch das sind nur Annahmen ohne Beweise. Was sie jedoch mit Sicherheit weiß, ist die Tatsache, dass sie nichts für denjenigen empfindet, der ihr einst diesen Ring als Zeichen seiner Liebe geschenkt hat. Sie kann nicht sagen, ob es daran liegt, dass sie sich nicht mehr an ihn erinnert, oder daran, dass sie aufgehört hat ihn zu lieben. Vielleicht ist der Grund aber auch einfach der, dass es jetzt jemand anderen gibt, der in ihr das auslöst, was ihr Ehemann vermutlich einmal in ihr ausgelöst hat.

Sie betrachtet die Tätowierung auf der Innenseite ihres Handgelenks. Der Telefonhörer mit abgeschnittener Schnur ist ein anderes Rätsel, dessen Lösung sie nicht kennt. Wer sitzt am anderen Ende? Ist da überhaupt irgendjemand oder zieht sie wieder falsche Schlüsse aus den wenigen Anhaltspunkten, die sie über ihr vorheriges Leben besitzt?

So viele Fragen und Antwortoptionen, ohne die richtige Lösung zu wissen. Sie kann entweder weiterhin der Vergangenheit nachhängen, von irgendwelchen Spekulationen ausgehend, oder sie kann das tun, was sie sich zum Jahreswechsel vorgenommen hat: einen Neuanfang starten. Und dazu gehört nun einmal, mit dem Alten abzuschließen.

Was, wenn der Anschlag, dem sie zum Opfer gefallen ist, ein Wink des Schicksals war, der sie und Tamer zusammenführen wollte? Sie glaubt an das Schicksal. Warum sonst sollte ausgerechnet sie jetzt in diesem Haus sein und im Bett seiner Schwester liegen? Sie möchte dem, was zwischen ihr und Tamer ist, eine faire Chance geben. Vielleicht sind sie füreinander bestimmt. Vielleicht ist ER ihre Zukunft.

Vielleicht dies, vielleicht das … Jetzt reicht es!

Agnesa fasst ihren Entschluss. Ohne weiteres Zögern nimmt sie den Ring ab, der bisher ein Teil von ihr war, und verstaut ihn in der Schublade neben dem Bett.

Doch eine Frage bleibt weiterhin bestehen: Was, wenn sie ihre Vergangenheit nicht einfach so wegsperren kann?

Direkt hinter ihrer Tür steht Tamer in steifer Haltung da, die Hand erhoben, um anzuklopfen. Aber er tut es nicht. Wenn sie gewollt hätte, dass er jetzt bei ihr wäre, dann wäre sie vorhin nicht so davongelaufen. Nur eins versteht er nicht: Warum hat sie seinen Kuss erwidert, wenn sie nicht das Gleiche für ihn empfindet? Er hat doch gespürt, dass da etwas zwischen ihnen ist, als er sie in seinen Armen hielt. Und es war mehr als nur reines Verlangen. Viel mehr. Am liebsten hätte er sie gar nicht losgelassen.

Ist es sein Fehler gewesen, den Kuss so abrupt zu beenden? Es war ein reiner Reflex. Der Ring an ihrem Finger hat sich brennend heiß angefühlt. Klar, sie hat seine Zärtlichkeit erwidert, obwohl sie ihn auch hätte von sich stoßen können. Ist das aber Grund genug gewesen, sich etwas darauf einzubilden?

Wenn er sich an die reinen Tatsachen hält, statt sich an seine Wunschvorstellungen zu klammern, muss er sich eingestehen, dass da irgendetwas Unausgesprochenes zwischen ihnen liegt, wie diese Tür jetzt vor ihm. Etwas, das ihm sagt, es sei falsch, was er da tut, obwohl es sich richtig anfühlt. Wenn sie bereit wäre dazu – bereit für ihn –, dann würde sie ihren Ring nicht mehr tragen. Vermutlich hofft sie innerlich, dass ihr Mann wieder auftaucht und sie mitnimmt in ihr vertrautes Leben.

Wer weiß, vermutlich macht er sich nur etwas vor. Interpretiert ihre Blicke falsch und sieht mehr in diesem Kuss, als tatsächlich gewesen ist. Schließlich ist sie auch nur ein Mensch mit Bedürfnissen. Vielleicht ist sie einfach für einen kurzen Moment schwach geworden und hat in den Armen eines Mannes die Zuneigung gesucht, die ihr seit Monaten verwehrt geblieben ist.

Er kann jetzt an diese Tür klopfen und sie einfach fragen, oder sich für den Kuss entschuldigen. Jedenfalls irgendetwas tun, um ihre Freundschaft nicht zu gefährden. Aber will er das: Freundschaft? Will er von ihr hören, dass sie ihn einfach aus einem spontanen Gefühl heraus geküsst hat, so wie auch er sich von seinen Gefühlen hat leiten lassen?

Nein, viel lieber bleibt er noch eine Weile in dem Glauben, dass ihr der Kuss genauso viel bedeutet wie ihm, auch wenn es nur eine süße Lüge ist.

Und so tut er das, was ihm am vernünftigsten erscheint: Er geht in sein Zimmer zurück und zieht sich an. Schlafen kann er jetzt ohnehin nicht mehr. Da kann er ihnen beiden wenigstens die peinliche Situation am Morgen ersparen, einander in die Augen sehen zu müssen.

Beim Hinausgehen wirft er noch einen letzten Blick auf ihre Tür. Ein Lächeln setzt sich in seine Mundwinkel, als er leise die Treppen hinuntergeht, um nach Hause zu fahren.

Nein, er bereut ihren Kuss nicht. Zumindest hat er es versucht.

LIEBE

17

Ein entscheidender Tag

An diesem Morgen lässt sich Agnesa besonders viel Zeit damit, aufzustehen. Das liegt jedoch nicht daran, dass sie lange geschlafen hat. Sie konnte die ganze Nacht lang nicht schlafen. Nur will sie nicht so früh das Zimmer verlassen, weil sie befürchtet, Tamer im Haus zu begegnen. Insgeheim hofft sie, dass er Frühdienst hat und sie so der Peinlichkeit entkommt.

Vom Bett aus denkt sie darüber nach, wie sie sich wohl am besten ihm gegenüber verhalten soll, wenn es früher oder später zu dem unumgänglichen Kontakt kommt. Soll sie so tun, als sei dieser Kuss nie passiert? Oder soll sie ihn darauf ansprechen, damit der Elefant aus dem Zimmer verschwindet?

Sie ist unsicher, was die richtige Handlung ist, weshalb sie sich dazu entscheidet, die Wahl der Situation zu überlassen.

Der Wecker neben ihrem Bett zeigt an, dass es schon neun Uhr ist. Entweder muss Tamer jetzt aus dem Haus sein, oder er hat ohnehin Spätschicht.

Als sie ihn im Flur zum Bad nicht antrifft und ihn auch nicht beim Vorbeigehen durch die halb offene Tür seines Schlafzimmers erspäht, geht sie erleichtert hinunter.

Vor der Küchentür bleibt sie einen kurzen Moment stehen und holt tief Luft, für den Fall, dass sie ihn doch am Frühstückstisch antrifft. Doch von Tamer gibt es weit und breit keine Spur. Dafür steht seine Mutter vor dem geöffneten Kühlschrank und wünscht ihr einen guten Morgen, als sie eintritt.

Agnesa fühlt sich selbst dabei ertappt, mehr enttäuscht als erleichtert darüber zu sein, ihn doch nicht hier anzutreffen. Latifa dreht sich mit dem verpackten Ziegenkäse in der Hand um. Es entgeht ihr offensichtlich nicht, dass Agnesas Laune über Nacht gesunken ist.

„Alles in Ordnung?“

„Ist Tamer schon weg?“

„Ja. Er scheint schon früh am Morgen gegangen zu sein.“ Latifa nimmt den Käse aus der Verpackung und legt ihn ihrer Gewohnheit nach auf eine saubere Teetasse. „Als ich aufgewacht bin, war er schon weg.“

Agnesa überlegt, ob das eventuell etwas mit ihr zu tun hat. Möglicherweise ist er böse auf sie oder will sie einfach nicht sehen. Verständlich nach ihrer übereilten Flucht.

Plötzlich gleitet ihr Blick an die Stelle, wo sie in der Nacht noch einander gegenüberstanden – ihre Münder und Körper aneinandergepresst.

Denk nicht darüber nach, ermahnt sie sich.

Agnesa stellt sich neben Latifa hin, um ihr beim Zubereiten des Frühstücks zu helfen. Die bemerkt sofort die Goldkette mit der Hamsa um Agnesas Hals, und die Freude darüber steht ihr ins Gesicht geschrieben.

„Möchtest du Omelette, Habibi?“, fragt sie mit einer Wärme in der Stimme, die für gewöhnlich ihren Familienmitgliedern vorbehalten ist.

„Ich habe noch keinen Hunger, danke", erwidert Agnesa ebenso herzlich, während sie Teewasser aufgießt.

Neben der plötzlichen Leere in ihr spürt sie noch etwas anderes: Sehnsucht nach ihm.

„Du bist heut' irgendwie nich' bei der Sache, Kumpel."

Lennard, Tamers jüngerer Kollege, quatscht ihn hinter dem Steuer an. „Was is'n los?"

Tamer zuckt mit den Schultern. „Hab schlecht geschlafen."

„Sieht man dir an." Er schweigt wieder, und Tamer hofft, dass es vorerst dabei bleiben wird. Er hat keine Lust, Fragen zu beantworten. Mal abgesehen davon, dass er tatsächlich kaum geschlafen hat und ihm jetzt der Schädel dröhnt, muss er sich wirklich anstrengen, um nicht über Warda nachzudenken. Denn das geht mit einem gemischten Gefühl einher: Schuld, Besorgnis und Sehnsucht.

Ist es falsch von ihm gewesen, einfach so in der Nacht abzuhauen? Was, wenn sie sich mit ihm aussprechen wollte und sein Verhalten missversteht? Besser ist es, wenn er nach der Arbeit bei seinen Eltern vorbeischaut. Dann weiß er, ob ihr danach ist, mit ihm zu sprechen oder nicht. Letzten Endes sind sie zwei Erwachsene und sollten sich auch wie solche verhalten. Die einzige Möglichkeit, um Missverständnisse fehlender Kommunikation vorzubeugen, ist Kommunikation. Da führt kein Weg dran vorbei. Jetzt, wo er einen klareren Kopf hat, ist es ihm auch lieber, konkret zu wissen, woran er ist, als sich falsche Hoffnungen zu machen. Falls Warda nichts für ihn empfindet, dann ist es besser, wenn er sich mit dieser Tatsache so früh wie möglich abfindet, als seinen immer weiter anwachsenden Gefühlen für sie Raum zu geben.

Ja, er wird gleich nach der Arbeit zu seinen Eltern gehen und sich mit ihr aussprechen.

Lennard biegt den Wagen um die Ecke und steuert geradewegs auf eine Unfallstelle zu. Zwei Fahrzeuge, die nicht den notwendigen Abstand eingehalten haben, sind aufeinandergeprallt. Er hält den Streifenwagen hinter dem Verursacher des Unfalls an und wirft einen Blick zu Tamer.

„Heute spiel ich mal den bösen Bullen und du den guten."

Tamer hebt eine Braue.

„Du siehst so jämmerlich aus, dass man garantiert keine Angst vor dir bekommt", erklärt Lennard.

Tamer schüttelt belustigt den Kopf.

Jenny stolziert in einem extravaganten Tülloutfit von Dolce & Gabana wie ein Model auf dem Laufsteg aus einer schicken Umziehkabine heraus und betrachtet sich im bodenlangen Spiegel.

Das Kleid, das sie trägt, ist ihr mindestens zwei Größen zu klein.

„Und wie sieht's aus?"

Agnesa sitzt auf einem runden Hocker vor den Kabinen und mustert sie mit kritischem Blick. „Es ist vielleicht nicht ganz deine Farbe."

Jenny schmunzelt. „Das hast du aber sehr diplomatisch ausgedrückt." Sie wirft wieder einen Blick in den Spiegel. „Ich sehe aus wie eine gepresste Leberwurst." Mit eiligen Schritten verschwindet sie wieder hinter dem Vorhang der Kabine.

Agnesa ist froh darüber, dass Jenny sie am Vormittag angerufen und nachgefragt hat, ob sie Lust auf eine spontane Shoppingtour hätte. So muss sie nicht unentwegt an Tamer denken. In der Stimmung, selbst nach Kleidern für sich zu stöbern, ist sie jedoch nicht, mal abgesehen davon, dass sie sich aus diesem Designerladen ohnehin nichts leisten kann. Ihr Bewerbungsgespräch für die Stelle als Kindermädchen ist erst für nächste Woche angesetzt, und es ist nicht einmal klar, ob sie den Job ohne Lebenslauf und Referenzen bekommen wird. An Geldausgeben ist also nicht zu denken. Trotzdem macht es Spaß, mit Jenny durch die feinen Läden der Königsallee zu ziehen. Dafür sind sie extra nach Düsseldorf gefahren. Ihre Begleiterin ist nicht nur im Besitz eines eigenen Autos, sondern auch offenbar eines vollen Bankkontos, wenn sie diese schnieke Gegend zum Einkaufen bevorzugt.

„Läuft da eigentlich was zwischen euch?", ruft Jenny hinter dem Vorhang.

„Zwischen wem?"

Jenny streckt ihren Kopf hinter dem Vorhang raus. „Na, wem wohl?"

Agnesa errötet, wohl wissend, dass sie ertappt wurde. „Wie kommst du denn auf die Idee?"

Jenny wackelt vielsagend mit den Augenbrauen. „Ich hab doch gesehen, wie ihr euch anschaut." Sie zwinkert Agnesa keck zu. Die verdeckt ihr Gesicht verlegen mit den Händen.

„Ist das so offensichtlich?"

„Offensichtlich genug, dass ich es weiß." Kaum gesagt, verschwindet sie wieder hinter dem Vorhang. „Und wahrscheinlich auch die Hälfte der anderen Gäste", ruft sie noch.

Agnesas Wangen glühen noch mehr.

Keine drei Minuten später tritt Jenny erneut aus der Kabine. Das neue Outfit – ein samtgrünes, eng anliegendes Seidenkleid –, steht ihr ausgezeichnet.

„Und wie sieht dieses hier aus?" Sie dreht sich im Kreis, damit Agnesa sie von allen Seiten begutachten kann.

„Einfach umwerfend!"

Jenny betrachtet sich zufrieden im Spiegel. „Ja, da muss ich dir recht geben."

Agnesa beobachtet Jenny von der Seite. Sie sieht ungelogen zum Dahinschmelzen aus. Dieser Frau können sicherlich wenige Männer widerstehen. Ob auch Tamer es mal bei ihr versucht hat? Ihr ist nicht entgangen, wie aufmerksam er auf Cherins Geburtstagsfeier zu ihr war, und wie herzlich sie einander in die Arme geschlossen hatten.

„Sag mal, du und Tamer, wart ihr schon mal zusammen?"

Jennys Augenbrauen springen in die Höhe, ganz so als sei diese Vorstellung zu absurd. „Wie kommst du auf die Idee?"

„Ich weiß nicht, ihr steht euch doch sicherlich nahe. Und es wäre da nachvollziehbar, dass ihr es mal miteinander versucht habt."

Jenny dreht sich lachend zu ihr um. „Weil er so unwiderstehlich ist oder ich?"

Agnesa fühlt sich schon wieder ertappt. „Ihr seht ja beide gut aus und habt sicherlich viel zusammen erlebt …"

Jenny stößt einen langen Seufzer aus. „Ja, das haben wir. Nichtsdestotrotz ist er nicht mein Typ. Du kannst also beruhigt sein."

Tatsächlich beruhigt das Agnesa ein wenig, obwohl es ihr schwerfällt zu glauben, dass Tamer nicht ihr Typ sein soll. Er sieht nicht nur unglaublich gut aus, er ist auch klug und mutig und so ein herzensguter Mensch.

„Ich steh auf Frauen", klärt Jenny das Rätsel schnell auf.

Jetzt schießen Agnesas Brauen in die Höhe. Damit hat sie gar nicht gerechnet. Ist das vielleicht der Grund, warum Jenny sie treffen wollte?

„Du bist aber auch nicht mein Typ", sagt sie lachend, ganz so, als habe sie ihre Gedanken gehört. „Man kann dir echt alles im Gesicht ablesen." Sie reicht der verblüfften Agnesa ihr Handy. „Machst du mal bitte ein Foto?" Dann stellt sie sich vor eine hübsch tapezierte Wand. „Das sieht nicht so sehr nach Umziehkabine aus.“

Agnesa schießt mehrere Fotos, während Jenny sexy posiert. „Du musst es unbedingt kaufen!“

Jenny nimmt das Handy mit einem schiefen Grinsen wieder entgegen. „Bist du verrückt geworden? Es kostet über 700 €. Sehe ich aus wie die Frau eines Scheichs?“

Agnesa legt die Stirn in Falten. „Und warum hast du es dann anprobiert?“

„Na, für die Fotos.“ Jenny tippt irgendetwas in ihr Handy ein und streckt es Agnesa hin.

Auf dem Display ist ihr Instagram-Account geöffnet. Eines der neugeknipsten Bilder schmückt jetzt ihr Profilbild.

„Willst du jemanden beeindrucken?“, hakt Agnesa nach.

„All meine Ex-Freundinnen, die mir noch folgen.“

Agnesa runzelt die Stirn, dann brechen beide in schallendes Gelächter aus.

Bestens gelaunt verlassen sie kurze Zeit später das Designergeschäft, ohne etwas gekauft zu haben.

„Sollen wir was trinken gehen?“, fragt Jenny an Agnesa gewandt. „Fiktives Shopping kann echt anstrengend sein.“ Sie hakt sich in Agnesas Arm ein. Die nickt ihr gut gelaunt zu.

So fühlt es sich also an, Freunde zu haben, denkt sie sich zufrieden. Es ist ein wunderbares Gefühl.

Nach einem erfrischenden Glas Strawberry Colada in einer erschwinglicheren Cocktailbar abseits der Königsallee, schlendern sie wieder Arm in Arm durch die noble Einkaufsstraße und kommentieren einige der ausgestellten Kleidungsstücke hinter den Schaufenstern, als ein Mädchen fröhlich an ihnen vorbeiläuft und Agnesas Aufmerksamkeit mit ihrem pinken Tutu auf sich zieht. Ihre blonden Zöpfe flattern bei ihrem rasanten Tempo wild umher.

Jenny zieht sie am Arm in die entgegengesetzte Richtung.

„Agnesa!“, erklingt plötzlich die Stimme einer Frau hinter ihr. „Agnesa, warte!“

Wie erstarrt bleibt sie stehen.

„Was ist?“, fragt Jenny irritiert, als sie in Agnesas versteinertes Gesicht blickt.

Die Frau hinter ihnen kommt mit schnellen Schritten auf sie zu. „Agnesa!“, ruft sie erneut.

Unsicher schaut Agnesa in das verzweifelte Gesicht, das immer näher rückt. Doch kaum als die Frau sie erreicht, huscht sie geschickt an ihr vorbei wie an einem lästigen Hindernis, ohne ihr Beachtung zu schenken. Stattdessen läuft sie geradewegs auf das blonde Mädchen im Tutu zu und greift nach ihrer Hand.

Agnesa folgt ihr mit den Augen wie gebannt.

„Wie oft hab ich dir gesagt, du sollst hier nicht einfach so rumlaufen?!“, ermahnt die Frau mit forschem Ton das Kind. „Willst du von einem Auto überfahren werden?!“

Jenny schaut verwundert von Agnesas starrem Gesicht zu der aufgebrachten Mutter, dann wieder zu ihr.

„Kennst du sie?“

Während die Frau mit ihrer quengeligen Tochter an der Hand wieder an ihnen vorbeigeht, schaut Agnesa ihr kopfschüttelnd nach. Sie weiß nicht, warum sie sich so sicher dabei ist, aber sie hat keine Zweifel daran.

„AGNESA - das ist mein Name.“

Zum Abendessen gibt es gefüllte Paprikaschoten mit Joghurt, eine arabische Spezialität, die oft im Hause der Al-Baris zubereitet wird. Agnesa reicht den Brotkorb an Rashid weiter. Er hat die Angewohnheit, jede Mahlzeit mit reichlich Brot zu kombinieren. „Sonst wird man ja gar nicht satt", ist seine Argumentation auf die ständige Erwähnung seiner Frau hin, dass zu viel Brot ungesund sei.

Agnesa nutzt die Gelegenheit des entspannten Zusammensitzens, um ihnen die Neuigkeit zu verkünden. Zwar hat sie erst darüber nachgedacht, auf Tamer zu warten, aber zum einen weiß sie gar nicht, ob er überhaupt zum Abendessen erscheinen wird – bislang gab es kein Lebenszeichen von ihm –, zum anderen steht ja noch der nächtliche Elefant zwischen ihnen.

Latifa schlägt glücklich die Hände ineinander, als Agnesa mit ihrer Erzählung fertig ist. Sie hat das Treffen mit Jenny recht kurz gefasst, um direkt zum Wesentlichen zu kommen.

„Agnesa! Klingt wunderschön, nicht, Habibi?", richtet sie sich an ihren Mann. Der nickt, während er etwas in sein Handy eintippt.

„Der Name kommt aus dem Altgriechischen und bedeutet ‚die Reine' oder auch ‚die Geheiligte'", liest er vor.

Agnesa lächelt verlegen.

„Na, das passt doch wunderbar!", kommentiert seine Frau.

„Ja, unsere anmutige Rose hat sich immer vorbildlich verhalten. Zumindest solange wir sie kennen", scherzt Rashid.

„Jetzt hab ich mich schon so an den Namen Warda gewöhnt, dass ich ihn gar nicht mehr ablegen möchte." Diese Erkenntnis wird Agnesa in dem gleichen Moment klar, als sie es ausspricht.

Rashid legt seinen Arm um ihre Schulter. „Keine Sorge, für uns bleibst du weiterhin unsere kostbare Rose."

Agnesa lächelt zwar, hat aber ein mulmiges Gefühl im Magen. Ist das ein bloßer Zufall, dass ein Fetzen ihrer Vergangenheit zurückgekehrt ist? Oder soll ihr Schicksal eine weitere Wendung nehmen, jetzt, wo ihr altes Ich einen Namen erhalten hat?

18

Kein Frieden in Sicht

Nur noch eine Stunde bis zum Feierabend. Tamer kann es kaum abwarten, seinen versäumten Schlaf nachzuholen. Der macht sich nämlich trotz der vier Tassen Americano bemerkbar. Mittlerweile hat er sich hinter das Steuer gesetzt, um seinen Kollegen abzulösen. Konzentriert starrt er auf die Straße vor sich, während Lennard ihm einen Witz erzählt. Der dritte bereits.

„Er fragt sie nach dem ehelichen Verkehr: ‚Liebling, warum lässt du mich nie wissen, wenn du einen Orgasmus hast?' Sie darauf: ‚Das würde ich gerne tun, aber du bist dann ja nie zu Hause.'"

Lennard lacht herzhaft, bis ihm fast schon die Tränen in die Augen schießen. Tamer findet den Witz so blöd, dass sogar er darüber schmunzeln muss.

Plötzlich geht das Funkgerät an, und eine weibliche Stimme ertönt aus der Lautsprecheranlage. „An alle Einheiten:

Begeben Sie sich sofort in die Neusserstraße 43. Es hat einen Anschlag auf eine muslimische Schule gegeben."

„Scheiße!", entfährt es Tamer. Sofort schaltet er die Sirene an und wendet den Streifenwagen unter aufleuchtendem Blaulicht.

Überall sind bunte Briefmarken aus den unterschiedlichsten Ländern auf dem langen Esstisch verteilt. Rashid steht mit einer Lupe über seine Sammlung gebeugt und begutachtet eine Briefmarke nach der anderen. Vorsichtig hebt er eine Marke aus der ehemaligen Sowjetunion mit einer Pinzette an und hält sie unter seine Lupe. Schließlich legt er sie hinter die Folie eines dafür vorhergesehenen Albums.

„Diese hier ist besonders wertvoll", erklärt er.

Agnesa wirft einen Blick über seine Schulter. „Davon hab ich noch eine gesehen." Sie eilt zum anderen Ende des Tisches und deutet auf einen Stapel mit weiteren Briefmarken.

Rashid kommt ihr nach, um sie sich aus der Nähe anzusehen. „Die sieht zwar auf den ersten Blick genauso aus, ist aber ein anderes Modell. Siehst du hier?" Er deutet auf die gezackten Ränder. „Es sind viel mehr Zacken bzw. Löcher am Rand vorhanden, die das einfache Abtrennen ermöglichen. Und die machen den wichtigen Unterschied aus!"

Latifa kommt mit zwei Teetassen herein, bleibt aber vor dem vollgepackten Esstisch stehen. Sie scheint zu überlegen, wo sie die Tassen abstellen soll.

„Das bestimmt den Wert dieser Briefmarke. Von der Briefmarke mit weniger Zähnung, wurden weniger Exemplare gedruckt. Und die Druckmenge entscheidet über den Preis. Die Nachfrage danach ist größer, da das Angebot kleiner ist", klärt Rashid seine neugierige Assistentin auf.

Latifa stellt die Teetassen auf dem kleinen Couchtisch ab. Ihr Blick fällt auf den Fernseher, der auf stumm geschaltet ist, und ein Schatten huscht über ihr Gesicht. Agnesa folgt ihrem Blick.

Auf dem Bildschirm laufen gerade die Nachrichten. Ein verwüstetes Schulgebäude ist zu sehen, vor dem sowohl Streifenwagen als auch Notfallfahrzeuge aufgereiht sind. Mit gerunzelter Stirn greift sie zur Fernbedienung und schaltet den Ton ein.

„Die Kriminalpolizei geht von einem terroristisch motivierten Anschlag aus", berichtet die Stimme einer aufgebrachten Nachrichtensprecherin. „Bisher steht die Anzahl der Opfer nicht fest..."

Sofort dreht sich auch Rashid zum Fernseher um, während die Nachrichtensprecherin weiter berichtet.

„Doch die meisten von ihnen sind Kinder, die sich zum Zeitpunkt des Anschlags in der Schule befanden."

Schockiert legt sich Latifa eine Hand auf den Mund.

„Ob es sich bei den Tätern um die gleiche Gruppe handelt, die letztes Jahr die Ramadanfeier der muslimischen Gemeinde Köln angegriffen hat, ist noch unklar. Jedoch kann davon ausgegangen werden, dass auch diesmal islamfeindliche Absichten als Tatmotiv bestehen."

Betroffen wechseln die Al-Baris Blicke aus.

„Es hat kein Ende", flüstert Latifa mit gesenktem Kopf.

„Tamer!"

„Ja?"

„Wir haben die Nachrichten gehört. Das mit dem Anschlag ..." Agnesa setzt sich mit dem schnurlosen Haustelefon in der Hand auf das Bett. „Wie schrecklich!"

„Ich war bis vor Kurzem selbst noch dort." Seine Stimme klingt betrübt.

„Gibt es Neuigkeiten?“

„Im Augenblick sind es siebzehn Tote. Viele liegen schwerverletzt im Krankenhaus. Es ist noch unklar, ob sie es schaffen …“

„O Gott!“ Agnesa holt tief Luft, bevor sie weiterspricht: „Kann ich irgendwie helfen?“

„Ich denke nicht, aber danke. Die betroffenen Familien müssen das alles erst verarbeiten.“

„Verstehe. Aber wenn ich irgendwie nützlich sein kann, dann gib Bescheid, ja?“

Es folgt kurzes Schweigen. „Wenn du möchtest, kann ich dich morgen im Krankenhaus absetzen“, sagt er schließlich. „Dann kannst du vielleicht die Familienangehörigen trösten. Da du selbst von einem Anschlag betroffen bist, hast du vermutlich einen anderen Zugang zu ihnen.“

Agnesa nickt, obwohl er sie nicht sehen kann. „Das würde ich sehr gerne.“

Erneutes Schweigen. Da liegt etwas Unausgesprochenes zwischen ihnen, und es hat nicht nur mit dem Anschlag zu tun. Jetzt ist aber wohl kaum die passende Gelegenheit, um über die vergangene Nacht zu sprechen.

„Wie geht es dir? Du klingst sehr müde“, fragt sie nach.

„Es war ein anstrengender Tag. Ich muss mich erst mal ausruhen.“

Agnesa überlegt kurz, was sie noch sagen kann. Eigentlich hat sie gehofft, ihn heute zu sehen. Aber das beruht wohl nicht auf Gegenseitigkeit.

„Dann lasse ich dich jetzt besser in Ruhe. Also, bis morgen!“

„Bis morgen, Warda!“

Sie will schon auflegen, doch die eine Sache möchte sie ihm nicht vorenthalten. „Ich, ähm, ich heiße Agnesa.“

„Als ich den Namen auf der Straße gehört habe, kam er mir gleich so vertraut vor …“, erklärt sie ihm am nächsten Tag auf dem Weg ins Krankenhaus, „… so als wäre er schon oft zu mir gesagt worden.“

Tamer wirft ihr hinter dem Steuer einen kurzen Blick zu. Er trägt seine Uniform, weil er gleich direkt zum Dienst weiterfahren muss, nachdem er sie abgesetzt hat.

Den ganzen Morgen haben beide so getan, als hätte der Kuss nie stattgefunden. Viel mehr noch: Sie verhalten sich so distanziert zueinander wie zu Beginn ihrer Bekanntschaft, zu Agnesas Bedauern.

„Das ist ja schon einmal ein Anfang“, kommentiert er. „Jetzt können wir wenigstens nach einer Agnesa suchen.“

„Wer weiß, wie viele es allein in Köln gibt, und ob ich überhaupt aus dieser Stadt komme.“ Sie blickt aus dem Fenster hinaus auf die ihr unbekannten Straßen.

„Auch mit kleinen Schritten kommt man ans Ziel.“

Er lächelt sie an, um ihr Mut zu machen, und sie erwidert sein Lächeln. Für einige Sekunden fällt sein Blick auf ihre Lippen. Sie bemerkt es sofort. Alles in ihr zieht sich zusammen.

Doch da klingelt auch schon sein Handy und löst die Spannung zwischen ihnen.

„Hey, Max, was gibt’s?“ Tamer hört aufmerksam zu, was sein Freund ihm zu erzählen hat. „Klar! Wo bist du denn gerade?“

Agnesa beobachtet ihn neugierig. Obwohl sie die Stimme von Max nicht hören kann, ahnt sie schon, dass er Neuigkeiten hat. Er meldet sich sonst nie um diese Tageszeit.

„Ich bin in zwanzig Minuten da!“ Tamer legt auf und dreht sich dann wieder zu Agnesa um. „Es gibt ein Foto von einem möglichen Täter.“

Überrascht reißt Agnesa die Augen auf. „Kann ich dich zu dem Treffen begleiten?“

Tamer öffnet den Mund, um ihr abzusagen, sie sieht es schon an seinem Ausdruck, aber sie kommt ihm zuvor. „Vielleicht erkenne ich ihn wieder."

Tamers VW parkt in einer Seitenstraße vor dem Café Benzer.

Max, der bereits am Eingang wartet, kommt dem Fahrzeug entgegen, während Tamer aussteigt. Er wirft einen Blick zum Wagen und entdeckt Agnesa hinter dem Beifahrerfenster.

„Ich dachte, du kommst allein", richtet er sich an seinen Freund.

„Wir waren gemeinsam unterwegs, als dein Anruf kam."

„Dann muss sie leider im Wagen warten."

„Wegen ihr brauchst du dir keine Sorgen machen. Sie ist harmlos."

Max scheint von dieser Aussage wenig überzeugt zu sein.

„Traue keiner schönen Frau! Diese Regel solltest du doch kennen", scherzt er halb ernst.

„Ich folge meinen eigenen Regeln", entgegnet Tamer.

„Hätte ich fast vergessen. Trotzdem kann sie nicht mit."

Tamer legt seinem Freund einen Arm um die Schulter und zieht ihn zur Seite.

„Sie könnte behilflich sein."

„Wobei?"

„Was, wenn sie den Täter wiedererkennt?"

Max dreht sich seufzend um und geht auf das Café zu. „Auf deine Verantwortung!"

19

Eine winzige Spur

Alle drei sitzen um einen runden Tisch herum, der direkt am Fenster steht. Außer ihnen ist kaum jemand im Café. Max zieht aus einem Umschlag einige Fotos heraus.

„Die Überwachungskamera vor dem Eingang eines Ladens, der direkt vor der Schule liegt, hat diesen Mann dabei gefilmt, wie er mit einer großen Sporttasche die Schule betritt …" Er überreicht Tamer das Foto, auf dem eine Vergrößerung des Mannes mit der Tasche in der Hand von hinten zu sehen ist. Dann zieht er ein zweites Foto heraus. „… und wie er die Schule wieder ohne Tasche kurz vor der Explosion verlassen hat."

Auf diesem Bild ist der Mann von vorne zu erkennen. Er trägt eine Kappe, die tief in die Stirn gezogen ist, und hat einen Vollbart. Tamer vergleicht beide Bilder aufmerksam. Agnesa, die neben ihm sitzt, schaut schweigsam auf die Fotos.

Max zieht zwei weitere Bilder heraus, die eine dreifache Vergrößerung der vorherigen sind.

„Leider lässt sich sein Gesicht kaum identifizieren.“ Er legt beide Nahaufnahmen nebeneinander auf dem Tisch ab. Auf dem zweiten Bild wurden Bart und Mütze des Mannes wegretuschiert. Max deutet mit dem Finger darauf. „Er könnte so aussehen, oder auch nicht.“

Tamer nimmt das Bild in die Hand und betrachtet es aus der Nähe. „Das könnte also einer von diesen Schweinen sein.“

„Ja, mit großer Wahrscheinlichkeit is' er das.“

Max zieht noch ein fünftes Foto heraus, das eine Vergrößerung der Hand des Mannes darstellt. Neugierig versucht Agnesa, einen Blick darauf zu erhaschen.

Max tippt auf eine schwach erkennbare Tätowierung zwischen Daumen und Zeigefinger des Mannes, die die Zahl 318 zeigt.

„Das ist ein ehemals weitverbreiteter Code unter Faschisten. Die Zahlen stehen für die Buchstaben des lateinischen Alphabets.“

Tamer und Agnesa hören ihm aufmerksam zu.

„Die Eins und die Acht stehen für die Initialen von Adolf Hitler und die Drei steht für Combat.“

„Combat wie Kampf?“, fragt Tamer nach.

Max nickt. „Wie Combat18, die exekutive Macht von ‚Blood & Honour‘, eines verbotenen Neonazi-Netzwerks. Zwar gibt es die offiziell schon lange nicht mehr, aber inoffiziell ist alles möglich.“ Er schaut Tamer mit einem siegreichen Lächeln an, sichtlich stolz auf seine Schlussfolgerung.

Agnesa, die bisher nur schweigsam neben den beiden saß, mischt sich in das Gespräch ein. „Aber warum sollte sich jemand einen rechtsradikalen Code auf die Haut tätowieren?“ Sie runzelt die Stirn. „Vielleicht hat die Zahl ja eine persönliche Bedeutung.“

Max wirft einen kritischen Blick auf sie. Es ist ihm deutlich anzumerken, dass er von ihrer Präsenz wenig begeistert ist.

„Es kann sich bei dieser Zahl um keinen Zufall handeln. Immerhin gibt es eine eindeutige Signifikanz zum neonazistischen Netzwerk." Er nimmt einen großen Schluck von seinem Kaffee, vermutlich um die Müdigkeit zu vertreiben.

Tamer und Agnesa rühren die Tassen vor sich nicht an.

„Was meinst du mit einer persönlichen Bedeutung?", hakt Tamer bei Agnesas Anmerkung nach, während Max die Augen verdreht.

„Na ja, vielleicht ist es irgendein Datum oder so", sagt Agnesa zögerlich.

„Daten schreibt man in mindestens vier Ziffern, wenn nicht sechs oder acht", stellt Max klar.

„Aber vielleicht wurde bewusst auf weitere Zahlen verzichtet, um die Leute in die Irre zu führen."

Max schaut finster zu Tamer, sichtlich genervt davon, dass Agnesa sich einmischt. „Ich bin spezialisiert auf solche Fälle und benötige keine Pseudotipps von Hobbydetektiven."

„Sie versucht doch nur zu helfen …", versucht Tamer die Situation zu glätten.

„Ich habe nicht nach Hilfe gefragt! Ich wollte dich nur auf dem Laufenden halten." Er betont das Wort *dich* ganz bewusst.

Agnesa steht von ihrem Platz auf. „Ich bin gleich wieder da."

Tamer schaut ihr dabei zu, wie sie auf die Damentoilette zugeht, dann wendet er sich seinem Freund zu. „Warum bist du so gereizt?"

Max schüttelt den Kopf. „Das hier ist keine Öffentlichkeitsversammlung, Tamer. Kapierst du das nicht?"

Tamer will etwas erwidern, verkneift es sich aber.

„Du weißt doch so gut wie nichts über sie."

„Ich weiß genug, um zu spüren, dass sie harmlos ist."

Max stößt einen langen Seufzer aus. „Ich riskiere meinen Job schon allein, weil ich DIR diese vertraulichen Infos weiterleite."

„Ich bin dir echt dankbar dafür. Das weißt du doch."

Max betrachtet ihn wortlos, dann grinst er schelmisch. „Was ist eigentlich zwischen dir und der Kleinen?"

Tamer schaut Max irritiert an. „Nichts ist zwischen uns. Wie kommst du denn auf die Idee?"

Sein Freund hebt die Schultern. „Weiß nich'. Einfach so ein Gefühl."

„Sie ist verheiratet, Max."

„Und wo ist ihr Mann?"

„Das ist es ja. Langsam befürchte ich, dass er bei dem Anschlag ums Leben gekommen ist."

„Der Rest ihrer Familie auch?", fügt Max ironisch hinzu.

„Ich weiß auch nicht, was das Ganze zu bedeuten hat. Sie ist mir ein Rätsel."

„Und das gefällt dir, nich'?"

Tamer greift sich mit einem unterdrückten Lächeln an die Stirn.

„Wusste ich's doch." Max lächelt schief. „Mir kannst du nichts vormachen, Kumpel. Ich hab da einen Riecher für."

Eine Kellnerin mit üppiger Oberweite kommt an ihren Tisch, um die leere Tasse von Max mitzunehmen. Er schaut ihr hinterher, während Tamer ihr keinerlei Beachtung schenkt. Sein Blick ist auf die Damentoilette gerichtet, aus der Agnesa gerade herauskommt.

„Hast du ihre Augen gesehen?", fragt er verträumt.

„Hast du ihre Brüste gesehen?", entgegnet Max und zeigt mit einer Kopfbewegung zur Kellnerin, die wieder an der Bar steht. Tamer schubst ihn freundschaftlich an. „Du bist unverbesserlich!"

Die Kellnerin dreht sich lächelnd zu ihnen um. Max grinst sie an, bevor er seine Aufmerksamkeit wieder seinem Freund schenkt.

„Dir gefallen also ihre Augen?“ Er schaut jetzt ebenfalls zu Agnesa, die sich wieder ihrem Tisch nähert.

Tamer lächelt vielsagend.

„Also, in mir löst ihr Blick ein ungutes Gefühl aus.“

Bedacht schreitet Agnesa durch den Flur des Krankenhauses, in dem sie selbst noch vor fast einem Jahr lag. Überall stehen Menschen herum. Ihre Gesichter geben den unverdauten Schock über die Ereignisse des Vortags preis. Einige weinen noch immer bittere Tränen, einige gestikulieren ängstlich herum. Andere unterhalten sich aufgebracht, wiederum andere versinken schweigend in ihrer Trauer. Mütter, Väter, Großeltern, alle haben sich mit ihrem Schmerz hier versammelt. Hin und wieder erklingt aber auch ein Kichern. Geschwisterkinder, die noch zu klein sind, um das Ausmaß zu begreifen, spielen unbekümmert in einer Ecke, weil die Sorgen der Erwachsenen ihnen fremd sind.

Agnesas Blick verharrt auf einem Einzelzimmer, dessen Tür halb offen steht. Im Krankenbett liegt eine kleine Gestalt fast von Kopf bis Fuß in Bandagen gewickelt und mit mehreren Schläuchen verbunden. Als sie die Tür vorsichtig weiter aufzieht, erspäht sie eine Frau im nachtblauen Kopftuch, die am Bettrand sitzt und bitter vor sich hin schluchzt.

Mitgenommen beobachtet Agnesa die trauernde Mutter eine Weile. Als diese den Kopf hebt und zu ihr hinüberschaut, zuckt Agnesa zusammen. Die Frau hat exakt ihr Gesicht, nur sind ihre Augen vom vielen Weinen bereits rot angelaufen.

Instinktiv zwinkert sie mehrfach. Als sie noch einmal hinschaut, bemerkt sie, dass das Gesicht der Frau doch das einer Fremden ist. Sie hat es sich bloß eingebildet. Aber warum? Hat sie etwa selbst so eine Erfahrung gemacht?

Verzweifelt sucht sie nach passenden Worten, um die Frau zu trösten, aber ihr fällt nichts ein, ist es doch ein Schmerz, der sich nicht so leicht durch Worte lindern lässt. Das Leben dieses Kindes hängt am seidenen Faden. Also geht sie wortlos in das Krankenzimmer und legt ihre Hand auf die Schulter der Fremden. Eine kleine Geste, die jedoch große Wirkung zeigt. Nur eine Mutter kann nachvollziehen, was tatsächlich in dieser Frau gerade vor sich geht. Agnesa kann ihren Schmerz intensiv spüren, auch wenn sie sich nicht mehr an ihren Ursprung erinnert.

Auf dem Rückweg vom Krankenhaus starrt sie nachdenklich aus der Frontscheibe, während Tamer sie nach Hause fährt. Sie hat den ganzen Tag mit den Opfern des Anschlags und deren Angehörigen verbracht. Mütter und Väter, Schwestern und Brüder, Großeltern, Freunde, sie alle waren da, um einander Trost zu spenden. Denjenigen, die die leidvolle Botschaft erhielten, dass ihre Kinder nicht überlebt hatten, und denen, die noch auf das Überleben ihres eigenen Nachwuchses hoffen durften.

So viel Angst, Trauer und Elend auf einmal zu sehen, hat sie emotional sehr mitgenommen. Bislang hatte sie all diese Gefühle gar nicht gespürt. Aber das Leid der anderen konnte sie nachempfinden, als wäre es ihr eigenes.

Wer um alles in der Welt kann unschuldigen Menschen so etwas Furchtbares antun? Diese Frage will ihr nicht mehr aus dem Kopf gehen. Wer wäre dazu imstande? Wer? Vielleicht jemand, der selbst so etwas Schreckliches erlebt hat. Als ein Akt der Vergeltung. Ein Rachefeldzug von Schmerz und Hass geleitet.

Ein Gedanke führt zum anderen, und aus heiterem Himmel kommt ihr ein Geistesblitz.

Sie dreht sich abrupt zu Tamer um. „Darf ich mal dein Handy benutzen?“

„Klar!“ Er zieht sein Smartphone aus der Jackentasche und überreicht es ihr.

Sie öffnet den Internetbrowser und tippt etwas ein.

Hin und wieder wirft Tamer einen neugierigen Seitenblick zu ihr, um zu sehen, was sie da macht.

„Wusste ich es doch!“

„Worum geht's?“

Agnesa dreht das Handy zu ihm um, sodass er das Bild darauf sehen kann. Es ist eine Schwarz-Weiß-Fotografie, die einen verwüsteten Weihnachtsmarkt zeigt.

„Am 16. Dezember 2018 hat es in Berlin einen terroristischen Anschlag seitens islamistischer Radikaler auf einen Weihnachtsmarkt gegeben.“

Tamer hört ihr interessiert zu, während er sich gleichzeitig auf die Fahrstrecke zu konzentrieren versucht.

„Am 16.12.2018. Das war der dritte Advent“, wiederholt sie. „318 – ist das nun ein Zufall, oder hat die Tätowierung vielleicht doch noch eine andere Bedeutung?!“

Tamer lächelt sie an. „Nicht schlecht für eine Hobbydetektivin.“

Agnesa erwidert das Lächeln zufrieden. „Jetzt müssen wir nur herausfinden, in welchen Zusammenhang dieses Datum mit dem Mann auf dem Foto gebracht werden kann.“

20

Ein Schritt nach vorn

Tamers Apartment liegt in einer schlichten Wohnsiedlung, mit zehnstöckigen Hochhäusern, die hauptsächlich von Migranten bewohnt werden. Es ist das erste Mal, dass Agnesa sein Zuhause sieht. In dieser ganzen Zeit, in der sie sich kennen, ist es immer Tamer gewesen, der sie bei seinen Eltern besucht hat. Zwar ist Agnesa schon lange neugierig darauf, wie Tamer privat lebt, jedoch hätte sie sich wohl kaum selbst zu ihm einladen können, und er hat es anscheinend nie für nötig gehalten, sie zu sich einzuladen.

Na gut, fairerweise muss man berücksichtigen, dass seine Eltern in dieser ganzen Zeit auch nie bei ihm waren. Er muss ein einsamer Wolf sein. Oder schätzt sie ihn falsch ein, und er ist eigentlich ein Draufgänger, der gerne ungezügelt lebt?

Die Zweizimmerwohnung ist jedenfalls relativ klein und chaotisch. Es gibt keinen gesonderten Flur. Kaum durch die Haustür, ist man sofort mittendrin. Die Studioküche zur

Linken gibt Ausblick auf das Wohnzimmer. An den Wänden hängen keinerlei Bilder. Auch sonst ist kaum Dekoration vorzufinden, im starken Kontrast zum Haus der Al-Baris, das nur so von liebevoll platzierten Details protzt. Tamers Möbel sind robust, modern und schwarz. Es ist nur das Notwendigste vorhanden. Eine praktisch eingerichtete Männerwohnung, die jedes Junggesellen-Stereotyp erfüllt.

„Die Unordnung tut mir leid." Er kratzt sich verlegen am Kopf. „Ich hab mit keinem Besuch gerechnet."

Diese Wohnung sieht auch danach aus, als gäbe es hier selten, wenn überhaupt, mal Besuch.

Agnesa lächelt ihn zum Trost an.

„Ich hatte ganz vergessen, wie schlimm der aktuelle Zustand hier ist …" Er schnappt sich die lieblos dahingeworfenen Kleidungsstücke vom Sofa und bringt sie eilig ins Schlafzimmer.

„Wenn man allein wohnt, nimmt man das ganze Chaos gar nicht wahr", rechtfertigt er sich, als er zurückkommt. „Setz dich doch!" Er deutet auf das Sofa, geht dann rüber zu seinem spärlichen Schreibtisch, der direkt unter dem Fenster steht, nimmt seinen Laptop und setzt sich neben sie. „Ach so, ähm, willst du etwas trinken?"

Sie schüttelt den Kopf. Seine Nervosität ist irgendwie niedlich.

„Na gut, dann wollen wir der Sache mal auf den Grund gehen!"

Er schaltet den Laptop an. Agnesa rückt in der Zwischenzeit näher an ihn heran. Es tut gut, mit ihm allein zu sein. Seinen Duft nach Aftershave einzuatmen und ihn fast berühren zu können. Wie gern würde sie es tun, doch sie verkneift es sich.

„Der Anschlag war vor einem Jahr, sagst du?"

Sie nickt. Er öffnet den Internetbrowser und tippt etwas ein. Es erscheint eine ganze Anzahl an Artikeln.

Er klickt auf einen von ihnen und es öffnet sich ein alter Zeitungsbericht mit dem Titel:

Blanker Horror statt gesegnetem Fest.

„An diesen Tag werden sich noch viele Menschen mit Trauer, Angst und Schrecken zurückerinnern …", liest er vor, „… als die besinnliche Weihnachtsstimmung durch eine unerwartete Explosion im wahrsten Sinne des Wortes in Luft aufgelöst wurde."

Er überfliegt den weiteren Text und fasst den Inhalt kurz zusammen: „Es gab vierundzwanzig Tote und einunddreißig Schwerverletzte."

Agnesa erinnert sich wieder an die Szenen im Krankenhaus, die sie heute mitansehen musste.

„Jetzt erinnere ich mich wieder. Diese Bilder waren auch in den Nachrichten", sagt er, während er auf eines der Schwarz-Weiß-Fotos aus der damaligen Zeitung deutet.

Agnesa betrachtet es genauer. Tamer klickt derweil zurück auf die Seite mit den Suchergebnissen und öffnet einen anderen Artikel mit dem Titel:

Christen – Opfer des Islam?

„Das ist ganz schön viel Material. Am besten suchen wir parallel nach Hinweisen." Er steht auf, geht erneut zu seinem Schreibtisch und zieht sein Tablet aus einer Schublade heraus.

Eine Stunde später sitzen sie noch immer nebeneinander auf dem Sofa und recherchieren konzentriert.

„Ich hab hier noch was gefunden." Agnesa hält ihm das Tablet hin, damit er einen Blick darauf werfen kann. „Es gab nach dem Anschlag viele Demonstrationen auf der Straße und vor dem Reichstag. Unter anderem waren sie von rechtsradikalen Gruppen organisiert, die gegen den Islam demonstrierten."

Tamer betrachtet das Foto der Demonstranten. „Diese Neonazis suchen nur nach Anlässen, um Hass zu verbreiten."

Agnesa greift nach einem silbernen Kugelschreiber, den sie in ihrer Reichweite entdeckt, um sich einige Notizen zu machen. Tamer schaut belustigt dabei zu, wie sie vergebens versucht, damit auf einem Blatt Papier zu schreiben.

„Hast du noch einen anderen? Die Patrone scheint leer zu sein."

„Das ist kein gewöhnlicher Kugelschreiber", erklärt er und öffnet den Verschluss, um ihr den Inhalt zu zeigen.

Agnesa begreift nicht, worauf er hinauswill.

„Ein Spionagekuli", klärt er sie auf. „Ein Geschenk von Max. Sieht unschuldig aus, ist aber ein getarntes Mikro." Er tippt auf die Wölbung am Ende des Kopfes.

Agnesa lächelt ihn an. „Was es doch nicht alles an Tricks gibt."

„Du wärst überrascht, wo man überall Mikrofone und Kameras verstecken kann. Heutzutage sind die Dinger so klein, dass sie in alles reinpassen. Und man findet schon günstige Angebote im Netz." Er geht zu seinem Schreibtisch, um einen richtigen Kugelschreiber für sie zu suchen. „Ich wüsste aber nicht, wofür man so etwas im Privatleben benötigen sollte."

„Na, vielleicht um seinen Partner auszuspionieren, wenn man beispielsweise an der Treue zweifelt."

Tamer schüttelt den Kopf. „Solche Methoden sind mir zuwider." Er legt den Spionage-Kuli zurück in sein Etui. „Deshalb kam dieses Spielzeug bisher auch nie zum Einsatz. Entweder vertraut man einander oder nicht. Ohne ein gewisses Maß an Vertrauen sollte man die Beziehung besser frühzeitig beenden, bevor sie noch tragischer zu Ende geht."

Die Türklingel ertönt. Tamer überreicht Agnesa den neuen Kugelschreiber im Vorbeigehen.

Der Pizzabote steht pünktlich mit einer Packung vor ihm an der Haustür. Tamer bezahlt und stellt die wohlig duftende Pizza auf dem Couchtisch vor Agnesa ab.

„Ich schlage eine kleine Pause vor, Frau Kommissarin."

Kaum eine Viertelstunde später – die Pizza liegt bereits halb aufgegessen auf dem Tisch – sind Agnesa und Tamer wieder in ihre Recherche vertieft.

„Hier ist noch was." Tamer blickt von seinem Laptop zu ihr auf. „Es gab einen Anschlag auf die Botschaft der vereinten Arabischen Emirate in Berlin, dem Erpresserbriefe vorangegangen sind."

Tamer stellt seinen Laptop ab und rückt näher.

„Die Botschaft wurde aufgefordert, keine weiteren Migranten mehr nach Deutschland zu lassen", erzählt sie weiter, schiebt dann das Tablet zu ihm rüber, damit er sich den Online-Artikel selbst durchlesen kann.

Als er hochscrollt, erscheint auf dem Bildschirm ein Foto der demonstrierenden Masse vor der Botschaft.

„Glaubst du, die Terroristen sind unter ihnen?", fragt sie nach.

„Das könnte gut möglich sein." Tamer zoomt an das Foto heran, um sich die Gesichter genauer anzuschauen.

„Ich weiß nicht, ob diese Menschen zu Mord imstande wären", kommentiert sie.

Er schaut ihr direkt in die Augen. „Man sieht den meisten Tätern ihre Schuld nicht an."

Es ist bereits nach Mitternacht. Tamer wirft eine Bettdecke und ein Kissen auf das Sofa. Agnesa beobachtet ihn stumm. Es war sein Vorschlag, dass sie bei ihm bleibt, da es schon spät geworden ist. Natürlich mit dem Vermerk, dass sie getrennt schlafen.

„Du musst mir wirklich nicht dein Schlafzimmer überlassen."

„Keine Sorge, das Sofa hier wurde von mir schon auf Tauglichkeit getestet", erwidert er, während er die Decke darauf ausbreitet.

Sie spielt nervös mit den Händen herum. Er bemerkt es und stellt sich aufrecht hin. „Ich kann dich aber auch nach Hause fahren, wenn dir das lieber ist."

„Nein!", entfährt es ihr direkt. „Ich meinte vielmehr …", sie zögert, „… dass wir uns dein Bett auch teilen können."

Überrascht schaut er zu ihr auf.

Einen Moment lang starren sie sich wie versteinert an, dann kommt sie einige Schritte auf ihn zu und nimmt seine Hand. Sachte lässt sie seine Finger über ihre eigenen gleiten, damit er spürt, dass sie keinen Ehering mehr trägt. Er versteht ihre Absicht, denn seine Mundwinkel heben sich. Schließlich ist sie es diesmal, die sich zu ihm vorbeugt und ihn auf die Lippen küsst. Er erwidert den Kuss leidenschaftlicher als beim ersten Mal und sinkt mit ihr zusammen auf das Sofa.

Gierig gleiten seine Hände über ihren Körper. Sie drückt ihn fest an sich, um seine Wärme zu spüren und sich in seinen kräftigen Armen fallen zu lassen. Als er seine Hände unter ihre Bluse steckt, wirft er ihr einen kurzen Blick zu, als wolle er zuerst die Erlaubnis einholen, ihre Haut berühren zu dürfen.

Er hat keine Ahnung, wie sehr sie es will. Um es ihm zu zeigen, nimmt sie seine Hand und führt sie selbst zu ihren Brüsten. Er hält sich nicht mehr zurück. Während seine Finger unter ihren BH gleiten und sie vor Lust zusammenzuckt, gleitet seine freie Hand zu ihrem Reißverschluss und zieht ihn hinunter. Agnesa hilft ihm dabei, ihre Jeans auszuziehen, bis sie nur noch im Slip vor ihm liegt. Ein komisches Gefühl, fast nackt vor ihm zu sein, aber auch prickelnd. Er streichelt ihren Oberschenkel, während sie seinen Hals küsst. Seine raue Hose reibt an ihrer Haut. Doch das, was sich hart darunter verbirgt, fühlt sich gut an. Sie öffnet die Beine, damit er in ihre Mitte kommt. Während sie sein Hemd aufknöpft, ist er eifrig mit seinem Gürtel beschäftigt.

Für einen Moment unterbrechen sie ihre Handlung, schauen einander keuchend in die Augen, bevor sie ihre Münder wieder aneinanderpressen und ihren Zungen den Rest überlassen.

Endlich schafft sie es, sein Hemd auszuziehen. Wohl geformt, bietet sein nackter Oberkörper genau den Anblick, den sie sich schon immer unter seiner Uniform vorgestellt hat.

Auch er nimmt sich einen Moment, um ihre Rundungen aus etwas Distanz zu betrachten. Erst jetzt taucht ein Gefühl der Scham in ihr auf, doch er lässt gar nicht zu, dass es sich in ihr ausbreiten kann. Ohne ihren BH aufzuknöpfen, zieht er ihn ungeduldig hoch, betrachtet ihre Brüste nur wenige Sekunden, bevor er sein Gesicht zwischen ihnen vergräbt. Agnesa stöhnt auf und drückt ihn näher zu sich, um seine Wärme zu spüren.

Er lächelt sie keck an, bevor er seine Boxershorts herunterzieht, damit sie freie Sicht auf das hat, was sich darunter verbirgt. Agnesa überkommt solch eine Lust, wie sie glaubt, nie zuvor empfunden zu haben.

Tamer beugt sich wieder über sie und zieht ihren Slip langsam hinunter. Ein kurzer Augenkontakt mit ihr, dann gleitet er mit seiner Hand an ihrem Oberschenkel entlang wieder hoch, bis er sein Ziel erreicht. Sie kann es nicht mehr aushalten, will es auch nicht mehr. So greift sie selbst nach seiner Hand und führt sie dorthin, wo sie ihn haben möchte. Tamer presst noch einmal seine Lippen auf ihre, lässt seine Zunge hungrig in ihrem Mund kreisen, dann beugt er sich zurück, um ihr in die Augen zu sehen.

„Diese einzigartigen Augen“, haucht er beinahe.

Dieser Satz reicht, damit sie auch die letzten Bedenken fallen lässt.

Den Blick nicht voneinander abgewandt, geben sie sich ihrer ungezügelten Lust hin. Und während sie wie eine unzertrennliche Einheit ineinander verschmelzen, vergisst Agnesa, dass es jemals einen anderen Mann in ihrem Leben gegeben hat.

21

Im Rausch der Liebe

Die warmen Sonnenstrahlen fallen durch das vorhanglose Fenster genau in Agnesas Gesicht und küssen sie liebevoll wach. Mit einem Lächeln auf den Lippen reckt und streckt sie sich, bevor sie die Augen öffnet. Sie weiß nicht mehr, wie sie und Tamer gestern vom Wohnzimmer in das Schlafzimmer gelangt sind, aber sie kann sich vage daran erinnern, von ihm zum Bett getragen worden zu sein.

Als sie sich umdreht, um sich in Tamers Arme einzukuscheln, stellt sie enttäuscht fest, dass er nicht mehr neben ihr liegt. Auch seine Kleidung und seine Schuhe sind spurlos verschwunden.

„Tamer?“, ruft sie heiser vom lustvollen Aufschrei der letzten Nacht. Doch außer völliger Stille kommt nichts als Antwort.

Agnesa schlingt die Bettdecke um ihren nackten Körper, um nicht zu frieren, und sucht nach ihrer Unterwäsche.

Als sie ihren Slip endlich neben dem Sofa im Wohnzimmer findet, entdeckt sie ein gelbes Post-it daran, auf dem eine handschriftliche Notiz steht. Sie hebt es auf und liest die einzeilige Botschaft:

Guten Morgen, Süße!
Muss leider zur Arbeit.

Unwillkürlich verziehen sich ihre Mundwinkel zu einem Lächeln. Tamer hat eine merkwürdige, wenn auch amüsante Art, mit ihr zu kommunizieren.

Wieder angezogen, begibt sich Agnesa in das Badezimmer, um sich frisch zu machen. Dort findet sie auf dem Waschbecken auch schon ein weiteres Post-it, das an dem Glas haftet, in dem eine Zahnbürste und eine Tube Zahnpasta stecken.

Kannst gerne meine Zahnbürste benutzen.

lautet die nächste Botschaft für sie. Ihr Lächeln wird breiter. Kurz darauf geht sie zurück in die Küche, um zu frühstücken. Sie verhungert bereits. Ihr Magen hat die Pizza vom Vorabend längst verdaut. Als sie den Kühlschrank öffnet, findet sie auf einem Becher Erdbeerjoghurt erneut ein Post-it. Sie zieht den Joghurtbecher heraus und betrachtet die Notiz.

Der schmeckt wirklich gut und ist sogar kalorienarm.

Amüsiert öffnet sie ein Regal, um einen Löffel herauszunehmen, und auch da ist ein Post-it für sie versteckt.

Bin um 18 Uhr wieder zurück.
Dann führe ich dich zum Essen aus.

Sie schaut auf die Wanduhr hinter sich. Es ist gerade einmal 10 Uhr morgens. Ihr stehen noch acht sehnsüchtige Stunden ohne ihn bevor.

Agnesa setzt sich an den kleinen Tisch im Wohnbereich, öffnet den Joghurtbecher und probiert einen Löffel. Er schmeckt ihr tatsächlich. Seufzend betrachtet sie die Wohnung. Bei Tageslicht wirkt sie noch chaotischer als gestern.

Nach ihrem dürftigen Frühstück beginnt Agnesa, etwas Ordnung in das Durcheinander zu bringen. Sie sammelt Tamers herumliegende Kleidung ein, faltet sie und legt sie in die Schubladen oder hängt sie in den Schrank. Gleiches tut sie mit anderen Gegenständen wie Zeitungen, Büchern, Tellern und Tassen, dabei hofft sie, dass sie nicht sein ganzes System durcheinanderbringt, wobei er kein konkretes System zu haben scheint.

Als sie damit fertig ist, durchsucht sie die Wohnung nach einem Staubsauger und weiteren Putzutensilien. Wenn sie eh schon nichts Besseres zu tun hat, als die Zeit bis zu seiner Ankunft totzuschlagen, kann sie ihm wenigstens etwas Gutes tun, indem sie seine Wohnung auf Hochglanz bringt.

Mit Gummihandschuhen und Putzlappen ausgestattet, macht sie sich an die Arbeit. Die natürliche Lichtquelle im Wohnzimmer reicht mittlerweile nicht mehr aus, weshalb sie das Kunstlicht an der Decke einschaltet, bevor sie mit dem Putzen beginnt.

Der Uhrzeiger bleibt lautlos auf viertel nach drei stehen. Agnesa lässt sich müde auf das Sofa sinken. Der Boden vor ihr glänzt frisch poliert, und auch sonst sieht die Wohnung nun blitzblank aus.

Seufzend zieht sie die Handschuhe aus und wirft sie mit dem Lappen zusammen in den Eimer neben sich. Ihr bleiben noch immer drei Stunden bis zu seiner Rückkehr. Und da sein Kühlschrank trostlos aussieht, kann sie jetzt nicht einmal etwas kochen. So belegt sie sich ein Toastbrot mit zwei Scheiben Käse, greift zum Laptop, der auf dem kleinen Couchtisch vor ihr liegt, und klappt ihn auf. Sofort bricht sie in schallendes Gelächter aus, als sie das letzte gelbe Post-it auf dem Display entdeckt.

Das Passwort ist „Biene Maja",
und ich möchte nicht darüber sprechen.

Tamer steht mit einem breiten Grinsen vor der Kaffeemaschine in der Polizeiwache und wartet, bis seine Kollegin zur Seite tritt. Sein Tag ist bisher unspektakulär gewesen, aber das kommt ihm gut gelegen, denn er ist gedanklich ohnehin ganz woanders. Um konkret zu sein, ist er auf dem Sofa seiner Wohnung zwischen Agnesas Beinen.

Schon allein die Erinnerung daran lässt seinen Puls höherschlagen. Und wenn er sich nicht jedes Mal ermahnt, die unzüchtigen Gedanken nicht zu Ende zu führen, könnte noch etwas anderes an ihm in die Höhe steigen, was er tunlichst vermeiden möchte.

Seine Kollegin Clarissa stupst ihn von der Seite an. „Scheinst ja 'ne heiße Nacht hinter dir zu haben."

Tamer schaut sie mit krebsrotem Kopf an. „Was?"

„Ja, dieses Grinsen kenne ich allzu gut, lieber Kollege", fährt sie fort. „Entweder hast du in der Lotterie gewonnen, oder du hattest hervorragenden Sex."

Tamer muss sich zusammenreißen, um nicht loszulachen. „Du bist doch echt eine …"

„‚Menschenkennerin' willst du bestimmt sagen", scherzt diese. „Also, wer ist die Glückliche?"

Tamer verdreht die Augen. Ja, das würde sie wohl gern wissen, nur ist Clarissa eine Kollegin und keine Freundin, mit der er solch private Details teilt.

„Warum kümmerst du dich nicht um dein Liebesleben?"

Clarissa zuckt mit den Schultern und trinkt einen Schluck von ihrem Kaffee.

„Wusste ich doch, dass es nich' an der Million liegt."

Endlich klingelt es an der Wohnungstür. Etwas früher als erwartet. Es ist noch zwanzig vor sechs. Agnesa läuft, frisch geduscht mit noch feuchten Haaren und einem Handtuch um den Körper gebunden, zur Tür und macht auf.

Tamer steht in seiner Uniform mit einer hübsch verpackten Box und einem Strauß roter Rosen vor ihr.

„Für meine wunderschöne Rose."

Sie fällt ihm um den Hals und küsst ihn leidenschaftlich.

„Du hast mir gefehlt", flüstert sie in sein Ohr und küsst ihn erneut.

Es ist unnötig zu sagen, dass sie ihm auch gefehlt hat, so fest hat er sie umschlungen, dennoch tut er es. Schließlich löst er sich aus ihrer Umarmung und streckt ihr die Geschenkbox hin.

„Was ist das?"

„Wirst du schon sehen, wenn du's aufmachst!" Er zwinkert ihr zu. Sie nimmt die Box erwartungsvoll entgegen, während er hineintritt und sich verblüfft umschaut.

„Wow! Was ist denn mit meiner Wohnung passiert?" Er pfeift anerkennend. „Wenn ich gewusst hätte, was für eine gute Putzfee du bist, hätte ich dich früher zu mir nach Hause gebracht."

Sie stupst ihn scherzhaft an. „Nicht so frech, sonst war es das erste und letzte Mal."

Als sie die Box öffnet, entdeckt sie ein weißes Seidenkleid darin. Freudig zieht sie es heraus und hält es vor sich.

„Es ist wunderschön. Aber das war wirklich nicht nötig."

Er legt ihr den Zeigefinger auf die Lippen und sie verstummt.

„Und ob! Schließlich sollst du besonders hübsch aussehen bei unserem ersten Date."

„Ich probiere es sofort an."

Er zieht sie zu sich, greift nach der Geschenkbox, um sie beiseitezustellen, und legt seine Hand auf ihr Badetuch, das ihren feuchten Körper umhüllt.

„Das hat noch etwas Zeit!"

Mit einer raschen Bewegung zieht er das Tuch hinunter, sodass sie völlig nackt vor ihm steht. Das heißt, nur noch mit dem Strauß Rosen in der Hand.

Ihre Wangen erröten. Sie versteht auch nicht, weshalb. Immerhin hat er sie gestern bereits nackt gesehen, und das aus den unterschiedlichsten Blickwinkeln. Dennoch fühlt sie sich unbehaglich, zumal Tamer seinen Blick bis zu ihren Füßen hinabgleiten lässt.

„Du bist schöner als jede noch so schöne Rose."

Bevor sie weiß, wie ihr geschieht, hebt er sie am Becken an und trägt sie zum Esstisch rüber. Sie legt den Strauß schnell neben sich ab, um die Hände frei zu haben, und zieht ihn an der Hüfte zu sich. Noch bevor sie überhaupt den Versuch tätigt, seine Uniform aufzuknöpfen, drückt er ihre Beine auseinander und geht auf die Knie.

„Das wollte ich schon gestern tun", haucht er mit dem Gesicht direkt zwischen ihren Schenkeln.

Als sie sich mit schwerem Atem endlich vom Küchentisch wieder aufstellen, sind Agnesas Haare schon von allein getrocknet und fallen ihr in leichten Wellen um die Schultern.

Tamer tauscht seine Uniform gegen ein feines Hemd und eine Stoffhose aus. Er grinst breit, als Agnesa sich in ihrem neuen Kleid vor ihm einmal um die eigene Achse dreht. Es ist wie für sie gemacht. Der samtweiche Stoff schmiegt sich wie eine zweite Haut an ihren Körper und betont ihre schlanke Linie. Sie sieht noch umwerfender aus als sonst. Um den Hals trägt sie die Hamsa, die seine Eltern ihr geschenkt haben. Es bedeutet ihm viel zu wissen, dass sie bereits ein fester Bestandteil seiner Familie ist.

„Du siehst aus wie ein Engel!"

„Ich seh so aus? Bin ich das etwa nicht?", scherzt sie in bester Laune.

„Bisher jedenfalls schon."

Sie setzt sich auf seinen Schoß. „Na, dann musst du erst meine teuflische Seite kennenlernen."

„Die gibt es doch gar nicht."

Sie streicht ihm sanft über das Gesicht. „In jedem Menschen verbirgt sich auch etwas Böses, das musst du doch wissen als Polizist. Yin und Yang, schon vergessen?"

„Es gibt immer eine Ausnahme von der Regel." Er zieht sie näher zu sich und küsst sie mit geschlossenen Augen, dann fügt er leise hinzu: „Du bist diese Ausnahme."

Das italienische Restaurant „Dolce Vita" direkt am Rheinufer, das Tamer ausgesucht hat, zeugt wahrlich von gutem Geschmack, muss er sich selbst zugestehen. Das Ambiente hier ist wie ein Stück Italien. Nicht nur sind die Dekorationen alle in den Farben der Nationalflagge in Rot, Grün, Weiß gehalten, an den Wänden hängen Bilder von namhaften italienischen Persönlichkeiten wie Sophia Loren und Ornella Muti. Und als i-Tüpfelchen des italienischen Flairs erklingt Eros

Ramazotti aus der Musikbox. Ja, er ist mit seiner Wahl für diesen besonderen Anlass zufrieden.

Agnesa sitzt ihm gegenüber und hypnotisiert ihn mit ihren wunderschönen Augen. Er hält ihre Hand fest in seiner. Die einzige Bewegung, die zwischen ihnen stattfindet, ist das Flackern der roten Kerze in ihrer Mitte. Man könnte sicherlich meinen, sie wären eine Liebesstatue von Michelangelo. Erst als der Kellner ihnen ihre Bestellung bringt, rührt sie sich.

„Endlich! Ich verhungere schon."

Agnesa schnappt sich sofort ihr Besteck. Er beobachtet sie fasziniert. Sie muss ganz schön hungrig sein, so schnell wie sie sich ein Stück ihres Steaks in den Mund schiebt, aber gut, viel zu bieten hatte sein Kühlschrank leider nicht. Ihm gefällt ihre unbefangene Art in seiner Gegenwart.

„Du bist die aufregendste Frau, der ich je begegnet bin. Weißt du das?"

„Natürlich bin ich das", entgegnet sie. „Du weißt ja so gut wie gar nichts über mich."

Er schmunzelt. „Stimmt nicht! Ich weiß genug, um zu wissen, dass du einzigartig bist."

„Einzigartig worin?"

„Na, du bist liebenswert, ehrlich, mitfühlend, wunderschön, eine Granate im Bett und noch dazu eine begnadete Tänzerin."

Agnesa wischt sich den Mund mit einer Serviette ab. „Ach ja, und was, wenn sich herausstellt, dass ich gar keine Tänzerin bin, sondern eine Stripperin?"

Er zieht die Augenbrauen ungläubig zusammen. „Klar doch! Und ich arbeite nebenbei als Callboy."

Sie isst mit einem Kichern weiter. „Vielleicht bin ich ja auch eine Geheimagentin und hab es einfach vergessen?"

„Sicher! Aber du weißt schon, dass 007 meine Agentennummer ist. Nicht, dass es Verwechslungen gibt." Er zwinkert ihr zu.

„Oder vielleicht bin ich kriminell. Eine Drogendealerin oder so“, führt sie die scherzhafte Unterhaltung fort.

Er spielt ihr Spiel vergnügt mit. „Und ich arbeite heimlich für die italienische Mafia. Das ist auch eigentlich mein Restaurant“, flüstert er. „Ganz praktisch: die Küche für Geldwäsche zu nutzen. Aber behalte es für dich!“

Sie steckt sich lächelnd ein Stück Fleisch in den Mund. Tamer beobachtet sie amüsiert. Schließlich senkt sie den Blick und schaut ihn finster an, wobei sie ihr Messer bedrohlich nah an seine Kehle hält.

„Und was, wenn ich eine Mörderin bin, mit vielen Leichen im Keller?“

„Solange du keine Serienkillerin bist, die attraktive Männer in ihrem Opferprofil hat, hab ich ja nichts zu befürchten.“

„Wer weiß, vielleicht wähle ich meine Opfer willkürlich aus …“, flüstert sie mit erhobenem Messer, „… weil ich in Wahrheit eine Terroristin bin.“

Sein Lächeln verfliegt schlagartig. Sie wird ebenfalls ernst.

„Tut mir leid, das ging wohl zu weit.“ Sie legt das Messer wieder ab.

„Schon okay! Ich hab's ja selbst provoziert.“ Er greift wieder nach ihrer Hand und küsst sie. „Du solltest aber noch ein bisschen an deiner Glaubwürdigkeit arbeiten.“

Sie versucht, ein Lächeln hervorzubringen, jedoch sieht das eher gequält aus.

„Egal, was deine Vergangenheit auch ist, Agnesa …“ – er streichelt sanft ihre Finger – „… du bist ein guter Mensch, das spüre ich tief in mir drin. Und du bist die Richtige für mich.“

Einen Moment lang schauen sie sich wortlos an. Diese Sätze scheinen sie so sehr zu berühren, dass sie kein Wort mehr herausbekommt. Zu seiner Enttäuschung, denn er hat auch auf irgendeine Liebesbekundung von ihr gehofft.

Seine Gedanken schweifen plötzlich ab zur Frage, die ihm nicht mehr aus dem Kopf gehen will.

„Was ist mit dir?", hakt sie nach, weil sie seine Stimmungsschwankung bemerkt.

„Manchmal, da frage ich mich, ob wir uns je begegnet wären, wenn es diese Explosion nicht gegeben hätte."

Verblüfft über diese Aussage legt sie die Stirn in Falten.

„Ich musste wohl erst einen wichtigen Menschen verlieren, um einen anderen wichtigen Menschen zu finden." Er streicht ihr mit dem Daumen über die Lippen. „Und da wird mir bewusst, dass es in allem Schlechten auch etwas Gutes gibt."

Bei diesem Satz nimmt sie seine Hand und drückt sie fest an ihre Brust, weil sie die Tiefe seiner Aussage begreift.

Jetzt ist es raus. Es fühlt sich befreiend an, diese Gedanken endlich auszusprechen. Das schlechte Gewissen, das er all die Zeit wie lästiges Übergepäck mit sich herumträgt, ist dadurch zwar nicht verschwunden, aber zumindest ist seine Last leichter geworden.

„Dein Vater sagt immer, dass es keine Zufälle im Leben gibt. Dass alles von Gott vorherbestimmt ist. Und dass die Menschen, die in unser Leben treten, nicht grundlos da sind. Jeder hat eine Aufgabe, eine Funktion. Ob gut oder schlecht, aber jeder Mensch beeinflusst uns auf die ein oder andere Weise und lehrt uns dadurch etwas."

„Mein Vater ist Rashid, der Weise." Tamer hebt den Zeigefinger in die Höhe. „Wenn er das sagt, dann ist das wohl so."

„Ich hab mich schon oft gefragt, womit ich es verdient hab, von solch guten Menschen wie euch aufgenommen zu werden. Und dann erinnere ich mich an seine Worte und denke mir …" – sie streicht ihm eine Haarsträhne aus dem Gesicht – „… vielleicht ist es meine Bestimmung und kein Zufall, die mich ausgerechnet zu euch geführt hat. Vielleicht hat das Schicksal es genauso gewollt." Eine Traurigkeit legt sich über ihr Gesicht. „Aber dann denke ich mir, dass es dasselbe Schicksal ist, dass euch Cherin weggenommen hat, und nichts macht mehr plötzlich Sinn."

Er drückt ihr einen Kuss auf den Handrücken. „So sehr ich das Schicksal auch hassen will, für das, was es mir und meiner Familie angetan hat, kann ich es nicht tun, weil es dasselbe Schicksal ist, das DICH zu mir geführt hat. Und obwohl ich nicht an einen Gott glaube, so glaube auch ich daran, dass alles im Leben einen Sinn ergibt."

Hand in Hand schlendern beide eine verlassene Straße entlang, die nur von dem warmen Licht der Laternen beleuchtet wird. Aus einer wenig besuchten Bar, an der sie vorbeigehen, erklingt Jon Bon Jovis „A Bed of Roses". Sofort kommt Tamer das Bild von Agnesa vor Augen, wie sie elfengleich über den Boden in Cherins Zimmer geschwebt ist.

„Dieser Song kommt mir irgendwie bekannt vor."

Völlig unerwartet zieht er sie zu sich, sodass sie ihm gegenübersteht, und beginnt, mitten auf dem Fußgängerweg mit ihr zu tanzen. Keine Ahnung, welcher Tanz es sein soll. Eine improvisierte Mischung aus Walzer und Tango. Agnesa lässt sich jedenfalls mit geschlossenen Augen von ihm führen. Sie dreht sich lachend im Kreis, als er seinen Arm hebt. Sofort zieht er sie wieder an sich und bewegt sich – ihren Körper eng umschlungen – im Takt der Musik, bis der Refrain das letzte Mal erklingt. Mit einem damenhaften Knicks bedankt sie sich bei ihm für den Tanz. Dann spazieren sie wieder Arm in Arm weiter.

Er hat sein Jackett über ihre Schultern gehängt, weil es mittlerweile kühler geworden ist. Sie sprechen nicht miteinander, genießen nur die Klänge der Nacht.

Bei einem Springbrunnen machen sie halt. Agnesa beugt sich hinab, um ihre Spiegelung im Wasser zu betrachten. Dort liegen unzählige Münzen auf dem Boden verstreut. Sie zieht Tamer näher heran, damit er hineinschaut.

„Hast du zufällig noch Kleingeld?"

Ohne ihr zu antworten, zieht er einige Münzen aus seiner Hosentasche und überreicht ihr eine. Sie drückt die Münze fest in ihrer Faust und schließt die Augen.

Bitte mach, dass dieser wundervolle Traum nie aufhört, denkt sie sich und wirft die Fünf-Cent-Münze in den Brunnen.

Er tut kurz darauf das Gleiche. Dann schnappt er nach ihrer Hand und küsst ihre Fingerspitzen. „Was hast du dir gewünscht?"

Agnesa lächelt schief. „Sag ich nicht! Sonst geht es nicht in Erfüllung."

„Du bist doch nicht etwa abergläubig?"

Sie legt den Kopf schief. „Vielleicht war ich es nicht in meinem alten Leben, aber in meinem neuen bin ich es schon."

Er legt ihr einen Arm um die Schultern. „Ich glaub nicht an so was wie Glücksbringer. Jeder ist für sein Glück selbst verantwortlich. Das gilt auch für das eigene Unglück."

22

Die Verwandlung

Agnesa kann gar nicht fassen, wie schnell die Woche vergangen ist. So glücklich wie sie sich mit Tamer in den letzten Tagen gefühlt hat und noch immer fühlt, hat sie sich in dem ganzen letzten Jahr nicht gefühlt, und dabei gab es so viele schöne Tage mit seiner Familie. Im Augenblick überwiegt auch das Gefühl der vollkommenen Glückseligkeit, was sie vermuten lässt, dass sie diese Empfindung auch in all den Jahren vor Tamer nicht empfunden hat. Die Vorstellung allein, sie könne für einen anderen Mann dasselbe gespürt haben, scheint ihr schier unmöglich zu sein. Zwar haben sie nichts Besonderes in dieser Woche gemacht, aber es hat ihr ausgereicht, an seiner Seite zu sein. Nur einmal waren sie zusammen Kegeln, und sie durfte bestaunen, wie gut er sich dabei anstellte, was bedauerlicherweise auf sie nicht zutraf. Aber die gemeinsamen Stunden in der Küche, als sie mit Jazzmusik im Hintergrund gekocht haben, und die Zeit danach, als sie sich eingekuschelt auf dem Sofa, eine spannende Serie angeschaut haben, waren ihr genug.

Rashid und Latifa haben sie bislang nichts übereinander erzählt, weil sie erst einmal selbst herausfinden möchten, was das genau zwischen ihnen ist und wohin es führt. Aber Agnesa ist sich fast sicher, dass die beiden einen Verdacht haben, denn sie lächeln immer vielsagend, wenn Tamer sie nach seiner Arbeit abholen kommt und spät am Abend zurückbringt. Leider blieb es bislang auch nur bei der einen Übernachtung bei ihm, die sie den Al-Baris damit begründet haben, dass sie über den Anschlag bis tief in die Nacht recherchiert haben. Was zumindest teilweise stimmt.

„Ihr müsst ja wirklich viel recherchieren", hat Latifa erst neulich mit einem leichten Kichern kommentiert, nachdem er Agnesa wieder kurz vor Mitternacht bei ihnen abgesetzt hatte.

Jetzt, wo sich das Wochenende aber anbahnt, wächst der Wunsch, mehr Zeit mit ihm zu verbringen als nur ein paar Stunden. Sie hat bereits darüber nachgedacht, ob sie Jenny als Vorwand bringen soll. Sie könnte einfach behaupten, dass sie bei Jenny übernachten möchte. Dieses Angebot hatte sie ihr bei ihrem letzten gemeinsamen Mittagessen sogar gemacht. Aber Agnesa kann es sich einfach nicht vorstellen, die Al-Baris anzulügen, wo sie doch immer so aufrichtig zu ihr waren. Offen zu gestehen, dass sie die Nacht bei ihrem Sohn oder vielmehr mit ihm verbringt, möchte sie aber auch nicht, aus Sorge, ihre gute Meinung über sie könne sich ändern, immerhin ist sie offiziell noch eine verheiratete Frau. Eine Lösung für dieses Dilemma hat sie bislang nicht gefunden. Und auch Tamer hat keine Anstalten gemacht, seine Eltern über ihre Beziehung aufzuklären. Vermutlich weiß er selbst nicht, wie er das, was zwischen ihnen ist, definieren soll. Es ist weder eine Liebschaft noch eine Partnerschaft. Ein Außenstehender würde es aber wohl eher als eine Affäre bezeichnen, da sie es vor anderen geheim halten. Für Agnesa ist es aber weitaus mehr, denn sie hat sich nicht nur mit ihrem ganzen Körper diesem wundervollen Mann hingegeben, sondern auch mit ihrem Herzen. Sie hofft innerlich, dass er dasselbe für sie empfindet. Zu frustrierend ist der Gedanke, er könne in ihr nur ein Abenteuer sehen.

„Hast du Lust, mit ein paar Freunden von mir heute Abend was trinken zu gehen und im Anschluss vielleicht das Tanzbein zu schwingen?" Jenny bewegt ihre Hüften lasziv im Kreis. „Es ist Freitag, und ich kenne einen guten Club an den Ringen."

Agnesa zieht das Kabel des Staubsaugers heraus. Sie hat den ganzen Friseursalon einmal durchgefegt und muss nur noch die frisch gewaschenen Handtücher in den Trockner legen.

„Das klingt sehr verlockend, aber ich habe schon etwas vor."

Jenny scannt sie mit ihrem forschenden Blick. „Ihr scheint ja nicht genug voneinander zu kriegen, wenn ihr euch schon fünf Tage aufeinander trefft."

Agnesa spürt regelrecht, wie ihre Wangen erröten. Jenny hat sie durchschaut. Dabei hat sie, bis auf einmal, nie gesagt, dass es Tamer ist, mit dem sie sich nach der Arbeit trifft.

„Mannomann, dich hat's ja echt erwischt."

Agnesa erwidert nichts darauf, merkt aber, wie ihre Wangen förmlich glühen.

Jenny zwinkert ihr mit einem „Du Glückliche"-Kommentar zu und räumt die Haarbürsten und Scheren an ihren richtigen Platz.

Seit Montag hilft Agnesa ihrer neuen Freundin in dem Friseursalon aus, wo Jenny als Hair- & Make-up-Artistin arbeitet, wie sie sich selbst bezeichnet.

Es war ihr Vorschlag, dass Agnesa in „Style Me", dem angesagten Beauty-Studio in Köln, aushilft, bis sie eine andere Arbeit findet.

Agnesa ist ihr unendlich dankbar dafür, und das nicht nur, weil sie jetzt endlich ihr eigenes Geld verdienen kann, um ihren Beitrag bei den Haushaltskosten der Al-Baris zu leisten, sondern auch, weil sie die Zeit jetzt anders verbringen kann, als nutzlos zu Hause rumzuhängen. Klar, sie genießt das Beisammensein mit Latifa und Rashid, und mittlerweile stört es sie auch nicht mehr, dass sie die meiste Zeit über anwesend sind, da Latifa ihre Näharbeit hauptsächlich von zu Hause aus verrichtet und Rashid als Philatelist tätig ist. Dennoch ist es erfrischend, mit all diesen neuen Menschen umgeben zu sein und den Gesprächen zuzuhören, die hier stattfinden. Daher stört es sie auch gar nicht, dass sie hier nur als Putzhilfe tätig ist.

Am ersten Tag hat sie den Fehler gemacht, Jenny als „Friseuse" zu bezeichnen, woraufhin diese schnippisch geantwortet hatte, dass dieser Ausdruck nicht nur negativ angehaucht sei, sondern auch überhaupt nicht widerspiegele, welche Bedeutung ihre Arbeit habe.

„Ich verpasse meiner Kundschaft nicht nur einen neuen Haarschnitt oder einen neuen Look, ich verändere ihr Leben, indem ich ihnen Selbstbewusstsein schenke."

Dass Jenny nicht übertrieben hat, durfte Agnesa mit eigenen Augen erfahren, denn ihre Fähigkeiten als „Hair- & Make-up-Artistin" sind unglaublich. Die Leute sehen nach ihrem Besuch hier aus wie neugeboren. Jenny schafft es irgendwie, das Beste aus jedem Einzelnen rauszuholen und seine individuelle Schönheit hervorzuheben. Kein Wunder, dass sie ein echter Star auf Social Media ist. Sie filmt den Verwandlungsprozess und macht kurze Vorher-Nachher-Videos, die tausende Likes sammeln. Ihr Account hat dreihunderttausend Follower, worauf sie richtig stolz ist. Manchmal kommen sogar Leute aus ganz anderen Bundesländern extra für einen Haarschnitt von ihr hierher. Agnesa ist sich jedoch sicher, dass es nicht nur an ihrem Talent liegt, sondern auch an ihrer Ausstrahlung, denn in den unzähligen Videos, die sie sich schon angesehen hat, sieht man Jennys eigene Freude, wenn die Leute sich zum ersten Mal mit neuem Look im Spiegel sehen.

„Weißt du was?“ Jenny greift wieder nach der Schere, die sie soeben in der Schublade verstaut hatte. „Was hältst du davon, wenn wir dir auch ein kleines Makeover verpassen?“

Agnesa bleibt mit dem Staubsauger in der Hand stehen und schaut sie verdattert an.

„Du bist zwar von Natur aus schön, aber meine magischen Hände können sicherlich noch was aus dir rausholen. Was meinst du? Willst du Tamer den Kopf noch mehr verdrehen?“

Über diese Frage muss Agnesa nicht lange nachdenken. So oft hat sie sich schon gefragt, was Jenny wohl mit ihr anstellen würde. Nur ist der Preis für einen Besuch bei Jenny genauso hoch wie ihre Followerzahl.

„Könnte ich dir das Geld denn später zahlen, wenn ich mein Gehalt erhalten habe?“

Jenny rollt mit den Augen und deutet mit dem Arm auf den Stuhl vor sich, damit sich Agnesa hinsetzt. „Ob wir zusammen irgendwo sitzen, Mittag essen und quatschen oder hier, während ich mit deinen Haaren beschäftigt bin, spielt doch keine Rolle.“

Agnesa strahlt über das ganze Gesicht, während sie Platz nimmt. „Ich danke dir Jenny und werde mich irgendwie noch dafür revanchieren.“

„Hast du einen speziellen Wunsch?“

Agnesa schüttelt den Kopf. „Ich vertraue dir und deinem guten Geschmack.“

„Na dann, lass dich überraschen!“ Jenny zwinkert ihr im Spiegel zu, bevor sie Agnesa zu ihr umdreht, damit sie ihr Spiegelbild nicht mehr sehen kann.

Es kommt kein Wort aus Tamers Mund, der weit offen steht. Sie weiß nicht, ob das ein gutes Zeichen ist, aber sie hat ja selbst das Resultat von Jennys Verwandlungskunst gesehen und war begeistert. Zwar hat sie ihr nur Stufen ins Haar geschnitten „damit sie nicht langweilig runterhängen" und ihr hellere Strähnen sowie einen Pony verpasst, um ihren Haaren mehr Volumen zu verleihen und ihre „außergewöhnlichen Augen" zu betonen, aber in Kombination mit dem kräftigeren Make-up fühlt sich Agnesa so schön wie nie zuvor.

Endlich taucht ein breites Lächeln auf Tamers Gesicht auf. „Du siehst umwerfend aus!" Mehr braucht es nicht, um Agnesa glücklich zu machen. Glücklicher als sie es ohnehin schon ist. Sie beugt sich nach vorn und drückt ihm einen zärtlichen Kuss auf den Mund. Dabei ist es ihr gleichgültig, dass sie ihren sorgsam aufgetragenen Lippenstift ruiniert. Der erste Eindruck hat die Wirkung, die sie sich erhofft hatte.

„Es ist Freitag, und so bezaubernd, wie du aussiehst, sollten wir unbedingt miteinander ausgehen."

Agnesa eilt ins Schlafzimmer und holt das weiße Seidenkleid aus dem Schrank heraus, das er ihr zusammen mit den Rosen geschenkt hat. Nicht nur ist es zu ihrem Lieblingskleid geworden, weil er es für sie ausgesucht hat, sie möchte auch nicht bloß Jeans und ein langweiliges Oberteil anhaben. Dafür ist sie viel zu schick hergerichtet.

Sie gibt sich Mühe, um beim Umziehen die Frisur nicht zu zerstören, denn Jenny hat ihr extra für heute die Spitzen mit einem Lockenstab in Form gebracht.

Als sie in das Wohnzimmer tritt, klatscht Tamer anerkennend in die Hände. „Ich war ja schon hin und weg, als ich dich abgeholt hab, aber jetzt möchte ich dich am liebsten gleich schon wieder ausziehen." Er kommt mit offenen Armen und lüsternem Blick auf sie zu.

Sie hält ihm die Hand als Stoppzeichen mit einem Lachen vor. „Denk nicht einmal dran! Ich habe schon andere Pläne für uns beide."

Seine Mundwinkel gehen enttäuscht nach unten.

„Aufgeschoben ist nicht aufgehoben", tröstet sie ihn. „Später darfst du mir auch gerne die Schminke aus dem Gesicht küssen und die Haare zerzausen, aber jetzt möchte ich mit dir ins Kino."

„Echt jetzt? Es ist doch viel zu schade, wenn du in einem abgedunkelten Raum sitzt." Er legt die Stirn in Falten. „So wie du aussiehst, muss ich dich direkt zu einer Filmpremiere mit rotem Teppich fahren."

Sie greift nach seiner Hand. „Ich brauche keinen roten Teppich. Deine Bewunderung reicht mir völlig aus."

Er zieht sie zu sich heran und küsst ihren Hals. „Und du bist dir sicher, dass du dieses Kleid anbehalten möchtest?"

„Ich bin mir sicher, dass ich dir die Vorfreude auf später nicht nehmen möchte." Sie drückt ihn mit einem Lachen von sich weg.

„Wozu trägst du die hier immer mit dir rum?" Sie deutet auf seine Dienstwaffe, die er neben seiner Uniform auf dem Nachttisch abgelegt hat.

„Die dient nur als Abschreckung, um Kriminellen Angst einzujagen."

„Das klappt nicht nur bei Kriminellen", sagt sie halb scherzend halb ernst. „Ich hoffe, dass sie nie zum Einsatz kommt."

„Das hoffe ich auch." Er knöpft sich das Hemd zu und steckt es sich in die Bluejeans. Eigentlich war er auf einen gemütlichen Filmabend mit einer Tüte Chips in Schlabberklamotten auf der Couch eingestellt. So schick wie Agnesa heute aber aussieht, bleibt ihm nichts anderes übrig, als sich ebenfalls herzurichten und sich trotz Müdigkeit nochmal aus dem Haus zu wagen. Na ja, es zählt ohnehin nur ihre Anwesenheit.

Als er sich auf das Bett setzen möchte, um seine Schuhe anzuziehen, sieht er zu seinem Schreck, wie sie die Pistole in den Händen hält.

„Vorsicht! Die ist geladen." Augenblicklich nimmt er ihr die Waffe ab und legt sie wieder in den Holster zurück.

„Tut mir leid! Ich wollte nur mal wissen, wie sie sich anfühlt."

Tamer verkneift es sich, ihr mitzuteilen, dass sie gerade ihre Fingerabdrücke auf einer Pistole hinterlassen hat. Er wird sie aber später abwischen.

„Und?" Er schaut ihr direkt in die Augen, bereits gespannt auf ihre Antwort.

„Sie fühlt sich leichter an, als ich gedacht hätte."

Eigentlich wollte er auf etwas anderes hinaus. Tamer kann sich noch gut daran erinnern, was er damals empfunden hatte, als er das erste Mal eine echte Pistole in den Händen hielt. Es war ein Gefühl von Ehrfurcht, immerhin liegt ihre Funktion darin, einem anderen Schaden zuzufügen oder sogar ein Leben zu beenden. In den falschen Händen ist sie somit eine Gefahr. Doch Tamer hat seine Waffe immer als einen Schutz gesehen, denn er trägt sie nur deshalb bei sich, um seine Mitmenschen vor Gefahren zu bewahren.

„Ich hätte erwartet, dass sie sich komisch anfühlt", fährt sie fort. „Oder besser gesagt, dass sie mir ein komisches Gefühl vermittelt. Aber sie fühlt sich einfach nur wie irgendein Gegenstand an. Es könnte genauso gut auch ein Föhn sein."

Er kann nicht anders, als bei ihrer unverstellten Ehrlichkeit zu lächeln.

„Das hängt vermutlich damit zusammen, dass du nie auf den Gedanken kämst, diesen ‚Gegenstand' für seinen eigentlichen Zweck einzusetzen."

Sie hebt eine Braue hoch. „Was macht dich da so sicher?“

„Nichts. So etwas wie Sicherheit hat man doch so gut wie nie im Leben.“ Er zieht sie an der Taille zu sich heran. „Aber ich kann mir beim besten Willen nicht vorstellen, dass du eine Waffe auf einen anderen Menschen richten könntest.“

„Ich auch nicht“, erwidert sie mit Überzeugung in der Stimme, während sie ihre Arme um seinen Hals schlingt. „Aber eine Rose ist auch auf den ersten Blick harmlos, solange man nicht mit ihren Dornen in Berührung kommt.“

„Sind das jetzt Agnesas Worte oder Wardas?“

„Warda ist ein Teil von Agnesa.“

„Soso! War sie das denn schon immer?“

Sie schüttelt amüsiert den Kopf. „Ich denke, sie ist durch die Al-Baris entstanden.“

23

Zwei Seiten der Medaille

Agnesa schaut sich in dem gemütlichen Kino um, das noch aus Zeiten stammt, als es eine Bar im Kinosaal und Tische mit Lampen vor den Sitzen gab. Tamer hat sie extra zuvor gefragt, ob sie lieber einen Blockbuster in einem iMax in 3D schauen wolle oder einen Arthouse-Film in seinem Lieblingskino. Natürlich hat sie sich für sein Lieblingskino entschieden. Das ist die richtige Entscheidung gewesen, denn außer ihnen beiden sind nur noch fünf andere Kinobesucher hier, sodass es ihr fast so vorkommt, als hätten sie den ganzen Saal für sich allein.

Als Tamer auf den Knopf am Tisch drückt, damit sich der Kellner nähert, greift er nach ihrer Hand, mit der sie noch immer ihre Tasche festhält.

„Darf ich wenigstens das Popcorn bezahlen?“ Er zieht ein mitleidiges Gesicht.

Es hatte vorhin eine längere Diskussion gegeben, weil Agnesa die Eintrittskarten bezahlen wollte. Jenny war so lieb gewesen und hatte ihr hundert Euro als Vorschuss zugesteckt, da Agnesa ihr Gehalt erst Ende des Monats erhalten würde. Zwar hatte sie kein gutes Gefühl dabei, immerhin hatte ihr Jenny schon ein kostenloses Makeover verpasst, aber sie hatte es nach ein wenig Überredungskunst doch entgegengenommen.

Jetzt ist sie zufrieden, denn es fühlt sich gut an, nach fast einem Jahr endlich ihr eigenes Geld in den Händen zu halten.

„Hast du alte Rollenmuster oder warum möchtest du unbedingt das Popcorn bezahlen?"

„Nein, so ist das nicht. Ich hab keine veralteten Denkmuster. Du vergisst, meine Mutter arbeitet auch. Aber ich möchte nicht, dass du sofort dein erstes Gehalt ausgibst."

„Ich möchte es aber gerne ausgeben. Endlich habe ich das Gefühl, mal selbstständig und nicht immer auf andere angewiesen zu sein."

Er streichelt ihre Wange mit den Fingern. „Gehen die Getränke auch auf dich? Dann nehme ich gerne einen Cocktail."

„Tamer Al-Bari, du hast Glück, dass das Popcorn noch nicht da ist, sonst würde ich dich damit bewerfen."

Eigentlich hatte sie gedacht, dass sie die Zweisamkeit im dunklen Kinosaal dafür nutzen würden, um rumzuknutschen wie zwei verliebte Teenager oder herumzufummeln, so intensiv war sein Blick noch, als die Werbung lief. Doch schon während des ersten Drittels schauen beide gebannt auf die Leinwand. Viel zu dramatisch ist der französische Film „Das alte Gewehr" aus den Vierzigerjahren, den sie eigentlich nur deshalb ausgesucht hat, da Romy Schneider darin mitspielt. Jedoch hat sie weder damit gerechnet, dass die Schauspielerin eine so ernste Rolle darin spielt, noch dass sie so früh in der Handlung stirbt, und das auch noch auf so grausame Weise. SS-Soldaten haben sie und ihre Kinder verbrannt, sodass nur noch ihre Asche als Silhouette an der Wand des Schlosses, wo sie untergetaucht sind, übrig geblieben ist. Anschließend versucht ihr älterer Ehemann, der erst später im Schloss ankommt, sich für den Tod seiner Familie zu rächen. Ganz allein gegen zig Soldaten, und das mit nur einem alten Gewehr.

Der Film löst in ihr unterschiedliche Gefühle aus: Wärme, Trauer, Wut und Schadenfreude. Sie dreht den Kopf zu Tamer, um in seinen Augen abzulesen, was ihm bei diesen Szenen durch den Kopf geht, denn sie möchte die spannende Handlung nicht mit einer Frage ruinieren. Er schaut so gebannt geradeaus, dass er gar nicht bemerkt, wie sie ihn mustert. Seine Gesichtszüge sind angespannt, als warte er nur darauf, dass die Bösen ihre gerechte Strafe bekommen. Sie kann nicht anders als seine Hand zu drücken, die sie schon von Anfang an festhält. Wie mitten aus einem Traum gerissen, dreht er den Kopf zu ihr um. Die Anspannung löst sich langsam aus seinen Zügen. Sie sagt nichts, drückt ihm nur einen zarten Kuss auf die Wange und richtet ihre Aufmerksamkeit wieder auf die Leinwand.

Am Ende des Films ist das halbe Popcorn noch übrig. Die erste Hälfte haben sie gleich zu Beginn aufgegessen. Als die Handlung jedoch ihren dramatischen Verlauf nahm, war ihnen der Appetit darauf vergangen.

„Was für ein Film!“, kommentiert sie nun zum ersten Mal, als der Abspann endet und die Lichter wieder angehen.

„Ich weiß nicht, ob das die richtige Wahl für einen romantischen Kinoabend war, aber der Film hatte es echt in sich.“

„Das kannst du laut sagen!“ Wie zur Bekräftigung atmet sie laut aus.

„Das war keine leichte Kost, aber grandios.“

Sie stimmt ihm mit einem „Mhm“ zu.

Statt aufzustehen wie die anderen Besucher, bleiben sie noch auf ihren Plätzen sitzen.

„Hättest du auch so gehandelt, wenn du an seiner Stelle gewesen wärst?“, fragt sie ihn, während sie auf die nun leere Leinwand vor sich schaut. Aus dem Augenwinkel bemerkt sie, dass er mit den Schultern zuckt.

„Gute Frage! Vielleicht, wenn ich mich meinen Emotionen hingegeben hätte.“

Jetzt blickt sie ihn doch an. „Wie sollte man sich denn in so einer Situation nicht seinen Emotionen hingeben?“

„Na ja, auf den ersten Blick scheint er die richtige Wahl getroffen zu haben. Er hat sich für die Ungerechtigkeit gerächt, die ihm widerfahren ist. Also glaubt man als Zuschauer, dass er mit seiner Selbstjustiz für Gerechtigkeit gesorgt hat. Alle wissen, dass Nazis die Bösen sind, also trauert man auch nicht um ihren Tod.“

„Nein, das hab ich tatsächlich nicht“, stimmt sie ihm zu. „Ich habe sogar jedes Mal eine erneute Genugtuung empfunden, als er noch einen weiteren Nazi erwischt hat.“

Er nickt zustimmend. „Wie gesagt, emotional betrachtet verstehe ich seine Handlung, aber wenn jeder Selbstjustiz ausüben würde, jeder sich für das rächen würde, was er oder sie als ungerecht empfindet, wäre die Welt dann ein besserer Ort oder gäbe es nur Chaos?“

Sie spielt mit seinen Fingern, während sie über seine Frage nachdenkt.

„Natürlich stehe ich für Gerechtigkeit, deshalb bin ich Polizist geworden“, fährt er fort, weil sie nichts sagt, „aber ich glaube auch an das Gesetz. Wenn es keine einheitlichen Regeln gäbe, keine übergeordnete Instanz, die für Gerechtigkeit sorgt, dann würde es im Ermessen jedes Einzelnen von uns liegen, zu beurteilen, was wir als gerecht bezeichnen. Und für dich sieht Gerechtigkeit vielleicht ganz anders aus als für mich.“

Tamer steht an der Küchenzeile und mischt zwei Drinks. Seinen Lieblingscocktail: Bloody Mary. Er gießt erst Tomaten-, dann noch Limettensaft über die Eiswürfel und gibt eine Prise Salz sowie schwarzen Pfeffer dazu. In eines der langen Cocktailgläser kippt er etwas mehr von dem Wodka hinein, den er aus dem Kühlschrank holt. Dann nimmt er einen großen Schluck, um den Geschmack zu testen.

Agnesa beobachtet ihn vom Sofa aus. Unglaublich, dass dieser wundervolle Mann sie haben möchte.

Genug Schwärmerei!, ermahnt sie sich und konzentriert sich wieder auf den Artikel auf dem Tablet auf ihrem Schoß, den sie ursprünglich zu lesen gedachte. Er handelt von dem Terrorakt im Winter 2018. Eigentlich wollte sie sich diesen Tag nicht mit schlechten Nachrichten verderben, jedoch lässt der Film sie einfach nicht mehr in Ruhe. Sie hat das Bedürfnis herausfinden, was der Anschlag vor zwei Jahren mit dem Attentat letzte Woche zu tun hat, denn mit großer Wahrscheinlichkeit steht er auch mit dem Anschlag im letzten Jahr in Verbindung. Seit ihrem ersten Besuch in seiner Wohnung haben sie sich nicht mehr mit der Recherche befasst, weil sie viel zu sehr miteinander beschäftigt waren und diese Arbeit Max überlassen haben, den sie über ihren Fund informiert hatten. Aber jetzt brennt der Wunsch wieder in ihr, mehr über die Zusammenhänge der beiden Anschläge zu erfahren, die so weit auseinanderliegen.

Als sie das Schwarz-Weiß-Bild unter dem Titel

Aufruhr in Berlin

noch einmal genauer betrachtet, entdeckt sie unter den Demonstranten eine junge Frau, mit vor Wut zusammengezogenen Gesichtszügen, den Mund weit aufgerissen, als schreie sie ihren Protest in die Welt hinaus. Sie hält mit beiden Händen ein Plakat in die Höhe, auf dem die Worte:

in verschmierter Blutschrift wie ein Warnzeichen stehen.

Agnesas Lächeln erfriert innerhalb eines Wimpernschlags. Sofort setzt sie sich aufrecht hin und zoomt mit zwei Fingern an die Szene heran. Tatsächlich, diese Frau sieht genauso aus wie SIE. Nur hat diese erzürnte Demonstrantin kürzeres Haar und solch eine Bosheit im Gesicht eingraviert, dass es Agnesa kalt den Rücken hinunterläuft. Zwar kann sie die Augenfarbe durch die Graustufen des Zeitungsfotos nicht erkennen, doch ein Auge der Frau ist wesentlich dunkler als das andere.

Es kann sich nicht um einen Zufall handeln. Oder bildet sie sich das nur ein, so wie sie sich selbst im Krankenhaus gesehen hat?

Ihr erster Gedanke ist es, Tamer Bescheid zu geben, doch irgendetwas schnürt ihr den Hals zu.

„Hier, eine kleine Erfrischung." Er hält ihr lächelnd ein Glas hin. Sie zuckt zusammen, als sie ihn neben sich stehen sieht. Sie hat gar nicht bemerkt, wie er näher gekommen ist.

Ruckartig drückt sie auf die Home-Taste und der Bildschirm wird schwarz. Völlig steif blickt sie zu ihm auf.

„Du siehst aus, als bräuchtest du den Drink jetzt dringender als ich." Er drückt ihr das volle Glas in die Hand. „Noch mehr schlechte Nachrichten rausgefunden?"

„Kann man so sagen", murmelt sie fast geistesabwesend.

Er legt das Tablet von ihrem Schoss zur Seite und drückt seine Lippen auf ihren Hals.

„Auf schlechte Nachrichten hab ich gerade keine Lust." Er stößt mit ihrem Glas an. „Cheers, mein Engel!"

Sie hält das Cocktailglas schief. Die Eiswürfel wackeln darin. Mehrere Tropfen landen auf ihrem Kleid. Ein auffälliger roter Fleck breitet sich binnen Sekunden auf der weißen Seide aus.

„O nein, jetzt hab ich das neue Kleid ruiniert." Ihre Augen füllen sich mit Tränen. Sie versteht selbst nicht, warum sie so emotional darauf reagiert.

„Das ist nicht weiter schlimm." Er schiebt seinen Arm hinter ihren Rücken und küsst erneut ihren Hals. „Das Kleid ist jetzt sowieso überflüssig", haucht er ihr ins Ohr. Langsam zieht er ihren Reißverschluss an der Wirbelsäule herunter. „Wie wäre es mit einem kleinen Ausflug am Wochenende?", fragt er, während seine Lippen ihren Nacken erreichen.

Doch sie bleibt völlig steif.

„Nur wir beide, irgendwo ganz romantisch zu zweit." Er schiebt das Kleid sanft hinunter und küsst ihre nackte Schulter.

Agnesa dreht sich weg. „Ich bin etwas müde." Die Lüge ist ihr deutlich anzusehen, denn ihr ist jetzt alles andere als nach Schlafen zumute. Doch Tamer begreift sofort, dass sie für seine Annäherungsversuche momentan nicht empfänglich ist, auch wenn er den Grund sicherlich nicht versteht. Und weil er ein Gentleman ist, belässt er es bei dem einen Versuch.

Hellwach liegt sie im Bett, Tamers leises Schnarchen im Ohr. Sie ist so niedergeschlagen von ihrer Entdeckung gewesen, dass sie darauf verzichtet hat, von ihm nach Hause gefahren zu werden.

„Es ist eh längst Zeit, meinen Eltern von uns zu erzählen", hat er kommentiert.

Eigentlich würde sie sich darüber freuen, dass er das zwischen ihnen beiden endlich offiziell machen wollte, doch das Foto von ihrem Ebenbild will ihr nicht mehr aus dem Kopf gehen und lässt kaum einen anderen Gedanken zu.

Um ihn nicht zu wecken, hebt sie behutsam seinen Arm hoch, den er beschützend um sie gelegt hat, und schleicht barfuß, nur in ihrer Unterwäsche, ins Wohnzimmer.

Das Tablet liegt noch immer auf dem Sofa. Sie nimmt es auf ihren Schoß und starrt auf die Szenerie der demonstrierenden Masse. Erneut zoomt sie das Bild heran, bis das Foto fast schon verpixelt wirkt, aber sie muss sichergehen, ob sie das auch wirklich ist oder ob es nur eine schlechte Fata Morgana war. Es besteht kein Zweifel. Diese hasserfüllte Frau ist sie. Zwar hat Agnesas Spiegelbild sie niemals mit diesem zornigen Blick voller Abscheu angeschaut, aber die Person aus ihrer Vergangenheit trägt offenbar mehr Hass in sich, als es Agnesa überhaupt nachempfinden kann.

Sie betrachtet die Unbekannten auf dem Foto, die sich um sie herum befinden. Ist irgendjemand von ihnen ihr Ehemann? Direkt vor ihr steht ein unrasierter blonder Mann mit dunkler Sonnenbrille, die seine Augen verdeckt. An seinem Ohr hängt ein silberner Ohrring. Sein Zorn kommt trotz der Brille deutlich zum Vorschein. Er selbst hält ein Plakat in die Höhe, auf dem mit Druckbuchstaben ein Satz geschrieben steht:

Wir kennen keine Gnade!

Agnesa schließt die Internetseite, sodass Tamer das Foto nicht entdecken kann, wenn er aufwacht. Sie versteht, dass es falsch ist, was sie tut. Eigentlich sollte sie ihm diesen Fund mitteilen, aber sie muss erst einmal selbst begreifen, was das Bild über ihre Vergangenheit und über sie aussagt. Sie will nicht, dass ein Foto ihre Beziehung gefährdet. Es steht zu viel auf dem Spiel. Gestern sah ihre Zukunft noch so vielversprechend aus. Doch jetzt macht ihre Vergangenheit ihr Angst und fühlt sich in dieser Gegenwart einfach nur falsch an.

24

Schreckliche Entdeckung

Schweigsam sitzen beide am Frühstückstisch. Agnesa rührt das Spiegelei, das er extra für sie zubereitet hat, nicht an. Tamer mustert sie, während er in sein Toastbrot beißt.

Das ist doch nicht dieselbe Frau, mit der er gestern albern rumgescherzt und auf der Straße unbeschwert getanzt hat. Was ist über Nacht geschehen, das sie so verändert hat?

„Alles in Ordnung?“

Sie blickt von ihrem Teller auf. Es wirkt fast so, als registriere sie seine Anwesenheit jetzt erst.

„Ja, ich hab nur keinen Hunger.“ Nach einer kurzen Pause fügt sie hinzu: „Weißt du, ich hab gedacht, dass so ein Ausflug gar nicht so schlecht wäre.“

Er lächelt erleichtert.

Sie ist also doch nicht sauer auf ihn. Fast schon hat er befürchtet, dass sie ihm seine plumpe Annäherung nach dem Cocktail-Malheur übel genommen hat.

„Prima! Wohin soll es denn gehen? Amsterdam, Brüssel? Nein, Paris wäre –“

„Berlin!“, fällt sie ihm ins Wort.

Er will schon nach ihrer Hand greifen, bleibt aber in seiner Bewegung stehen. „Berlin?“

Erst spät am Nachmittag kommen sie endlich in der Hauptstadt an. Sie sind gleich nach dem Frühstück losgefahren. Tamers Vorschlag, erst einmal bei seinen Eltern vorbeizufahren, damit sie das Nötigste einpacken kann, hat sie verneint. Eine Zahnbürste und einen Slip zum Wechseln kann sie schließlich auch noch unterwegs besorgen.

Die Fahrt hierher hat mit zwei kurzen Stopps ganze acht Stunden gedauert. Agnesa sind so viele Dinge durch den Kopf gegangen, dass sie während der ganzen Reise nicht sonderlich gesprächig war. Und wenn Tamer etwas erzählt hat, um sich die Zeit zu vertreiben, hat sie ihm nur mit halbem Ohr zugehört. Ihre Gedanken schweiften stets vom Gespräch ab. So haben sie die meiste Fahrt über nur der Musik im Radio gelauscht.

„Sollen wir nicht lieber erst zum Brandenburger Tor?“, fragt Tamer, nachdem er seinen Wagen in der Nähe des Gendarmenmarkts parkt. „Die Recherchearbeit können wir doch auch noch später machen.“

„Ich möchte mir gerne zuerst den Markt anschauen“, erwidert sie und öffnet die Beifahrertür.

Tamer stöhnt, steigt dann aber ebenfalls aus. Genau an diesem Ort hat der Anschlag vor zwei Jahren stattgefunden. Zwar hat er längst begriffen, dass sie mit ihm hierhergekommen ist, um mehr über den Anschlag herauszufinden, aber dass sie zu dem Zeitpunkt selbst in Berlin war, hat sie ihm bislang verschwiegen.

Auf dem großen Marktplatz-Gelände herrscht ein lautes Menschengewimmel. Allerlei Gerüche vermischen sich miteinander. An verschiedenen Ständen werden frische Lebensmittel verkauft. Alles, was die Landwirtschaft zu bieten hat, ist hier direkt von Bauern erhältlich.

Agnesa schreitet mit suchendem Blick zwischen den ganzen Leuten entlang, dicht gefolgt von Tamer, der sich unfreiwillig durch die Enge und den Lärm hindurchquetscht. Sie weiß gar nicht genau, wonach sie sucht, deshalb hält sie die Augen weit geöffnet, um keinen Hinweis zu verpassen.

„Hier gibt es nicht wirklich was zu sehen“, kommentiert ihr Begleiter wenig begeistert. Er schaut dabei auf einen Lebensmittelstand neben sich. „Außer Obst und Gemüse.“

Agnesa geht weiter, ohne auf seinen Kommentar zu reagieren.

Sie erreichen die Mitte des Marktplatzes, in der eine Statue steht, die Maria mit Jesus als Säugling im Arm zeigt.

„Ich würde mir viel lieber ein paar Sehenswürdigkeiten anschauen“, nuschelt Tamer wieder. „Ist schon lange her, dass ich das letzte Mal hier war.“

Augenblicklich bleibt Agnesa mit weit aufgerissenem Mund stehen. Eine Erinnerung katapultiert sie in die Vergangenheit zurück. Wie ein schlechter Film spielt sich ein schreckliches Szenario direkt vor ihr ab.

Es ist eisiger Winter. Die Statue vor ihr ist verschwunden. Dafür rennen Menschen weinend und schreiend um sie herum. Gegenstände liegen neben schwer verwundeten oder leblosen Körpern auf einem roten Teppich aus Blut überall verteilt. Es erklingen Polizeisirenen. Ein Rettungswagen hält in etwas Entfernung an. Dann sieht sie das wehrlose Kind – leblos in den Armen seines Großvaters, der selbst verletzt neben seiner Frau am Boden liegt. Sie hört noch einen verzweifelten Hilferuf in ihrem Ohr hallen, der aus ihrer eigenen Kehle zu kommen scheint. Da greift jemand von hinten nach Agnesas Hand, und sie zuckt zusammen.

Erschrocken dreht sie sich um und blickt in Tamers verwundertes Gesicht. Augenblicklich ist die Erinnerung verschwunden. Das ungute Gefühl ist aber noch da.

„Hast du mir überhaupt zugehört?", will er von ihr wissen.

Sie schaut ihn verständnislos an.

„Was hast du denn gesagt?"

Er schüttelt enttäuscht den Kopf. „Sollen wir nicht lieber woanders hin?"

Sie antwortet ihm nicht. Noch immer gehen ihr diese schrecklichen Bilder von gerade eben nicht aus dem Kopf. Was hat das zu bedeuten?

„Hier gibt es doch nichts Spannendes", beklagt sich Tamer und greift entschlossen nach ihrer Hand.

Sie schluckt den Kloß in ihrem Hals herunter, wirft noch einen Blick über die Schulter auf den Schauplatz hinter sich, aber von den schrecklichen Schreien und leblosen Körpern in Blutlachen ist nichts mehr zu sehen oder zu hören. Nur ein Haufen kauffreudiger Menschen, die unbekümmert durch den friedlichen Marktplatz schlendern.

Sorgenvoll betrachtet sie Marias Statue. Eine Träne ist auf ihrer Wange eingefroren. Ganz unten steht eine Widmung, die offensichtlich der Opfer des Anschlags gedenkt:

Zwischen Liebe und Hass lebt die Hoffnung.

Endlich im Hotel angekommen, zieht Tamer seine Schuhe aus und wirft sich in seiner Kleidung neben Agnesa auf das Kingsize-Bett ihres kleinen, aber durchaus gemütlichen Zimmers. Er dreht den Kopf zu ihr um.

„Also, ein romantisches Wochenende stell ich mir anders vor“, spricht er schließlich aus, was ihm vermutlich schon die ganze Zeit durch den Kopf geht.

Agnesa sieht ihn ausdruckslos an.

„Sag schon, was ist los mit dir?“ Er greift nach ihrer Hand. „Du warst den ganzen Tag über so still.“

„Tut mir leid! Ich weiß auch nicht …“ Sie lässt den Kopf hängen. Ihre Schuldgefühle quälen sie, da sie die ganze Zeit über unehrlich zu ihm war, deshalb beschließt sie, ihm wenigstens die halbe Wahrheit zu sagen.

„Irgendwie scheint es mir so, als wäre ich schon einmal hier gewesen.“

„Das ist gut möglich. Schließlich ist Berlin unsere Hauptstadt.“ Er legt ihre Hand auf seine Lippen und küsst sie. „Wir können ja morgen noch mal ein bisschen rumfahren und sehen, ob du dich an irgendwelche Orte erinnerst.“

Sie nickt ihm lächelnd zu. Er rollt sich an sie heran und presst seinen Körper an ihren. „Aber für heute habe ich schon andere Pläne.“ Während er ihren Hals küsst, bewegt er sich langsam runter zu ihren Brüsten, bereit aufzuhören, wenn sie ihm ein Zeichen gibt.

Es kitzelt. Sie lacht und drückt seinen Kopf sanft an ihr Dekolleté. Warum soll sie sich jetzt noch den Kopf darüber zermartern, wenn sie ohnehin mit ihrer Recherche nicht weiterkommt?

Die schrecklichen Bilder von vorhin will sie erst einmal verdrängen. Sie ist schon den ganzen Tag ihm gegenüber abweisend gewesen. Jetzt braucht er ihre Zuneigung, also lässt sie ihn weitermachen.

Sie spürt seinen Atem auf ihrer Haut, als er ihre Bluse aufknöpft und seine Hand in ihren BH schiebt. Genau in diesem Augenblick vibriert sein Handy in der Hosentasche. Sie spürt es an ihrem eigenen Bein.

Tamer ignoriert es, aber wer der Anrufer auch immer ist, er bleibt hartnäckig.

„Willst du nicht rangehen?“, fragt sie mit einem Kichern.

„Mhm …“, murmelt er nur und küsst ihre Brüste. Der Anrufer lässt ihnen keine Ruhe.

„Vielleicht ist es wichtig“, wendet sie wieder ein.

Tamer zieht mit der freien Hand sein Handy aus der Hosentasche, schaltet es mit dem Daumen aus, ohne einmal darauf zu schauen, und wirft es neben sich aufs Bett.

„Was kann wichtiger sein als das hier?“ Er zieht ihren BH nach oben und greift gierig nach ihrem Busen.

Agnesa schließt die Augen, um sich ihrer eigenen Lust voll und ganz hinzugeben. Ja, der Anrufer kann gerne noch ein wenig warten und ihre Sorgen auch.

„Wieso hast du mir nicht schon von Anfang an über diese Narbe erzählt?“ Seine Finger, die eben noch ihre Bauchdecke hinuntergewandert sind, verharren kurz unter ihrem Nabel. Fast so, als hätte er eine unsichtbare Grenze erreicht, die er nicht übertreten darf.

Sie schaut nun ebenfalls auf die verblasste Narbe hinab, die sich unterhalb seiner Hand wie eine fein gezogene Linie auf einer sonst leeren Landkarte erstreckt.

„Es schien mir zu persönlich, um mit einem Mann darüber zu sprechen. Schließlich waren wir uns damals noch fremd.“

„Du hättest es meiner Mutter erzählen können. Immerhin war das einer von wenigen Hinweisen zu deiner Vergangenheit.“ Er zieht seine Hand zurück, beinahe so, als sei er beleidigt.

„Und wie hätte das weitergeholfen bei der Suche nach meiner Identität?" Den ersten Teil seines Kommentars lässt sie bewusst unkommentiert, denn sonst müsste sie ihm gestehen, dass seine Mutter ihr lange Zeit noch fremder war als er. „Bisher habt ihr doch auch nichts über mich herausgefunden, obwohl du schon seit Monaten über die Narbe Bescheid weißt."

Agnesa zieht die Bettdecke bis zu ihrer Brust hoch, weil sie etwas fröstelt, doch da greift er auch schon nach ihrer Hand und hält sie auf.

„Du musst deinen Körper nicht vor mir verstecken. Ich finde ihn schön, so wie er ist."

Eigentlich würde sie ihn jetzt gerne darüber aufklären, dass es gar nicht ihre Absicht war, ihren Bauch vor ihm zu verstecken, aber es fühlt sich unnötig an.

Er zieht die Decke wieder herunter und küsst, wie zur Verdeutlichung seiner Aussage, ihre Narbe.

Sie schließt die Augen und fährt ihm mit den Fingern durch die Haare. Er hat so schönes dichtes Haar, dass sie beinahe neidisch darauf ist.

„Denkst du oft darüber nach?", will er nach einigen Minuten völliger Stille zwischen ihnen wissen, während er seinen Kopf auf ihren Bauch legt, um ihre Massage vollends zu genießen.

„Über die Narbe?"

„Über dein Kind."

„Ja", gesteht sie. „Und es sind gemischte Gefühle, die dabei hochkommen."

Er sagt nichts, schaut nur nachdenklich zur Decke hoch.

„Willst DU Kinder haben?" Mit dieser Frage möchte sie nicht nur von sich selbst ablenken, da ihr das Thema gerade zu viel Schmerz verursacht, um weiter darauf einzugehen. Sie hat sich diese Frage tatsächlich schon oft gestellt.

„Darüber nachgedacht schon, aber ich möchte keine eigenen Kinder."

Automatisch zieht sie ihre Hand aus seinen Haaren heraus. Diese Aussage enttäuscht sie irgendwie. Vielleicht, weil sie selbst noch gerne ein Kind hätte. Vielleicht sogar von ihm, geht ihr durch den Kopf.

„Und wieso nicht?"

Tamer zuckt mit den Schultern. „In diese grausame Welt möchte ich keine Kinder setzen." Er greift nach dem Kopfkissen neben sich und rückt es zurecht.

Sofort spürt sie die fehlende Wärme seiner Haut auf ihrem Körper und deckt sich zu.

Stören ihn diese Fragen etwa?

„Außerdem gibt es schon genug elternlose Kinder, die Liebe und Fürsorge brauchen. Also falls ich doch Vater werden möchte, dann lieber für ein Pflegekind."

„Das klingt sehr löblich, und ich bin mir sicher, du wärst ein hervorragender Pflegevater." Sie zieht ihn zu sich heran und legt seinen Arm um ihre Schulter.

Er lächelt sie an. „Aber?"

„Aber es wäre doch viel zu schade, wenn ein so guter Mensch wie du seine Gene nicht der Nachwelt hinterlässt."

„Ich fühle mich geschmeichelt." Sein breites Lächeln unterstreicht seine Worte.

„Aber?", fragt sie nun zurück.

„Aber, wie ich schon gesagt hab, möchte ich in diese ungerechte Welt keine eigenen Kinder setzen."

Sie streicht ihm eine dunkle Haarsträhne aus dem Gesicht. Sein tiefer Blick löst immer noch ein Kribbeln in ihr aus. „Und wessen Kinder, wenn nicht die eines gerechten Mannes, sollen denn diese ungerechte Welt besser machen?"

Tamer umschließt sie nun mit seinem freien Arm. „Warum müssen wir denn die Hoffnung in die Hände der nächsten

Generation legen? Wieso fangen nicht wir – du und ich – jetzt schon damit an?"

Er legt seinen Kopf schief und schließt die Augen, um sie zu küssen, doch sie kommt ihm zuvor und presst ihre Lippen so fest auf seine, dass er kurz zurückschreckt, bevor er ihren Kuss mit der gleichen Intensität erwidert.

Ja, warum tun SIE es nicht?

Beide liegen ineinanderverschlungen auf dem Kingsize-Bett. Hinter dem dünnen Vorhang grüßt schon der neue Morgen. Tamer ist bereits eine Weile wach und betrachtet, wie sie friedlich in seinen Armen liegt und in ruhigen Zügen atmet.

So fühlt sich also vollkommenes Glück an, denkt er mit einem zufriedenen Lächeln. Es hat über ein halbes Jahr gedauert, bis sie sich endlich nahegekommen sind. Dabei hat er schon in den ersten Wochen, in denen er sie im Krankenhaus gesehen hat, eine unerklärliche Anziehungskraft gespürt. Noch immer hat sie etwas Geheimnisvolles an sich, was sie reizvoller macht, als sie es ohnehin schon ist. Doch sie ist auch genauso, wie er sich die Frau an seiner Seite immer vorgestellt hat.

So sehr er auch versucht, den Haken an der ganzen Sache zu finden, weil es sich zu gut anfühlt, um wahr zu sein, will ihm absolut nichts einfallen, was er an ihr auszusetzen hat. Ist er vielleicht blind vor Liebe, wie es heißt, oder ist sie tatsächlich fehlerfrei? Jedenfalls scheint sie perfekt zu sein in seinen Augen. Eine mehr betörende Rose gibt es für ihn nicht, es ist ihm daher egal, ob er sich irgendwann an ihren Dornen, die jede Frau besitzt, stechen wird. Seine Warda ist das Risiko wert.

Umso länger er sie betrachtet und ihren einzigartigen Duft einatmet, desto mehr fühlt er sich in diesem Gedanken bestätigt. Sie ist wahrhaftig ein Engel, den ihm der Himmel geschickt hat. Vielleicht als Ersatz für seine Schwester. Er kann die Ironie in dem Ganzen selbst nicht glauben. Musste er erst einen geliebten Menschen verlieren, um sie als Geschenk zu erhalten?

Diese Welt ist wirklich merkwürdig und jeder Tag bringt etwas Neues. Was hält die Zukunft wohl für sie beide bereit? Egal, was es auch ist, er will es herausfinden, denn eine Zukunft ohne sie kann er sich nicht mehr vorstellen.

Behutsam versucht er, seinen Arm unter ihrem Rücken hervorzuziehen. Ein Blick auf seine Armbanduhr, die er noch immer am Handgelenk trägt, verrät ihm, dass es schon fast zehn Uhr ist. Er beugt sich zu ihr hinunter und gibt Agnesa einen sanften Kuss auf die Stirn, um sie aufzuwecken.

„Guten Morgen, Liebling!“ Er hat sie noch nie zuvor so genannt, aber es fühlt sich richtig an. Das ist sie immerhin: sein Liebling.

Sie öffnet noch schlaftrunken die Augen, und ihr Gesicht hellt sich sofort auf.

„Das Frühstücksbüfett schließt in einer halben Stunde. Wir sollten uns beeilen.“

Agnesa setzt sich aufrecht hin und reibt sich die Augen. „Okay, ich geh nur schnell unter die Dusche. Dein Sperma klebt noch an mir.“ Sie will schon aufstehen, da zieht er sie am Arm wieder zu sich hinunter.

„Gute Idee! Ich leiste dir gerne Gesellschaft.“

„Dann schaffen wir es bestimmt nicht zum Frühstück.“ Sie drückt ihm einen Kuss auf die Wange und steht auf.

Er bewundert ihre nackte Rückansicht, bis sie im Badezimmer verschwindet. Dann schnappt er sein Handy, lässt sich rücklings auf das Bett fallen und schaut nach, wer gestern so hartnäckig versucht hat, ihn zu erreichen.

Es war natürlich Max, wer sonst. Der lässt ihn nicht einmal am Wochenende in Ruhe. Tamer wählt seine Nummer.

„Hey, du hast mich gestern angerufen?"

„Ja, und wie immer gehst du nicht ran, wenn es wichtig ist", antwortet dieser.

„Was kann denn so dringend sein, dass es nicht mal bis Montag warten kann?"

„Du errätst niemals, was ich gestern herausgefunden hab."

„Spuck es schon aus. Worum geht's?" Tamer fährt sich mit den Fingern durch die zerzausten Haare.

„Wo soll ich am besten anfangen … Bist du gerade allein?"

„Ja, wieso?"

„Also, es geht um eure mysteriöse Warda."

Tamer setzt sich aufrecht hin.

„Um Agnesa?"

„Genau! Wir haben jetzt einen Hinweis, wer sie ist."

SÜNDE

25

Das Blatt wendet sich

Der Frühstücksbereich des Hotels ist mittelmäßig groß, dafür jedoch liebevoll gestaltet. Die sonnengelb- und orangegestreiften Wände verströmen eine wohlige Atmosphäre. Diese angenehme Wärme, die der Raum ausstrahlt, ist in Tamers Gesicht jedoch nicht zu finden. Er sitzt todernst am Tisch und durchlöchert Agnesa mit seinem Blick. So schlecht gelaunt kennt sie ihn gar nicht.

Nachdem sie aus dem Bad herausgekommen war, hatte sich seine Laune um hundertachtzig Grad gedreht.

Doch als sie ihn gefragt hatte, was los sei, hatte er nur geantwortet, dass er nicht mit leerem Magen darüber sprechen wolle.

„Ich hol mir einen Orangensaft. Möchtest du auch?"

Er schüttelt den Kopf.

„Was ist denn plötzlich los mit dir?" Sie will seine Hand berühren, doch er zieht sie schnell weg.

„Das war Max, der mich gestern angerufen hat. Er hat etwas Neues rausgefunden."

Sie schaut ihn mit gerunzelter Stirn an. „Über die Terroristen?"

„Über dich!"

Ihr Blick gefriert.

Er deutet ihr mit einer Geste, sich wieder hinzusetzen. „Gibt es etwas, das du mir sagen möchtest?"

Sie öffnet den Mund, doch es kommt nichts heraus.

Worauf will er hinaus? Was weiß er?

Tamer zieht sein Handy aus der Hosentasche, öffnet die Nachricht von Max und schiebt ihr das Smartphone zu. Sie wirft einen kurzen Blick auf das Display und erkennt sofort das Bild wieder: die Demonstranten vor dem Reichstag und sie in ihrer Mitte. Agnesas Gesichtszüge verkrampfen sich.

„Warum habe ich das Gefühl, dass es nicht bloß deine Neugier ist, die uns hierhergeführt hat?"

Agnesa meidet den Blickkontakt mit ihm.

„Du siehst dieses Bild nicht zum ersten Mal, stimmt's?" Seine Stimme ist forsch, sein Blick bohrend. Den fühlt sie auch, ohne ihn anzuschauen. Sie schüttelt fast unmerklich den Kopf.

„Und wann hattest du vor, mir davon zu erzählen?"

Ihre Augen füllen sich schlagartig mit Tränen, als ihr ihre Schuld unvermeidlich bewusst wird.

„Es tut mir leid!" Sie zögert kurz, beschließt dann, mit der Wahrheit rauszurücken. „Ich wollte erst selbst verstehen, was das zu bedeuten hat." Endlich traut sie sich, ihn anzusehen.

„Nach all der Zeit, in der wir versuchen, etwas über dich herauszufinden, hältst du es nicht für nötig, mir davon zu erzählen?"

Sie wendet ihren Blick wieder von ihm ab.

„Ich wusste nicht, wie du darauf reagierst." Die Tränen, die sie krampfhaft zu unterdrücken versucht, sind nicht mehr zu bändigen. „Ich weiß ja selbst nicht, was das alles zu bedeuten hat. Und ich habe Angst, es rauszufinden." Sie legt sich eine Hand auf das Gesicht, um ihre Tränen zu verbergen.

Sein strenger Blick wird sanfter. Schließlich greift er nach ihrer freien Hand.

„Ich dachte, du vertraust mir."

Sie schaut ihn erneut an. „Das tue ich auch. Aber ich weiß nicht, ob ich mir selbst vertrauen kann, und ob du mir noch vertraust."

Völlig unerwartet steht er von seinem Stuhl auf. Sie schaut unsicher zu ihm hoch.

„Ich hole dir jetzt einen Orangensaft, und dann gehen wir los, um rauszufinden, was dieses Foto zu bedeuten hat." Ein Lächeln huscht auf seine Lippen und erleichtert sie ein wenig.

Er ist schon dabei, zum Büfett zu gehen, da zieht sie ihn an seiner Hand zurück.

„Nein!"

Tamer legt die Stirn in Falten.

„Ich will nicht mehr an die Vergangenheit denken. Ich möchte im Hier und Jetzt leben. Mit DIR zusammen."

Er lächelt sie an, und sie lächelt zurück.

„Wir sind hierhergekommen, um ein schönes Wochenende zu zweit zu verbringen. Gestern hat das nicht geklappt, aber lass uns wenigstens heute das Beste aus dem Tag rausholen."

Er beugt sich zu ihr hinunter, um sie zu küssen. Fast wollen ihr die drei Worte aus dem Mund kommen, die sie ihm bislang noch nicht gesagt hat. Doch bevor sie diese aussprechen kann, presst er seinen Mund auf ihre Lippen, und der Satz bleibt unausgesprochen.

Den Sonntag verbringen beide ganz entspannt bei einem Bummel durch die Berliner Altstadt. Schauen sich händchenhaltend, mit einem Strahlen, das sich über ihr ganzes Gesicht zieht wie bei einem frischverliebten Paar die wichtigsten Sehenswürdigkeiten an. Machen zwei Kaffeepausen – eine am Alexanderplatz und eine am Potsdamer Platz. Ein längeres Päuschen für ein schönes Mittagessen folgt im Nikolaiviertel.

So trostlos der gestrige Tag gewesen war, so aufregender ist der heutige. Die Erinnerung am Gendarmenmarkt lässt Agnesa hinter verschlossener Tür. Was auch immer vor zwei Jahren passiert ist, ist nun Geschichte. Was zählt, ist dieser Tag und ihre Zukunft mit Tamer.

Gegen sechs Uhr abends beschließen sie zurückzufahren, um nicht allzu spät in Köln anzukommen, immerhin muss er morgen wieder pünktlich zur Arbeit erscheinen.

Tamer steuert seinen VW auf der Autobahn kurz vor der Ausfahrt Richtung Köln in eine Tankstelleneinfahrt und hält den Wagen neben einer der Zapfanlagen an. Nach der langen Strecke muss er noch einmal volltanken.

Beide steigen aus. Während Tamer zur Zapfsäule geht, schlendert Agnesa zum Eingang der Tankstelle.

Bis auf den Kassierer – einem großgewachsenen, dürren Mann in den Dreißigern – und einem Kunden, der gerade bezahlt, ist die Tankstelle leer.

Agnesa schaut sich in der Keksabteilung um. Als sie sich mit dem Gesicht zur Kasse dreht, blickt der Kassierer sie entgeistert aus der Entfernung an. Sie registriert seinen Blick, denkt sich aber nichts dabei.

Mit einer Packung Kekse in der Hand geht sie zu den Kühlschränken hinüber, um noch ein Getränk auszuwählen. Da tippt ihr jemand auf die Schulter. Verwundert dreht sie sich um und schaut dem Kassierer direkt ins finstere Gesicht.

Mit offenem Mund starrt er sie an. Ihr ist unwohl dabei, doch sie weiß nicht, was sie zu ihm sagen soll.

„Ich fass' es nicht, du bist es tatsächlich!" Er zieht die Augenbrauen zusammen. „Wir dachten, du bist tot!"

Agnesa ist so überrascht über diese Aussage, dass sie kein Wort herausbekommt.

Plötzlich verändert sich die Stimme des Mannes. Sie klingt beinahe wütend. „Offenbar hast du es nicht für nötig gehalten, uns zu informieren, dass du noch lebst."

„Ich verstehe nicht …", beginnt sie, doch er fällt ihr ins Wort.

„Wo warst du die ganze Zeit? Bist du untergetaucht?"

Agnesa ist so überrumpelt, dass sie nicht mehr klar denken kann. „Tut mir leid, ich erinnere mich nicht an Sie."

„Spiel mir nichts vor! Mich kannst du nicht für dumm verkaufen", entgegnet er schroff.

Agnesa weicht einen Schritt zurück, als er ihr näher kommt, da packt er sie völlig unerwartet am Arm. Sie zuckt zusammen.

„Diese Augen würde ich unter einer Million wiedererkennen."

„Lassen Sie sie sofort los!", ertönt Tamers verärgerte Stimme. Er kommt gerade durch die Tür rein.

Der Verkäufer dreht sich ruckartig um. „Halten Sie sich da raus!"

Tamer kommt mit großen Schritten auf sie zu. „Ich sag's noch mal: Nehmen Sie Ihre Hand von ihr weg!"

Da der Fremde seiner Aufforderung nicht folgt, greift Tamer nach seinem Arm und zieht ihn von Agnesa weg.

Der Verkäufer packt Tamer wütend am Kragen seines Poloshirts.

„Fass mich lieber nicht an, Jungchen."

Tamer will bereits handeln, als Agnesa plötzlich dazwischen geht.

„Nicht, Tamer, er kennt mich!"

Erstaunt löst er seine Hände von dem Mann, doch der hält ihn noch immer fest.

„Wer ist dieser Kerl?", will er von Agnesa wissen.

„Er ist mein Freund."

Der Mann blickt zwischen den beiden hin und her. „Dein Freund? Na, das ist ja mal ein Ding!", kommentiert er spöttisch und lässt Tamer endlich los.

Woher weiß er so viel über mich?, geht es ihr bestürzt durch den Kopf, aber Zeit, um weiter darüber nachzudenken, hat sie nicht, denn Tamer übernimmt sofort das Wort.

„Und woher kennen Sie einander?"

„Mich würde viel eher interessieren, woher ihr beide euch kennt?"

Agnesa stellt sich zwischen die beiden Männer, um sie voneinander fernzuhalten, denn sie sehen so aus, als würden sie sich gleich an die Gurgel gehen.

„Tamer hat mir nach dem Anschlag geholfen."

Der Kassierer wendet sich von Tamer ab und richtet seine Aufmerksamkeit wieder auf Agnesa.

„Warum hast du uns nich' Bescheid gegeben, dass du noch lebst?" Er beäugt sie von Kopf bis Fuß. „Dir scheint's ja wieder gut zu gehen."

„Wen meinen Sie mit uns?", hakt sie nach.

Er schüttelt seufzend den Kopf. „Du ziehst das Spielchen echt durch, was?"

„Nein, ich erinnere mich bloß …"

Er unterbricht sie erneut. „Ich frag mich, was Franco zu dem Ganzen hier sagt."

Sie zieht die Augenbrauen zusammen.

„Oder erinnerst du dich auch nich' mehr an deinen Ehemann?"

Die Farbe weicht aus Agnesas Gesicht. Auch Tamers Blick erstarrt. Einen Moment sagt niemand etwas, schließlich bricht er das Schweigen.

„Nein, das tut sie nicht. Sie hat ihr Gedächtnis verloren."

„Was?" Ungläubig schaut der Verkäufer erst zu Tamer, dann zu Agnesa.

„Ich kann mich an nichts mehr vor dem Anschlag erinnern", bestätigt sie Tamers Aussage.

„Das ist doch ein Witz, oder?"

Sie schüttelt den Kopf, während Tamer todernst bleibt.

Der Mann scheint angestrengt nachzudenken. „An nichts, was passiert ist?"

„An gar nichts! Nicht einmal, wer ich bin."

Nun ist es sein Gesicht, das sich versteift. Er will offensichtlich etwas sagen, zögert jedoch.

„Bitte, sagen Sie mir doch, in welchem Verhältnis wir zueinanderstehen."

Der Verkäufer starrt sie weiterhin skeptisch an. „Das kann doch nur ein Witz sein."

Agnesa schüttelt wieder den Kopf. Der Fremde schaut prüfend zu Tamer. Es ist unübersehbar, dass beide Männer einander misstrauen.

„Warum sagen Sie nicht einfach, woher Sie Agnesa kennen?"

Die hellen Augenbrauen des Verkäufers springen in die Höhe.

„Er kennt deinen Namen?", richtet er sich wieder an sie. „Ich dacht', du weißt nichts mehr."

„Das ist eine lange Geschichte. Tamer ist Polizist …"

Bei dem letzten Wort reißt er die Augen auf.

„Er hilft mir dabei, mehr über meine Vergangenheit zu erfahren."

Wie ausgewechselt, wird der Verkäufer freundlicher.

„Tut mir leid! Ich, äh, bin ein alter Freund." Sein Lächeln wirkt gekünstelt. „Wir haben uns alle große Sorgen um dich gemacht."

Wie ein alter Freund verhält er sich nicht, das kann er mit seinem plötzlich netteren Tonfall nicht überspielen. Tamer scheint das genauso zu sehen wie sie.

Eine Gruppe Jugendlicher betritt die Tankstelle. Der Mann wirft ihnen einen kurzen Blick zu.

„Sie haben von dem Bombenanschlag erfahren?", fragt ihn Tamer.

„Kann man so sagen. War ja überall in den Nachrichten."

„Und Sie wussten, dass Agnesa zur Tatzeit dort war?"

Der Mann kaut nervös an seiner Unterlippe herum. „Wie schon gesagt, wir sind davon ausgegangen, dass sie nicht überlebt hat. Franco hat sogar ihre Leiche gesehen."

Tamer mustert ihn haargenau.

„Oder wessen Leiche das auch immer gewesen ist", korrigiert er sich.

Sein Blick fällt wieder auf die Jugendlichen, die sich mit ein paar Getränken zur Kasse begeben.

„Hören Sie, das is' wohl ein etwas ungünstiger Zeitpunkt. Warum reden wir nicht morgen in Ruhe?", sagt er ausweichend.

„Das ist kein Problem, wir warten, bis Sie fertig sind." Tamer hält seinem Blick stand.

Der Mann zögert. „Das halte ich für keine gute Idee. Ich hab heute Spätschicht."

„Wir müssen gleich weiterfahren", informiert Agnesa ihn. „Tamer muss morgen zum Dienst."

„Zurück wohin?", will der Verkäufer wissen.

„Nach Köln", antwortet Tamer.

„Du bleibst in Köln?" Er wartet ihre Antwort gar nicht ab. „Dann wird sich Franco bestimmt persönlich bei euch melden. Ich gebe ihm heute noch Bescheid. Besser, du sprichst direkt mit ihm."

Agnesa tauscht einen beunruhigten Blick mit Tamer aus.

„Hallo!", ruft einer der Jugendlichen ihnen zu.

„Ich muss dann mal wieder …“ Der Verkäufer wirkt sichtlich erleichtert darüber, der Situation zu entfliehen.

Kaum dass er zur Kasse geht, zieht Tamer Agnesa zu sich. „Der Kerl ist mir suspekt.“

„Ich finde ihn auch merkwürdig“, stimmt sie ihm zu.

„Er weiß irgendetwas, das er uns verschweigt. Lass uns lieber heute hierbleiben. Ich gebe morgen früh in der Wache Bescheid.“

Agnesa schüttelt instinktiv den Kopf.

„Ich brauche Zeit, um darüber nachzudenken. Das geht mir alles zu schnell.“

„Aber du wolltest doch mehr über dich wissen. Das ist unsere Chance!“

„Ich bin mir nicht mehr sicher, was ich über meine Vergangenheit wissen will. Aber jetzt möchte ich erst mal nach Hause.“

Er nickt ihr zu, obwohl er offensichtlich anderer Ansicht ist.

Agnesa beobachtet aus der Entfernung, wie Tamer mit dem seltsamen Fremden die Nummern austauscht. Ihre Gedanken rasen, und ihr Herz klopft wie wild. Sie kann es kaum abwarten, diesen Ort zu verlassen. Diese Begegnung verheißt nichts Gutes, das spürt sie wie ätzende Säure auf ihrer Haut. Und sie ist noch nicht dazu bereit, sich ihrem alten Leben zu stellen.

Aus dem Tiefschlaf gerissen, blickt Marie zur Seite, während Franco, der gleich neben ihr im Bett liegt, nach seinem iPhone auf dem Nachttisch greift. Sie schlingt ihren Arm um seine Brust, um ihren nackten Körper an seinem zu wärmen. Zwar kann sie in der Dunkelheit sein Gesicht kaum erkennen, doch sein genervter Tonfall, mit dem er den Anruf annimmt, gibt klare Auskunft über seine Laune.

„Hast du mal auf die Uhr geschaut?"

Louis Stimme erklingt so leise am anderen Ende der Leitung, dass Marie kaum ein Wort versteht, obwohl sie neugierig zuhört.

Plötzlich schiebt Franco ihren Arm beiseite und setzt sich aufrecht hin. „Wie, sie lebt?" Seine Stimme klingt schockiert. „Wenn das ein Scherz sein soll, dann …"

Er wird von Louis unterbrochen.

„Scheiße, Mann, das hat uns noch gefehlt!"

Aufmerksam hört er Louis' Worten zu und Marie ihm. Als sie ihren Arm auf seiner Brust kreisen lässt, schiebt er ihn diesmal unsanft zur Seite.

Eigentlich sollte sie das ärgern, aber sie ist seine schroffe Art gewohnt.

„Geht es ihr gut?" Er streicht sich mit der freien Hand über das Gesicht.

Marie zieht ihren Arm enttäuscht wieder zu sich und verhüllt ihren Körper mit der Decke, um nicht zu frieren.

„Nein, ich werd' mich selbst darum kümmern!" Franco schaltet das Handy aus. Mit schwerem Atem und den Blick an die Decke gerichtet, schaut er zu ihr, als sie das kleine Licht auf dem Nachttisch hinter ihm anknipst. Sie streicht sich die zerzausten roten Haare glatt.

„Über wen habt ihr gesprochen?", fragt sie mit so viel Beherrschung in der Stimme, wie ihr nur möglich ist, obwohl sie die Antwort bereits kennt.

Die Straße vor ihnen ist stockdunkel. Im Haus der Al-Baris brennt kein Licht mehr. Nur Tamers Volkswagen, der in die Einfahrt einbiegt, erleuchtet mit seinen Scheinwerfern die Hausfassade.

Agnesa schaut nachdenklich auf den Zettel in ihrer Hand, auf dem eine Telefonnummer neben dem Namen Louis notiert ist, während Tamer den Motor abstellt.

Die ganze restliche Fahrt ist keinem von ihnen wirklich nach Sprechen zumute gewesen. Die Erkenntnis, dass Agnesas Ehemann noch am Leben ist, hat beide wie ein Schlag mitten in die Magengrube getroffen. Was bedeutet das für sie, wo nun jemand gefunden wurde, der Agnesa kennt? Und vor allem jemand, der auch Kontakt zu ihrem Mann hat.

Ein ungutes Gefühl macht sich wie ein Virus in ihrem ganzen Körper breit. Tamer scheint es ähnlich zu gehen, zumindest seinem gefrusteten Gesichtsausdruck nach zu urteilen.

Eine Weile sitzen sie stumm im Auto und starren auf die steinerne Wand vor ihnen. Es fühlt sich an, als wären sie in einer Sackgasse gelandet, aus der es keinen Weg hinaus gibt. Schließlich ist es Tamer, der das bedrückende Schweigen beendet.

„Gib mir Bescheid, sobald er sich meldet."

Endlich blickt sie ihn an, aber mehr als „Mach ich" kommt ihr nicht über die Lippen. Ihr ist die Frage durch den Kopf gegangen, warum er sie hierhergebracht hat, statt zurück in seine Wohnung, aber sie hat sie nicht gestellt.

Er beugt sich zu ihr nach vorn und gibt ihr einen Kuss auf die Wange. Noch nie hat er sie auf die Wange geküsst. Und nach den Zärtlichkeiten, die sie in den letzten Tagen ausgetauscht haben, brennt sich dieser Kuss unbehaglich in ihre Haut. So küsst man seine Schwester, nicht die Frau, die man liebt. Oder hat er das sowieso nie getan?

Ihr Mund öffnet sich, um etwas zu sagen, aber ihre Stimme will nicht heraus, weil ihr die richtigen Worte fehlen, um ihre Gedanken und Gefühle auszudrücken. Dabei sind es doch nur drei simple Worte, die ihr über die Lippen kommen müssen. Sie hat den richtigen Moment verpasst. Er sagt auch nichts mehr. Schaut nur zu, wie sie hinaussteigt, und lässt den Motor wieder an.

Mit herunterhängenden Schultern steht Agnesa am Eingang des Hauses, das mittlerweile zu ihrem eigenen Zuhause geworden ist, und beobachtet, wie der Mann, den sie liebt, wegfährt.

All diese Monate hat sie gehofft und gebangt, endlich gefunden zu werden, und jetzt, wo dieser Tag eingetroffen ist, wünscht sie sich, ihre Vergangenheit wäre auch in der Vergangenheit geblieben.

Im Dunkeln zurückgelassen, steht sie regungslos da, ganz allein mit ihren qualvollen Gedanken. Aus irgendeinem Grund flüstert ihr ihre innere Stimme nämlich zu, dass ihre erträumte Zukunft mit Tamer in Gefahr ist.

26

Der Anruf

Latifa und Rashid blicken stumm zu Agnesa, die ihnen am Frühstückstisch gegenübersitzt. Ihre Augen sind von der schlaflosen Nacht gerötet, aber auch von den vergossenen Tränen. Sie trägt noch immer die gleiche Kleidung wie am Vortag, womit sie sich kraftlos ins Bett gelegt hat. Das gekochte Ei auf ihrem Teller ist völlig unberührt. Ihr Blick hängt an dem kabellosen Telefonhörer, der vor ihr auf dem Tisch liegt.

Rashid tauscht einen besorgten Blick mit seiner Frau aus.

„Dein Tee ist bestimmt schon kalt, Liebes", erinnert Latifa sie.

Agnesa greift wortlos zur Tasse. Als sie einen Schluck probiert, verzieht sie das Gesicht. Der Tee ist tatsächlich ungenießbar.

Latifa steht von ihrem Platz auf und nimmt ihr die Tasse aus der Hand. „Ich mache dir einen neuen."

Agnesas Blick richtet sich automatisch wieder auf das Telefon, das wie eine tickende Zeitbombe auf sie wirkt.

„Mit leerem Magen sollte man den Tag nicht beginnen", sagt Rashid von der Seite.

Agnesa zwingt sich zu einem Lächeln und greift nach ihrem Löffel, da klingelt auch schon das Telefon.

Erschrocken schaut sie zu Rashid. Latifa dreht sich zur gleichen Zeit mit angespannter Mimik zu ihnen um.

Da Agnesa sich nicht traut ranzugehen, ist es Rashid, der den Anruf annimmt. Noch bevor er ein Wort sagt, entspannen sich seine Gesichtszüge. Er lächelt und hält Agnesa den Hörer hin. „Es ist Tamer."

Sie nimmt das Telefon erleichtert entgegen.

„Hey!", ertönt seine beruhigende Stimme vom anderen Ende.

„Hey!"

„Wie geht's dir?"

Sie zuckt mit den Schultern, obwohl er sie nicht sehen kann.

„Geht so. Und dir?"

„Ähnlich", sagt er seufzend. „Es hat sich noch niemand gemeldet?"

Sie verneint.

„Okay, also ruf mich an, wenn es was Neues gibt!"

Einen Moment schweigen beide.

„Ich komme nach der Arbeit vorbei", sagt er schließlich.

„Das wäre schön."

Sie legt ohne Verabschiedung auf, ehe ihre Stimme zu zittern beginnt.

Das Telefon hält sie noch immer in der Hand, als es erneut klingelt. Sie geht sofort ran.

„Entschuldige, dass ich aufgelegt hab."

Sie versucht, das Zittern zu kontrollieren. Doch die Stimme, die jetzt aus dem Hörer erklingt, ist nicht die von Tamer.

„Agnesa?“

Ihre Augen weiten sich. Latifa, die ihr die Tasse mit dem heißen Tee hinstellt, schaut sie beunruhigt an. Agnesa holt tief Luft, bevor sie antwortet. „Wer ist da?“

„Franco. Dein Mann.“

Ein kalter Schauer durchfährt ihren ganzen Körper. Latifa und Rashid tauschen wieder Blicke aus.

„Mein Schatz, ich bin so froh, dass es dir gut geht.“ Seine Stimme bricht ab. „Ich dachte, du bist nicht mehr am Leben.“

Schweigend hört sie dem fremden Klang in ihrem Ohr zu. Wenn das tatsächlich ihr Mann ist, dann weckt seine Stimme keinerlei Erinnerung.

„Sag doch irgendwas, Schatz!“, bittet er sie höflich, doch sie schweigt weiterhin.

„Mach dir keine Sorgen, ich werde bald da sein und dich nach Hause bringen.“

Agnesas Augen werden schlagartig feucht. „Wann?“, ist das einzige Wort, das sie mit zittriger Stimme herausbekommt.

„Ich kann gleich losfahren und …“

„Nein!“, fällt sie ihm schnell ins Wort. „Heute Abend.“

Sie will unbedingt, dass Tamer an ihrer Seite ist, wenn sie einander begegnen.

Er schweigt kurz, willigt dann aber ein. „Bald sind wir wieder vereint, mein Schatz.“ Das ist das Letzte, was er sagt, bevor sie auf die rote Taste drückt, um diesem Albtraum ein Ende zu setzen.

Agnesa verschränkt die Hände vor dem Gesicht, um ihre Tränen zu verbergen, während Latifa ihr eine Hand auf die Schulter legt.

„War es dieser Louis?“

Sie schüttelt mit einem unterdrückten Schluchzen den Kopf und antwortet kaum hörbar: „Es war mein Ehemann.“

Dieses Wort fühlt sich bitter an. Latifa drückt Agnesas Kopf an sich und streichelt ihr sanft über das Haar.

„Warum weinst du denn, Liebes?“ Ihre Stimme zittert ebenfalls, als sie weiterspricht. „Es ist doch schön, dass du endlich nach Hause kannst.“

Franco greift nach seiner Jeans und zieht sie sich im Stehen über. Dann bückt er sich hinunter und sucht auf dem Boden nach etwas. Als er aufblickt, sieht er Marie in ihrer Unterwäsche mit seinen Socken in der Hand vor ihm stehen. Sie reicht sie ihm, ohne dass ein Dankeschön folgt.

„Wirst du länger weg sein?“

Er streift sich die Socken über, dann schnappt er sich seine Schuhe.

„Wahrscheinlich.“ Er meidet den Blickkontakt mit ihr.

„Ich kann hier auf dich warten, uns was zu essen …“

„Hör zu, Marie!“ Mit einem lauten Stöhnen stellt er sich vor sie hin. „Jetzt, wo sich die Dinge geändert haben, ist es besser, wenn du nicht mehr hierherkommst.“

Maries Augen werden glasig, aber sie hält ihre Tränen zurück. Er schlägt einen sanfteren Ton an. „Du wusstest doch, dass das mit uns nur vorübergehend ist.“

Ja, sie wusste es, in dem Moment, als sie Agnesa durch Zufall in dem Einkaufszentrum gesehen hat. Doch innerlich hat sie gehofft, dass es noch lange dauern würde, bis sich herausstellt, dass Agnesa am Leben ist. Und sie hatte die Hoffnung, dass es lange genug wäre, um Francos Herz bis dahin für sich zu erobern.

Nicht imstande, etwas zu sagen, dreht sie sich um und sucht auf dem Bett nach ihrer eigenen Kleidung.

„Und es wäre besser für uns beide“, fährt er sachlich fort, „wenn wir das hier für uns behalten.“

Sie nickt, ohne ihn anzusehen. Das ist selbstverständlich. Hätte er es doch bloß nicht ausgesprochen, um sie noch mieser fühlen zu lassen, als ohnehin schon. Sie wischt sich mit dem Handrücken eine einzelne Träne von der Wange, die sich ihrer Kontrolle entzogen hat.

Franco kommt auf sie zu und nimmt sie von hinten in den Arm.

„Hey, warum so traurig? Bist du denn nicht froh, dass sie lebt?"

„Doch, das bin ich", stammelt sie leise, während ihr Herz in tausend Stücke zerfällt.

Agnesa liegt auf Cherins Bett und betrachtet nachdenklich den Ehering in ihrer Hand. Zum ersten Mal hat sie ihn wieder aus der Schublade herausgeholt. Obwohl sie ihn so lange nach ihrem Unfall getragen hat, fühlt er sich jetzt wie ein Fremdkörper in ihrer Hand an – als gehöre er nicht mehr zu ihr. Wie ein Blinddarm, der einem entfernt und nicht mehr vermisst wird. Das Leben geht auch ohne diesen Ring weiter.

Tamer taucht an der Türschwelle auf.

„Alles okay?"

Reflexartig schließt sie die Hand, damit er den Ehering nicht sieht. Doch das hat er schon längst getan, das merkt sie an seiner Reaktion.

„Ich hab Angst", gesteht sie ihm.

Tamer setzt sich neben sie. „Wovor?"

„Dass meine Vergangenheit meine Zukunft ruiniert." Bei dieser Aussage kommen ihr wieder die Tränen. Er schließt sie in seine Arme, ihr Gesicht an seine Brust gedrückt.

„Du musst vor gar nichts Angst haben, solange ich an deiner Seite bin."

Wie gern möchte sie seinen Worten Glauben schenken. Und wie gern würde sie diesen Ring wieder für alle Zeiten in einer Schublade wegschließen. Doch irgendwie scheint ihr beides unmöglich zu sein.

Im Nebenzimmer räumt Latifa die frischgebügelte Kleidung in den Schrank ein, um sich von dem bevorstehenden Ereignis abzulenken. Sie faltet jedes Teil akkurat und legt es sorgsam in eins der Regale. Doch dann nimmt sie völlig unerwartet den ganzen Stapel wieder heraus und schmeißt ihn mit voller Wucht auf den Boden.

Rashid sammelt jedes Teil wieder auf. Sie bückt sich ebenfalls hinunter und faltet die Kleidung erneut, als sei nichts geschehen. Sie macht sich nicht einmal mehr die Mühe, ihre Tränen vor ihrem Mann zu verbergen. Rashid nimmt ihr die Sachen ab, lässt ihre Hand aber nicht los.

„Wir müssen uns für sie freuen, Habibi."

Latifa zieht ihre Hand aus seiner und legt sie sich auf den Mund, um ihr Schluchzen zu unterdrücken. Dann nickt sie.

27

Zwischen Herz und Verstand

Alle vier sitzen wortlos im Wohnzimmer und warten angespannt auf Francos Ankunft. Keiner von ihnen erweckt auch nur den leisesten Anschein, sich auf den Besuch zu freuen. Ganz im Gegenteil, sie wirken wie unfreiwillige Zeugen im Gerichtssaal.

Als die Uhr sechs schlägt, klingelt es an der Tür. Agnesa zuckt instinktiv zusammen. Tamer, der gleich neben ihr sitzt, legt ihr den Arm um die Taille und hilft ihr aufzustehen. Nur mit Mühe geht sie in Richtung Flur, als wären Ketten aus Blei an ihre Füße gefesselt.

Mit einem breiten Lächeln im makellosen Gesicht steht Franco vor der Haustür der Al-Baris. Er hat sich das blonde Haar akkurat nach hinten gegelt und trägt ein weißes Hemd unter seiner Lederjacke und eine schwarze Cordhose. Agnesa muss eingestehen, dass er optisch keinen schlechten Eindruck macht, jedoch strahlt er keinerlei Vertrautheit aus. In den Händen hält er einen hübschen Blumenstrauß, was den Eindruck erweckt, als hole er sie zu einem ersten Date ab.

Ohne zu zögern, betritt er das Haus, nimmt Agnesa, die versteinert vor ihm steht, in die Arme und drückt sie fest an sich.

„Ich dachte, ich hätte dich für immer verloren", flüstert er ihr ins Ohr.

Agnesa, für die Franco ein völlig Fremder ist, versucht sich aus seiner Umarmung zu befreien.

Tamer, der das Ganze aus einigen Metern Entfernung beobachtet, kommt näher und stellt sich beschützend hinter sie. Er verkneift es sich jedoch, offensichtlich dazwischenzugehen, auch wenn ihm dieser Anblick sicherlich nicht gefällt. Aber was soll er schon tun? Das ist ihr Ehemann, und er hat jedes Recht der Welt, seine Frau in den Armen zu halten.

Die beiden Männer mustern sich haargenau, als die einseitige Umarmung ein Ende findet.

„Sie sagen also, sie seien Agnesas Ehemann?", spricht Tamer als Erster.

„Ich sage es nicht, ich bin es!"

Tamer kommt zwei Schritte auf ihn zu. „Können Sie das beweisen?"

Franco hebt die blonden Brauen.

„Schließlich kann jeder hierherkommen und das Gleiche behaupten. Diesen Fall hatten wir schon mal."

Franco lächelt schief. „Bitte, dann testen Sie mich!"

Agnesa schaut sofort zu Tamer. Wieso ist er so misstrauisch? Immerhin hat ihr Bekannter aus der Tankstelle sie doch erkannt, und er kennt auch Franco.

„Beschreiben Sie ihren Ehering!"

Franco hebt die Brauen erneut.

„Sie müssen doch wissen, was für einen Ring Sie Ihrer Frau geschenkt haben, nicht?"

Franco tritt nun ebenfalls näher an ihn heran. Agnesa steht genau zwischen den beiden Männern und fühlt sich mit den Blumen in den Armen völlig fehl am Platz, obwohl es genau um sie geht.

„Es ist ein klassischer goldener Ring ohne irgendwelchen Schnickschnack."

„Tatsächlich?", kommentiert Tamer mit ironischem Unterton.

„Und in der Innenseite ist eine Gravur", fährt Franco unbekümmert fort. Dabei kommt er noch einen Schritt näher zu Agnesa und greift nach ihrer Hand. „Dieselbe wie in meinem Ring: Für immer Dein."

Mit einem triumphierenden Lächeln schaut er ihr in die Augen. Sie jedoch blickt hilfesuchend zu Tamer.

Latifa und Rashid treten in diesem Moment in den Flur. Rashid geht mit schnellen Schritten auf Franco zu und streckt ihm seine Hand entgegen. „Rashid Al-Bari." Er schüttelt seine Hand. „Sehr erfreut, Ihre Bekanntschaft zu machen."

„Die Freude ist ganz meinerseits!", sagt Franco mit einem breiten Lächeln, das seine Augen jedoch nicht erreicht.

Im Wohnzimmer der Al-Baris herrscht eine drückende Stimmung. Agnesa sitzt zwischen ihrem Ehemann und ihrem Liebsten auf dem Sofa, Rashid auf einem Sessel vor ihnen. Latifa kommt mit einer Kanne frischgebrühtem Kaffee herein und stellt sie neben dem selbst gebackenen Kuchen hin. Der Blumenstrauß schmückt nun in einer Vase den Tisch.

„Warum erzählen Sie uns nicht erst einmal ein wenig über unsere Agnesa?", fragt Rashid freundlich wie immer.

„Wo soll ich denn anfangen?" Franco lächelt Agnesa an. „Wir kennen uns schon seit unserer Jugend. Sind in der gleichen Nachbarschaft groß geworden." Er macht eine kurze Pause, als rufe er sich die Erinnerung zurück. „Schon damals waren wir unzertrennlich."

Er nimmt Agnesas Hand. Sie zuckt bei der Berührung zusammen. Tamer wirft ihm einen strengen Blick zu. Versteht er nicht, dass sie seine Nähe nicht will? Er ist ihr völlig fremd, ganz gleich, was der Ehering aussagt. Aber Franco macht sich offensichtlich keine Gedanken darüber. Stattdessen lächelt er unbekümmert. „Du warst meine Jugendliebe, und ich wusste, dass ich dich irgendwann heiraten werde." Er lacht. „Deine Eltern haben aber darauf beharrt, dass wir bis zu deinem einundzwanzigsten Geburtstag warten."

Agnesa setzt sich aufrecht hin, als er ihre Familie erwähnt. Sie zieht ihre Hand aus seiner heraus, mit dem Vorwand, sich eine Strähne hinter das Ohr zu stecken. Tamer entgeht das nicht.

„Was ist mit meinen Eltern? Wo leben sie?"

Das Lächeln verschwindet aus Francos Gesicht. „Sie leben leider nicht mehr."

„Beide?", fragt Agnesa bestürzt.

Er nickt. „Sie kamen vor einigen Jahren bei einem schweren Autounfall ums Leben."

Agnesa senkt den Kopf. Sie ist elternlos. Damit hat sie nicht gerechnet.

Tamers Blick nach zu urteilen, ist er sich ob der Wahrheit dieser Aussage unsicher, aber was auch immer er denkt, er schweigt.

„Das tut uns so leid, Liebes!", tröstet Latifa sie.

Agnesa wischt sich eine Träne von der Wange. „Und was ist mit unserem Kind?"

Zum ersten Mal sieht Franco völlig überrascht aus.

Tamer wird skeptisch, denn er wiederholt die Frage: „Ja, was ist mit ihrem Kind?"

Es braucht einen Moment, bis Franco ihnen antwortet. „UNSEREM Kind, meinen Sie wohl. Du erinnerst dich an sie?"

Agnesa schüttelt den Kopf. „Ich weiß es, wegen dem Kaiserschnitt."

Er nickt. „Elizabeth, also Lizzie, war bei deinen Eltern, als der Unfall passierte."

Agnesa legt sich die Hand auf den Mund und schluchzt. Schon allein der Name ihrer Tochter rührt sie zu Tränen.

„Das ist ja schrecklich!", kommentiert Latifa wieder.

Agnesas Schluchzen wird immer lauter. Tamer nimmt sie in den Arm, was ihm einen verärgerten Blick von Franco beschert.

„Tut mir leid, dass du das jetzt nochmal durchmachen musst, Schatz!" Franco legt ihr eine Hand auf den Rücken. „Aber jetzt bin ich da für dich." Wie selbstverständlich streichelt er sie. „Zusammen schaffen wir es auch dieses Mal."

Latifa gießt Franco noch etwas Kaffee ein, nachdem er ein wenig über seine Tochter erzählt hat.

Lizzie war gerade einmal vier Jahr alt, als ihr Leben endete. Gemeinsam mit ihren Großeltern wurde sie in Bielefeld begraben. Dort lebte das Ehepaar zuvor.

„Mir ist nicht klar, was Agnesa auf dem Zuckerfest gemacht hat", führt Tamer die Unterhaltung in eine andere Richtung.

Francos Augen funkeln, als hätte er nur auf diese Frage gewartet. „Sie war mit einer Freundin ganz in der Nähe verabredet. Vermutlich ist sie rübergegangen, um sich das Fest anzuschauen, während sie gewartet hat, und war dann zur falschen Zeit, am falschen Ort …"

„Können Sie uns den Namen der Freundin sagen?", hakt Tamer nach.

„Marie. Sie heißt Marie. Die Arme macht sich fürchterliche Vorwürfe, weil sie nicht pünktlich war, um dich von dort wegzubringen", erklärt er Agnesa, während er Tamer völlig ignoriert.

Der hebt eine Augenbraue, als glaube er ihm nicht. „Wann war ihre Freundin denn am Tatort angekommen, und wie hat sie von Agnesas angeblichen Tod erfahren?“

„Die Uhrzeit weiß ich nicht, aber da war die Explosion bereits geschehen, und Agnesa war nicht wie verabredet am Treffpunkt. Wahrscheinlich hat sie eins und eins zusammengezählt.“

„War sie im Krankenhaus, um nach ihr zu schauen?“

„Ja, aber man hat sie nicht zu ihr gelassen, weil sie keine Angehörige ist.“

„Wieso war sie sich dann sicher, dass Agnesa nicht überlebt hat?“

„Das war sie nicht, deshalb hat sie mich sofort angerufen. Sie können Marie befragen, wenn Sie Ihre Zweifel an meinen Aussagen haben.“

„Das wird bestimmt nicht nötig sein“, versucht Rashid die Anspannung im Raum zu senken.

Und ob, steht in Tamers Gesicht geschrieben, aber statt es auszusprechen, quetscht er Franco weiter aus. „Warum haben Sie in all diesen Monaten nicht nach Agnesa gesucht?“

„Wie gesagt, ich war nach dem Attentat im Krankenhaus, und dort habe ich die Leiche einer Frau gesehen, die ihr sehr ähnlich sah. Außerdem trug sie das Armband, das Agnesa, oder besser gesagt unserer Tochter, gehört hat. Ich weiß nicht, wie es in ihren Besitz gekommen ist. Vielleicht hast du es verloren“, richtet er sich an Agnesa. „Daraus hab ich jedenfalls falsche Schlussfolgerungen gezogen.“ Franco hält Tamers bohrendem Blick stand. „Und nach einer Toten sucht man nicht.“

Latifa, die sofort begreift, dass er über Cherins Leiche spricht, schluchzt leise. Rashid legt ihr einen Arm um die Schulter.

„Das muss unsere Tochter gewesen sein“, stammelt er. „Agnesa hat viel mit ihr gemeinsam.“

„Mein Beileid!“, sagt Franco trocken.

Tamer meldet sich wieder zu Wort. „Sie haben keinen Wunsch geäußert, den Leichnam Ihrer totgeglaubten Frau zu beerdigen?"

„Nein!", kommt rasch als Antwort. „Dafür hätte ich sie als meine Frau identifizieren müssen. Ich wollte den grässlichen Anblick des verstümmelten Körpers, den ich gesehen habe, aber aus meinem Gedächtnis löschen."

Latifa schluchzt wieder auf.

„Entschuldigung, das war taktlos von mir", fügt er sofort hinzu. „Ich wollte meine Frau so in Erinnerung behalten, wie ich sie kannte." Es rührt sich absolut gar nichts in Franco, als er in das schmerzerfüllte Gesicht Latifas blickt, die ihrer Tochter nachtrauert. „Glauben Sie mir, den entstellten Anblick Ihrer Tochter hätten Sie auch vergessen wollen."

Agnesa wirft ihm einen mahnenden Blick zu, bevor sie von ihrem Platz aufsteht und zu Latifa eilt, um sie zu trösten.

Zorn fließt auch unübersehbar durch Tamers Adern über die Rücksichtslosigkeit dieses Mannes. Doch der blickt ihm in die Augen, ohne auch nur zu blinzeln.

Wie hat sie sich in diesen Kerl verlieben können?, fragt sich wahrscheinlich nicht nur Agnesa in diesem Moment.

„In welcher Verbindung stehen Sie zu Louis? Von ihm haben Sie doch unsere Kontaktdaten erhalten, richtig?"

„Er ist ein alter Freund aus Bielefeld." Franco beugt sich zu Tamer vor. „Warum habe ich das Gefühl, ich wäre hier bei einem Verhör?"

Rashid greift schnell ein, bevor Tamer eine bissige Antwort zurückgeben kann. Er kennt seinen Sohn und dessen Temperament sicherlich zu gut und kann seine nächsten Schritte voraussehen.

„Tamer ist Polizist, wissen Sie."

Franco blickt von Rashid wieder zu dessen Sohn. „Alle Achtung!"

Die beiden Männer schauen sich tief in die Augen.

„Also ein Mann des Gesetzes."

„Der Gerechtigkeit", korrigiert ihn Tamer.

Franco lächelt schief. „Dann haben wir wohl etwas gemeinsam."

Eine Dreiviertelstunde später stehen sie zu fünft versammelt im Flur, um ihren Gast zu verabschieden. Für den Anfang sind das genug Informationen gewesen. Beide Seiten sind sichtlich erleichtert darüber, dass dieser Besuch ein Ende nimmt. Das Treffen hätte zwar auch schlimmer verlaufen können, aber von einem freudigen Wiedersehen des Ehepaars ist nichts zu spüren.

Bei Agnesa ist es nachvollziehbar, kann sie sich immerhin nicht an ihren Ehemann erinnern. Aber dessen distanzierte Art ist merkwürdig. Zwar sucht er regelmäßig nach Körperkontakt mit Agnesa, nennt sie Liebling und Schatz, aber Wärme strahlt er dabei nicht aus. *Ganz so, als versuche er, etwas zu verschleiern*, überlegt Tamer.

Als würde Franco seine Zweifel spüren, nimmt er Agnesas Hand und zieht sie sachte zu sich. „Und du willst sicher nicht mit mir kommen?"

„Ich brauche etwas Zeit", erwidert sie.

Eigentlich hat sie ihm das vorhin schon klargemacht, als er das Thema kurz angerissen hatte.

„Zeit wofür?"

„Ich muss erst über all das nachdenken."

Francos Mimik wird schlagartig ernst. „Wie du meinst. Ich will dir keinen Druck machen. Dann melde ich mich morgen." Er beugt sich zu ihr vor und küsst sie auf den Mund.

Vor Schreck reißt Agnesa die Augen auf. Tamer will dazwischengehen, doch sein Vater hält ihn am Arm fest.

„Du hast mir so gefehlt.“

Agnesa starrt Franco regungslos an, ohne einen Ton herauszubekommen. Der wendet sich an den Rest der Familie.

„Es hat mich sehr gefreut, Ihre Bekanntschaft zu machen.“ Der nächste Satz klingt beinahe so, als koste es ihm Mühe, ihn auszusprechen. „Und vielen Dank, dass Sie sich um meine Frau gekümmert haben.“

„Das haben wir sehr gerne gemacht.“ Rashid lächelt breit, warmherzig, wie er ist.

Tamer bleibt hingegen todernst. Auch seiner Mutter ist nach Francos taktloser Bemerkung vorhin nicht mehr nach falscher Höflichkeit.

Nachdem ihr Gast gegangen ist, herrscht eine seltsame Stille im Flur.

„Er ist ganz nett, nicht?“, sagt Rashid schließlich.

Agnesa schaut wenig überzeugt zu ihm hinüber. Rashid greift nach Latifas Arm und gibt ihr mit dem Kopf ein Zeichen, ihm ins Wohnzimmer zu folgen.

Tamer und Agnesa stehen schweigsam einander gegenüber, vermeiden jedoch den Blickkontakt.

„Ich denke, du brauchst jetzt etwas Ruhe.“ Er dreht sich zu dem Garderobenständer und zieht seine Jacke herunter. Sie beobachtet ihn starr.

„Ich schaue morgen nach der Arbeit vorbei, wenn du möchtest.“

Agnesa will etwas sagen, aber außer einem Nicken kommt nichts von ihr.

Er nickt ebenfalls zum Abschied und verlässt das Haus, ohne sie wie in den letzten Tagen zu küssen.

Sie blickt regungslos auf die verschlossene Tür vor sich. Innerlich fühlt sie eine unbeschreibliche Leere, die sich immer weiter ausbreitet.

Hat sie diesen Franco wirklich einmal geliebt? Wenn dem so ist, dann ändert es nichts daran, dass sie jetzt in diesem Augenblick nichts für ihn empfindet. Sie braucht doch gar keine Bedenkzeit. Es liegt so klar auf der Hand: Sie will nicht mehr mit ihm zusammen sein. Sie kann es auch nicht mehr, denn er ist nichts weiter für sie als ein Fremder.

Wo auch immer ihr Zuhause einmal gewesen ist, sie will nicht mehr dorthin zurück. Das Schicksal hat ihr vor Jahren ihre eigene Familie genommen und ihr nun eine neue geschenkt. Sie gehört hierher, zu den Al-Baris und zu Tamer.

Leichter Nieselregen tropft vom schwarzen Himmel hinab. Tamer hat seinen Wagen noch nicht erreicht, da packt ihn jemand von hinten am Handgelenk. Überrascht dreht er sich um.

„Ich empfinde nichts für ihn." Agnesa umschließt seine Hand noch fester. „Aber du …", sie stockt kurz, „… du bedeutest mir alles!"

Tamers dunkle Pupillen glänzen vor Freude. Er zieht sie an sich und drückt ihr Gesicht an seins.

„Was zusammengehört, findet wieder zusammen", flüstert er ihr ins Ohr und küsst sie so fest, als sei es das erste und letzte Mal.

Kaum drei Meter von ihnen entfernt, parkt in der Dunkelheit Francos schwarzer Volvo. Hinter der nassen Frontscheibe hat er die beiden schon die ganze Zeit über im Visier. Den Motor lässt er bewusst ausgeschaltet, um nicht aufzufallen. Am liebsten würde er aus dem Wagen stürmen und diesen Bastard, dessen Lippen mit denen seiner Frau verschmolzen sind, zu Brei schlagen. Aber er begreift, dass er nicht unüberlegt handeln darf. Das wäre zu riskant. Er muss sich beherrschen, bis der richtige Augenblick da ist.

Für heute hat er erst einmal genug von dieser Familie. Reicht aus, dass er mit diesen Moslems an einem Tisch gesessen hat. Es ist ihm so schwergefallen wie schon lange nicht mehr, gute Miene zum bösen Spiel zu machen, aber er musste den Schein wahren. Wer weiß, wie sie Agnesa in diesen ganzen Monaten manipuliert haben. Wahrscheinlich haben sie ihr irgendwelchen Schwachsinn in den Kopf gesetzt.

Seine Halsschlagader pocht wie wild, als er dabei zusieht, wie Agnesa und Tamer Hand in Hand wieder ins Haus gehen, ganz so, als wäre er nie da gewesen.

28

Die Rückkehr des Bösen

Die ganze Nacht lang hat es ununterbrochen geregnet und gedonnert, als seien die Götter erzürnt gewesen. Jetzt ist aber nichts mehr davon zu merken. Die letzten Regentropfen fallen vereinzelt von den Blättern der Bäume herab, als die Sonne hinter den Wolken hervorkommt und auf einen heitereren Tag hindeutet.

Tamer verlässt um kurz nach sieben in seine Uniform gekleidet das Haus seiner Eltern, bereit für einen neuen Arbeitstag. Agnesa bleibt am Türrahmen stehen. Sie reicht ihm eine Tüte mit Sandwiches, die sie eigens für seine Mittagspause zubereitet hat. Zum Abschied schlingt sie ihre Arme um seinen Hals.

Die letzte Nacht haben sie ineinandergeschlungen, in Cherins Bett verbracht und – statt wie sonst Zärtlichkeiten – verliebte Blicke ausgetauscht.

Nur mit großer Willenskraft löst er sich jetzt aus ihrer Umarmung. Am liebsten möchte er bei ihr bleiben, jetzt und für immer, aber er muss pünktlich um acht Uhr bei der Arbeit erscheinen. Die Gerechtigkeit ruft nach ihm.

Der schwarze Volvo steht noch unbemerkt am gleichen Fleck und glänzt nun von der langen Regendusche. Franco hat keine so erholsame Nacht hinter sich, was aber weniger an seinem unbequemen Schlafplatz liegt als vielmehr an dem Unbehagen, das sich in seinem Kopf abgespielt hat. Seine Gedanken haben ihn stundenlang gequält und seine Beherrschung auf die Probe gestellt. Es braucht nur ein klein wenig Schwäche, um genau in diesem Moment zum Haus der Al-Baris zu rennen und Agnesa aus den Armen dieses dreckigen Bullen zu zerren.

Bei dem Gedanken allein, was sich vielleicht in einem der Schlafzimmer oben abgespielt hat, wird ihm speiübel. Aber es steht zu viel auf dem Spiel, um jetzt die Kontrolle zu verlieren und etwas Unüberlegtes zu tun. Dafür hat er seinen nächsten Schachzug in den Stunden, die er wach in seinem Volvo saß, gründlich geplant. Jetzt muss er nur noch ein wenig Ausdauer zeigen. Nicht seine Stärke, aber er wird sich beherrschen. Er hat es schon einmal geschafft, die Kontrolle zu bewahren, als er seine Frau für tot geglaubt hatte. Jetzt weiß er wenigstens, dass es ihr gut geht, auch wenn sie nicht mehr dieselbe ist. Zwar hat er gemischte Gefühle ihr gegenüber, immerhin hat sie fast ein Jahr im Haus ihrer Feinde verbracht und sich sogar auf eine Liebschaft mit einem von ihnen eingelassen, aber Franco tröstet sich damit, dass sie nicht bei klarem Verstand war, um das Ausmaß ihrer Tat zu begreifen.

Langsam macht sich die Müdigkeit bemerkbar. Ein lautes Gähnen entgleitet seinem Mund. Mit nur halb offenen Augen blickt er in Richtung des Einfamilienhauses. Agnesa winkt Tamer nach, bis der Volkswagen aus ihrem Sichtfeld verschwindet, dann schließt sie die Tür hinter sich.

Franco wirft einen kurzen Blick auf die Uhr.

Eigentlich ist es noch zu früh, aber er will nicht unnötig warten, schließlich hat er die ganze Nacht mit Warten verbracht.

Er steigt aus dem Wagen, geht zum Kofferraum und zieht ein frisches Shirt aus einer Tüte hervor, das er gegen das Hemd vom Vorabend eintauscht. Im Seitenspiegel des Volvos richtet er sich mit den Fingern seine blonden Haare noch einmal, kontrolliert mit vorgehaltener Hand kurz seinen Atem und marschiert mit stampfenden Schritten zur Haustür der Al-Baris.

Zeit, sich zurückzuholen, was ihm gehört!

Agnesa stellt gerade das dreckige Geschirr in das Spülbecken, als es im Flur klingelt. Freudig schnappt sie Tamers Handy vom Küchentisch, das er versehentlich liegengelassen hat.

Als sie die Haustür aufreißt, friert ihr Lächeln jedoch ein. Franco steht mit offenen Armen vor ihr.

Nicht nur sie ist über seinen morgendlichen Besuch wenig erfreut. Latifa holt einen Teller aus einem der Küchenschränke und stellt ihn mit einem zwanghaften Lächeln vor Franco ab, der zwischen Agnesa und Rashid am Frühstückstisch Platz genommen hat.

„Wir haben nicht erwartet, Sie schon so bald wiederzusehen", sagt Latifa halb scherzend, halb ernst. Sie wirft einen kontrollierenden Blick über die Schulter auf Agnesa, um ihre Reaktion zu sehen. Diese verzieht jedoch keine Miene.

„Entschuldigung für die Störung am frühen Morgen", erwidert Franco gut gelaunt. „Ich konnte es nicht aushalten, von meiner Frau getrennt zu sein. Ich musste dich einfach wiedersehen." Er legt seine Hand auf Agnesas. Ihr Gesicht bleibt ausdruckslos. Rashid zwingt sich ebenfalls zu einem Lächeln. Er ist zwar besser darin, die Etikette zu wahren als seine Frau, aber ein guter Schauspieler ist er dennoch nicht.

„Natürlich, das können wir verstehen." Er hält ihrem Gast die Brotschale hin.

„Danke, ich habe keinen Hunger."

Rashid stellt sie schulterzuckend wieder ab.

„Ich hoffe, Sie haben nichts dagegen, wenn ich meine Frau gleich mitnehme."

Agnesa löst sich abrupt aus ihrer Starre und zieht ihre Hand aus seiner.

„Franco, ich habe doch gesagt, ich brauche …"

„… Zeit, um nachzudenken", führt er ihren Satz fort. „Ich weiß! Aber ich dachte mir, du würdest gerne ein paar Fotoalben von früher anschauen wollen. Bilder von deinen Eltern, unserer Tochter …"

Agnesas Augen bekommen einen neuen Glanz.

„Ich bringe dich heute Abend auch wieder zurück. Versprochen!"

Der Reiz, mit ihm mitzugehen, um mehr über ihre Tochter zu erfahren, ist groß, aber eigentlich muss sie gleich zur Arbeit. Jenny hat gestern am Telefon enttäuscht geklungen, weil Agnesa einfach nicht im Beautysalon aufgetaucht war, ohne sich vorher abzumelden.

„Wenn du die Arbeit doch nicht machen möchtest, dann kannst du es ruhig sagen, aber einfach nicht aufzukreuzen, ist nicht die feine Art."

Erst nachdem sie Jenny darüber aufgeklärt hat, was am Vortag vorgefallen ist, hat sie verständnisvoll vorgeschlagen, dass sie auch heute zu Hause bleibt. Aber Agnesa war es lieber gewesen, unter Leuten zu sein, um sich auf andere Gedanken zu bringen, weshalb sie zugesagt hat.

Ratsuchend schaut sie zwischen Latifa und Rashid hin und her. Beide nicken ihr bekräftigend zu.

Na gut, Jenny wird es verstehen, und was können ein paar Stunden allein mit ihm schon anrichten?

Um diese frühe Uhrzeit ist kaum etwas los auf der Wache. Eigentlich muss Tamer sich jetzt mit dem Papierkram auf dem Schreibtisch befassen, aber stattdessen hält er ein schnurloses Telefon am Ohr, während er aufgebracht im Gang auf und ab geht. Dieser Kontrollanruf diente lediglich dazu, zu prüfen, ob sein Handy tatsächlich zu Hause liegt und ihm nicht etwa auf dem Weg hierher abhandengekommen ist. Was er aber gerade von seiner Mutter erfährt, ist weitaus schlimmer als ein verlorenes Smartphone.

„Was soll das heißen, sie ist mit ihm mitgegangen?!"

Einige Kollegen drehen sich interessiert zu ihm um.

Tamer senkt seine Stimme. „Wieso habt ihr sie mit ihm mitgehen lassen?" Sein Gesicht verfinstert sich. „Wo wohnt er denn? Bonn? Wo genau?" Er zieht die dunklen Brauen noch mehr zusammen. „Ihr habt nicht nach seiner Adresse gefragt? Hat er wenigstens 'ne Telefonnummer hinterlassen? Das wird ja immer schöner!"

Er hört wieder zu, was seine Mutter zu sagen hat, und verdreht dabei die Augen.

„Es ist mir egal, dass er ihr Ehemann ist. Für mich ist er ein völlig Fremder, und ich traue ihm nicht!"

Ein mahnendes „Pssst" von einer Kollegin am Schreibtisch beruhigt ihn ein wenig.

„Ruf mich auf der Wache an, wenn sie sich bei euch meldet!"

Nachdem er aufgelegt hat, fährt er sich zornig durch die Haare.

Warum ist dieser Kerl so früh am Morgen wieder aufgetaucht? Wieso hatte er es so eilig zurückzukommen? Oder wollte er bewusst vermeiden, dass ich anwesend bin?

Tamers gute Laune von heute Morgen hat sich bereits verflüchtigt. Zwar ist er froh darüber, rechtzeitig über all das Bescheid zu wissen, aber viel Nutzen bringt ihm diese Auskunft nicht, schließlich kann er von hier aus rein gar nichts unternehmen, ohne zu wissen, wo dieser Kerl wohnt.

Die ganze Sache ist ihm sehr suspekt. Tamers Bauchgefühl verrät ihm, dass etwas an Franco faul ist. Er stinkt gewaltig nach Lügen. Aber was ist es, was er verheimlicht? Ist er nur ein eifersüchtiger Ehemann, der um jeden Preis sicherstellen will, dass seine Frau ihn nicht verlässt? Oder steckt etwas anderes dahinter? Seinem ersten Eindruck nach zu urteilen, strahlt er jedenfalls keine Vertraulichkeit aus, was es schwer macht, ihm Glauben zu schenken. Andererseits hat Agnesa ihn als Mann an ihrer Seite ausgewählt, also kann er doch nicht so furchtbar sein. Oder ist es eine Zwangsehe gewesen? Warum dann aber die Gravur im Ring? „Für immer Dein", das klingt nach den Worten eines Menschen, der aus tiefstem Herzen liebt. Nur weiß Tamer durch seine berufliche Erfahrung, wie Liebe nahtlos in Hass übergehen kann.

Stillschweigend sitzt Agnesa neben Franco auf dem Beifahrersitz und starrt aus der Frontscheibe, während er sie aus dem Augenwinkel beobachtet.

Als sie an einer roten Ampel anhalten, spricht er zum ersten Mal. „Du weißt hoffentlich, dass ich dich nicht vergessen habe?" Es ist eine Frage, klingt aber eher nach einer Aussage.

Sie reagiert nicht darauf.

„In der ganzen Zeit konnte ich nur an dich denken", fährt er nach kurzer Unterbrechung fort, weil sie weiterhin schweigt. Zwar schaut sie ihn jetzt an, aber ohne jegliche Regung.

„Es war die Hölle für mich zu denken, dass du nicht mehr lebst."

Sie nickt, um irgendeine Art von Reaktion zu zeigen, und schaut wieder aus der Frontscheibe. Einerseits versteht sie, dass es ihm gegenüber unfair ist, so kühl und abweisend zu sein, andererseits kann sie nicht anders. Seine Präsenz fühlt sich eiskalt und unbehaglich an.

„Ich weiß, es ist gerade sehr schwer für dich, aber wir können das gemeinsam meistern!“ Franco blickt nicht von ihr weg. „Es kann wieder so sein wie früher.“

Als er seine Hand vom Steuer nimmt, um sie zu berühren, zieht sie ihre eigene Hand sofort zurück.

„Nein, Franco, es kann nicht mehr so sein wie früher.“ Sie erwidert seinen Blick und hält ihm diesmal stand. „Die Dinge haben sich geändert. Ich habe mich geändert.“

„Vielleicht scheint dir das jetzt so, aber du wirst bald sehen, dass sich nichts verändert hat.“

Die Ampel wird wieder grün, doch der Volvo rührt sich nicht von der Stelle.

„Wenn deine Erinnerung erst wieder zurückkommt …“

„Vielleicht will ich gar nicht mehr, dass sie zurückkehrt“, fällt sie ihm ins Wort.

Das Gehupe hinter ihnen wird immer lauter. Genervt darüber fährt Franco los.

„Ein Jahr ist fast vergangen“, sagt sie und wiederholt noch lauter: „Ein Jahr, Franco!“

Sein Blick verfinstert sich. „Was ist schon ein Jahr im Vergleich zu den letzten zehn?“

„Ich habe jetzt ein neues Leben begonnen.“ Agnesas Augen werden feucht. „Und dieses Leben gefällt mir.“

Franco biegt den Wagen abrupt nach rechts und hält am Straßenrand an. „Ist es wegen ihm?“ Die Wut in seiner Stimme ist unüberhörbar.

„Nicht nur wegen ihm.“

Innerlich kocht es in Franco, das kann sie ihm sofort ansehen, aber er wartet ab, bis er sich beruhigt hat, bevor er weiterspricht. „Ich werde dich nicht zwingen, bei mir zu bleiben.“

Überrascht schaut sie ihn wieder an.

„Aber du solltest unserer Ehe wenigstens eine Chance geben …“, fährt er ruhiger fort, „… nach all dem, was wir gemeinsam erlebt haben.“

Sie will etwas erwidern, ihm sagen, dass ihr Familienglück in der Vergangenheit liegt, wo sie doch ihr Kind verloren haben, das sie aneinandergebunden hat, aber er spricht schnell weiter: „Und woher willst du wissen, ob er dich noch will, wenn er alles über dich weiß?“

Mit dieser Aussage hat sie nicht gerechnet. Irritiert legt sie die Stirn in Falten. „Wie meinst du das?“

Franco muss sich offensichtlich sehr beherrschen, damit ihm seine Mimik nicht entgleist.

„Er kennt deine Geschichte nicht“, sagt er, während er ihr tief in die Augen schaut. „Und die macht uns zu den Menschen, die wir heute sind.“

29

Das bindende Glied

Auf der Türklingel des fünfstöckigen Wohnblocks steht in gekringelter Schrift „Familie Bergmann". Francos Apartment liegt im vierten Stockwerk. Besser gesagt, Francos und Agnesas Apartment, an das sie sich nur nicht mehr erinnert.

Das Wohnzimmer sieht zugegebenermaßen einladend aus, was auch damit zusammenhängt, dass hier in der Dekoration eine weibliche Note deutlich spürbar ist. Vermutlich hat es Agnesa eingerichtet.

Die zwei großen Fenster sind zur Sonnenseite gewandt. Das hellbeige Interieur strahlt etwas Positives aus, zumal es mit Vasen, Bilderrahmen und dergleichen ausgestattet ist.

Trotzdem fühlt es sich komisch an, in dieser Wohnung zu stehen. Hier soll sie fast fünf Jahre gelebt haben?

Agnesa schaut sich interessiert um. Das ist also ihr Stil. Irgendwie erinnert er sie ein wenig an Cherins Zimmer. Auch hier gibt es kleine Details in zartem Rosé und anderen

Pastelltönen. Ein Lächeln huscht ihr über die Lippen. Sie hat anscheinend mehr mit Cherin gemeinsam als nur ihr Äußeres.

An der tapezierten Wand gegenüber hängt direkt über dem Sofa ein Hochzeitsfoto von ihnen beiden. Sie trägt ein schlichtes weißes Meerjungfrauenkleid und einen langen Schleier über die zur Hälfte hochgesteckten Haare. Ihr Make-up ist etwas kräftiger, was ihre natürliche Schönheit noch mehr zur Geltung bringt. Franco, zu ihrer Rechten, trägt einen klassischen schwarzen Anzug mit Fliege und sieht weitaus unbeschwerter und vor allem herzlicher aus als aktuell. Beide strahlen glücklich in die Kamera.

Fasziniert, aber auch ungläubig, betrachtet Agnesa das Foto, weil SIE diese Braut dort auf dem Bild ist, die so verliebt dreinschaut.

Franco beobachtet sie aus etwas Entfernung. Sie spürt seinen Blick ständig auf sich, ist ihm aber dankbar dafür, dass er ihr die Möglichkeit gibt, sich selbst in ihrer Wohnung umzusehen.

Langsam schreitet sie zu dem Sideboard auf der linken Wandseite, wo sich noch mehr Fotos befinden. Eines fällt ihr direkt ins Auge, da es sie mit einem Säugling im Arm zeigt. Sie schaut liebevoll auf das Baby, das sie in einem weißen Tuch gewickelt im Arm hält.

Agnesa nimmt den Bilderrahmen gleich daneben in die Hand und betrachtet das etwa zweijährige Mädchen. So sieht also ihre Tochter aus. Sie hat hellbraunes schulterlanges Haar, das sich an den Enden kringelt, und ihre Augen sind so blau wie das Meer.

Franco stellt sich neben sie. Auch er betrachtet das Foto in ihrer Hand und sieht plötzlich ganz mitgenommen aus.

„Unsere Lizzie", flüstert er ihren Namen. „Sie hatte das schönste Lächeln der Welt", sagt er. „Kam ganz nach ihrer Mutter."

Agnesa hebt ein anderes Foto hoch. Auf diesem ist ihre Tochter drei oder vier Jahre alt. Sie sitzt mit Franco in der Badewanne und hält fröhlich eine Quietscheente mit Plastikstrohhut in die Kamera. So muss sie zuletzt ausgesehen haben.

„Ja, das hatte sie“, antwortet Agnesa benommen. Unbewusst legt sie die freie Hand auf ihren Bauch. Dort, wo sich die Narbe der Erinnerung an ihr ehemaliges Mutterglück verewigt hat. Auch wenn das niedliche Gesicht des kleinen Mädchens ihr fremd ist, fühlt sie sich doch mit ihr verbunden.

Völlig unerwartet erklingt das Lachen eines Kindes hinter ihr. Agnesa dreht sich abrupt um. Franco hält ein Diktiergerät in der Hand.

„Ma-ma“, sagt die kindliche Stimme. Agnesa versteht sofort, dass es ihre Tochter sein muss. Gerührt presst sie die Lippen aufeinander.

„Das hast du schön gesagt, mein Schatz“, erklingt jetzt ihre eigene Stimme aus dem Diktiergerät. „Und jetzt sag Papa!“

„Ma-ma“, wiederholt das Kind.

Jetzt ist auch das Lachen von Franco zu hören.

„Nein, Schatz, Papa. Pa-pa“, versucht nun er sein Glück.

„Ma-ma“, wiederholt das Kind zum dritten Mal.

Erneutes Lachen. Franco schaltet das Gerät aus und überreicht es Agnesa.

„Es gibt noch weitere Aufnahmen“, teilt er ihr lächelnd mit. „Ich hab sie extra für dich rausgesucht.“

Agnesa nimmt das Diktiergerät dankend an sich.

„Es gab eine Zeit, da waren wir beide sehr glücklich“, sagt Franco nach kurzer Stille. „Und ich weiß, dass wir das wieder sein können …“ – er hebt ihr Kinn mit Daumen und Zeigefinger an, damit sie ihm in die Augen schaut – „… wenn wir es nur zulassen.“

Seine Stimme klingt ungewöhnlich sanft. In seinem Blick ist tiefe Trauer zu erkennen. Ein Mann, der es nicht immer leicht im Leben hatte.

Stumm schauen sie einander sekundenlang an. Agnesa bringt es nicht übers Herz, ihm zu widersprechen. Will es in diesem Augenblick auch gar nicht.

Genau da piept es in Francos Hosentasche. Er zieht sein Handy heraus und kontrolliert auf dem Display den Anrufer. Erst nachdem er Agnesa den Rücken zukehrt, geht er ran.

„Ich hab grade keine Zeit", sagt er ohne Begrüßung. Dabei tritt er weiter weg, vermutlich um nicht gestört zu werden. „Was?", zischt er mit gerunzelter Stirn. „Dieser Idiot!" Er wirft einen kurzen Blick über die Schulter zu Agnesa. „Okay, ich fahr gleich los." Dann legt er auf und kommt wieder zu ihr. „Das war mein Kollege. Ich muss kurz weg. Es ist dringend."

Sie nickt, ohne Fragen zu stellen.

„Du kannst dich hier umschauen, so viel du willst." Er deutet auf die Möbel ringsherum. „Schränke, Schubladen, alles … Fühl dich wie zu Hause." Er lächelt sie an, und zum ersten Mal erwidert sie sein Lächeln. „Immerhin ist es dein Zuhause …"

Plötzlich fällt ihm noch etwas ein, denn er geht zur Wohnungstür und kommt mit einem silbernen Schlüssel zurück.

„Ich bin in einer Stunde wieder da." Er drückt ihn ihr in die Hand. „Dein Haustürschlüssel, damit du kommen und gehen kannst, wann du möchtest."

Franco verlässt die Wohnung so eilig, als würde es irgendwo brennen.

Zugegeben, Agnesa ist glücklich darüber, sich hier ein wenig allein umschauen zu können. Sie betrachtet den silbernen Schlüssel in ihrer Hand und steckt ihn schließlich in die Jackentasche. Jetzt erst merkt sie auch, dass sie ihre Jacke immer noch trägt. Seufzend zieht sie sie aus, legt sie auf dem Sofa neben sich ab und setzt sich mit dem Diktiergerät hin. Einige Minuten starrt sie wie hypnotisiert darauf, dann schaltet sie die Aufzeichnung ein.

„Pa-pa", erklingt die Stimme ihrer Tochter, gefolgt von einem jubelnden Händeklatschen.

„Ja, mein Schatz, Mama UND Papa", hört sie ihrer eigenen Stimme zu. „Wir drei gehören für immer zusammen."

Kinderlachen, dann wieder: „Pa-pa."

Ist sie möglicherweise unfair zu Franco? Was, wenn er recht hat? Wenn sie nicht einfach so all die Jahre mit ihm vergessen darf? Er kann doch ebenso wenig für den Lauf der Ereignisse wie sie.

Sie blickt zur Seite und betrachtet erneut das Hochzeitsfoto an der Wand. Ohne Frage, die Braut auf dem Bild sieht glücklich aus. Wie viel Schmerz müssen beide durch den Verlust ihres Kindes erlitten haben, um so verbittert zu werden, wie Franco es mittlerweile ist? Kann sie ihm seine schroffe Art übel nehmen? Gerade sie muss ihn doch am besten verstehen, wo sie sogar noch ihre Eltern verloren hat. Und dann ist er noch fast ein Jahr lang in dem Glauben gewesen, auch seine große Liebe verloren zu haben. Was für eine Ehefrau ist sie, wenn sie ihr Ehegelöbnis so schnell aufzugeben bereit ist?

Das leer stehende Fabrikgebäude, das Francos Truppe als heimliches Versteck dient, liegt nur wenige Kilometer abseits der Stadt in einem Industriegebiet. Neben Jack stehen zwei weitere Männer: ein ziemlich großer und dürrer Kerl namens Dave, etwa fünf Jahre jünger als Franco, und Garret, sein komplettes Gegenteil, mit ein paar Kilo zu viel, der seinem Anführer nur bis zur Schulter reicht.

Franco steht vor den Männern und deutet mit erhobenem Zeigefinger auf Dave. „Bist du völlig von Sinnen? Du kannst doch nich' einfach auf der Straße auf 'nen Moslem losgehen!"

Dave verzieht das Gesicht. „Der Penner hat mich provoziert."

„Und deshalb zettelst du direkt 'ne Schlägerei an, und hetzt uns damit die Polizei auf den Hals?"

„Woher hätte ich denn wissen können, dass irgendwer die scheiß Bullen ruft!", verteidigt sich Dave erneut.

„Du hast den Kerl fast bewusstlos verprügelt", mischt sich jetzt auch Garret ein.

Jack geht schnell dazwischen. „Die haben jetzt seine Daten notiert und ihn wegen Körperverletzung angezeigt."

Franco legt sich wütend die Hände auf den Hinterkopf. „Das hat uns noch gefehlt!"

„Hey, sorry Jungs! Nächstes Mal halt ich …"

„Es gibt kein nächstes Mal!" Franco kommt ihm bedrohlich nahe. „Du bist raus aus unserem Team."

Dave blickt schockiert zwischen den drei Männern hin und her. „Das meinst du doch nicht ernst?"

Franco verzieht keine Miene, als er weiterspricht. „Und solltest du irgendjemandem irgendetwas über das, was in diesen vier Wänden hier stattgefunden hat, erzählen …" – jetzt steht er Dave so nahe, dass gerade einmal ein Blatt Papier zwischen sie passen würde – „… sorge ich dafür, dass du Gott persönlich die Hand schütteln kannst."

Dave schluckt.

„Du weißt, wo es rausgeht."

Franco kehrt Dave den Rücken zu. Dieser starrt ungläubig zu den anderen beiden. Garret hebt ratlos die Schultern. Franco hat immer das letzte Wort.

Wie die restliche Wohnung ist auch ihr Schlafzimmer in hellen Tönen gehalten, aber weitaus minimalistischer. Bis auf das Doppelbett in der Mitte mit lauter farbigen Kissen darauf, zwei kleinen Kommoden an den Seiten und einem deckenhohen Kleiderschrank an der kompletten rechten Wand befindet sich nichts weiter darin.

Neugierig öffnet Agnesa den Schrank und durchstöbert ihre Kleidung. Hauptsächlich sind die Kleidungsstücke in dezenten Schnitten und Farben, weitaus schlichter als Cherins Stil. Während sie die Kleiderbügel zur Seite schiebt, betrachtet sie jedes einzelne Teil, um zu verstehen, was für eine Art Frau sie vor dem Anschlag war. Ein safrangelbes Kleid, das ganz an den Rand geschoben ist, gewinnt dabei ihre Aufmerksamkeit.

Unfassbar, es ist genau das gleiche Kleid, das auch Cherin besitzt. Ein Lächeln taucht auf ihren Lippen auf. Sie zieht das Kleid heraus und hält es an sich. Es scheint auch noch in der exakt gleichen Größe zu sein. Sie hat es nach ihrer Ankunft bei den Al-Baris sehr gerne getragen. Jetzt versteht sie auch, warum. Doch ihre Heiterkeit verschwindet urplötzlich.

Seit dem gestrigen Tag, als ihr verschollener Ehemann wieder in ihr Leben zurückgekehrt ist, hat sie eine panische Angst, dass nichts mehr so sein wird wie zuvor. Dabei wirkte ihr Glück doch so vollkommen. Sie hat neue Eltern gefunden und sich Hals über Kopf verliebt.

Mit dem Kleid in der Hand lässt sie sich rücklings auf das Bett fallen und schüttelt verzweifelt den Kopf. Da vernimmt sie ein Klingeln aus dem Flur. Gut, Franco ist zurück! Fürs Erste hat sie genug Zeit in dieser Wohnung verbracht. Sie will wieder zu ihrer lieb gewonnenen Familie. Dorthin, wo sie sich heimisch fühlt, um all diese neuen Eindrücke zu verarbeiten. Immerhin hat sie innerhalb der letzten Stunde auf einen Schlag so viel Neues über ihr altes Ich erfahren.

Es klingelt ein zweites Mal. Sie hängt das Kleid an seinen Platz zurück. Genug Vergangenheit für heute.

Auf dem Weg zur Haustür greift sie nach ihrer Lederjacke. Sie wird Franco sogleich bitten, sie nach Hause zu fahren. Komisch, wo doch das hier ihr eigentliches Zuhause ist. Doch es fühlt sich nicht mehr danach an.

Als sie die Tür öffnet, stellt sie jedoch überrascht fest, dass es gar nicht ihr Ehemann ist, der ihr gegenübersteht, sondern eine junge Frau, die ihr fremd und zugleich vertraut vorkommt. Wo hat sie diese Brünette schon einmal gesehen?

30

Die zweite Frau

Marie blickt völlig verwundert drein. Mit Agnesa hat sie hier nicht gerechnet. Es dauert mehrere Sekunden, bis sie sich wieder fasst.

„Wie schön, dich wiederzusehen“, sagt sie zögerlich.

Agnesa schaut sie mit fragendem Blick an.

„Sie kommen mir bekannt vor, aber ich kann mich nicht genau an Sie erinnern“, gesteht sie ehrlich.

Vermutlich erinnert sie sich an unsere kurze Begegnung im Einkaufszentrum, denkt sich Marie. Aber solange Agnesa den Zusammenhang nicht herstellen kann, will sie es dabei belassen. Wie soll sie sonst begründen, warum sie sie damals nicht angesprochen hat? Doch Agnesa scheint zu ihrer Erleichterung das Zusammentreffen nicht mehr zuzuordnen, was auch daran liegen kann, dass sich Marie die von Natur aus roten Haare braun getönt hat, gleich nachdem sie erfahren hatte, dass Franco Kontakt mit Agnesa hat. Sicher ist sicher …

Marie tritt einen Schritt nach vorn und ergreift Agnesas Hand. Diese blickt sie skeptisch an, zieht ihren Arm aber nicht zurück. Marie hebt ihre beiden nun ineinander verschlungenen Hände auf Augenhöhe hoch. Da erst erkennt Agnesa, was das Ganze soll. Beide haben nämlich das gleiche Tattoo auf dem Handgelenk, das nun ein vollständiges Bild ergibt: eine Telefonverbindung. Sie ist die Unbekannte am anderen Ende.

Agnesas Gesicht hellt sich auf. Marie umschlingt ihren Arm, drückt sie fest an sich und schluchzt laut.

„Es tut mir alles so leid!"

Agnesa geht sicher davon aus, dass sie den Anschlag meint. In Wirklichkeit entschuldigt sich Marie jedoch für die Affäre mit ihrem Ehemann. Wie könnte Agnesa auch ahnen, dass ihre beste Freundin in ihrer Abwesenheit ihren Platz eingenommen hat. Das schlechte Gewissen frisst Marie von innen auf. Zum einen, weil sie von der verbotenen Frucht probiert hat, aber auch weil sie innerlich gehofft hat, dass ihre Freundin vergessen bleibt.

Da er sich wegen dieses Idioten sowieso die Mühe gemacht hat, extra hierherzufahren, nimmt sich Franco kurz die Zeit, um die neue Lieferung zu begutachten. Mit einem Taschenmesser schneidet er eine armbreite Kiste auf dem Boden auf.

Garret will sich gerade eine Zigarette anzünden, da zieht ihm Jack die Kippe aus dem Mund.

„Schalt mal deine Gehirnzellen ein, Junge! Oder willst du uns in die Luft sprengen?"

Garret senkt den Kopf. „Ich bin draußen", murmelt er und nimmt seine Zigarette aus Jacks Hand.

Inzwischen zieht Franco mehrere Polsterungen aus der Kiste heraus, bis der Sprengstoff darin zum Vorschein kommt.

„Nicht schlecht!“

Er hebt den explosiven Inhalt an und begutachtet ihn von allen Seiten. Ohne den Auslöser ist die Bombe ungefährlich. Aber wenn sie erst einmal aktiviert wird, reicht ihre Intensität aus, um ein ganzes Gebäude zum Einsturz zu bringen. Und dennoch ist sie gerade einmal so groß, dass sie unauffällig zum Zielort geschmuggelt werden kann.

„Was ist jetzt eigentlich mit deiner Frau?“, fragt Jack, als sie allein sind.

Franco platziert den Sprengstoff vorsichtig zurück.

„Was soll mit ihr sein?“, antwortet er gereizt. Ihm ist nicht danach, über sein Privatleben zu sprechen. Schon gar nicht mit Jack.

„Ist sie keine Gefahr für uns?“, will der jetzt wissen.

Franco schließt die Verpackung wieder und steht auf. „Sie erinnert sich an nichts mehr.“

„Und was, wenn ihre Erinnerung noch zurückkommt?“

Endlich würdigt ihn Franco eines Blickes. „Dann weiß sie wieder, wofür wir das Ganze hier machen.“

Jack sinkt auf einen der wenigen Stühle. „Und was ist mit Marie?“

Franco versteht nicht, worauf er hinauswill, was er mit einem kurzen Schulterzucken zu verstehen gibt.

„Meinst du, sie zieht das noch durch?“

„Sie ist schon lange genug involviert, um keinen Rückzieher zu machen.“

Franco verstaut die Kiste unter dem Tisch in ihrer Mitte.

Jack atmet laut aus. „Ich bin mir nicht sicher, ob sie ’ne gute Wahl ist.“

„Willst DU es an ihrer Stelle tun?“, provoziert ihn Franco.

„Diesmal wird’s schwieriger“, weicht Jack seiner Frage aus. „Die haben überall die Sicherheitskontrollen verschärft.“

Franco steht von seinem Platz auf und geht zum Ausgang. „Sie wird es machen.“

Jack schaut ihm hinterher. „Wieso bist du dir da so sicher?"

Ein schiefes Lächeln erscheint auf Francos Gesicht. „Sie wird es für mich tun."

Marie und Agnesa sitzen einander gegenüber. Beide haben ihre Jacken neben sich gelegt. Die Stimmung ist bedrückt. Von einer einst innigen Freundschaft ist nichts zu spüren.

„Wie ist es für dich, wieder hier zu sein?", versucht Marie eine Unterhaltung zu starten.

Agnesa schaut sich im kleinen Wohnzimmer um. „Fremd. Als gehöre ich hier nicht hin."

Ein kleiner Hoffnungsschimmer breitet sich in Marie aus. „Heißt das, du willst nicht hierbleiben?"

Agnesas Blick ruht auf dem eingerahmten Hochzeitsbild an der Wand.

„Ich habe ein neues Leben begonnen und möchte das nicht auch noch verlieren", gesteht sie ihr. Zwar erinnert sie sich nicht an Marie, aber da sie das gleiche Tattoo tragen, müssen sie einander einmal sehr nahegestanden haben. Das ist ihr sicherlich auch ohne Erinnerung bewusst.

Marie rückt näher zu ihr ran. „Weiß Franco davon?"

Agnesa nickt.

„Und er ist bereit, dich gehen zu lassen?"

„Was hat er davon, wenn ich bei ihm bleibe?" Sie lässt die Schultern hängen. „Mein Herz schlägt nicht mehr für ihn."

Marie überlegt, wie sie Agnesa über den Mann ausfragen kann, mit dem sie damals im Einkaufszentrum war, ohne dass es auffällt.

„Gibt es denn mittlerweile jemand anderen in deinem Leben?"

Agnesa schweigt. Wahrscheinlich ist sie mit der Frage zu weit gegangen.

„Du musst nicht antworten, wenn du nicht möchtest“, schießt sie sofort hinterher.

„Es gibt tatsächlich jemanden“, gesteht Agnesa jetzt doch.

Marie atmet erleichtert auf. Schließlich legt sie ihre Hand auf Agnesas. „Du musst dich nicht schlecht fühlen deshalb. Schließlich ist viel Zeit vergangen. Und da kann viel passieren … Gefühle sind so eine Sache, die man nur schwer kontrollieren kann. Sie sind stärker als der Verstand und haben ihren eigenen Willen.“

Agnesa lächelt sie an. „Danke, dass du mich nicht verurteilst.“

„Warum sollte ich denn?“, fragt Marie. „Wir suchen uns schließlich nicht aus, für wen unser Herz schlägt.“ Damit meint sie insgeheim sich selbst, doch Agnesa begreift es nicht.

Die nächste halbe Stunde tauschen sich beide aus wie zwei alte Freundinnen, die sich sehr lange nicht mehr gesehen haben und wieder warm miteinander werden müssen. Marie erzählt über ihr erstes Kennenlernen, was sie gerne gemeinsam unternommen haben und was noch alles Agnesa von ihr wissen möchte. Dann wechselt das Gesprächsthema zu Agnesas Erlebnis nach dem Koma und ihrem neuen Leben bei den Al-Baris.

„Das muss ja schrecklich gewesen sein, im Haus von diesen Arabern zu leben“, kommentiert Marie mitfühlend.

„Wieso denn schrecklich?“, erwidert Agnesa etwas überrascht. „Die Al-Baris sind das Beste, das mir passieren konnte.“

Marie begutachtet sie mit gerunzelter Stirn. „Du erinnerst dich wirklich an nichts mehr, stimmt’s?“

Agnesa zieht die Brauen zusammen. „Nein, das habe ich doch schon gesagt.“

Marie steht so urplötzlich von ihrem Platz auf, dass man meinen könnte, sie müsse schleunigst weg.

„Es war schön, dich zu sehen", sagt sie mit einem ehrlichen Lächeln. Agnesa steht ebenfalls auf, um sie zu verabschieden.

Gemeinsam gehen sie zum Flur.

„Weißt du, irgendwie ist es auch gut, dass du dein Gedächtnis verloren hast", sagt Marie schließlich. „Mit diesen Erinnerungen leben zu müssen, stelle ich mir furchtbar vor."

Agnesa legt fragend den Kopf schief. „Du meinst den Anschlag?"

Marie nickt. „Ich hoffe, ich kann auch so mutig sein wie du."

„Mutig wofür?"

„Um zu so einem großen Opfer bereit zu sein."

Agnesa schaut sie irritiert an.

„Aber jeder Kampf verlangt Opfer, nicht?"

„Von welchem Kampf redest du? Welche Opfer?"

„Den Kampf für die Gerechtigkeit."

Marie liest in Agnesas verwundertem Gesicht, dass sie lieber nicht so viel reden sollte. „Ach, nicht so wichtig." Sie öffnet die Wohnungstür.

„Meinst du die Demonstrationen?"

Maries Mund bleibt offen. „Du erinnerst dich doch daran!" Es ist vielmehr eine Feststellung als eine Frage.

„Nicht wirklich", erwidert Agnesa. „Ich weiß nur von einem Zeitungsfoto, dass es vor dem Anschlag, bei dem ich mein Gedächtnis verloren habe, bereits einen anderen Anschlag gab, der für viel Aufruhr gesorgt hat, und dass ich irgendwie bei den Demonstrationen involviert war."

Marie atmet erleichtert auf. „Ja, das hat es. Aber denk lieber nicht weiter darüber nach." Sie streichelt Agnesas Schulter. „Das ist doch schon längst vorbei."

Sie macht sich zum Gehen bereit.

„Marie …" Agnesa hält sie am Handgelenk fest.

Mist! Sie hat sich durch ihre Geschwätzigkeit in die Bredouille gebracht.

„Weshalb bist du eigentlich hierhergekommen?“

Marie starrt sie versteinert an.

„Du wusstest doch nicht, dass ich hier bin.“

„Nein, stimmt!“ Sie überlegt angestrengt, was sie darauf sagen soll. „Ich wollte nach Franco sehen. Wie es ihm geht.“

Beide schauen sich sekundenlang in die Augen.

„Wir sind schließlich Freunde, nicht? Da steht man einander in schwierigen Zeiten bei.“

Agnesa nickt lächelnd. „Schön, dass du hier warst.“

Marie nickt ebenfalls. „Wenn du reden willst, dann meld dich bei mir, ja?“ Sie hält ihre Hand mit dem Tattoo als symbolisches Zeichen hoch.

„Sag mal, hab ich Franco wirklich geliebt?“

Mit dieser Frage ist Marie völlig überrumpelt. Es wäre ein Leichtes, jetzt zu lügen, doch irgendwie bringt sie es nicht übers Herz.

„Ja, das hast du“, antwortet sie benommen. „Und er hat nie aufgehört, dich zu lieben.“

Sie dreht sich schnell um und verschwindet im Treppenhaus, bevor Agnesa ihre Tränen sehen kann.

Franco parkt gerade seinen schwarzen Volvo ein, als er Marie am Eingang erkennt, die mit schnellen Schritten das Gebäude verlässt. Sie bemerkt ihn nicht, als sie in ihren Wagen steigt, doch Franco lässt ihren vorbeifahrenden Toyota nicht aus den Augen. Sein Blick verfinstert sich.

Was hat sie hier verloren? Wie lange ist sie schon oben gewesen? Und was hat sie zu Agnesa gesagt? Panik breitet sich in ihm aus.

Vier Etagen höher wird er in seiner Sorge bestätigt. Agnesa steht mit ineinander verschränkten Armen ihm gegenüber und durchbohrt ihn mit ihrem Blick.

„Was verschweigst du mir über meine Vergangenheit?“

„Wie kommst du auf die Idee?“, fragt er sichtlich überrascht.

„Ich spüre doch, dass es etwas gibt, was ich noch nicht weiß.“

Franco dreht sich seufzend um. Es darf ihm nicht rausrutschen, dass er Marie beim Hinausgehen gesehen hat.

„Wer hat dir diese Flausen in den Kopf gesetzt?“

Agnesa rührt sich nicht von der Stelle. Sie hält den Blick scharf auf ihn gerichtet. „Marie war eben hier. Sie hat etwas von einem Kampf für die Gerechtigkeit gesagt.“

Franco ballt wütend die Hände zur Faust. „Das ganze Leben ist ein Kampf“, weicht er ihr aus.

„Ich habe uns beide in einer Zeitung gesehen. Warum haben wir demonstriert? Was hatte es mit diesem Anschlag in Berlin auf sich? Sind wir dort gewesen?“ Die Fragen sprudeln nur so aus ihr heraus.

Franco kehrt ihr den Rücken zu, damit sie in seinem Gesicht nichts lesen kann. „Jeder ist damals auf die Straße gegangen, dem der Tod Unschuldiger nicht egal war.“

Er will gerade seine Jacke ausziehen, als sie an ihm vorbeigeht und vor der Haustür stehen bleibt.

„Die kannst du anlassen. Ich möchte jetzt nach Hause.“

Franco muss sich beherrschen, um nicht auszurasten. „Dein Zuhause ist HIER!“

„Das ist es schon lange nicht mehr.“

Mit der Hoffnung, Agnesa bei seinen Eltern vorzufinden, ist Tamer sofort nach der Arbeit zu ihnen gefahren. Doch von ihr fehlte dort jede Spur. Da er nicht einmal eine Telefonnummer hatte, um sie zu erreichen, blieb ihm erneut nichts anderes übrig, als Däumchen zu drehen.

Als es endlich an der Haustür klingelt, stürmt er augenblicklich in den Flur, um sie hereinzulassen. Er ist drauf und dran, sie vor Freude in die Luft zu heben, als ihm der Volvo hinter ihr auffällt. Francos Motor läuft noch, als warte er auf irgendetwas.

Agnesa bemerkt Tamers besorgten Gesichtsausdruck. „Lass uns reingehen, ja?“

Er tritt zur Seite, damit sie hereinkommen kann. Die Blicke der beiden Männer treffen für wenige Sekunden aufeinander. Lange genug, um den Hass in Francos Augen zu deuten. Jetzt ist Tamer froh darüber, noch in seiner Uniform zu sein, denn er weiß, welche Wirkung sie auf die meisten Leute hat.

Franco macht zwar nicht den Eindruck, als habe er Angst vor ihm, doch es ist mehr als deutlich, dass er Gesetzeshüter nicht ausstehen kann. Das tun die wenigsten, die etwas zu verbergen haben.

Kaum hat er die Haustür hinter sich geschlossen, fällt ihm Agnesa in die Arme und lässt ihn alles andere vergessen. „Du hast mir gefehlt!“

Er küsst sie auf den Haaransatz, als sie ihren Kopf gegen seine Brust drückt.

Erleichtert, sie wieder bei sich zu haben, schließt er die Augen. Sie ist zu ihm zurückgekehrt. Nicht weil sie es musste. Sie hatte die Wahl, und ihr Herz hat ihn gewählt.

31

Im Augenblick der Wahrheit

So tief und fest hat Agnesa schon lang nicht mehr geschlafen. Die Ereignisse der letzten Tage haben ihr jegliche Energie geraubt. Doch zur Ruhe kommt sie nicht.

Im Traum schlendert sie mit ihrer vierjährigen Tochter Hand in Hand über einen gemütlich dekorierten Weihnachtsmarkt. Gleich neben Elizabeth geht Franco entlang, der ebenfalls ihre winzige Hand hält. Es herrscht eine besinnliche Stimmung. Lizzies fröhliches Lachen erklingt, als ein älteres Paar ihnen winkend entgegenkommt. Das kleine Mädchen rennt zu ihnen und lässt sich von ihrem Opa auf seine Schultern setzen, während die Oma ihr einen karamellisierten Apfel am Stiel überreicht. Fröhlich winkt sie Agnesa noch zum Abschied, bevor sie mit ihren Großeltern zwischen den liebevoll geschmückten und wohlig duftenden Weihnachtsständen verschwindet. Agnesa schmiegt sich an Franco, der ihr den Arm um die Schulter legt, um sie zu wärmen. Gemeinsam verlassen sie den Weihnachtsmarkt. Sie erreichen gerade die andere Straßenseite, wo ihr Auto zwischen vielen weiteren Fahrzeugen parkt, als hinter ihnen ein dröhnender Knall ertönt und ihr ganzer Körper vor Schreck zusammenzuckt.

Plötzlich hellwach, merkt Agnesa, dass ihr Herzschlag mit ihrem Puls um die Wette rast. Sie setzt sich aufrecht hin, denn die Luft im Schlafzimmer scheint nicht mehr auszureichen.

Völlig durcheinander, versucht sie, das soeben Erlebte zu verarbeiten. Es hat sich so real angefühlt. Was war das für ein komischer Traum? Oder ist es eine Erinnerung gewesen? Falls ja, was hat sie zu bedeuten?

Ihr Blick schweift zu Tamer hinüber, der mit dem nackten Rücken ihr zugewandt daliegt. Sein rhythmisches Schnarchen verrät ihr, dass er tief schläft. Soll sie ihn wecken? Aber wozu? Er kann ihr doch nicht helfen. Der Albtraum ist vorbei. Warum hört das Herzrasen nur nicht auf?

Im schwachen Schein einer kleinen Tischleuchte setzt sich Agnesa vor dem hochgefahrenen Computer in Rashids Arbeitszimmer und betrachtet noch einmal die ganzen Informationen von dem Bombenanschlag an Weihnachten, den sie zuvor mit Tamer recherchiert hat.

Ihr Gesicht wird kalkbleich, denn ihre Intuition verrät ihr, dass sie bei diesem Ereignis anwesend war. Hat sie ihre Tochter und ihre Eltern etwa bei der Explosion verloren und nicht bei einem Autounfall, wie Franco behauptet hat? Das würde erklären, weshalb sie diesen Albtraum hatte.

Ihre Gehirnzellen setzen sich rasend schnell in Gang und verknüpfen die Hinweise mit ihren Erinnerungsfetzen, die sich wie die Bruchteile eines bislang ungelösten Rätsels langsam zusammenfügen und sich vor ihrem geistigen Auge als rissiger Schwarz-Weiß-Film abspielen.

Das rekonstruierte Foto des Kinderwagens vom Anschlag, das Tamer ihr kurz nach ihrer Ankunft hier gezeigt hat, taucht wie aus dem Nichts vor ihr auf. Gleichzeitig erklingt seine Stimme wieder in ihrem Ohr: „Kommt Ihnen das hier bekannt vor?“

Das Bild wechselt zu Lizzie – gerade einmal ein Jahr alt –, die in ihrem Kinderwagen lacht. Demselben Kinderwagen wie auf dem nachgestellten Foto.

Die vergrößerte Aufzeichnung der Tätowierung des potenziellen Täters erscheint jetzt in ihrem Kopf, gefolgt von einem Zeitungsausschnitt des islamistischen Terroranschlags mit dem gleichen Datum: 3. Advent 2018.

„Das sind eindeutige Beweise“, erklingt die Stimme von Max wie aus weiter Ferne.

Die Maria-Statue inmitten des Marktplatzes und die schreiende Menschenmenge um sie herum, die sie bereits auf dem Gendarmenmarkt gesehen hat, kehren zurück.

Dann plötzlich das Zeitungsfoto von ihr inmitten der Demonstranten und das Plakat in ihren Händen:

Wir fordern Gerechtigkeit!

„Ich hoffe, ich werde auch so mutig sein wie du.“

Erinnert sie sich an Maries seltsame Worte zum Abschied.

Jetzt sieht sie Franco mit eindringlichem Blick im Volvo zu ihr gewandt, der sie erneut fragt: „Wird er dich noch mögen, wenn er deine Vergangenheit kennt?“

Die Szene wechselt zu Cherins freundlichem Lächeln, dann wieder zu Maries verzweifeltem Ausdruck vor der Wohnungstür.

„Jeder Kampf verlangt Opfer, nicht?“

Überfordert durch die ganzen Bilder und Stimmen in ihrem Kopf, presst Agnesa die Augenlider zusammen und hält sich mit den Händen die Ohren zu, bis es endlich dunkel und still um sie wird. Doch nur für wenige Augenblicke. Der Prozess, der jetzt in ihrem Kopf in Gang gesetzt wird, breitet sich aus wie ein Brandfeuer im dichten Urwald und fügt alle einzelnen Puzzleteile nach und nach in ihrer richtigen Form zusammen.

Wie in einer Rückwärtsschleife laufen die Erinnerungen an die Geschehnisse vor ihrem heftigen Aufprall auf dem Boden ab.

In ihrem alten Körper gefangen, sieht Agnesa dabei zu, wie sich die Explosion vor fast einem Jahr vor ihrem Auge ereignet und alles um sie herum durch die Luft gewirbelt wird wie von einem Tornado.

Abrupter Zeitsprung: Sie blickt jetzt in Nouris überraschtes Gesicht. Hinter ihm winkt seine Familie ihnen zu, während sie ihm ein stummes „Nein“ nachruft.

Erneuter Zeitsprung: Sie lässt den Kinderwagen unbeaufsichtigt hinter Nouris Familie an der Wand stehen und eilt davon.

Dann taucht unerwartet Cherin ihr gegenüber auf, die sie freundlich anlächelt. Doch auch diese kurze Erinnerung verschwindet, und sie sieht jetzt, wie sie sich mit dem Kinderwagen von der Moschee entfernt und rückwärts auf den schwarzen Volvo zusteuert.

Dort wird sie bereits erwartet. Franco steht vor der Fahrertür. Als sie ihn erreicht, nimmt er sie in die Arme, drückt sie an sich und flüstert ihr ins Ohr: „Ich bin stolz auf dich!“

Und dann … FILMRISS –

Endlich beginnt sie zu begreifen. Daher hat sie Nouri in der Wohngemeinschaft wiedererkannt. Deshalb erinnert sie sich ständig an Cherin. Das war der wahre Grund, warum sie auf dem Zuckerfest war. Nicht um eine Freundin zu treffen. SIE war es, die die Bombe platziert hat. Den alles vernichtenden Sprengstoff, der im Kinderwagen ihrer verstorbenen Tochter lag.

Eine schier unerträgliche Übelkeit überkommt Agnesa. Sie schnappt nach Luft, kann nicht mehr atmen. Ihr Kopf dreht sich wie wild, während ihre Muskeln unkontrolliert zucken. Alles vor ihren Augen verschwimmt zu einer grauen Masse. Sie steht auf, um diesem Albtraum zu entkommen, doch ihre Knie geben nach und sie klappt rücklings auf dem Boden zusammen, noch bevor sie sich am Schreibtisch festhalten kann. Gleichzeitig entweicht ein Laut aus ihrer Kehle, der schmerzlicher nicht klingen kann, jedoch nicht ausgelöst durch den Sturz. Es ist ein Schrei des Entsetzens, ausgelöst durch die Erkenntnis, dass ihr eigenes Spiegelbild ihr gerade ein Schwert in die Brust gerammt hat.

Von dem Krach aufgeweckt, stürmt Tamer barfuß und nur in seine Boxershorts gekleidet die Treppen herunter.

Nachdem er ein Zimmer nach dem anderen absucht, findet er Agnesa bewusstlos auf dem Boden. Sofort hockt er sich neben sie und klopft ihr mit den Handinnenflächen auf die Wangen.

„Agnesa, hörst du mich?“ Er hebt ihren Oberkörper an und stützt ihn auf seinem Schoß ab, während er weiter auf sie einredet. Langsam kommt sie zu sich. Doch wie eine Ertrinkende ringt sie nach Luft.

Tamer drückt sie fest an sich. „Alles gut, ich bin hier. Ich bin bei dir!“

Mit aufgerissenen Augen starrt Agnesa ihn an, scheint ihn aber gar nicht richtig wahrzunehmen.

„Ich bin hier“, wiederholt Tamer, um sie zu beruhigen. Doch sie schüttelt den Kopf hin und her, während sie immer nur das gleiche Wort ruft: „Nein, nein, nein …“

Seine Eltern betreten jetzt ebenfalls in ihren Morgenmänteln das Arbeitszimmer. Rashid knipst das Licht an.

„Um Gottes willen, was ist passiert?“, fragt Latifa, als sie die beiden auf dem Boden hockend entdeckt.

Sie eilt zu Agnesa und will sie in ihre Arme schließen, doch diese wehrt sich vehement dagegen. Sie löst sich auch aus Tamers Umarmung, als sie ihn endlich erkennt, und drückt ihn von sich weg. Ihr Blick wandert in rasendem Tempo zwischen den Familienmitgliedern hin und her.

„Nein, nein …“, wiederholt sie wie eine Wahnsinnige.

Tamer und seine Mutter tauschen einen besorgten Blick aus. Rashid deutet mit dem Finger auf die Lichtquelle an seinem Schreibtisch und eilt mit einer Vorahnung zum Computer. Ein Blick auf den Monitor reicht offensichtlich aus, um alles zu begreifen.

„Tamer! Schau her!“

Dem Aufruf folgend, dreht er sich zu seinem Vater um. Der tritt einen Schritt zur Seite, um die Sicht auf den Bildschirm freizugeben.

Tamer erkennt den Artikel über den Bombenanschlag während der „Eid al-Fitr“, und auch er begreift nun, was vorgefallen sein muss. Mit Sorgenfalten wendet er sich wieder Agnesa zu.

„An was hast du dich erinnert?“

Agnesas ganzer Körper bebt, und sie schnappt mehrfach nach Luft, während sie ihre Arme abwehrend vor der Brust kreuzt.

„Wovor hast du Angst?“, fragt er besorgt weiter.

Doch sie blickt ihn nur mit von Furcht besessenen Augen an, unfähig, auch nur einen Laut noch von sich zu geben, obwohl beinahe ihre Seele schreit.

HASS

32

Trümmer der Vergangenheit

Nur mit großer Mühe und einer Beruhigungstablette haben es die Al-Baris geschafft, Agnesa ruhigzustellen. Obwohl sie sich nicht mehr hinlegen möchte, hat Tamer sie in seinen beschützenden Armen wieder ins Schlafzimmer hochgetragen, sie ins Bett seiner Schwester gelegt und ihr ins Ohr geflüstert, dass morgenfrüh wieder alles gut sein würde.

Mittlerweile ist erneut Stille eingekehrt. Das ganze Haus ist in Dunkelheit gehüllt. Gegen 4 Uhr nachts wacht Tamer wieder auf. Nach diesem Vorfall kann er nicht ruhig weiterschlafen. Agnesas Anblick vorhin war zu verstörend und geht ihm nicht mehr aus dem Kopf. Die Arme muss schreckliche Erinnerungen durchlebt haben. Und all das, während er friedlich geschlummert hat. Warum ist sie ins Arbeitszimmer gegangen? Zuvor waren sie doch noch so glücklich und unbeschwert miteinander gewesen. Sie hatten sich leidenschaftlicher geliebt als je zuvor. Fast schon schämte er sich dafür, dass sie das Bett seiner Schwester so schamlos entehrt hatten. Was ist nur in den wenigen Stunden danach passiert, dass sich ihre Stimmung um hundertachtzig Grad gedreht hatte?

Er legt seinen Arm auf ihre Bettseite, um sie zu berühren. Sie ist leer. Verwundert reißt er die Augen auf, zieht dann die Decke weg und sieht, dass Agnesa nicht mehr neben ihm liegt. Ohne zu zögern, springt er von der Matratze auf und verlässt das Zimmer.

Panisch reißt er eine Tür nach der anderen auf, rennt die Treppen runter und wieder hoch. Vielleicht ist sie wieder ins Arbeitszimmer gegangen.

Nichts! Sie ist spurlos verschwunden.

Zurück in Cherins Zimmer, eilt er zu seinen Sachen und zieht sich hastig an. Da erst bemerkt er, dass eine Sache fehlt. Seine Dienstwaffe steckt nicht mehr im Holster seines Gürtels.

Wieder in ganzer Polizeimontur sitzt Tamer hinter dem Steuer seines Wagens und schaut verzweifelt aus der Scheibe in die schwarze Nacht hinaus. Außer seinem VW sind die Straßen völlig leer gefegt. Zu allem Übel beginnt ein heftiger Regen. Er schaltet die Scheibenwischer an und düst schneller als erlaubt die Gasse hinunter. Der Regen ist inzwischen so stark, dass die Scheibenwischer gar nicht schnell genug wischen können.

Nach längerer Hin- und Herfahrerei hält er an einer Straßenecke an. Es ist frustrierend. Agnesa ist wie vom Erdboden verschluckt.

Wohin kann sie bloß mitten in der Nacht gegangen sein? Und warum? An was hat sie sich erinnert, was sie in so eine Lage gebracht hat? Vor allem begreift er nicht, warum sie seine Schusswaffe mitgenommen hat. Was beabsichtigt sie damit? Und was, wenn sie etwas Dummes vorhat?

Tamer findet keine Antwort auf all diese Fragen, und das beunruhigt ihn noch mehr. Es ist untypisch für sie, einfach so ohne Vorankündigung zu verschwinden. Hat es etwas mit diesem Franco zu tun? Immerhin ist sie den halben Tag mit ihm allein gewesen. Wer weiß, welcher Gehirnwäsche er sie ausgesetzt hat. Von diesem Kerl ist alles zu erwarten.

Tamer wirft den Kopf in den Nacken und schließt die Augen. Sein Atem ist schwer. Draußen schüttet es immer noch. Jetzt, wo die Scheibenwischer sich nicht mehr rühren, sieht man die Straße vor lauter Regen kaum mehr aus den Fenstern. Verzweifelt fasst er sich an die Schläfe. Sein Kopf hämmert wie wild. Da plötzlich fällt ihm etwas im Rückspiegel auf, das im Mondlicht schimmert. Er braucht einen Moment, um es hinter den dicken Tropfen zu erkennen: Es ist das Dach der weißen Moschee.

Während sich bereits das Unwetter anbahnt, läuft Tamer auf den Vorplatz zu. Wieso ist er nicht vorher darauf gekommen? Wo sonst sollte sie sein, wenn nicht hier?

Ihm ist gleichgültig, dass seine Uniform von dem niederprasselnden Regen völlig durchtränkt ist. Das Einzige, das ihn kümmert, ist es, Agnesa zu finden, ehe sie aus dem Affekt heraus etwas Unüberlegtes tut.

Beinahe rutscht er auf dem durchnässten Asphalt aus, kann aber noch in letzter Sekunde sein Gleichgewicht zurückerlangen, um sich vor einem Sturz zu bewahren.

Er richtet sich auf und blickt in alle Richtungen, bis er sie endlich entdeckt. Wie ein verlorenes Rehkitz kauert sie, völlig durchnässt und zitternd vor Kälte, in einer Ecke auf dem Boden neben der Moschee. Ihre Arme hat sie vor der Brust verschränkt, um die Waffe in ihren Händen vor dem Regen zu schützen.

Sofort reißt er sich von der Stelle los, wo er bis eben noch verharrte, und rennt auf sie zu. Doch sie bewegt sich nicht vom Fleck, als er bei ihr ankommt.

Tamer will sich zu ihr hinunterbeugen, um sie in die Arme zu schließen, da gibt sie ihm mit der ausgestreckten Hand ein Zeichen, von ihr fernzubleiben. Er öffnet den Mund, um etwas zu sagen, aber sie kommt ihm zuvor.

„Wir standen genau dort."

Agnesa streckt den Arm aus. Tamer folgt ihrem Blick.

„Sie hat mich angelächelt." Nicht mehr fähig, weiterzusprechen, legt sie ihre Hand auf den Mund und schluchzt bitter.

Tamer versucht, sich ihr erneut zu nähern, doch sie wendet sich von ihm ab.

„Ich habe direkt in Cherins Augen geschaut, ohne ihr Lächeln zu erwidern."

Er schaut sie mitfühlend an, hockt sich dann zu ihr hinunter. Das ist es also, was sie bedrückt: die Erinnerung an seine Schwester.

„Grund zum Lächeln hatte ich nicht. Ich wusste schließlich, dass sie gleich sterben würde – so wie alle anderen."

Irritiert legt Tamer die Stirn in Falten, während sie weiterspricht. *Was sagt sie da für komisches Zeug?*

„Dann habe ich den Kinderwagen meiner Tochter mit der Bombe darin genau hier abgestellt und bin gegangen. Einfach so gegangen." Sie lacht hysterisch.

Tamer schüttelt ungläubig den Kopf. Sie muss vor Schock völlig durchgedreht sein.

„Ich wollte schnell weg, um vor der Explosion in Sicherheit zu sein. Der Timer war schon gestellt. Mir blieb nicht viel Zeit."

Er begreift noch immer nicht, was sie da für verrücktes Zeug sagt, ist aber zu perplex von ihrer Schilderung, um etwas zu erwidern.

„Alles war haargenau geplant." Sie schluckt. „Ich war bei vollem Bewusstsein und ohne einen Hauch an Schuldgefühlen."

Tamer lauscht ihr immer noch regungslos. Was gibt sie da für makabre Dinge von sich? Was ist mit ihr geschehen?

Er stellt sich aufrecht hin und streckt ihr die Hand entgegen.

Kraftlos steht sie ebenfalls auf, jedoch ohne seine Hilfe in Anspruch zu nehmen.

„Ich hätte gar nicht mehr da sein sollen, als die Explosion losging. Verstehst du?"

Einen Moment lang schauen sie sich schweigsam an, dann streckt sie ihren Arm aus, um ihm die Pistole zurückzugeben. Zögerlich nimmt er sie an.

„Was redest du da für wirres Zeug? Was hat dein Mann zu dir gesagt? Was hat er mit dir gemacht?"

Kaum hat er die letzte Frage ausgesprochen, da greift sie nach seinem Handgelenk und richtet die Schusswaffe mit der Mündung auf ihre Brust. Perplex starrt er in ihre verängstigten Augen.

„Tu es!" Tränen fließen an ihrem klitschnassen Gesicht hinunter. Tamer steht versteinert da. Sie drückt die Waffe stärker an ihre Brust.

„Was soll das?"

„Tu es!", sagt sie lauter.

Er will seine Hand zurückziehen, doch sie lässt ihn nicht los.

„Du bist völlig durcheinander."

Jetzt gibt er stärkeren Druck und zieht seine Hand mit der Pistole von ihr weg. „Das ist wohl alles in den letzten Tagen zu viel für dich gewesen."

Agnesa schüttelt mehrfach den Kopf. „Verstehst du nicht? Ich habe sie getötet." Sie kommt einen Schritt auf ihn zu. „Ich habe Cherin und alle anderen umgebracht!"

Tamer fröstelt bei diesem Satz, und dennoch glaubt er ihr kein Wort, so fest ist er davon überzeugt, dass sie nicht mehr klar denken kann. Als er sich endlich imstande fühlt, etwas zu erwidern, kommt sie ihm zuvor.

„Das war der wahre Grund, warum ich auf der Feier war. Warum ich keine Papiere bei mir hatte. Warum mich keiner gesucht hat."

Nun ist es Tamer, der heftig den Kopf schüttelt. Das wird ihm alles zu viel.

„Ich habe die Bombe platziert. Ich …"

„Warum solltest du das tun?", schneidet er ihr wütend das Wort ab. „Das ist doch verrückt!"

„Weil ich mich rächen wollte." Tränen glänzen in ihren Augen. „Für meine Eltern. Für meine Tochter. Für meine ganze Familie."

„Herrgott noch mal! Was hat deine Familie damit zu tun?" Er brüllt es beinahe, so sehr regen ihn ihre Worte auf.

„Wegen des Datums: 318, sie waren da. Es war kein Autounfall. Es war der Anschlag, und sie waren die Opfer. Ich erinnere mich wieder an alles."

Tamer steht fassungslos da und starrt sie mit heruntergefallenem Kiefer an.

„So was könntest du nie tun", flüstert er beinahe, weil sich erste Zweifel in ihn drängen.

„Ich hab's aber getan." Sie schluckt den Kloß in ihrem Hals hinunter. „Weil ich gedacht hab, dass ich den Schmerz und die Wut dadurch lindern kann …"

Er betrachtet sie regungslos. Seine Gedanken rasen, während sie weiterspricht.

„… dass ich Gerechtigkeit schaffen kann, wo es keine gab."

Agnesa kommt noch einen Schritt auf ihn zu, die Hand nach ihm ausgestreckt, aber er weicht ihr instinktiv aus. Jetzt erst beginnt er zu begreifen, was sie da eigentlich sagt. Was sie gesteht. Ihre Aussagen, so abstrus sie auch zuerst klangen, ergeben langsam Sinn. So sehr er all das auch nicht fassen kann, so sehr er es nicht glauben will, aber es ergibt Sinn. Und dann macht es binnen Millisekunden klick in Tamers Kopf.

„Ich war geblendet von Hass. Ich habe nicht verstanden …"

„Was hast du nicht verstanden?", unterbricht er sie harsch. „Dass die Bombe explodieren wird oder dass Menschen sterben werden?"

Agnesa zuckt bei der Lautstärke seiner Stimme zusammen. Wo er ihr bis eben noch voll Sanftheit gegenüber stand, spürt er jetzt nur noch eins: unsagbare Wut. Und diese Wut verbrennt ihn förmlich von innen.

Sie versucht erneut, einen Schritt auf ihn zuzukommen. Denn auch sie scheint jetzt erst die schreckliche Reichweite ihrer Aussagen zu begreifen.

„Es tut mir so …" Die Entschuldigung bleibt ihr im Hals stecken, denn Tamer richtet seine Pistole genau in ihr Gesicht.

„Mach, dass du hier wegkommst, sonst kann ich für nichts garantieren!" Er kann selbst kaum glauben, wie schnell seine Hand hochgeschossen ist. Fast wie fremdgesteuert.

Agnesa legt sich beide Hände vor den Mund und schluchzt bittere Tränen. Obwohl sie diese Situation heraufbeschworen hat, kann sie jetzt offensichtlich nicht glauben, dass er tatsächlich dazu bereit ist. Was hat sie geglaubt? Dass er ihr alles verzeiht und sie tröstend in den Arm nimmt? Wut durchströmt jede Ader seines Körpers.

„Na los, verschwinde!" Das hier ist keine leere Drohung. Der Bulle in ihm ist aus einem schlechten Tagtraum erwacht. „Hau ab!", schreit er noch lauter.

Dennoch kommt Agnesa einen Schritt näher. Seine Hand zittert. Regentropfen prallen von der Waffe ab. Seine Augen werden ebenfalls feucht. Agnesa kommt weiter vor, bis die Waffe ihre Stirn berührt. Sie schaut ihm direkt in die Augen.

Seine Hand bebt, während sie ihm einwilligend zunickt. Er presst seine Lider zusammen, um sie nicht ansehen zu müssen.

Sie: Warda. Tränen rinnen unkontrolliert über sein wutverzerrtes Gesicht. Wie konnte er sich so in ihr täuschen? Wie konnte er sie lieben, die Mörderin seiner Schwester? Noch nie hat er mehr Schmerz empfunden als in diesem Augenblick.

Er hört noch ihren schnellen Atem, bevor er aus voller Kehle schreit. Dann drückt er ab.

Die tödliche Kugel verfehlt ihr Ziel, aber der schmerzvolle Schuss trifft sie beide mitten ins Herz.

Wimmernd hält sich Agnesa Augen und Ohren zu, während Tränen, gepaart mit dem Regen, über ihre Lippen fließen.

Er kann nicht länger hierbleiben. Er will ihr Gesicht nicht länger sehen. Weder Wardas noch Agnesas, die sich wie zu einer Dämonin vereinen. Er erträgt ihren elenden Anblick nicht mehr. Und so verschwindet er ohne weitere Worte. Ohne abzuwarten, bis sie die Augen wieder öffnet. Diese trügerischen Augen, auf die er reingefallen ist.

Nur das Echo des Schusses hallt noch vom Himmel nach. Aber der einzige Zeuge von diesem Trauerspiel ist die taubstumme Nacht.

Am ganzen Körper bebend und vom Haaransatz bis zu den Zehenspitzen durchnässt, eilt er in der Morgendämmerung davon. Sein Kopf ist wie leer gefegt. Da ist nur noch eins: der brennende Schmerz in seiner Brust.

Ohne noch einmal zurückzublicken, lässt er sie in den Trümmern ihrer Vergangenheit zurück. Es fühlt sich jedoch an, als habe er einen Teil von sich vor ihren Füßen lebendig begraben. Nur die Splitter seines Herzens trägt er noch ungewollt mit sich herum.

33

Splitter der Erinnerung

„Was hast du ihr erzählt?“

Marie schüttelt vehement den Kopf. „Nichts!“ Sie hält den Blick zum Parkettboden gerichtet.

Franco baut sich mit seiner ganzen Größe direkt vor ihr auf. „Nichts!“, imitiert er sie sarkastisch. „Warum schaust du mich dann nich' an?“

Sie hebt den Kopf, kaut dabei nervös auf der Unterlippe herum. „Ich hab nichts über uns erzählt, ehrlich!“

„Verkauf mich nich' für dumm! Warum wollte sie so schnell weg?“

Maries Augenbrauen springen überrascht hoch. *Agnesa wollte weg?*

„Ich ... Ich weiß es nicht.“ Sie weicht seinem Blick erneut aus.

„Du verheimlichst mir was. Das spür ich genau.“

Sie schluckt schwer. Ihr ist bewusst, dass er sie durchschaut hat. Zwar weiß er anscheinend nicht, was vorgefallen ist, aber er hat eine Änderung in Agnesas Verhalten beobachtet. Mist! Wusste sie doch, dass ihre große Klappe sie in Schwierigkeiten gebracht hat.

„Lüg mich nicht an, Marie!“ Er beugt sich zu ihr nach vorn und hebt unsanft ihr Kinn an, sodass sie ihn anschauen muss. „Ich hab gedacht, ich könnte dir vertrauen.“ Er lässt sie wieder los und eilt an ihr vorbei.

Marie beobachtet hinter glasigen Augen, wie er seine Jacke schnappt, um hinauszugehen. An ihrer Haustür angekommen, bleibt er kurz stehen. „Jack hatte recht. Du bist nicht die Richtige für unsere Mission.“

Er drückt bereits die Türklinke herunter, als Marie in Windeseile angerannt kommt.

„Ich würde alles für dich tun, Franco. Ich schwör's!“ Sie schlingt ihre Arme um seinen Hals und presst ihre Lippen fest auf seine. Fast schon befürchtet sie, dass er sie von sich schubsen wird, immerhin hat er ihr klargemacht, dass ihre Affäre vorbei ist. Stattdessen lässt er jedoch die Türklinke los, um sie an sich zu drücken, und erwidert ihren Kuss.

Seine Lippen fühlen sich rau an, aber sie liebt ihren Geschmack. Sie liebt alles an diesem Mann. Hat sie schon getan, als er ihr nicht gehörte. Und sie hat die Wahrheit gesagt: Sie würde – nein, sie wird – alles für ihn tun.

Die ganze Nacht lang hat Agnesa wie ein streunender Kater auf der Straße verbracht. Sie weiß nicht, wohin sie gehen soll, mit wem sie sprechen soll. Zu den Al-Baris kann sie nicht mehr zurück, und zu Franco will sie ebenfalls nicht.

Vor Verzweiflung ist sie kurz davor, wahnsinnig zu werden. Wofür lebt sie überhaupt noch? Sie hat alles verloren, was ihr lieb ist. Ihre alte Familie und jetzt auch ihre neue. In Tamers

Augen ist sie nun der allerletzte Abschaum, und genauso fühlt sie sich auch. Sie ist eine Mörderin auf freiem Fuß. Nein, eine Massenmörderin, schließlich hat sie das Leben unzähliger Menschen auf dem Gewissen.

Wie hat sie sich nur so täuschen lassen können? Glauben können, dass das Schicksal ihr ein neues Leben geschenkt hat? Es will nur, dass sie für ihre Taten leidet. Das Schicksal der Toten fordert Gerechtigkeit.

Vermutlich ist es ein Versehen des Universums gewesen, dass ausgerechnet sie bei der Explosion nicht ums Leben kam. Anders lässt sich das nicht erklären. Aber das kann sie jetzt selbst ändern. Sie kann die versäumte Gerechtigkeit herstellen. Vorhin fehlte ihr schlichtweg der Mut, um abzudrücken. Selbst Tamer hat ihr Leben verschont. Vermutlich aber nicht aus Mitleid, sondern einfach, weil in ihm kein Mörder steckt. Sie muss es selbst zu Ende bringen. Sie muss nur auf die Straße rennen, damit ihr vorgesehenes Schicksal seinen Lauf nimmt.

Und genau das tut sie auch.

Ohne weiter darüber nachzudenken, läuft sie los, genau auf das grelle Fernlicht eines sich nähernden Fahrzeugs zu.

Der erschrockene Fahrer, dessen Wagen sich ihr mit rasender Geschwindigkeit nähert, schafft es nur knapp, ihr auszuweichen, indem er das Fahrzeug nach rechts reißt.

Sie hört das Quietschen der bremsenden Reifen, gefolgt von einem verärgerten Gehupe. Ihr Puls schlägt in die Höhe. Sie kann sich gerade noch auf den Beinen halten, so wackelig sind ihre Knie.

Warum lässt Gott nicht einfach zu, dass sie endlich ihre gerechte Strafe bekommt?

Der Fahrer steigt erbost aus seinem Wagen und schreit sie an:

„Bist du von allen guten Geistern verlassen?!“

Agnesa blickt durch ihn hindurch wie durch eine Glaskugel. Seine Worte dringen gar nicht zu ihr, denn die Erkenntnis trifft sie wie ein Blitz.

Aber natürlich! Es ist kein Versehen des Schicksals, dass sie dem Tod entkommen ist.

„Für alles im Leben gibt es einen Sinn", erinnert sie sich an Rashids Worte. Sie muss nur herausfinden, welchen Sinn ihr Schicksal darin gesehen hat, sie am Leben zu lassen.

Im Nachbarhaus geht eine Bohrmaschine an, die sich dröhnend durch die dicke Wand bis zu Tamers Hinterkopf hindurchzubohren scheint. Von dem Lärm aus dem Schlaf gerissen, packt er sich stöhnend an die Stirn. Er liegt in seiner Uniform auf dem Sofa seines Wohnzimmers, wo er nach seiner Rückkehr eingeschlafen ist. Vor ihm ausgebreitet stehen eine leere Flasche Gin und eine offene Marlboro-Packung. In dem Glas daneben schwimmen vier Zigarettenstummel in gelblicher Flüssigkeit.

Als er wieder zu sich kommt, beginnt er seine Schläfen zu massieren. Den Albtraum der letzten Nacht hat er für einige Stunden in Alkohol ertränkt, aber bald wird die lindernde Wirkung nachlassen, und der stechende Schmerz in seiner Brust wird zurückkehren.

Er wirft einen Blick auf die Wanduhr. Es ist bereits halb zwei mittags. Stöhnend steht er von seinem Platz auf und trottet zur Küchenzeile.

Nachdem er ein sauberes Glas mit Leitungswasser gefüllt hat, holt er eine Packung Paracetamol aus einer der vielen Schubladen heraus. Wenn diese Kopfschmerzen erst mal verschwinden, kann er sich erneut der Trost spendenden Medizin hingeben.

Er ist gerade dabei, die Tablette einzunehmen, da fallen ihm die vertrockneten Rosen in der Vase auf, die er Agnesa zu ihrer ersten Verabredung geschenkt hat. Sie wollte sie behalten, und so hat er sie kopfüber trocknen lassen und wieder in die Vase gestellt.

Wutentbrannt zieht er die Blumen heraus, um sie wegzuwerfen, als die Dornen in seine Haut schneiden. Mit einem Ächzen lässt er die Rosen zu Boden fallen und betrachtet seine aufgerissene Handinnenfläche. Unwillkürlich muss er daran denken, wie diese Hände noch vor nicht allzu langer Zeit ihren Körper liebkost haben. Den Körper der Mörderin seiner Schwester.

Sein Puls schlägt in die Höhe. Er hebt die vertrockneten Rosen samt den abgefallenen Blüten vom Boden auf und schleudert sie voller Wucht zu dem restlichen Abfall. Sein Leben fühlt sich genauso erbärmlich an wie der Anblick des stinkenden Müllhaufens vor ihm.

Agnesa steht vor der verschlossenen Haustür ihrer ehemaligen Wohnung. Ihre Kleidung klebt noch feucht an ihrem Körper, als wäre sie frisch aus der Dusche herausgetreten. Sie atmet einmal tief durch, bevor sie auf die Klingel drückt.

Bergmann, liest sie im Kopf die Aufschrift der Klingel. *Agnesa Bergmann.* Das klingt so fremd. Wie ein Name, der nichts mit ihr zu tun hat. Und doch gehört auch er zu ihr wie die Schuld, die sie so lange Zeit vergessen hatte. Unfassbar, dass man so etwas überhaupt vergessen kann.

Jetzt ist der Augenblick gekommen, um reinen Tisch zu machen. Sie wird Franco ohne nette Einleitung mit all dem konfrontieren, was ihr seit Stunden durch den Kopf geht. Alles sagen, was gesagt werden muss, und das ohne Zensur. Jetzt!

Doch niemand macht ihr auf. Sie klingelt erneut. Wieder vergebens. Auch nach weiterem Klingeln bleibt die Tür verschlossen. „Franco“, ruft sie laut. Vielleicht ist er im Bad oder auf dem Balkon. Doch es folgt keine Antwort.

Ihr Bedürfnis, ihrem Frust und Ärger endlich Raum zu geben, ist nicht mehr zu bändigen. Aber ihr bleibt nichts anderes übrig, als zu warten.

Sie seufzt enttäuscht, lehnt sich an die Flurwand und steckt die Hände zum Wärmen in ihre Jackentasche. Dumme Idee, wo diese doch genauso feucht ist, wie alles andere an ihr.

Moment mal! Was ertasten ihre Finger da? Etwas Kantiges aus Metall: der Ersatzschlüssel, den Franco ihr vor seinem überstürzten Aufbruch gegeben hat. Sie hat völlig vergessen, dass er in ihrem Besitz ist. Erleichtert zieht sie ihn aus ihrer Jackentasche.

Als sie das Wohnzimmer betritt, entdeckt sie ihn sogleich am anderen Ende. Er hält den Blick mit einem stummen Lächeln auf sie gerichtet.

Einen Moment lang sagt sie nichts. Doch dann fließen die Worte wie ein Wasserfall aus ihr heraus.

„Sieh mich an, Franco! Sieh, was du aus mir gemacht hast!“ Sie fokussiert ihn mit dem Zeigefinger. „Eine Mörderin. Und dasselbe Blut klebt auch an deinen Händen.“ Sie hat ihn fest anvisiert.

„Du hast meinen Schmerz, meine Naivität und meine Liebe ausgenutzt, um unser beider Leben und das so vieler anderer zu zerstören.“ Sie geht auf ihn zu. Er rührt sich nicht vom Fleck. „Du hast mich glauben lassen, dass Töten die einzige Lösung sei! Dass Gerechtigkeit Opfer verlangt. Und ich Idiotin hab dir geglaubt.“ Sie schüttelt abwehrend den Kopf. Möchte von ihm wegschauen, sein unbeschwertes Gesicht nicht mehr sehen, doch sie kann es nicht.

„Es tut dir nicht einmal leid, nicht wahr?“

Keine Antwort. Er hört ihr nur weiterhin still zu.

„Nein, das tut es nicht“, antwortet sie an seiner Stelle. „Und du wirst nicht aufhören damit, bis dich jemand daran hindert.“ Sein schamloses Lächeln erweckt in ihr pure Abscheu. „Aber das lasse ich nicht zu. Hörst du?! Ich werde es selbst verhindern.“

Ruckartig greift Agnesa nach der Porzellanvase neben sich und wirft sie mit all ihrer Kraft auf ihn.

Sie trifft ihr Ziel. Die Vase landet mit einem lauten Scheppern auf dem eingerahmten Hochzeitsfoto an der Wand. Das zersprungene Glas verteilt sich in winzigen Scherben auf dem Boden, doch der Rahmen hängt unverändert an seinem Platz.

Minuten lang steht Agnesa zitternd da und betrachtet Francos Abbild auf dem Foto. Sie verabscheut ihn aus der Tiefe ihres Herzens. Aber der Hass für die Frau neben ihm auf dem Foto, das Monster, das sie einmal war, reicht ins Unermessliche.

34

Schatten der Gegenwart

Von alldem wenig bekümmert, liegt der wahre Franco splitternackt neben Marie im Bett, zieht an einer Lucky Strike und bläst den Rauch genüsslich wieder aus.

Seine Geliebte hat ihren Arm um ihn geschlungen. Sie wirkt nachdenklich. „Hast du manchmal Mitleid mit ihnen?“

„Den Moslems?“, fragt er erstaunt.

Sie nickt.

„Warum sollte ich? Hat es denen leidgetan, unsere Familien auszulöschen?“ Er zieht wieder an seiner Zigarette.

Marie starrt derweil an die Decke. „Und wie sind wir dann besser als sie?“, spricht sie ihre offensichtlichen Gedanken frei aus.

Franco dreht seinen Kopf zu ihr. „Wir haben diesen Krieg nicht begonnen.“ Er macht eine kurze Pause, um seinen nachfolgenden Worten mehr Kraft zu verleihen. „Aber wir bringen ihn zu Ende.“

„So stelle ich mir kein Happy End vor“, stammelt sie.

„Es gibt keine friedliche Lösung, um Frieden zu schaffen. Das hat die Vergangenheit schon gezeigt.“ Er legt seinen Arm um sie und drückt ihren braun getönten Schopf behutsam an seine Brust. „Wir müssen unsere Feinde mit denselben Waffen bekämpfen, die sie auf uns richten, bevor es zu spät ist. Sonst sind wir es am Ende, die besiegt werden.“

Marie runzelt ihre sonst faltenfreie Stirn. „Aber diese Leute sind doch unschuldig.“

„Unser Kind war auch unschuldig. Spielt das keine Rolle?“, sagt Franco nun mit harscherem Tonfall.

„Deine Tochter kommt aber nicht zurück, egal, wie viele andere sterben.“

Er zieht seinen Arm unter ihr weg. Ihm ist nicht mehr danach, sie zu liebkosen.

„Wenn du es nicht machen willst, dann sag es doch gleich und red nicht drumherum!“ Er steht von der Matratze auf und greift nach seinen Boxershorts.

Maries Blick verändert sich sofort. Sie will nicht, dass er geht, das weiß er.

„Das wollte ich damit nicht sagen.“ Sie setzt sich ebenfalls auf. „Die Mörder von Lizzie haben einen schmerzhaften Tod verdient. Ich will nur nicht, dass Unschuldige sterben.“

Er schaut sie wieder an. Durchbohrt sie mit seinem Blick, als sei sie der Feind, der vor ihm steht.

„Es muss ihnen aber richtig wehtun, Marie, damit die endlich begreifen, dass wir es ernst meinen. Sonst denken diese Scheißkerle noch, dass sie mit uns machen können, was sie wollen. Wer zuerst aufgibt, hat verloren.“

Marie nimmt ihm die brennende Zigarette aus der Hand, deren Asche bereits auf die Decke fällt, und drückt sie in dem Aschenbecher neben sich aus.

„Ich weiß, dass du dich nur um uns alle sorgst." Sie schlingt ihren Arm um seinen Rücken.

„Wenn wir diese Bastarde nicht stoppen, werden sie immer mehr. Die lassen ja schon alle rein, egal, ob kriminell oder nicht."

Sie nickt. „Ich wünschte nur, es ginge auch ohne Blutvergießen."

„Jede Revolution verlangt Opfer." Franco legt seine Hand ebenfalls auf ihren Rücken und streichelt sie. „Wir tun nur unsere Pflicht, um unser Land und unser Volk vor schlimmerem Übel zu bewahren. Diese Schweine haben sich hier bei uns viel zu lange viel zu wohl gefühlt. Haben sich eingenistet, vermehrt. Die glauben, die können hier alles machen. Haben Angst und Schrecken verbreitet. Aber das können wir auch. Sie müssen vor UNS Angst haben, um ihren Platz zu kennen. Um zu wissen, dass wir nicht den Schwanz vor ihnen einziehen. Gestern war es mein Kind, das sie mir genommen haben, morgen kann es deins sein."

Marie zuckt bei diesen Worten zusammen.

„Sie werden nicht damit aufhören, ehe sie begriffen haben, dass wir für jedes Leben, das sie uns nehmen, eines der ihren als Opfer verlangen."

Sie nickt erneut, den Blick auf die Bettdecke gerichtet.

„Sieh mich an!", fordert er sie auf.

Sie tut, was er verlangt – so wie immer.

„Denkst du, du schaffst das wirklich? Du musst das nicht …"

„Ja", fällt sie ihm leise ins Wort. „Irgendwer würde es ohnehin machen, oder?"

Er drückt sie sanft mit dem Rücken nach hinten auf das Bett und legt sich auf sie drauf. „Du bist meine mutige Friedenskämpferin", flüstert er ihr ins Ohr.

Sie lächelt ihn an. Er kennt sie mittlerweile gut genug, um zu wissen, dass er sie überzeugt hat. Marie hat schon in dem

Moment gesündigt, als sie ihm ihren Körper zum Trost für den Verlust seiner Frau angeboten hatte, nur weil er ihr Herz nicht haben wollte. Und jetzt sündigt sie erneut.

Der Hauch eines schlechten Gewissens macht sich in ihm breit, weil er weiß, dass er sie für seine Zwecke benutzt. Klar, er mag sie. Sehr sogar. Aber das, was sie von ihm will – Liebe –, das empfindet er nicht und hat er auch nie. Dennoch wischt er seine Schuldgefühle beiseite, immerhin weiß er, dass sie seine Nähe möchte. Er gibt ihr nur, was sie braucht. Seiner Frau gegenüber hat er hingegen keinerlei Gewissensbisse. Warum sollte er? Sie hat sich diesem Bullen hingegeben, obwohl sie noch mit IHM verheiratet ist. Wer weiß, welche Liebkosungen sie in diesem Augenblick mit dem scheiß Moslem austauscht.

Er unterdrückt die Vorstellung mit zusammengepressten Lippen, damit die Wut in ihm nicht explodiert. Um sich abzulenken, konzentriert er sich auf die weichen Rundungen unter seinen Händen.

„Ich bin stolz auf dich, Marie“, haucht er noch, bevor er seinen Mund auf ihren Hals presst, um sie für ihre Treue zu belohnen.

In einem der vielen Räumlichkeiten der leer stehenden Fabrikanlage bindet ein hochgewachsener Mann mit Glatze, der Marie als Ferdinand vorgestellt wurde, ihr eine Weste um den schlanken Oberkörper. Auf der Vorderseite ist sie mit Sprengstoff versehen. Das Gewicht zieht Maries Schultern leicht nach unten, weshalb ihr Instruktor sie darauf hinweist, sich aufrecht hinzustellen.

Marie blickt verunsichert auf ihren Körper hinunter. Ohne den Auslöser ist die Bombe im Prinzip harmlos, ruft sie sich in Erinnerung. Zumindest hat ihr das Franco versichert. Doch das beruhigt sie keineswegs.

„Um die Weste wieder zu öffnen, musst du diese Gürtelschnalle hier lösen." Er demonstriert es ihr, während sie stumm nickt. Ferdinand schließt den Hüftriemen erneut und zieht ihn stramm. Franco überreicht Marie ihren ockerfarbenen Mantel, der eigens für diese Mission gekauft wurde. Er ist weder zu auffällig noch zu schlicht, um weder Aufmerksamkeit auf sie zu lenken noch Verdacht zu erwecken. Sie zieht ihn wortlos an und sieht darin gleich ein paar Kilo fülliger aus. Aber er erfüllt seinen Zweck und verdeckt die Weste komplett. Franco nickt zufrieden.

„Jetzt versuch es mal selbst!", fordert ihr Instruktor sie auf. Marie knöpft den Mantel auf und legt ihn beiseite, dann löst sie den Gürtel, der die Weste zusammenhält, mit leicht zittrigen Händen.

Franco bemerkt ihre Unsicherheit. „Alles okay?"

Sie nickt wieder stumm.

„Du musst die Weste von oben anpacken und sie dann behutsam auf dem Boden abstellen", erinnert sie Ferdinand.

Marie tut, wie ihr befohlen.

„Sachte! Das ist kein Spielzeug."

Jack beobachtet sie mit Argusaugen, während er mit einer Stoppuhr in der rechten Hand die Zeit anhält.

„Gut so!", kommentiert Ferdinand Maries ersten Versuch, die explosive Weste abzulegen.

Sie ist froh, diese schwere Last wieder los zu sein. Es kommt ihr vor, als hätte sie nie etwas Schwereres tragen müssen, und das liegt sicherlich nicht am Gewicht.

Dieser Ort verursacht Marie Unbehagen. Es ist das erste Mal, dass sie hier ist. Hoffentlich bleibt es auch dabei. Wieso müssen immer solche Absteigen für geheime Treffen ausgewählt werden? Klar, im Grunde genommen weiß sie, wieso.

Hier kann niemand ihre Spur nachverfolgen. Aber dennoch macht diese leer stehende Fabrik die ganze Situation noch schlimmer. Hier drin kommt sie sich jetzt schon vor wie eine Schwerverbrecherin, dabei wird sie das erst in einigen Stunden sein.

Minuten später stehen alle vier um den einzigen Tisch im Raum herum, auf dem ein DIN-A3-Blatt ausgebreitet liegt, das von der Deckenleuchte bestrahlt wird. Auf der abgebildeten Skizze ist der Grundriss eines Gebäudes zu sehen. Jack fährt mit einem roten Stift einen Weg durch die Gänge entlang.

„Hier ist der Eingang. Die Garderobe befindet sich hier drüben." Er führt den Stift einige Zentimeter nach links. „Die Damentoilette ist gleich daneben. Du kannst die Weste dort ausziehen und hier reinlegen." Er hält eine dunkelblaue Stofftasche mit Reißverschluss in die Höhe, die aus solch einem dünnen Material besteht, dass man sie ohne Weiteres zu einem kleinen Bündel zusammenrollen und in die Manteltasche legen kann, wie er ihr sogleich auch demonstriert.

„Die lässt du dann dort hinter der Tür zurück."

Jetzt holt er noch eine zusammengefaltete Schwimmweste heraus, die sich an der Seite aufpusten lässt.

„Die bläst du vollständig auf und ziehst sie unter den Mantel an, damit niemand bemerkt, dass du plötzlich schmaler bist." Auch die legt er zu ihren Sachen. „Vergiss nicht, den Verschluss des WCs nach dem Öffnen nach links zu drehen, damit es von außen den Eindruck erweckt, als sei die Toilette besetzt."

Marie starrt wortlos auf die Schwimmweste in seiner Hand.

„Länger als fünfzehn Minuten solltest du auf keinen Fall im Gebäude sein, sonst steigt das Risiko, dass du auffliegst." Er fokussiert sie unter seinen buschigen Augenbrauen. „Alles verstanden?"

Marie bejaht leicht mit dem Kopf nickend. Jack scheint davon wenig überzeugt zu sein.

„Schaffst du das auch?", will er daher sichergehen.

Marie blickt zu Franco, der sie erwartungsvoll anschaut.

„Ja!", antwortet sie leise, so wie von ihr erwartet wird.

„Wir machen für alle Fälle jetzt noch ein paar Testdurchläufe", erklärt Franco, „damit du dich sicherer fühlst."

Jack greift nach der Stoppuhr. „Zieh die Weste wieder an, pack die Tasche in deinen Mantel und komm von außen in das Gebäude rein. Die Ecke da drüben benutzt du als Damentoilette. Wie gesagt, du hast für alles maximal zehn Minuten. Keine Zeit, um nachzudenken. Einfach machen! Davon hängt alles ab."

Marie schluckt die aufkommende Panik auf dem Weg nach draußen hinunter, denn sie begreift zu gut, welche fatalen Konsequenzen ihr Scheitern insbesondere für sie hätte.

Gott im Himmel, vergib uns unsere Schuld, betet sie in Gedanken, voller Furcht, dass der Teufel in der Hölle schon über ihr bevorstehendes Schicksal lacht.

35

Der Anschlag

„Ich schaue nach, ob die Luft rein ist“, verkündet Jack von der Rückbank aus, setzt sich eine Kappe auf den Kopf und steigt aus dem Wagen.

Marie beobachtet vom geparkten Volvo aus, wie er auf ein islamisches Gemeindezentrum in etwas Entfernung zugeht. Sie sitzt in ihrem ockerfarbenen Mantel vom Vorabend auf dem Beifahrersitz neben Franco. Ein dunkelblaues Kopftuch verdeckt ihr Haar. Die Hände hat sie wie zu einem Gebet zusammengefaltet.

Einen Moment lang sitzen beide schweigend nebeneinander, dann plötzlich legt Franco seine Hand auf ihre. „Du schaffst das schon, Kleines!“

Kleines, so nennt er sie sonst nie. Marie nickt. Doch als sie ihn anschaut, füllen sich ihre Augen schlagartig mit Tränen. Dabei hat sie doch auf der ganzen Fahrt hierher gegen sie angekämpft.

„Ich hab Angst“, gesteht sie und bereut es auch schon, Schwäche zu zeigen.

„Es ist schneller vorbei, als du glaubst, und dann bist du wieder bei mir“, versucht er ihr Mut zu machen.

Sie zeigt keinerlei Reaktion, zieht nur einen Zettel in der Größe eines Smartphones aus ihrer Manteltasche und drückt ihn Franco in die Hand.

„Was ist da…“ Er verstummt, als er das Schwarz-Weiß-Foto sieht. Es ist ein Ultraschallbild.

„Dein Kind“, flüstert sie kaum hörbar.

Jegliche Farbe entweicht aus Francos Gesicht. Er starrt sie völlig sprachlos an. „Ist nicht dein Ernst?“

Sie nickt, hält die Tränen dabei gerade noch zurück.

Seinem Ausdruck ist nicht zu entnehmen, was er von dieser Nachricht hält.

Marie weiß es schon seit einer Woche. Hat die ganze Zeit auf eine passende Gelegenheit gewartet, um es ihm zu sagen, und hat den richtigen Augenblick verpasst. Denn plötzlich ist seine verschollene Frau wieder aufgetaucht und hat alles ruiniert. Den passenden Moment wird es nicht mehr geben, das ist ihr heute Morgen bewusst geworden.

Sie versucht, in Francos Augen zu lesen, was ihm durch den Kopf geht. Eigentlich hat er ihr ziemlich deutlich gemacht, dass er kein Kind will – zumindest keins von ihr. Hin und wieder hat er nach dem Sex prüfend gefragt, ob sie noch die Pille nimmt, und sie hat es immer bejaht. Zu Beginn war es auch die Wahrheit. Doch seit dem Tag, als sie Agnesa durch Zufall im Kaufhaus wiederbegegnet war, wusste sie, dass es nur eine Frage der Zeit sein würde, bis ihr „Tête-à-Tête“ mit Franco zu einem Ende käme. Irgendwann würde Agnesa wieder in seinem und damit auch in ihrem Leben aufkreuzen und alles auf den Kopf stellen. Es lag also an ihr, das zu verhindern.

Die Idee kam ihr nicht sofort. Eigentlich hatte sie sich schon mit dem Gedanken abgefunden, dass sie Franco bald verlieren würde. Als hätte sie ihn jemals besessen … Nur seinen Körper, sonst nichts. Sein Herz gehört noch immer Agnesa und sein Verstand gehört seiner „Mission", die er als seine neue Lebensaufgabe sieht. Doch als ihr der Einfall kam, sich von ihm schwängern zu lassen, keimte neue Hoffnung in ihr auf. Franco hat seine Tochter abgöttisch geliebt und ihren Verlust schwer verkraftet. Vielleicht könnte ihn die Aussicht darauf, noch einmal Vater zu werden, optimistischer auf ihre Beziehung einstimmen. Es war einen Versuch wert, immerhin gab es keine andere Option, Franco an sich zu binden. Und ohne zu zögern, hat Marie die restliche Packung Anti-Babypille weggeworfen und ihr weiteres Schicksal in Gottes Hände gelegt.

Sie kann selbst kaum glauben, wie schnell es dann passiert ist. Das muss ein Zeichen dafür sein, dass sie und Franco zusammengehören. Schon allein der Gedanke daran, einen Teil von ihm in sich zu tragen, füllt Maries Herz mit purer Freude. Doch im Inneren weiß sie, dass Franco noch nicht bereit ist für ein Kind, schon gar nicht von ihr. Alles, was ihn interessiert, ist seine Mission – seine Rache. Ein Baby passt da beim besten Willen nicht rein. Und so hat sie auch trotz erster Vorfreude, als sie den positiven Schwangerschaftstest in den Händen hielt, ein ungutes Gefühl im Magen verspürt.

Begreift er gerade, dass sie ihn angelogen hat, oder kann sie ihm später vielleicht noch weismachen, trotz der Pille schwanger geworden zu sein? Sie darf sein Vertrauen nicht verlieren.

Fast schon wollte sie gestern einen Rückzieher machen. Ihm sagen, dass sie nicht bereit ist, für den Tod Unschuldiger verantwortlich zu sein. Doch sein Satz vom Vorabend hat sie umgestimmt.

„Gestern war es mein Kind, morgen könnte es dein Kind sein."

Sie möchte ihren Teil dazu beitragen, dass ihr Nachwuchs eines Tages in einem friedlichen und vor allem sicheren Land lebt. Ohne Angst und Gefahr.

Nur zu gerne wüsste sie jetzt, was Franco in diesem Augenblick durch den Kopf geht, das Ultraschallbild seines Kindes – nein, ihres Kindes – in den Händen zu halten. Ob er sich wohl in den Tiefen seines Herzens freut? Er ist doch ein so hingebungsvoller Vater gewesen. Lizzies Tod hat ihn so sehr mitgenommen, dass er ein ganzes Jahr lang nicht richtig zu sich gekommen ist. Doch bald wird sie ihm ein neues Kind schenken – eine zweite Elizabeth. Er könnte wieder ein liebender Vater werden.

Doch es ist keine Freude, die sie jetzt in Francos Gesicht liest. Auch keine Wut. Es ist …

Die Fahrzeugtür wird hinter ihr aufgerissen, und Jack steigt wieder ins Auto. „Alles klar. Du kannst rein, Marie!"

Einen Moment herrscht völlige Stille. Verwundert schaut Jack zu ihrem Anführer. „Stimmt was nich'?"

Franco dreht ruckartig das Ultraschallbild um, sodass Jack es nicht erkennen kann. „Alles bestens." Seine nächsten Worte richtet er an Marie, ohne sie anzuschauen. „Wir reden später darüber."

Das ist ein Messerstich mitten ins Herz. So viel Hoffnung in vier Worten zunichtegemacht. Wie dumm ist sie gewesen, zu glauben, dass er vielleicht doch etwas für sie empfindet. Sie ist nur ein Mittel zum Zweck für ihn. Mehr nicht.

Marie zieht ihre Hand aus seiner, um sich über die Augen zu wischen, dann steigt sie ohne ein Wort des Abschieds aus dem Volvo. Ihr Schicksal hat bereits entschieden, dass es kein Happy End für sie geben soll.

Der lang gestreckte Korridor, an dem links mehrere Zimmer angrenzen, führt geradewegs zur Garderobe. Genau wie es auf dem Grundriss des Gebäudes abgebildet war. Es herrscht eine gewisse Lautstärke, die vor allem durch die kreischenden Kinder erzeugt wird.

Zögerlich geht Marie – den Blick zum Boden gerichtet – geradeaus. *Nicht nachdenken, nur handeln*, das ist ihre Devise.

Zwei Frauen kommen aus einem der Zimmer heraus. Beim Vorbeigehen sagen sie „Salam Aleikum" – ihren Friedensgruß.

„Wa Aleikum Assalam", grüßt Marie leise zurück und erhöht ihr Tempo. Diesen Satz – „Und Friede sei mit euch" – hat sie auswendig gelernt, um ihn möglichst akzentfrei zu sprechen. Die Ironie hinter diesen Worten ist ihr auf bittere Weise bewusst.

Vor der Damentoilette bleibt sie stehen. Als sie den Griff hinunterzieht, stellt sie fest, dass die Toilette besetzt ist. Leichte Nervosität steigt in ihr auf. Sie schaut kurz um sich, ob jemand sie beobachtet, aber sie ist allein. Da fällt ihr Blick durch das Glasfenster an der Tür rechts von ihr in das Zimmer gleich neben der Garderobe, in dem eine Gruppe von Kleinkindern mit allerlei Tätigkeiten beschäftigt ist.

Wie gebannt beobachtet sie die winzigen Gestalten, die auf dem Boden mit Lego spielen, malen, basteln oder herumrennen. Reflexartig legt sie die Hand auf ihren Bauch, doch statt der unauffälligen Wölbung, die sich tief unter ihrem Mantel versteckt, ertastet sie eckiges Metall. Darin befinden sich – wie sie zu ihrem eigenen Bedauern weiß – viele Schrauben und weitere klitzekleine Einzelteile, die dafür vorgesehen sind, sich in rasender Geschwindigkeit in das zarte Fleisch dieser Kinder zu bohren.

„Jeder Krieg verlangt Opfer", erinnert sie sich an Francos Worte. „Es gibt keinen Frieden ohne Krieg."

Nicht nachdenken, nur handeln!, ermahnt sie sich in Gedanken. Doch es hilft nicht. Ein Schaudern überkommt sie am ganzen Körper, als plötzlich die Toilettenspülung betätigt wird.

Zu ihrer Überraschung kommt ein Mann hinter der Tür hervor. Er schaut sie etwas beschämt an.

Er sagt etwas auf Arabisch, doch sie versteht ihn nicht, starrt ihn nur irritiert an. Er wiederholt den Satz diesmal auf Deutsch, während er ihr die Tür aufhält. „Die Männertoilette ist leider defekt."

Sie nickt etwas abwesend. In Gedanken ist sie woanders. Doch als sie schon hineingehen will, wird die Tür des Spielzimmers aufgerissen und einige der Kinder stürmen schreiend heraus.

Marie schaut ihnen hinterher und tritt dabei automatisch von der WC-Tür weg.

„Sind Sie neu hier?"

Marie schaut den Mann vor sich verwundert an, nickt schließlich.

„Jacken müssen bei uns abgegeben werden." Er deutet zur Garderobe. „Ich hänge sie gerne für Sie auf."

Maries Herzschlag setzt einen Moment aus. „Danke, aber mir ist etwas kalt", gibt sie nach kurzem Zögern als Antwort.

Der Fremde betrachtet sie genauer. Unbewusst verschränkt sie die Arme vor dem Körper. Der Blick des Mannes fällt auf ihren Hals und verharrt dort.

Reflexartig hebt sie die Hand und zieht ihr Kopftuch hinunter. Dabei ertastet sie ihren silbernen Anhänger. Es ist die Spitze des Kreuzes, das sie üblicherweise trägt. Franco hat sie noch am Morgen daran erinnert, es auszuziehen. Aber Marie trägt das Kreuz seit Jahren und hat Sorge gehabt, es würde vielleicht Pech bringen, wenn sie es jetzt abnähme. Aber was, wenn genau diese Entscheidung ihr jetzt zum Verhängnis werden würde?

Der Fremde betrachtet sie mit einem skeptischen Blick, den sie nicht zu deuten weiß. Hat er das Kreuz erkannt? Ihr wird plötzlich eiskalt.

„In den Zimmern wird geheizt“, erklärt er, während er den Arm ausstreckt, um ihr die Jacke abzunehmen.

Marie schluckt schwer. „Ich wollte nur schnell Ihre Toilette benutzen, dann muss ich auch schon weiter“, erwidert sie und versucht, ihre Nervosität mit einem Lächeln zu überspielen.

Doch der Fremde lächelt nicht.

„Mein Mann wartet im Auto auf mich“, fügt sie zögerlich hinzu. Eine Information, die sie ihm besser nicht gegeben hätte. „Dürfte ich?“ Sie greift nach der Türklinke.

Er zuckt mit den Schultern, bewegt sich aber nicht vom Fleck. Marie tritt in die Toilette, spürt seinen Blick aber noch auf sich, obwohl er aus ihrem Blickfeld verschwunden ist.

Derweil schaut Franco auf die Uhr hinter dem Lenkrad, während er sich ungeduldig mit den Händen über das dunkelblonde Haar fährt. „Wo bleibt sie denn?“

Seine Frage richtet sich an niemand bestimmten, weshalb Jack auch keine Antwort gibt. Der starrt stumm aus dem Fenster in Richtung Gemeindezentrum.

Franco dreht das Foto in seiner Hand vorsichtig um, damit Jack es von der Rückbank aus nicht sieht. Ungläubig betrachtet er das Ultraschallbild. Zwischen der dreieckigen Form liegt ein kleines Etwas, mit rundem Kopf und winzigem Körper, das an ein sich langsam formendes Baby erinnert. Sein Baby. Er erinnert sich noch an Lizzies erstes Ultraschallbild. Er war dabei, als es Agnesa überreicht wurde. Agnesa, der er ein Jahr lang nachgetrauert hat und die sich jetzt einfach so gegen ihn entschieden hat. Marie hingegen war ihm von Anfang an treu.

Er schaut noch einmal auf das Ultraschallbild. Unwillkürlich erscheint Lizzie vor seinem geistigen Auge und ihre kindliche Stimme, die kichernd „Papa“ ruft, erklingt wie ein weites Echo in seinem Ohr.

Er wird wieder Vater. Mein Gott, er wird bald wieder Papa.

Francos Herz schlägt schneller. Dieses Gefühl, dass sich jetzt selbst wie eine explosive Bombe in ihm ausbreitet, ist überwältigend. Er hat fast schon vergessen, wie es sich anfühlt, dieses Gefühl von Hoffnung. Aber es ist noch da, es lebt in ihm weiter. Nein, es lebt in Marie. Sie trägt sein verlorenes Glück in sich.

Doch diese freudige Empfindung wird durch eine weniger erfreuliche ersetzt, als ihm schlagartig bewusst wird, wo sie sich gerade befinden und was Marie außer dem Baby noch bei sich trägt.

Auch er hat seine Chance verpasst – den richtigen Augenblick, um die Wahrheit auszusprechen. Ihr zu sagen, dass sie mehr für ihn ist als nur eine kurze Bettgeschichte. Eine Chance, die er nicht noch einmal bekommen wird, denn die Enttäuschung über seine Reaktion auf ihre Schwangerschaft war ihr deutlich anzumerken. Hoffentlich wird sie das nicht daran hindern, ihre Mission richtig auszuführen.

Und was jetzt? Maries Gedanken rasen, während sie völlig steif in der engen Damentoilette steht. Wenn der Fremde noch immer da ist, wird er sich wundern, warum sie die Tür zudreht, nachdem sie hinausgeht. Was, wenn er einen Blick hineinwirft und die Stofftasche auf dem Boden entdeckt? Er war zuvor selbst in der Toilette und weiß, dass sich nichts weiter darin befand. Vielleicht bemerkt er auch, dass sich ihr Körperumfang verändert hat. Wie stark soll sie die Schwimmweste aufpusten?

Sie presst ihr Ohr gegen die Tür und lauscht, vernimmt jedoch außer Kinderstimmen aus der Ferne nichts weiter.

Soll sie es riskieren?

Wenn sie ihren Auftrag abbricht, ist Franco sicherlich schwer von ihr enttäuscht, und Jack hat seine Bestätigung, dass sie für so eine wichtige Mission nichts taugt. Wenn sie jedoch auffliegt, hat es weit schlimmere Konsequenzen für sie alle. Franco wird ihr Versagen vielleicht noch entschuldigen, wo er jetzt von der Schwangerschaft weiß. Aber wenn man sie mit dem Sprengstoff schnappt, wird sie auf direktem Weg im Gefängnis landen. Für alle Zeit getrennt von Franco. Und welche Zukunft hat dann ihr ungeborenes Kind? Es könnte nicht einmal bei ihr aufwachsen.

Sie lässt den Wasserhahn laufen und befeuchtet sich das Gesicht, weil ihr plötzlich so heiß ist. Als sie ihr Kopftuch anhebt, um sich mit einem Taschentuch den verschwitzten Hals abzutrocknen, fällt ihr Blick auf das Kreuz.

O Gott! Hat der Fremde ihren Anhänger gesehen, ihn erkannt? Ist das der Grund, warum er sie so argwöhnisch angeschaut hat? Wenn ja, dann ist die Lage klar. Eine Frau im Kopftuch mit einem Kreuz um den Hals ist mehr als verdächtig. Oder reagiert sie jetzt völlig über und bildet sich schon Dinge ein?

Jack hatte recht: Sie ist nicht bereit für diese Mission. Sie kann es nicht. Sie will es nicht. Aber sie MUSS. Sie hat keine Wahl. Nein, jeder hat eine Wahl. Nur ihr ungeborenes Kind nicht. Aber sie MUSS doch. Es geht hier nicht um sie.

Nicht mehr nachdenken, ermahnt sie sich, *einfach handeln!*

„Was machst du da?", fragt Jack von hinten, als Franco die Fahrertür aufreißt.

„Ich schau nach, was da los ist."

Jack setzt sich auf der Rückbank aufrecht hin. „Bist du verrückt geworden?"

„Vielleicht wurde sie erwischt."

„Ja, und dann? Was machst du dann?"

Franco zuckt mit den Schultern. „Das entscheid ich spontan."

Er steigt aus, noch bevor Jack seinen Arm nach ihm ausstrecken kann, um ihn aufzuhalten. Die Tür fällt hinter ihm zu. Franco hört noch, wie ihn Jack als Idioten schimpft, doch ihm ist seine Meinung gerade verdammt egal. Er hat schon einmal seelenruhig im Auto gesessen und auf seine Frau gewartet. Die Konsequenz davon war, dass er sie verlor. Nicht durch die Explosion selbst, sondern durch den Mistkerl, der ihre Situation ausgenutzt und sie mit irgendwelchen Versprechungen bei sich aufgenommen und verführt hat. Noch einmal wird er nicht zulassen, dass sein Plan außer Kontrolle gerät. Was er tun kann, um es zu verhindern, weiß er aber nicht. Er muss improvisieren.

Mit zunehmender Geschwindigkeit marschiert er auf das Gebäude vor sich zu. Wenn er erst einmal drin ist, wird ihm schon etwas einfallen. In kritischen Situationen arbeitet sein Gehirn auf Hochdruck. Da plötzlich bemerkt er in der Ferne, wie die Tür des Gemeindezentrums aufspringt und Marie aus dem Gebäude eilt.

Gott sei Dank! Sie hat es geschafft.

Erleichtert, sie zu sehen, bleibt er stehen. Er breitet die Arme aus, ohne sich dessen wirklich bewusst zu sein. Er will sie festhalten, sie an sich drücken, sie in Sicherheit bringen. Und dann will er ihr sagen, was er vorhin versäumt hat: dass er sich auf ihr Kind freut. Dass er für sie beide da sein wird. Dass er ihr dankbar ist für all die Wärme, die sie ihm in den kalten Monaten seines Lebens gespendet hat. Dass er ihr eine Chance geben wird, weil sie es verdient hat. Ja, all das wird er ihr sagen, wenn sie erst einmal in Sicherheit ist. Er öffnet die Arme noch weiter, um sie zu empfangen.

Kann das sein? Marie reißt die Augen weit auf. Ja, das ist er, das ist ihr Liebster. Er ist für sie aus seinem Versteck herausgekommen. Er ist für sie da. Er wartet auf sie.

Marie erhöht ihr Tempo und läuft direkt auf ihn zu, halb panisch, halb erleichtert. Sie möchte sich in seine Arme fallen lassen. Franco wird ihr verzeihen. Er wird es verstehen und ihr verzeihen. Alles wird noch gut werden. Es ist nicht zu spät.

Sie hört, wie die Tür des Gemeindezentrums hinter ihr aufgerissen wird.

„Es tut mir leid!", ruft sie ihm auf halbem Weg zu, da sie begreift, was er noch nicht begriffen hat. Doch das Verständnis kommt zu spät.

Noch bevor sich Franco aus seiner Schockstarre lösen kann, um loszurennen und sie in seinen Armen in Sicherheit zu bringen, zerspringt die Bombe um Maries zierlichen Körper mit einem ohrenbetäubenden Knall. All die Nägel, all die winzigen metallischen Einzelteile, die sich bis eben noch gut verstaut in ihrer Weste befunden haben, springen auseinander und bohren sich in ihr Fleisch. Alles geschieht so schnell, dass der Schmerz sie gar nicht erreicht.

Keine Zeit mehr, um zu fühlen. Keine Zeit mehr, um zu denken. Keine Zeit mehr, um zu bedauern. Keine Zeit mehr, um zu hoffen.

Alles erfolgt in Lichtgeschwindigkeit. Jack sieht fassungslos dabei zu, wie Franco noch an gleicher Stelle von der Detonationswelle zu Boden gerissen wird, während Marie bereits in zwei geteilt den Toten angehört. Es braucht einen Schreckmoment, bis er begreift, was er soeben durch die Frontscheibe beobachtet hat. Aber wie kann das sein? Wieso hat sie die Bombe noch bei sich getragen?

Die Erkenntnis darüber, dass er dafür verantwortlich ist, erreicht seine eingefrorenen Gehirnzellen jedoch nicht sofort.

Augenblicklich lässt er das Handy aus der Hand gleiten, das ihm als Auslöser für die Bombe gedient hat, steigt von der Rückbank nach vorne auf den Fahrersitz und dreht den Schlüssel im Zündschloss um.

Maries lebloser Oberkörper liegt von ihrem eigenen Blut getränkt auf dem Boden. Ihre Augen sind noch immer weit aufgerissen, als hielte sie nach Franco Ausschau.

Eine aufgeregte Masse kommt aus dem Gebäude gestürmt und schreit bei dem entsetzlichen Anblick der Toten auf.

Ein siebenjähriger Junge, der sich zwischen die Erwachsenen hindurchquetscht, richtet mit völlig verstörtem Blick den Zeigefinger auf Maries offengelegten Bauch. Seine Mutter kommt sofort herbeigeeilt und legt ihm die Hände vor die Augen.

Eine Frau gleich neben ihr fällt vor Entsetzen ohnmächtig zu Boden.

Derweil kommt in der Ferne ein schwarzer Volvo mit rasender Geschwindigkeit auf den Vorplatz angefahren. Das Fahrzeug hält neben einem reglosen Mann auf dem Boden an. Jemand reißt die Fahrertür auf, zieht den bewusstlosen Verletzten mit viel Kraftaufwand in den Wagen und düst davon, während er Maries grässliche Überreste dem schockierten Publikum überlässt.

Das Kreuz, das schief um ihren Hals hängt, hat sie nicht vor ihrem Schicksal bewahren können. Jetzt liegt es an Gott, über sie zu richten.

36

Der Wendepunkt

Die nervige Klingel will einfach nicht aufhören zu läuten. Tamer starrt vom Sofa aus an die Decke. Versucht, den Besuch hinter der Tür zu ignorieren, so gut er kann. Auf seinen Wangen hat sich ein stoppeliger Dreitagebart gebildet, der seinem Gesicht strengere Züge verleiht. Er schließt die Augen und hält sich die Ohren zu. Endlich hört der Lärm auf. Doch bevor er sich über die Ruhe freuen kann, wird sie durch lautes Klopfen ersetzt.

„Mach schon auf, Tamer! Ich weiß, dass du da bist", erklingt die laute Stimme von Max hinter der Wohnungstür.

Seufzend steht Tamer vom Sofa auf und trottet zum Eingang.

Max betrachtet sein zerknittertes Hemd, das halb aus der Hose herausschaut.

„Schlecht geschlafen?", fragt er scherzhaft.

„Komm wann anders wieder", gibt Tamer wenig belustigt als Antwort. Er ist schon dabei, die Tür zu schließen, als Max dagegen drückt.

„Was ist los mit dir, Kumpel?“

„Nichts!“

Max zieht die Tür weiter auf. „Wir müssen reden!“

Tamer schnaubt unzufrieden. „Bin nich’ in Stimmung für Kaffeeklatsch.“

Sein Freund betritt gegen seinen Willen die Wohnung.

„Deine Mutter hat mich angerufen. Sie wollte wissen, ob du bei mir bist, weil sie dich schon seit gestern nicht erreichen kann.“

Tamer schüttelt genervt den Kopf. Unglaublich, dass seine Mutter Max anruft, nur weil er sich mal einen Tag nicht meldet. Als sei er noch minderjährig.

„Und bei der Arbeit warst du wohl auch nicht.“

„Ich bin krankgeschrieben!“, erklärt Tamer kurz und knapp.

Max schaut sich im Zimmer um. Dabei fallen ihm natürlich die Alkoholflasche und der volle Aschenbecher auf.

„Seh ich“, kommentiert Max ironisch, während er von dem unordentlichen Tisch zu seinem Freund aufblickt. „Doch nicht etwa Liebeskummer?“

„Ich will nich’ über sie reden!“, blafft Tamer ihn an, als sei Max ihm versehentlich auf den Fuß getreten.

„Also ist es Liebeskummer“, bestätigt dieser.

„Lass mich in Frieden, Mann!“

Max zieht überrascht von seinem harschen Tonfall die Brauen zusammen, zuckt dann aber mit den Schultern.

„Gut, dann eben nicht! Wirst du dich bei deiner Mutter melden oder muss ich es übernehmen?“

Es folgt nur ein Augenrollen als Antwort. Max kommentiert es mit einem frustrierten Seufzer. Dann marschiert er zur Tür, bleibt an der Schwelle aber noch mal stehen.

„Hast du wenigstens die Nachrichten verfolgt?“

Tamer dreht sich mürrisch zu ihm.

„Es gab wieder einen Anschlag. Auf eine muslimische Gemeinde.“

„Was?"

Natürlich hat er in seiner emotionalen Verfassung weder Fernseher noch Radio eingeschaltet und weiß nichts davon.

Max kommt wieder herein. „Gestern. In Koblenz." Er setzt sich ohne Aufforderung auf den Sessel. „Ist aber schiefgegangen. Nur die Täterin wurde in die Luft gesprengt."

Tamer hört ihm mit gespitzten Ohren zu. Die andauernde Müdigkeit ist blitzartig verschwunden.

„Augenzeugen berichten von einem wegfahrenden Fahrzeug mit zwei Männern, die anscheinend dazu gehörten."

Tamer setzt sich Max gegenüber, starrt jedoch an ihm vorbei an die Wand.

„Wer war die Frau?"

„Das müssen wir noch rauskriegen. Was wir schon wissen, ist aber, dass sie ein Kind erwartete." Max schüttelt schnaubend den Kopf. „Jetzt setzen diese Mistkerle sogar Schwangere für ihre Zwecke ein. Diese Terroristen kennen keine Skrupel."

Tamer sagt eine Weile nichts, dann schaut er mit glasigen Augen zu seinem Freund.

„Max, es gibt da etwas, das du wissen musst."

Mit einem dicken Verband um den Kopf sitzt Franco auf einem Holzstuhl in Jacks spärlicher Küche. Das Letzte, woran er sich erinnern kann, bevor er das Bewusstsein verlor, ist der erschütternde Anblick Maries.

Der Hoffnungsschimmer in ihrem Gesicht, als sie ihn erkannte, die ausgebreiteten Arme, die sie nach ihm ausstreckte, und die letzten Worte, die sie zu ihm sagte: „Es tut mir leid."

Jetzt erst begreift er ihre Bedeutung. Sie trug die Weste noch um ihren Körper. Dem Körper, der vor seinen Augen samt ihrem ungeborenen Kind in zwei Hälften geteilt wurde.

Diese Erinnerung ist so verstörend, dass sie ihm wie eine Szene aus einem brutalen Horrorfilm erscheint, den er gegen seinen Willen anschauen musste, ohne eine Chance, die Augen zu schließen.

Er ballt die Fäuste zusammen und beißt sich auf die Unterlippe, bis sie blutet. Vielleicht ist es besser, wenn er diese Erinnerung aus seinem Gedächtnis verbannt, aber er kann es nicht nur nicht, er will es auch nicht. Er braucht sie, um das zu Ende zu führen, was er begonnen hat. Maries Bild in seinem Kopf ist jetzt die Flamme, die all seinen Hass wie Sprengstoff entfacht.

Als Jack das Zimmer betritt, springt er von seinem Platz auf und stürmt auf ihn zu.

„Du Mistkerl, du hast sie umgebracht!" Er packt ihn am Kragen und will ihm schon ins Gesicht schlagen, als ein dritter Mann, der unbemerkt hinter ihm aufgetaucht ist, ihn von Jack wegzieht. Es ist Ferdinand, der Marie am Vortag über den Ablauf instruiert hat.

„Schieb nich' deine Schuld auf mich!" Jack richtet seinen Hemdkragen gerade. „Ich hab von Anfang an gesagt, dass sie das nich' durchziehen wird. Aber du hast nich' auf mich gehört."

Franco will erneut auf ihn los, doch Ferdinand hält ihn fest. „Beruhig dich, Franco!"

„Woher sollte ich auch wissen, dass sie die Bombe noch bei sich trägt?", verteidigt sich Jack. „Immerhin war sie weit genug vom Gebäude entfernt, um in Sicherheit zu sein."

„Du hättest den Auslöser nich' ohne meine Erlaubnis aktivieren dürfen!", faucht ihn Franco an.

Jack schüttelt vehement den Kopf. „Und damit riskieren, dass wir alle auffliegen?! Du hast dich praktisch allen auf dem Silbertablett präsentiert, als du ausgestiegen bist."

„Jack hat recht!", geht Ferdinand dazwischen. „Er hatte keine Wahl. Sonst wäre noch jemand zufällig aus dem Gebäude gekommen und hätte dich gesehen."

„Es ist jemand aus dem Gebäude gekommen", verteidigt sich Jack weiter.

Franco nimmt Abstand von beiden. „Jeder hat 'ne Wahl. Nur Marie hatte keine."

„Sie hatte auch eine", wendet Jack sofort ein. „Und sie hat sich für DICH entschieden."

Diesmal kann der Streitschlichter nicht rechtzeitig dazwischen gehen. Francos Faust trifft Jack mitten ins Gesicht.

Max hält seinen roten Schopf mit beiden Händen fest, während er in Tamers Wohnzimmer auf und ab geht.

„Ich fasse es nicht! Sie ist eine von denen!"

Tamer schaut aus dem Fenster hinaus.

„Zumindest war sie eine von ihnen", korrigiert er ihn.

Max bleibt verwundert stehen. „Was heißt ‚war'? Sie ist eine Mörderin! Die Mörderin deiner Schwester ..."

Tamer zuckt bei dieser Aussage zusammen.

„... und vieler anderer noch dazu", ergänzt Max. „Wie konntest du sie einfach gehen lassen? Du bist Polizist, Mann!"

Tamer antwortet ihm nicht, schaut nur weiter aus dem Fenster in die Ferne.

Max blickt ihn fassungslos an, dann begreift er. „Du liebst sie noch immer, oder?"

Tamer senkt den Kopf. Es ist unnötig, dass er ihm antwortet. Max wird sofort merken, wenn er lügt. Dafür kennen sie sich zu lange und zu gut. Jedenfalls sieht er seinem Freund auf einen Blick an, dass er sich für diese zwiegespaltenen Gefühle verachtet. „Bitte behalte all das für dich, bis ich weiß, was ich wegen ihr tun soll."

Max versteht seine missliche Lage, aber er kann nicht mit diesem Wissen tatenlos nach Hause gehen. „Tamer, es ist meine Pflicht, sie zu melden. Sie ist eine Terroristin. Dass sie sich nicht mehr daran erinnern kann, ändert nichts daran."

Tamer schaut ihn mit solch einer Verzweiflung in den dunklen Augen an, dass es Max beinahe wehtut. In all den Jahren ihrer Freundschaft hat er ihn nie in diesem Zustand gesehen. Nicht einmal auf der Beerdigung seiner eigenen Schwester.

Er gibt ihm Zeit, um sich wieder zu fassen.

Tamers Stimme kommt gebrochen aus seiner Kehle heraus. „Ich bitte dich als meinen besten Freund."

Völlig erschöpft von den Ereignissen des Tages wirft Franco seine Lederjacke auf den Sessel gleich neben dem Eingang des Wohnzimmers. Er hat sich gar nicht erst die Mühe gemacht, das Licht anzuknipsen. Jetzt will er sich nur noch aufs Sofa schmeißen und seine Gehirnzellen deaktivieren.

Er zieht das Tütchen mit dem Marihuana aus seiner Hosentasche, um sich einen Joint zu drehen. Jacks Morphintablette, die er gegen die Schmerzen eingenommen hat, lässt langsam in ihrer Wirkung nach. Auf den Arztbesuch hat er freiwillig verzichtet, um keine lästigen Fragen beantworten zu müssen. Dass er noch heil davongekommen ist, hat er nur der Tatsache zu verdanken, Marie nicht nahe genug gekommen zu sein. Die Splitter der Erinnerungen, die sich jedoch in sein Hirn gebrannt haben, sind bestialischer als jeder körperliche Schmerz, den er jemals gespürt hat. Als er damals im Krankenhaus noch gedacht hat, es gäbe keinen schrecklicheren Anblick als den der verstorbenen Cherin, die er fälschlicherweise für seine Frau gehalten hatte, so hat ihn Maries zweigeteilter Körper vom Gegenteil überzeugt.

Wie soll er diese Szene jemals aus seinem Kopf bekommen? Keine Droge der Welt wird ihm dabei helfen. Marie, die kleine unsichere Marie, mit der er so viele leidenschaftliche Nächte geteilt hat. Die Mutter seines ungeborenen Kindes.

Der kurze Moment des Glücks über die Nachricht, bald Vater zu werden, wurde im wahrsten Sinne des Wortes ausgelöscht. Ein zweites Mal. Das Schicksal meint es nicht gut mit ihm. Das Gute ist nicht auf seiner Seite. Vielleicht weil er sich dem Bösen hingegeben hat. Und es wächst immer weiter in ihm: das Böse. Mit jeder Niederlage wird es stärker, übermächtiger. Einen Gott gibt es nicht, darin wurde er jetzt erneut bestätigt, einen Teufel hingegen durchaus. Und wenn dieser ihn herausfordern will, dann wird er sich diesem Zweikampf stellen.

Franco verteilt ein halbes Gramm Cannabis auf einem Blatt Papier und platziert den Filter an ein Ende. Als er gerade dabei ist, die Tüte zu drehen, bemerkt er eine Bewegung aus dem Augenwinkel. Jemand steht an der Türschwelle zu seinem Schlafzimmer. In sofortiger Alarmbereitschaft dreht er sich um und lässt dabei alles aus der Hand fallen.

„DU?!"

Agnesa knipst das Licht an und kommt auf ihn zu. Er rührt sich nicht vom Fleck, schaut sie nur verwundert an. Sie ist die Letzte, mit der er hier gerechnet hätte. Zu seinem noch größeren Erstaunen eilt sie auf ihn zu und legt ihre Arme um seinen Hals.

„Ich erinnere mich wieder", flüstert sie ihm ins Ohr. „An alles!"

Verblüfft über dieses Geständnis entzieht er sich ihrer Umarmung. „Was meinst du mit alles?"

Agnesa greift nach seiner Hand. „Alles vor dem Anschlag."

Franco legt die Stirn in Falten. Sie ist wie ausgewechselt. Ist das noch dieselbe Frau, die er zuletzt vor der Haustür seiner Feinde abgesetzt hat?

„Den Weihnachtsmarkt, Elizabeths Tod, die Demonstrationen, den geplanten Anschlag, die Bombe in Lizzies Kinderwagen …"

Er starrt sie eine Weile wortlos an. „Was ist mit dem Polizisten? Weiß er Bescheid?“

„Nein! Ich hab ihn verlassen.“ Sie streicht ihm mit der freien Hand über die Wange. „… um bei dir zu sein.“

Noch immer skeptisch, blickt er ihr direkt in die Augen. „Wieso dieser plötzliche Umschwung?“

„Ich konnte nicht länger bei einem Mann bleiben, dessen Sorte meine Familie ausgelöscht hat.“

Endlich! Endlich ist sie zur Vernunft gekommen. Er wusste es die ganze Zeit. Wenn die Erinnerung zurückkehrt, kehrt auch der Hass zurück. Unsere Geschichte macht uns zu dem, der wir heute sind.

„Wie viel hast du ihm von der Wahrheit erzählt?“

„Gar nichts. Ich bin nicht dumm. Schließlich ist er Polizist.“

„Und er hat dich einfach gehen lassen?“

Agnesa rückt näher an ihn ran. „Ich habe ihm gesagt, dass ich wieder zu meinem Ehemann möchte. Was hätte er dagegen tun sollen?“

Franco begutachtet sie eine Weile mit Argusaugen, um keine Regung in ihrer Mimik zu verpassen. „Heißt das, du ziehst hier wieder ein?“

Sie nickt. „Ich bin wieder zu Hause, wo ich hingehöre.“

Franco zieht sie zu sich und küsst sie auf den Mund. Agnesa erwidert den Kuss. Es fühlt sich an wie früher, als die Welt noch in Ordnung war. Das ist die Droge, die er jetzt braucht, um seine offene Wunde zu heilen.

Sie erträgt ihr eigenes Spiegelbild nicht. Dieser Anblick ist noch viel erschütternder als die fremde Gestalt im Spiegel, die sie vor einem Jahr im Krankenzimmer erblickt hat. Denn diesmal ist sie sich dessen schmerzhaft bewusst, wer diese Frau ist, die zurückstarrt. Und obwohl sie ihre Vergangenheit mittlerweile kennt, zumindest den wesentlichen Teil davon, ist ihr Spiegelbild ihr weiterhin fremd. Es ist nicht mehr Warda, die sie dort auf der anderen Seite des Waschbeckens sieht, es ist eine Kriminelle auf freiem Fuß.

Sie möchte schon die Lider zusammenpressen, um diesen Anblick und all die damit einhergehenden Gefühle auszublenden, doch das Licht über dem Spiegel fällt so grell auf den Anhänger um ihren Hals, dass sie sofort zur Salzsäule erstarrt.

Das Saphirblau des Auges inmitten von Fatimas Hand scheint sie mahnend anzuschauen.

Mein Gott, sie hat sich so an diese Goldkette um ihren Hals gewöhnt, dass sie sie bislang gar nicht wahrgenommen hat. Das Gefühl der Schuld bricht über sie ein wie ein zusammenfallendes Haus. Was müssen nur Latifa und Rashid über sie denken, nachdem sie einfach so ohne eine Begründung oder ein Wort des Abschieds gegangen ist? Hat Tamer ihnen schon alles erzählt? Empfinden sie nun ebenfalls Abscheu ihr gegenüber oder sind sie noch völlig ahnungslos? Wie soll sie ihnen je wieder unter die Augen treten? Wie ihnen die Wahrheit beichten, falls Tamer es nicht tut? Das wird ihnen das Herz brechen. Dazu ist sie nicht imstande.

Sofort umfasst sie den Anhänger, um dem mahnenden Auge zu entkommen. Eigentlich sollte die Hamsa sie vor dem Bösen, das sie umgibt, beschützen, aber jetzt, wo sie weiß, dass sie selbst das Böse verkörpert, hat der Anhänger seine Wirkung verloren. Nein, das stimmt nicht. Er hat jetzt eine andere Wirkung, denn er spiegelt den Teil von ihr, der ihr zuvor durch ihr Unwissen verborgen blieb.

Sie greift sich in den Nacken und löst den Verschluss. Welches Recht hat sie, dieses Geschenk noch zu tragen? Sie ist dieses kostbaren Schatzes nicht würdig.

Tamer sitzt am Küchentisch seiner Eltern und blickt abwesend aus dem Fenster auf die gut gepflegte Straße, wo gerade zwei Nachbarskinder mit einem Basketball herumspielen.

Latifa stellt ihm eine Tasse Tee hin. Sie tauscht einen besorgten Blick mit ihrem Mann am anderen Ende des Tisches aus, bevor sie sich zu ihnen setzt und nach der Hand ihres Sohnes greift.

„Geht es dir gut, Liebling?"

Tamer zieht die heiße Tasse zu sich heran. „Alles bestens." Es klingt wenig überzeugend.

Latifa schaut erneut zu Rashid.

„Gibt es Neuigkeiten von Agnesa?", fragt dieser auf Arabisch.

Mit voller Wucht schlägt Tamer mit der Faust auf den Tisch und etwas Tee kippt aus seiner Tasse heraus. „Nenn ihren Namen nie wieder in diesem Haus!"

Latifa nimmt eine Serviette und wischt die Tropfen weg. Einen Moment schweigen alle, dann hakt sie aber vorsichtig nach. „Was ist denn los?"

„Ich will nicht über sie reden!", unterbricht Tamer sie sofort. „Was versteht ihr daran nicht?"

Latifa führt den Satz nicht mehr zu Ende. Ihr Sohn greift nach seiner Tasse und nimmt einen großen Schluck, verbrennt sich aber sogleich den Mund am heißen Tee.

Latifa schaut wieder besorgt zu ihrem Mann.

„Du kannst es nicht totschweigen …", wagt er einen neuen Versuch.

Doch Tamer würgt auch ihn ab. „Warum könnt ihr mich nicht damit in Ruhe lassen?!"

„Weil wir nicht tatenlos zusehen können, wie du dich quälst!"

Tamer steht von seinem Platz auf. „Es war ein Fehler hierherzukommen."

Rashid steht ebenfalls auf. „Du hättest es doch kommen sehen müssen."

„Was hätte ich kommen sehen müssen?"

„Du wusstest, dass sie verheiratet ist", erklärt Rashid mit ruhiger Stimme.

Tamer zieht wütend die Brauen zusammen, als sein Vater weiterspricht.

„Es war nur eine Frage der Zeit, bis ihr Mann wieder …"

„Das hat nichts mit ihrem Mann zu tun!" Tamer zieht seinen Stuhl zur Seite und marschiert auf die Tür zu. „Sie ist an allem selbst schuld!"

Rashid und Latifa schauen einander verständnislos an, als Tamer ohne Abschied die Küche verlässt und die Haustür im Flur laut zuknallt. In so einem aufgebrachten Zustand haben sie ihren Sohn noch nie zuvor erlebt.

„Wusst ich doch, dass es kein gutes Ende mit den beiden nehmen wird." Rashid setzt sich wieder hin.

Latifa blickt weiterhin zur Tür. Es bricht ihr das Herz, ihren Sohn so zu sehen.

„Ich glaube, es gibt einen anderen Grund für sein Verhalten."

Ihr Mann runzelt die Stirn.

„Unsere Warda hätte uns nicht einfach so ohne ein Lebewohl verlassen." Sie richtet ihren Blick betrübt auf ihre dampfende Teetasse. „Nicht nach allem, was wir für sie getan haben."

„Warda vielleicht nicht", entgegnet Rashid, „aber was wissen wir schon über Agnesa?"

BUẞE

37

Die Entscheidung

Die Straßen sind in völlige Dunkelheit gehüllt. Der Parkplatz vor dem mehrstöckigen Gebäude ist bis zur letzten Parklücke ausgelastet. Nur noch vereinzelt sind Lichter hinter den Fenstern eingeschaltet. Die meisten im Haus schlafen bereits.

Mit gesenktem Kopf steigt Tamer aus dem Aufzug. Sein Kneipenbesuch macht sich dröhnend in seinem Schädel bemerkbar.

Als er fast an seiner Wohnung angelangt ist und endlich aufblickt, um sich zu vergewissern, dass er vor der richtigen Tür steht, sieht er sie einige Meter vor sich, den Blick fest auf ihn gerichtet. Augenblicklich bleibt er wie angewurzelt stehen.

„Was machst du hier?"

Bevor Agnesa ihm überhaupt auf seine Frage antworten kann, spricht er in demselben harschen Tonfall weiter: „Du hast echt Nerven hierherzukommen!"

„Ich muss mit dir sprechen."

Tamer schüttelt den Kopf. „Verschwinde von hier!"

„Bitte hör mir zu!"

Er ballt die Fäuste fest zusammen. Sie ist der Grund für seinen jetzigen Zustand. Sie ist der Grund für sein Unglück. „Verschwinde, bevor ich dich eigenhändig verhafte!"

Agnesa rührt sich nicht von der Stelle. „Ich habe nicht vor wegzulaufen."

Tamer sagt nichts, starrt nur an ihr vorbei in den Gang. Er kann sie nicht ansehen. Diese Augen lösen zu viel in ihm aus.

„Vielleicht kann ich euch helfen, die Terroristen zu schnappen."

„Du bist doch selbst eine von denen", ächzt er.

Agnesa schweigt einen Moment, dann nickt sie. „Genau deshalb habe ich auch Zugang zu ihnen, den die Polizei nicht hat."

Jetzt schaut Tamer sie doch an, versucht, in ihren Augen ihre Absichten zu lesen. Diese Augen – wie er sie liebt und hasst. „Warum sollte ich dir vertrauen?"

Sie lässt die Schultern hängen. „Es ist das Einzige, was ich tun kann, um meine Tat wiedergutzumachen."

Tamer entweicht ein ironisches Lachen, dann wird er wieder ernst. „Du kannst dich nicht wieder reinwaschen."

Jetzt weicht auch sie seinem Blick aus. „Ich erwarte nicht, dass du mir verzeihst. Ich will nur verhindern, dass noch mehr Menschen sterben."

Nach einem langen unbehaglichen Schweigen geht sie an ihm vorbei Richtung Treppenhaus. Er tritt zur Seite, um nicht von ihr berührt zu werden.

„Ich werde morgen um diese Zeit im Café Benzer auf dich warten. Das Töten muss endlich ein Ende nehmen." Den Blick in die Ferne gerichtet fügt sie leise hinzu: „Das ist der einzige Grund, warum ich noch am Leben bin."

„Und was macht dich so sicher, dass sie die Wahrheit sagt?“, ertönt Max’ Stimme aus dem Handy, das Tamer an sein Ohr gedrückt hält.

„Was bringt es ihr zu lügen? Sie ist zurückgekommen, obwohl ihr bewusst war, dass ich sie verhaften könnte.“

Max denkt kurz nach. „Vielleicht ist sie wieder zu ihrer Gruppe zurückgekehrt, und die haben sie überredet, die Polizei auf die falsche Fährte zu locken.“

Tamer steht vom Sessel auf und schaut aus dem Fenster. Draußen ist es pechschwarz.

„Das ergibt doch keinen Sinn. Wir haben noch keinerlei hilfreiche Spur zu den Terroristen. Das weiß sie.“

„Und genau das könnte sie verhindern wollen. Sie war immerhin imstande, Unschuldige zu töten. Vergiss das nicht! Das Täuschen liegt ihr im Blut.“

„Doch nicht nach allem, was passiert ist“, bringt Tamer als Einwand ein. „Sie hat ein Jahr bei meiner Familie verbracht.“

„Und in dieser Zeit hatte sie keine Erinnerungen. Was, wenn der Hass in ihr wieder zurückgekehrt ist, jetzt, wo sie sich an alles erinnert?“

Vor Tamers Augen erscheint Agnesas Bild hinter der Fensterscheibe in der Dunkelheit der Nacht. Es ist jedoch nicht die Mörderin, die er in ihr sieht, sondern seine Warda, die ihn mit sanftem Lächeln anschaut.

„Was, wenn sie sich geändert hat?“, spricht er seine Gedanken laut aus.

„Ein Jahr ist nichts im Vergleich zu einem ganzen Leben.

Tamer streicht sich mit den Fingern durch die ungekämmten Haare. „Ich weiß nicht, wer sie in ihrem alten Leben war, aber ich hab gesehen, als was für ein Mensch sie wiedergeboren wurde.“

„Dann müssen wir herausfinden, wer von diesen beiden Menschen sie heute ist.“

„Was meinst du damit?“, hakt Tamer nach.

„Lass uns testen, ob sie die Wahrheit sagt. Nur dann sind wir auf der sicheren Seite.“

Tamer hört ihm aufmerksam zu. Was plant sein Freund im Hinterkopf?

„Wenn du richtig liegst, hast du nichts zu befürchten, und wenn du dich irrst, dann kann ich sie offiziell verhaften.“

Agnesas Bildnis ist in der Schwärze der Nacht schon verschwunden, doch in der Ferne leuchtet ein winziger Stern hell auf, der Tamer jetzt erst auffällt. Ein kleiner Hoffnungsschimmer in dieser düsteren Zeit.

Kaum ist Agnesa über die Schwelle ihrer Wohnung getreten, wird sie von hinten am Arm gepackt. Sie zuckt zusammen.

„Wo warst du?“ Franco durchlöchert sie mit finsterer Miene.

„Ich hab mich mit einer Freundin getroffen.“

Er schaut ihr tief in die Augen, als möchte er verstehen, ob sie ihn anlügt oder die Wahrheit sagt. „Um diese Uhrzeit? Welche Freundin?“

„Jenny“, erwidert Agnesa ohne zu zögern. „Du kennst sie nicht.“ Sie löst sich aus seinem Griff und betritt die Wohnung. „Ich wollte ihr nur Bescheid geben, dass ich nicht mehr bei den Al-Baris wohne“, sagt sie mehr beiläufig.

Er glaubt ihr offenbar nicht, denn er greift zum Telefonhörer. „Also ist das hier ihre Nummer, die zuletzt gewählt wurde?“

Agnesa nickt, woraufhin Franco die Rückruftaste betätigt. Währenddessen zieht sie in aller Ruhe ihre Schuhe aus, um vorzugeben, dass ihr seine Kontrolle nichts ausmacht. In Gedanken ist sie jedoch heilfroh, Jenny tatsächlich in seiner

Abwesenheit angerufen zu haben, um Tamers Adresse nachzufragen, an die sie sich nicht mehr erinnern konnte.

Der Anrufbeantworter geht an und Jennys heitere Stimme erklingt aus dem Lautsprecher. Agnesa atmet erleichtert auf. „Freunde treffen darf ich ja wohl noch, oder bin ich deine Gefangene?“

Ihre bissige Aussage sitzt. Er legt stumm den Hörer weg. Angriff ist doch die beste Verteidigung.

„Worüber habt ihr denn gesprochen?“, hakt er weiter nach.

„Jenny hat mir eine Arbeit in ihrem Friseursalon angeboten. Ich wollte ihr Bescheid geben, dass ich erst mal nicht kommen kann. Ist das Verhör damit beendet?“

„Diese Arbeit brauchst du nicht mehr. Ich werd mich schon um dich kümmern.“

„Ist es mir verboten, arbeiten zu gehen?“ Sie provoziert ihn bewusst, um von sich abzulenken.

„Du hast schon immer gearbeitet. Ich dachte nur, du brauchst Zeit, um dich an den Alltag zu gewöhnen.“

Sie nimmt die Fernbedienung in die Hand und setzt sich auf das Sofa. „Danke für die Fürsorge, aber mir ist es lieber, wenn ich nicht bemuttert werde.“

Sie schaltet den Fernseher ein, um nicht mehr weiter darüber sprechen zu müssen. Schließlich hat sie vorgegeben, sich wieder an alles zu erinnern. Aber gewisse Erinnerungen sind noch immer nicht zurückgekehrt. So weiß sie auch gar nicht mehr, wo oder als was sie früher einmal gearbeitet hat. Das wird sie aber ein andermal von ihm in Erfahrung bringen.

Im Kabelfernsehen laufen gerade die Elf-Uhr-Nachrichten. Ein Reporter berichtet über das gescheiterte Attentat im Gemeindezentrum, während ein Phantombild von Marie auf dem Bildschirm erscheint, das ihrem Äußeren relativ gerecht wird.

„Die junge Attentäterin, die bei der Explosion selbst ums Leben kam, war brünett, circa 1,75 Meter groß und um die dreiundzwanzig Jahre alt. Ihr Tatmotiv ist unbekannt, aber ein Mitarbeiter des Gemeindezentrums, der mit ihr kurz vor der Explosion persönlich gesprochen hat, berichtet von einer panischen Flucht. Sollten Sie die Frau auf dem Foto erkennen, dann melden Sie sich bitte umgehend bei der Polizei."

Eine Nummer wird unter ihrem Foto eingeblendet.

Agnesa schaut mitfühlend auf den Bildschirm. Sie kann noch immer nicht fassen, dass Marie nicht mehr am Leben ist. Diese Information hat sie bereits in den Radionachrichten im Taxi gehört, das sie zu Tamer gefahren hat. So hatte sie Zeit genug, um die Schreckensbotschaft zu verdauen. Zwar fehlen ihr noch immer die Erinnerungen an ihre ehemalige beste Freundin, aber ihr Schicksal lässt sie nicht unberührt. Sie kann sich noch gut daran erinnern, wie Marie sie genau hier in die Arme geschlossen hat. Automatisch fällt ihr Blick auf das Tattoo an ihrer Hand. Jetzt wird das andere Ende der Leitung für immer stumm bleiben.

Eine tiefe Trauer macht sich in ihr breit. Doch ehe sie sich ihren Emotionen hingeben kann, wird das Fernsehbild schwarz.

Franco, der unbemerkt hinter ihr aufgetaucht ist, wirft die Fernbedienung lieblos beiseite.

Agnesa holt tief Luft, bevor sie sich zu ihm umdreht. „Die Tote ist Marie, nicht?"

Er beantwortet ihre Frage mit einem vielsagenden Schweigen.

„Sie hat mir davon erzählt."

Ein Bluff, doch er funktioniert. Franco beißt sich auf die Unterlippe. „Was hat sie erzählt?"

Agnesa nähert sich ihm. Sie muss sein Vertrauen gewinnen. Nur dann wird er sie in seine Pläne einweihen. „Na, dass SIE die Bombe diesmal reinschmuggeln wird."

Zwar ist sie sich dieser Schlussfolgerung nicht zu hundert Prozent sicher, doch Agnesa kann eins und eins zusammenzählen. Immerhin hat Marie ihr damals verraten, dass sie mit „solchen Erinnerungen" nicht leben könnte.

Franco beobachtet sie haargenau, bevor er spricht: „Es hätte nicht dazu kommen dürfen, aber Unfälle passieren leider."

„Was, wenn die Polizei ihre Identität herausfindet?", fragt sie vorsichtig nach.

„Lass das mal meine Sorge sein. Du hast damit nichts zu tun."

Er sagt es so trocken, als verkünde er bloß, dass es kein frisches Brot mehr zu Hause gäbe. Aber da ist etwas in seinem Blick, das etwas anderes sagt.

Agnesa belässt es dabei, um nicht zu neugierig zu wirken.

„Wirklich schade, dass sie ihr Leben umsonst verloren hat." Sie kann selbst kaum glauben, wie gefühllos diese Worte über ihre eigenen Lippen kommen, aber sie hat sie auf dem Rückweg von Tamers Wohnung hierher einstudiert. Sie darf jetzt nicht weich werden. Keine Trauer für Marie und keine Abscheu für ihn zeigen. Er muss ihre Rolle glauben. Davon hängt alles ab.

„Ja, ihr Tod war völlig umsonst", kommentiert Franco endlich. „Aber Trauer bringt sie auch nicht zurück."

Er wendet sich von ihr ab, weil er offensichtlich keine Lust mehr hat, die Unterhaltung fortzusetzen. Es entgeht Agnesa jedoch nicht, dass seine Augen feucht werden. Ob vor Trauer oder nur vor Schuldgefühlen ist ihr jedoch unklar.

Sie schließt die Tür des Schlafzimmers hinter sich zu, nachdem sie Franco verkündet hat, dass sie sich ein wenig ausruhen möchte. Erleichtert stellt sie fest, dass sein Notebook auf dem Bett noch eingeschaltet ist. Sie setzt sich auf die Bettkante, legt das Notebook auf dem Schoß ab und öffnet den

Internetbrowser. Der Name der Website ist ihr noch in Erinnerung geblieben.

Als sich die Hauptseite öffnet, braucht sie nicht lange, um zu finden, wonach sie sucht. Sie wählt eine der weißen Kerzen für Marie. Für eine goldene, die ewig brennt, muss sie im Besitz einer Kreditkarte oder einer Bankverbindung sein. Das muss erst einmal ausreichen. Wenn sie schon keine Kirche aufsuchen kann, möchte sie wenigsten so eine Kerze für sie anzünden. Nur Maries Familienname sowie ihr Geburtsdatum und ihren Geburtsort weiß sie nicht, um diese Daten einzutragen, aber im Grunde genommen ist das auch egal, denn sicherlich wird es niemand anderen auf dieser Website geben, der einen ähnlich grausamen Tod erlitten hat. Und vermutlich wird sie auch die einzige bleiben, die ihr auf diesem Weg gedenken wird.

„Text zur Kerze", liest sie leise vor. Mehrere Minuten horcht sie in sich hinein. Sie hat noch immer keinen Zugriff auf die gemeinsamen Momente mit Marie, um ihr eine persönliche Botschaft zu hinterlassen. Auch ein Blick auf das Tattoo an ihrem Handgelenk löst zu ihrem Bedauern keine einzige Erinnerung in ihr aus, obwohl sie sich sicher ist, dass sie viele Erlebnisse miteinander geteilt haben müssen, um dieses Tattoo als Zeichen ihrer tiefen Verbundenheit stechen zu lassen.

Marie, tippt sie ein, um endlich anzufangen,

dein Tod ist genauso sinnlos wie der Grund dafür. Ich bin mir sicher, dass du geblendet warst von falschen Glaubenssätzen und Versprechungen, um die Wahrheit zu erkennen. Ich habe in deinen Augen die Furcht gesehen. Du hast es nicht freiwillig getan, sonst wärst du jetzt noch am Leben. Dein Schicksal hat sich für diesen Pakt mit dem Teufel gegen dich verschworen. Aber ich bin mir sicher, dass tief in dir drin das Gute überwog, sonst hättest du deine Aufgabe zu Ende gebracht, statt vor ihr zu fliehen. Hoffentlich wird dir das göttliche Gericht verzeihen.

Statt auf „Senden“ zu drücken, löscht Agnesa den Text wieder. Sie möchte Marie nicht mit diesen Worten dem Internet überlassen. Die Menschen sind zu großzügig mit ihrem eigenen Urteil, ohne die Beweggründe anderer zu kennen. Also schreibt sie stattdessen nur ein „Ruhe in Frieden“ und zündet anschließend die Kerze an.

Ein Klopfen an der Tür lässt sie erschrocken zusammenfahren. Sofort legt sie das Notebook beiseite und zieht sich die Decke über den Oberkörper.

„Was dagegen, wenn ich mich dazulege? Bin auch ziemlich platt.“ Franco betritt das Zimmer, ohne ihre Antwort abzuwarten, jedoch bleibt er neben dem Bett stehen.

Agnesa rückt beiseite, um ihm Platz zu machen, obwohl ihr nicht nach seiner Nähe ist, insbesondere im ehelichen Bett.

Sie wickelt sich in die Decke, um deutlich zu machen, dass sie keinen Wunsch nach Körperkontakt hat, doch er scheint selbst seine Ruhe zu wollen, denn er versucht erst gar nicht, ihr nahezukommen.

„Was ist das für eine Seite?“

Seine Frage macht ihr schlagartig klar, dass die Website noch offen ist.

„Ich habe eine Kerze für Marie angezündet.“ Es ist sinnlos ihn anzulügen. Das würde ihn nur skeptisch machen.

„Was soll das bringen?“ Ein Hauch von Missbilligung schwingt in seiner Stimme mit.

„Wir waren befreundet, schon vergessen?“

Jetzt legt er ihr doch eine Hand auf den Rücken, damit sie sich zu ihm umdreht.

Agnesa ist froh darüber, dass die Decke direkten Hautkontakt verhindert. Er ist der Verantwortliche für ihren Tod. Er hat Marie zu dieser Tat angestiftet. Er hat Marie auf dem Gewissen.

Ein weiterer Gedanke schnürt ihr den Hals zu: Sie liegt mit einem Mörder im Bett. Doch die Erkenntnis, die daraufhin folgt, ist viel schlimmer. *Zwei Mörder liegen in diesem Bett.*

Sie kann ihre Schuld nicht von sich weisen. Ihn dafür verantwortlich zu machen, dass er sie damals zum Anschlag überredet hat. Immerhin war es ihre Entscheidung, ihn auszuführen. Und im Gegensatz zu Marie, die nur ihr eigenes Ende zu verantworten hat, ist sie für den Tod so vieler verantwortlich.

Sie reißt sich zusammen, um gegen die Tränen anzukämpfen. Mit einem langen Atemzug dreht sie sich zu ihm um. „Glaubst du an Gott?"

Die Überraschung über diese Frage ist ihm regelrecht anzusehen. Er rückt das Kissen hinter sich gerade. „Wenn es einen Gott gäbe, dann würde es auch noch Lizzie geben."

Dann klappt er sein Notebook zu und schiebt es beiseite, um sich hinzulegen. „Glaubst du etwa an einen?"

„Wenn es KEINEN Gott gäbe, dann hätte es auch Lizzie nicht gegeben."

38

Der Test

Schweigsam sitzen Tamer und Agnesa im Café Benzer, wo sie sich einmal zuvor mit Max getroffen haben. Doch die Distanz, die diesmal zwischen ihnen liegt, reicht bis zum anderen Ende der Wand, auch wenn sie einander nur wenige Meter gegenüber sitzen.

Dass diese beiden Menschen noch vor einigen Tagen Zärtlichkeiten ausgetauscht haben, ist kaum mehr denkbar, wenn man sie jetzt ansieht.

Tamers Mimik zeigt keinerlei Regung. Das perfekte Pokerface für jedes Kartenspiel. Er hat sich bewusst in Zivil gekleidet, um keine Aufmerksamkeit auf sich zu lenken. Sein Bartwuchs hat zugenommen, da ihm vermutlich die Motivation zu einer Rasur fehlt.

Agnesa meidet seinen Blick, aus Angst, sie könne wieder dieselbe Verachtung darin sehen, die sie bei ihrer letzten Begegnung in seinen Augen abgelesen hat.

„Ich kenne die Frau vom missglückten Anschlag", kommt sie sofort zum Punkt. Viel Zeit haben sie nicht. Sie will noch vor Franco zurück sein, um erneutes Misstrauen zu vermeiden. Sogleich zieht sie ein Foto aus ihrer Tasche und legt es auf dem Tisch vor sich ab. Ein Selfie von ihr mit Marie, lachend Arm in Arm vor einem Kino. Sie hat es aus ihrer Wohnung mitgenommen.

„Ihr Name ist Marie. Wir waren befreundet."

Tamer betrachtet das Foto genauer. „Wie heißt sie mit vollem Namen?"

„Das weiß ich nicht mehr, und ich wollte Franco nicht danach fragen, um keine Zweifel zu wecken."

Er steckt das Bild ein, ohne nach ihrer Zustimmung zu fragen, aber das hat sie auch nicht von ihm erwartet. „Wir brauchen die Namen aller Mitglieder eurer Terrorgruppe und die Adresse eures Verstecks."

Agnesa entgeht nicht, dass er von „eurem" spricht, so als sei sie weiterhin Teil der Terroristen.

„Ich werde etwas Zeit benötigen, um an diese Informationen ranzukommen. Noch werde ich in nichts eingeweiht."

„Was ist mit deinem Mann?"

„Er glaubt mir bisher. Aber er traut mir noch nicht."

Keiner von beiden rührt die Flasche Wasser an, die wie eine durchsichtige Wand zwischen ihnen steht und als Vorwand für ihren Aufenthalt im Café dient.

„Was ist, wenn er die Wahrheit rausfindet?"

„Er kann mir Zugang zu den anderen verschaffen", weicht sie der Frage aus.

„Seine Identität kenne ich, und du kannst mir sagen, wo ich ihn finde." Er macht eine kurze Pause, bevor er seine Absicht preisgibt. „Wenn wir ihn jetzt verhaften, können wir ihn zum Reden zwingen."

„Davon rate ich ab."

„Nimmst du ihn in Schutz?“

Sie schüttelt den Kopf. „Er wird nicht reden.“ So gut kann sie ihren Ehemann mittlerweile einschätzen. Außerdem möchte sie ihm Francos Adresse nicht geben. Wer weiß, wozu er imstande wäre, wenn Tamer plötzlich bei ihnen auftauchte.

„Und wenn ihr ihn verhaftet, wissen die anderen sofort Bescheid.“

Tamers kühler Blick sagt ihr, dass ihr fehlendes Vertrauen ihn enttäuscht. Aber sie kann ihm nicht sagen, dass sie seinen Aufenthaltsort aus Sorge um ihn nicht verrät.

„Ich versuche, an mehr Informationen zu kommen.“

Tamer zieht einige Münzen aus seiner Hosentasche und legt sie auf dem Tisch ab. „In einer Woche treffen wir uns zur selben Zeit hier wieder.“

Sie nickt.

Er hält den Blick mehrere Sekunden auf sie fokussiert. „Das wird dich nicht vor einer Gefängnisstrafe bewahren“, sagt er schließlich. Er will ihr offensichtlich keine falschen Hoffnungen machen.

„Das weiß ich“, sagt sie daher nüchtern.

Tamer steht von seinem Platz auf. „Vielleicht lässt sich deine Strafe aber mildern.“

Sie steht ebenfalls auf und greift nach ihrer Handtasche. „Das wird nicht nötig sein.“

Als Agnesa ihre Jacke von dem Stuhlrücken zieht, merkt sie, dass er plötzlich dicht neben ihr steht. Fast glaubt sie, er möchte sie in die Arme schließen, doch da tritt er auch schon zurück.

„Wenn deine Leute dich schnappen, wird es dir schlimmer ergehen als in den Händen der Polizei.“ Mit dieser Warnung geht er ohne einen Abschied hinaus.

„Was, wenn sie für die Polizei spioniert?"

Jack zieht Franco zur Seite, dabei schaut er zu Agnesa, die sich einige Meter entfernt mit Garret unterhält. „Wir sollten ihr nicht blind vertrauen."

Die beiden Männer haben sich heute getroffen, um über einen Notfallplan in Sachen Marie zu sprechen. Bei dieser Gelegenheit hat Franco beschlossen, Agnesa mit seinen engsten Vertrauten bekannt zu machen. Die letzten Tage mit ihr verliefen einwandfrei. Agnesa hat keinerlei Anzeichen gezeigt, noch Gefühle für die Al-Baris zu hegen. Garret ist erst nach dem Anschlag während der Ramadanfeier zu ihrer Gruppe gestoßen. Jack kennt Agnesa zwar von früher, doch sie scheint sich nicht mehr an ihn zu erinnern. Besser so! Der grimmige Kauz würde mit Sicherheit keine positiven Erinnerungen in ihr wecken, zumal er leicht frauenfeindlich eingestimmt ist und schon damals nicht wollte, dass Agnesa die Mission ausführt.

„Sie hat keinen Kontakt mehr zu dem Bullen und seiner Familie", gibt Franco trocken als Antwort.

„Was macht dich so sicher? Sie hat ein Jahr bei denen gelebt."

„Sie ist meine Frau. Ich kenne sie gut genug."

Als könne Agnesa hören, dass über sie gesprochen wird, dreht sie sich zu den beiden Männern um.

„Ich hab Franco gerade gefragt, ob du deine Pflegefamilie gar nicht vermisst?", konfrontiert Jack sie mit seinen Vermutungen.

Agnesa schaut ihn ausdruckslos an. „Das ist ein abgeschlossenes Kapitel, an das ich nicht mehr denken möchte."

„Und dein Freund, der Polizist? Er fragt sich bestimmt, wo du jetzt steckst."

Sie kommt auf ihn zu. „Er ist nicht mein Freund. Worauf willst du hinaus, Jack?"

„Woher wissen wir, dass nicht ER dich zu uns geschickt hat?"

Franco beobachtet sie von der Seite. Er hat sich diese Frage selbst schon gestellt, auch wenn er es vor Jack nicht zugeben würde.

„Für wie dumm hältst du mich eigentlich? Die Polizei würde als Erstes mich verhaften, immerhin habe ich die Bombe damals mit mir geführt", kontert sie zurück. „Und ich gehe nicht freiwillig hinter Gitter."

Keiner sagt etwas, bis Garret sich zu ihnen gesellt. „Wieso nutzen wir nicht ihren Kontakt zu dem Bullen, um an Informationen ranzukommen?"

Franco und Jack tauschen Blicke aus.

„Vielleicht kann sie durch den Kerl rausfinden, was die über uns wissen."

Jacks Grinsen nach zu urteilen, gefällt ihm der Vorschlag, aber Franco zieht sichtlich unzufrieden die Brauen zusammen.

„Kommt nicht infrage!"

„Wieso nicht?", hakt Jack sofort nach. „So finden wir raus, was die Polizei schon über Marie weiß."

Und ob sie tatsächlich wieder eine von uns ist, denkt Franco an Jacks Stelle weiter.

„Ich mach's!", schießt es sofort aus Agnesa heraus.

„Du hältst dich da raus!, kommentiert Franco augenblicklich, doch sie legt ihm zur Beruhigung die Hand auf die Schulter.

„Vertraust du mir etwa nicht?" Sie durchbohrt ihn mit ihrem Blick.

Nein, er vertraut ihr nicht. Noch nicht. Aber daran liegt es nicht einmal. Das Letzte, was er will, ist es, sie mit ihrem ehemaligen Geliebten zu vereinen. Aber das will er weder ihr noch sich selbst eingestehen.

„Wie du meinst. Aber pass auf, dass er dir nicht auf die Schliche kommt!"

Das Handy ans Ohr gedrückt, steht Tamer mit ernster Miene an die Küchenzeile gelehnt. „Okay, lass uns in einer halben Stunde am Café Benzer treffen."

Sein Blick huscht sofort zu Max rüber, als er den Anruf beendet. Der schaut ihn erwartungsvoll an.

Auf der Tischplatte liegt ein zweites Handy, das Max jetzt auf Lautsprecherfunktion einstellt.

„Er hat zugesagt", erklingt Agnesas Stimme aus dem Gerät.

„Ich begleite dich zu dem Treffen", antwortet Franco.

„Nein, er wird dich wiedererkennen. Ich gehe besser allein."

„Ich fahre sie hin!", mischt sich eine dritte Stimme ein, die beiden Männern fremd ist.

Tamer hört der Unterhaltung entmutigt zu. Ihr Treffen war eigentlich erst für morgen geplant. Sie muss ihre Meinung geändert haben, um den Termin vorzuverlegen. Wie es scheint, hat Max mit seiner Vermutung recht behalten. Agnesa spielt ein Doppelspiel. Die Frage ist nur, mit wem?

„Versuch rauszufinden, was die Bullen über Marie wissen", ertönt erneut Francos Stimme aus dem Handy.

„Werd ich machen", bestätigt Agnesa.

„Aber pass auf, damit er dir nicht auf die Schliche kommt."

„Hattest du auch vor meinem Unfall so wenig Vertrauen in mich? Er wird mir glauben. Das hat er die ganze Zeit getan."

Tamers Magen zieht sich bei ihren Worten zusammen. Hat er sich so in ihr getäuscht?

Es folgt lautes Rumgeraschel. Vermutlich kramt sie in ihrer Handtasche herum. Dann ertönt wieder die Stimme des Fremden.

„Wir sollten jetzt raus, damit wir pünktlich da sind."

Fußschritte auf Laminat, lautes Türknallen gefolgt von erneuten Fußschritten auf härterem Boden.

„Mal schauen, ob sie dir gleich die Wahrheit erzählt", kommentiert Max.

Agnesa und Franco können ihn nicht hören. Das getarnte Mikrofon, das Tamer bei ihrer letzten Begegnung in Agnesas Handtasche versteckt hat, kann lediglich durch das Diensthandy abgehört werden.

Fast eine Woche hatte sie das Mikro bei sich, doch nützliche Informationen konnten sie bislang nicht erhalten, da Agnesa ihre Handtasche irgendwo in einem Schrank abgestellt hatte.

Eine beidseitige Informationsübertragung fand nicht statt.

Er blickt nachdenklich auf das Handy. Gleich wird er herausfinden, ob sein Vertrauen in sie nur ein Trugbild ist, an das er verzweifelt festhält.

39

Die Täuschung

Die anliegenden Häuser am Straßenrand zischen in Höchstgeschwindigkeit an ihnen vorbei. Hier sind nur 50 km/h erlaubt, doch Jack überschreitet schon die hunderter Grenze. Aus dem Augenwinkel beobachtet Agnesa, wie er auf das Gaspedal drückt.

Es herrscht Stille im Peugeot, was nicht zuletzt daran liegt, dass keiner der beiden offensichtlich den Wunsch verspürt, sich mit dem anderen auszutauschen.

Agnesa kneift die Augen zusammen, da das Sonnenlicht sie blendet. Schließlich steckt sie die Hand in ihre Tasche, um nach der Sonnenbrille zu suchen. Da fällt ihr etwas Schwarzes auf, das ihr fremd vorkommt. Sie zieht den fingergroßen Gegenstand heraus, um nachzusehen, was es ist: ein Lippenstift. Sie kann sich nicht daran erinnern, ihn eingesteckt zu haben. Aber wie soll er sonst in ihrer Handtasche gelandet sein?

Eigentlich würde sie sich nicht weiter mit dieser Frage beschäftigen, wenn sie sich nicht zu hundert Prozent sicher wäre, dass sie auf keinem Foto, das sie in all dieser Zeit von sich gesehen hat, je Lippenstift trug.

Sie öffnet den Deckel: Pink. Was für eine grelle Farbe, geht es ihr augenblicklich durch den Kopf. So gar nicht ihr Farbton, sofern sie ihren Geschmack mittlerweile einschätzen kann.

Einer inneren Intuition folgend, klappt sie den Spiegel an der Sonnenblende um und trägt den Lippenstift auf. Er sieht schrecklich an ihr aus. Der Ton passt gar nicht zu ihrem hellen Teint. So wenig Geschmack traut sie sich nicht zu. Automatisch fällt ihr Blick zu Jack, der sie aus dem Augenwinkel mit Skepsis beobachtet. Er sagt kein Wort, als warte er auf eine Reaktion von ihr. Sie wischt die pinke Farbe mit dem Handrücken von den Lippen und packt den Stift wieder ein. Dann setzt sie die Sonnenbrille auf, nach der sie ursprünglich gesucht hatte, und starrt durch die Frontscheibe raus. Jacks Blick spürt sie dabei immer noch auf sich.

Würde sie nicht ohnehin ahnen, dass er ihr misstraut, würde sie sich vielleicht nichts weiter dabei denken. Aber irgendetwas in ihr sagt, dass der Lippenstift nicht ihr gehört und absichtlich in ihrer Handtasche platziert wurde.

Eine verblasste Erinnerung kehrt schlagartig zurück: der Kugelschreiber von Tamer, der Spionagezwecken diente. „Heutzutage kann man in allem ein Mikrofon verstecken“, hört sie ihn wieder sagen.

Sie wirft noch einen kurzen Blick auf Jack. Er hat noch denselben finsteren Gesichtsausdruck, obwohl er auf die Straße schaut. Wer imstande ist, Sprengstoff zu besorgen, der wird auch ohne Weiteres an ein Spionagegerät gelangen.

Was, wenn es sich bei diesem Lippenstift auch um etwas anderes handelt als nur um geschmacklose Kosmetik?

„Weshalb wolltest du mich so dringend treffen?“, unterbricht Tamer die Stille, die schon seit einigen Minuten vorherrscht.

Agnesa denkt angestrengt nach, wie sie die Frage beantworten kann, ohne dass ihr etwas Falsches rausrutscht.

„Ich wollte wissen, ob die Polizei etwas Neues über den letzten Anschlag erfahren konnte.“

Ihr ist bewusst, wie dumm diese Aussage für Tamer klingen mag, wo sie doch diejenige sein sollte, die ihm Auskunft über Marie liefert. Aber sie weiß auch, dass Jack genau das von ihr erwartet. Und wenn sie wirklich von ihm belauscht wird, dann darf sie keinen Zweifel aufkommen lassen, mit Tamer unter einer Decke zu stecken.

„Die Ermittlungen laufen noch“, kommt knapp als Antwort zurück.

Sie nickt beiläufig. „Gibt es sonst irgendwelche Anhaltspunkte von den Terroristen?“

Tamer zieht verärgert die Stirn kraus. „Ehrlich jetzt?! Ich dachte, du hast irgendwelche Neuigkeiten für mich!“

Agnesa beißt sich nervös auf die Unterlippe. Wenn sie ihn jetzt anlügt, wird sie sein Vertrauen komplett verlieren, aber wenn sie ehrlich auf seine Frage antwortet, werden Jack und ihre Truppe wissen, dass sie für die Polizei spioniert.

„Nein, ich hab keine Neuigkeiten. Alles beim Alten“, lügt sie ihm ins Gesicht, dabei meidet sie tunlichst seinen Blick. Sie wird ihm die Wahrheit später erklären.

„Und warum dann dieses Treffen?“

Sie zögert kurz. „Ich, äh, ich wollte mich nach dir erkundigen. Wissen, ob's dir gutgeht.“

„Das ist jetzt nicht dein Ernst, oder?“ Seine Stimme klingt schroff. Seine Augen funkeln sie zornig an.

Am liebsten möchte sie ihm mit irgendeiner Geste zu verstehen geben, dass etwas nicht stimmt, doch falls er dadurch irritiert ist und sie darauf anspricht, wird Jack es mithören.

„Also, wenn ihr was Neues wisst, dann meld dich bei mir, okay?"

Ohne auf ihre Frage einzugehen, springt Tamer von seinem Platz auf und verschwindet mit riesigen Schritten in der Herrentoilette.

Agnesa begreift, dass er ihr kein Wort geglaubt hat. Er ist sauer auf sie. Doch wie soll sie ihm die ganze Situation erklären, ohne die Täuschung preiszugeben?

Tamer hält beide Hände unter das kalte Leitungswasser und wischt sich damit das Gesicht ab. Während die Tropfen durch seine Bartstoppeln am Kinn in das Waschbecken fallen, starrt er mit feuchten Augen auf den aufgedrehten Wasserhahn.

Wie konnte er sich nur so in ihr täuschen? Glauben, dass sie sich tatsächlich verändert hat? Annehmen, dass sie ihn noch liebt?

Nach mehreren tiefen Atemzügen fischt er sein Handy aus der Hosentasche und drückt auf die Wahlwiederholung. Es piept kurz, dann geht jemand ran.

„Du hattest recht, Max, sie ist wieder eine von denen."

„Tut mir leid, Kumpel! Ich hab's schon über das Mikro gehört."

So sehr Tamer auch versucht, seine Enttäuschung zurückzuhalten, es will ihm nicht gelingen.

„Du kannst sie verhaften", sagt er mit geschlossenen Augen.

Die Wut steht ihm noch immer ins Gesicht geschrieben, als er die Herrentoilette verlässt und geradewegs auf Agnesa zugeht. Sie öffnet den Mund, um zu sprechen, aber da greift er schon nach seiner Jacke, die über seinem Stuhlrücken hängt.

Überrascht blickt sie ihm in die dunklen Augen, als er sich zu ihr hinunterbeugt. Seine Pupillen glühen vor Zorn.

„Ich Idiot hab tatsächlich gedacht, du hättest dich geändert."

Ihr fehlen die Worte, um etwas darauf zu erwidern. Also starrt sie ihm nur hinterher, als er an ihr vorbei zum Ausgang eilt. Sie ist zu perplex, um zu handeln. Erst mit Verspätung löst sie sich aus ihrer Starre. „Tamer, warte!“

Sie springt von ihrem Sitz auf und läuft ihm nach. Doch als sie die Tür zum Ausgang erreicht, wird sie am Arm gepackt und zurückgezogen. Sie blickt nach hinten und schaut in das Gesicht von Max, mit dem sie hier überhaupt nicht gerechnet hat. Einige der Café-Besucher um sie herum werfen ihr bereits missbilligende Blicke zu. Dann schaut sie nach unten und ist fassungslos, als sie die Handschellen erkennt, die er herauszieht.

„Du wurdest entlarvt, Warda!“

Atemlos bleibt Tamer vor seinem VW stehen. Den Weg zum Parkplatz ist er fast gerannt. Er legt die Hände auf den Schoß und schnappt nach Luft. Jetzt erst fällt ihm auf, wie schnell sein Puls schlägt. Sein Inneres glüht noch immer vor Zorn und Enttäuschung. Am liebsten möchte er mit voller Wucht gegen den Wagen treten, um seinem Ärger Luft zu machen, aber er schafft es noch, sich irgendwie zu bremsen. Gleich kann er in die nächste Kneipe fahren und sich der lindernden Wirkung des Alkohols hingeben. Nur so schnell wie möglich hier weg und die Erinnerung an all das – an SIE – auslöschen.

Er zieht die Autoschlüssel heraus, steckt die Hand aber sofort erneut in die Jackentasche. Überrascht fischt er einen Bierdeckel heraus, den er gerade ertastet hat. Als er ihn umdreht, sieht er eine verschwommene Notiz in dicker pinker Schrift:

Ich werde abgehört. Musste dich anlügen.

Er begreift sofort. Sie hat den Lippenstift, in dem das Mikro steckt, dafür verwendet, als er auf der Toilette war.

Die Erleichterung, die augenblicklich eintritt, verschwindet jedoch sofort wieder, als er sich erinnert, dass Max gerade dabei ist, sie zu verhaften.

Ohne noch weiter nachzudenken, rennt er zurück.

Agnesa wird in Handschellen von Max aus dem Hinterausgang des Cafés auf den Angestelltenparkplatz hinausgeführt.

„Lass es mich erklären, Max!“

„Du kannst es dem Richter erklären.“ Er deutet ihr mit einer Handbewegung, in seinen Wagen einzusteigen. Sie folgt seiner Aufforderung kapitulierend.

Max lässt den Motor an und will schon losfahren, als Tamer plötzlich außer Atem vor seinem Fahrzeug auftaucht. Überrascht kurbelt er sein Fenster hinunter, um zu verstehen, was er da gestikulierend von sich gibt.

„Es gibt ein Missverständnis.“ Tamer beugt sich zu ihm hinunter. „Sie hat nicht absichtlich gelogen.“

Max runzelt verständnislos die Stirn. Tamer wirft einen flüchtigen Blick auf Agnesa, die nervös auf der Rückbank sitzt.

„Sie hat das Mikrofon entdeckt und angenommen, es sei von ihren Leuten.“

„IHR habt es versteckt?“, erklingt Agnesas überraschte Stimme von der Rückbank.

Max überhört ihre Frage. „Missverständnis hin oder her, sie ist eine von den Tätern. Ich kann sie nicht laufen lassen.“

Tamer beugt sich noch weiter zu ihm hinunter und sagt leise, sodass nur Max ihn versteht: „Sie ist unsere Chance, auch alle anderen zu schnappen.“

Den Blick aus der Frontscheibe auf das Café gerichtet, zählt Jack langsam von zehn hinunter. Als er bei der Zahl eins ankommt, schaltet er den Motor aus und öffnet die Fahrertür. Seine Geduld ist am Ende. Er wird die Lage jetzt selbst abchecken.

Doch genau in diesem Augenblick kommt sie aus dem Eingang des Cafés. Agnesa geht gemächlich, doch aus ihrem Blick kann er nichts weiter ablesen.

Als sie sich neben ihn auf den Beifahrerplatz gesetzt hat, blafft Jack sie an: „Was war denn da los so lang?"

Agnesa zieht den Gurt an sich und schnallt sich an, ohne sich von seiner Unruhe selbst aus der Fassung bringen zu lassen. „Tamer hat versucht, mich zu überreden, zu ihm zurückzukehren."

Ihre Stimme ist ruhig und ihrer Mimik ist keinerlei Emotion anzumerken.

„Hat er keinen Verdacht?"

„Nein. Wieso sollte er auch?"

„Und was hat er dir verraten?"

Sie fischt wieder ihre Sonnenbrille aus der Tasche und setzt sie auf. „Das erzähle ich, wenn Franco dabei ist."

Auf dem Angestelltenparkplatz öffnet Max, der zwischenzeitig hinausgetreten ist, die Fahrertür seines Wagens, um wieder einzusteigen.

„Ich fass es nicht, dass du mich dazu überredet hast."

„Wir müssen ihr vertrauen, wenn wir die restlichen Mitglieder schnappen wollen."

„Ich hoffe nur, es war kein Fehler, sie gehen zu lassen." Max dreht sich noch mal zu seinem Freund um. „Wenn irgendwer davon Wind bekommt, verlieren wir beide unsere Jobs."

„Ich stehe dafür allein gerade."

Max schüttelt nur den Kopf und setzt sich ins Auto. Bevor er losfährt, lehnt er sich aber noch einmal aus dem offenen Fenster. „Pass auf, dass deine Gefühle nicht deinen gesunden Menschenverstand blockieren."

Tamer reagiert nicht auf seine Warnung, doch als Max das Fenster wieder hochkurbeln will, schiebt er seinen Arm hinein und legt die Hand auf der Schulter seines Freundes ab. Es ist nicht nötig, dass er sich bedankt. Max versteht ihn auch ohne Worte.

40

Seitenwechsel

„Maries Eltern haben sich auf das Phantombild gemeldet und bestätigt, dass es sich um ihre Tochter handelt", klärt Agnesa Franco über das angebliche Gespräch mit Tamer auf, während sie ihre Handtasche entleert – so, wie mit ihm besprochen. Den Lippenstift mit dem versteckten Mikrofon stellt sie dabei neben all die anderen Sachen auf dem Couchtisch ab und kramt weiter, so als ob sie nach etwas suche.

Max hat ihr angeordnet, die Männer zu einem Geständnis zu verleiten, das er aufzeichnen kann, um ihm so die Möglichkeit zu geben, sie später zu verhaften. Die Stimmen müssen jedoch deutlich zu vernehmen sein, um die Gruppenmitglieder vor Gericht identifizieren zu können.

Um Agnesa herum sitzen gleich neben Franco noch Jack und Garret auf dem Sofa ihres Wohnzimmers.

„Sie haben der Polizei aber gesagt, dass sie über Maries Zugehörigkeit zu einer terroristischen Organisation nichts wissen", erzählt sie weiter, noch immer mit ihrer Handtasche beschäftigt.

Franco beugt sich vor und reißt sie ihr genervt aus der Hand. „Was suchst du da, verdammt?!"

Sie hält den Gegenstand hoch, den sie endlich gefunden hat. Es ist ihr Ehering. Alles nur vorgetäuscht, um einen Grund zu haben, den Lippenstift in Reichweite zu platzieren.

Es funktioniert. Franco verdreht zwar die Augen, sagt aber nichts mehr, als sie ihn über den Finger streift. Ihm ist sicherlich klar, warum sie ihn beim Treffen mit Tamer ausgezogen hat, schließlich soll er nach Francos Theorie glauben, dass sie nichts mehr für ihren Ehemann empfindet.

„Es ist nur eine Frage der Zeit, bis jemand aufkreuzt, der mehr weiß", führt Jack die Unterhaltung fort. Dann steht er von seinem Platz auf und geht auf die Kommode Richtung Wohnzimmertür zu, wo seine Lucky Strike Packung liegt. „Die werden alle Fotos, Videos, Dokumente von Marie untersuchen. Auf irgendeinem Beweisstück wird einer von uns sicherlich auch auftauchen." Er zieht eine Zigarette heraus. „Wir müssen etwas tun, um sie abzulenken."

„Und was soll das sein?", will Garret wissen.

Jack zündet seine Kippe an. „Jetzt wäre ein guter Augenblick für einen Überraschungsangriff."

Alle drei schauen verblüfft zu ihm rüber.

„Spinnst du jetzt total!", entweicht es Franco. „Schon vergessen, wie der letzte Versuch ausgegangen ist?"

„Das war ein außerplanmäßiger Unfall."

Franco steht jetzt ebenfalls auf, sodass sie auf Augenhöhe sind. „Und warum ist es deiner Meinung nach außerplanmäßig verlaufen?"

„Fang nicht schon wieder damit an!"

Agnesa hört aufmerksam zu, während sie beide Männer im Blick behält.

„Wir sind doch gar nicht darauf vorbereitet", mischt sich Garret nun ein.

„Und die Polizei ist im Augenblick besonders vorsichtig", meldet sich auch endlich Agnesa zu Wort. „Es wäre dumm, jetzt noch einmal aufzufallen." Vielleicht kann sie Jack noch rechtzeitig zur Vernunft bringen.

„Falsch! Jetzt ist es genau richtig! Weil keiner damit rechnen wird, dass wir, nach der gescheiterten Aktion, so schnell wieder zuschlagen."

Garret streicht sich über den Bart. „Da ist was Wahres dran."

Auch Franco lässt es sich durch den Kopf gehen. „Bis wir eine neue Location gefunden haben und alles planen, vergehen mindestens zwei, drei, wenn nicht sogar vier Wochen."

„Richtig!" Jack grinst. „Aber ich habe schon eine Location für uns."

Agnesa wird hellhörig. Doch Jack scheint ihre Reaktion bemerkt zu haben, denn er schweigt augenblicklich.

„Na spuck's schon aus!" Franco zieht ihm die Zigarette aus dem Mund.

„Das erzähl ich euch unter sechs Augen." Jack versucht nicht einmal, seine Zweifel an Agnesa zu verstecken. Stattdessen schaut er sie genau an, um ihr ein Zeichen zu geben, dass sie in dieser Runde nicht willkommen ist.

Agnesa steht von ihrem Platz auf. „Wenn ich hier nicht mehr erwünscht bin, gehe ich an die frische Luft."

Sie dreht sich zum Ausgang. Sollen sie sich doch unbeobachtet fühlen, das Mikro wird das Gespräch ohnehin an Max und Tamer weiterleiten.

„Warte!", ruft ihr Jack nach. „Deinen Frauenkram brauchen wir hier nicht." Er deutet auf ihre Sachen, die noch immer auf dem Tisch liegen.

„Die kann ich auch gleich noch wegräumen."

Sie will bereits losgehen, als Franco nach ihrer Handtasche greift und völlig lieblos alle Sachen vom Tisch reinschmeißt.

„Zufrieden?“, fragt er an Jack gewandt, während er die Handtasche auf dem Sofa abstellt.

Agnesa lässt die Schultern hängen. Ihr bleibt aber nichts anderes übrig als hinauszugehen, wie angekündigt, und zu hoffen, dass das Gespräch der Männer trotzdem mitgehört wird.

Nach einer halben Stunde kehrt sie von ihrem Spaziergang zurück. Ihr sind unterwegs alle möglichen Gedanken durch den Kopf gegangen. Irgendwie muss sie von Franco erfahren, was Jack besprechen wollte. Wo soll der Anschlag stattfinden?

„Wie soll ich euch vertrauen, wenn ihr mir nicht vertraut?“

Sie verschränkt die Arme ineinander, als Franco völlig unbeteiligt die Tiefkühlpizza in den Ofen schiebt.

„Du musst verstehen, dass Jack seine Zweifel hat, immerhin kennt er dich nicht gut genug.“

„Jack nicht, aber was ist mit dir? Vertraust du mir auch nicht?“

Er atmet unüberhörbar laut aus. „Ich muss die Meinung der anderen Mitglieder respektieren.“

„Indem du mich nicht mehr respektierst?“ Sie dreht sich gespielt beleidigt um. „Ich dachte, wir wären ein Team. Nach allem, was ich für diese Sache geopfert habe.“ Beim Hinausgehen aus der Küche fügt sie noch hinzu: „Aber die Meinung dieser Männer ist dir anscheinend wichtiger als die deiner Frau.“

Er folgt ihr ins Wohnzimmer und greift nach ihrer Hand. „Wir sind ein Team, Aggi!“

Sie umschließt seine Hand mit den Fingern. „So hast du mich schon lange nicht mehr genannt.“

Langsam führt er ihre Hand zu seinem Mund hoch und küsst sie. „Gefällt es dir, wenn ich dich so nenne?"

Sie nickt. „Kann es nicht wieder so sein wie früher? Du und ich, Hand in Hand, in guten und in schlechten Zeiten?"

Franco sagt für mehrere Sekunden nichts, dann zieht er sie zu sich heran und drückt sie an seine Brust.

„Wir schlagen an gleicher Stelle zu wie beim allerersten Mal."

Agnesas Gesichtszüge versteifen sich augenblicklich. Glücklicherweise kann Franco ihre Reaktion nicht sehen.

„In der Moschee?"

Er nickt. „Passend zu unserem Jahrestag. Darauf kommen die nie."

„Wie kannst du dir da so sicher sein?"

„Anschläge werden in der Regel nicht an gleicher Stelle ausgeübt."

„Sie werden jetzt bestimmt überall Kameras installiert und verschärfte Sicherheitsvorkehrungen getroffen haben", bringt sie als Einwand ein.

„Die werden nicht damit rechnen. Schon gar nicht so kurz nach der gescheiterten Aktion. Das wird ihre Schwachstelle sein."

„Das ist verrückt!"

„Wir kennen die Location schon, und der neue Sprengstoff kann in einer Woche geliefert werden. Also können wir bald schon zuschlagen." Seine Augen blitzen teuflisch auf. „Wir sorgen dafür, dass Maries Opfer nicht umsonst war."

So viel Abscheu hat sie bisher noch nicht in ihm gesehen. Hat etwa Maries Tod seinen Hass verstärkt?

Er packt sie mit beiden Händen an den Wangen. „Aber diesmal greifen wir sie dort an, wo es am meisten wehtut."

Agnesa schluckt den Kloß im Hals hinunter. Sie muss sich zusammenreißen, um ihre Sorge nicht zu zeigen.

„Wir gehen in die Moschee rein und überraschen sie mitten in ihrem Gebet."

Agnesa zuckt bei diesen Worten zusammen, fasst sich dann aber sofort wieder.

„Wer soll es machen?"

„Garret wird's tun. Das letzte Mal, als er die Bombe in die Schule geschmuggelt hat, ist alles nach Plan verlaufen."

Das war also Garret auf dem Foto, das Max ihnen damals im Café gezeigt hat. Sie hat ihn ohne Bart gar nicht wiedererkannt.

„Wie will er die denn reinschmuggeln? Die werden doch sicherlich alle Besucher auffordern, ihre Jacken auszuziehen. Und überhaupt ist es jetzt schon viel zu heiß für eine Jacke."

Franco löst seine Hände von ihrem Gesicht. „Garret ist kräftig gebaut, hat aber keinen Bauch. Wir werden ihm den Sprengstoff an der Taille befestigen, dann sieht es so aus, als hätte er eine Wampe. So ein Bierbauch ist nicht ungewöhnlich für einen Mann in seinem Alter."

„Das haltet ihr echt für eine gute Idee?"

„Wir haben es schon einstimmig entschieden. Lass das unsere Sorge sein." Er geht an ihr vorbei. „Ich spring mal schnell unter die Dusche, bis die Pizza fertig ist."

Agnesa kann nicht fassen, wie leicht er das Thema wechselt. Wie kann er in der einen Minute über Sprengstoff reden und in der anderen über Pizza?

„Wann soll es passieren?", ruft sie ihm nach.

„Sobald wir den Sprengstoff haben."

Mist! Ihr bleibt also nur eine Woche, um das Schlimmste zu verhindern.

Ratlos lässt sich Agnesa auf das Sofa fallen. Wie kann sie Franco bloß davon abhalten? Sie wird es allein nicht können. Es ist beschlossene Sache. Ihr Wort hat in dieser Gruppe kein Gewicht.

Kaum fällt die Badezimmertür zu, greift sie nach ihrer Handtasche. Ein Glück, dass Tamer und Max das ganze Gespräch der Männer belauscht haben. Vielleicht wurde auch diese Unterhaltung eben abgehört. Und vielleicht können sie den nächsten Anschlag verhindern.

Agnesa zieht den Lippenstift aus der Tasche, um den beiden eine Sprachnachricht zu hinterlassen. Zu ihrem Schreck stellt sie fest, dass er an der unteren Seite beschädigt ist. So unvorsichtig, wie Franco vorhin mit ihren Sachen umgegangen ist, wundert es sie nicht. Sie öffnet den Verschluss, um zu prüfen, ob das Mikro wenigstens heil geblieben ist, doch das Kabel hat sich gelöst. So ein Mist auch!

Wie viel hat Tamer von dieser Unterhaltung gehört? Wie kann sie ihn warnen? Das Telefon darf sie nicht benutzen. Franco kontrolliert die aus- und eingehenden Anrufe. Und hier weg kommt sie jetzt auch nicht mehr so leicht. Außerdem ist bislang unklar, wann der Anschlag genau stattfinden soll. Sie muss auf die passende Gelegenheit warten. Warten und hoffen, dass Tamer ihr weiterhin vertraut.

Ein Barkeeper stellt Tamer und Max zwei Gläser Fassbier auf den Tresen. Max nimmt sofort einen kräftigen Schluck, während Tamer in Gedanken verloren auf sein volles Glas starrt.

„Was, wenn ihr etwas passiert ist?“, spricht er endlich den Grund aus, weshalb er seinen Freund zu so später Stunde um ein Treffen gebeten hat. „Vielleicht haben ihre Leute herausgefunden, dass sie für uns spioniert.“

Max wischt sich den Schaum vom Mund.

„Es gibt nur einen Weg, es rauszufinden. Wir müssen öffentlich nach ihr ermitteln.“

„Nein! Das bringt sie vielleicht in mehr Schwierigkeiten.“

Max stellt sein Glas ab, bevor er seinen Freund mit ernster Miene anschaut.

„Es ist fast eine Woche vergangen, und wir wissen noch nicht, wann und wo der nächste Anschlag geplant ist. Ich kann nicht länger warten."

Tamer packt sich mit beiden Händen an den Nacken. „Glaubst du etwa, mir macht das Warten Spaß?"

„Wenn das hier rauskommt, verlieren wir beide nicht nur unseren Job, sondern auch unseren Ruf. Ist dir das klar?"

„Sie hat versprochen, sich zu melden."

Max schüttelt ungläubig den Kopf. „Ihr Versprechen ist nichts wert. Warum vertraust du ihr überhaupt noch?"

Tamer bleibt stumm. Schließlich lässt er resigniert die Schultern hängen.

„Ich schaff's einfach nicht, sie zu hassen." Er dreht seinen Kopf weg, um seine Gefühle nicht zu offenbaren.

„Also gut, ich gebe ihr noch drei Tage", sagt Max nach einer Weile mit einem langen Seufzer. „Mehr kann ich für dich nicht tun."

41

Gemischte Gefühle

„Weshalb genau sind wir jetzt so lange hierhergefahren?", will Franco zum zweiten Mal von Agnesa wissen.

„Das hab ich doch schon erklärt. Ein alter Schulfreund hat heute Geburtstag und sonst niemanden, der ihn besuchen kommt."

Das mit dem Schulfreund ist immerhin wahr, nur den Geburtstag musste sie als Vorwand bringen, damit er bereit war, die Zwei-Stunden-Fahrt hierher auf sich zu nehmen.

Er schaltet den Motor ab. „Wie lang wird es denn dauern?"

„Maximal eine halbe Stunde. Du kannst in der Zwischenzeit in dem Park hier spazieren."

„Ich komm mit dir rein."

„Er ist in keiner guten Verfassung. Ich möchte ihn nicht mit einer fremden Person überfordern."

Franco schaut auf das Schild des Heims. „Weshalb lebt er noch mal hier?"

Agnesa schluckt den Kloß im Hals hinunter, bevor sie ihm antwortet. „Er hatte einen schweren Unfall, bei dem auch seine Familie ums Leben gekommen ist."

Sie spürt seine Unzufriedenheit, aber hier zu sein, ist viel wichtiger als seine Verfassung. Sie ist es Nouri schuldig.

„Wenn du so misstrauisch bist, dann komm meinetwegen mit. Aber da drin wird es dir zwischen den Patienten sicherlich nicht besser gefallen als hier."

Sie deutet mit dem Finger auf eine ältere Frau, die am Eingang des Heims steht und sich wie eine Wahnsinnige ständig selbst auf den Kopf schlägt, obwohl der Pfleger gleich neben ihr auf sie einzureden scheint, um sie zu beruhigen.

Franco verzieht das Gesicht. „Na gut, eine halbe Stunde halte ich es hier wohl aus." Er dreht das Radio auf, während Agnesa eine tiefe Erleichterung spürt, weil er sie nicht begleiten wird. Das, was sie Nouri zu sagen hat, ist nicht für Francos Ohren bestimmt.

„Herr Said ist gerade beim Mittagessen. Wenn Sie noch ein klein wenig warten könnten." Die Mitarbeiterin des Heims deutet auf den Wartebereich neben dem Empfang.

Agnesa nickt. „Dürfte ich in der Zwischenzeit vielleicht Ihr Telefon benutzen? Mein Handy hat leider keinen Akku mehr."

In Wirklichkeit besitzt sie nicht einmal ein Handy. Franco traut ihr nicht genug, um ihr eins zu geben. Wahrscheinlich, weil er Sorge hat, dass sie damit Kontakt zu jemandem herstellen könnte, der zu ihrer Vergangenheit gehört. Das Haustelefon kann er immerhin auf die aus- und eingehenden Anrufe hin kontrollieren.

Die Mitarbeiterin drückt ihr das schnurlose Telefon in die Hand.

Agnesa entfernt sich einige Meter vom Empfang und wählt Tamers Nummer. Wie leider zu erwarten war, hebt er nicht ab.

Doch sie muss ihn persönlich sprechen. Sie wählt die nächste Nummer auf ihrem Zettel.

„Jennys Beauty Salon für ein neues Lebensgefühl, sei gegrüßt! Du rufst gerade leider sehr ungünstig an. Aber hinterlass uns eine Botschaft, was wir für dich Gutes tun können, und dann melden wir uns, wenn wir wieder freie Hände haben."

Agnesa kann nicht anders, als beim Klang von Jennys unbeschwerter Stimme zu lächeln. Doch dann wird sie schlagartig wieder ernst, als es piept.

„Hi, Jenny! Schade, dass du nicht da bist. Ich habe leider keine Nummer, die ich dir für einen Rückruf hinterlassen kann, aber ich wollte mich bei dir entschuldigen, weil ich einfach so untergetaucht bin, ohne dir Bescheid zu geben. Es ist viel passiert in letzter Zeit und –", ihre Stimme bricht ab. „Es gibt viel, das ich dir sagen möchte, aber das kann ich hier am Telefon nicht tun. Ich wollte mich nur bei dir bedanken. Dafür, dass du mir eine Freundin warst."

Wieder versagt ihre Stimme, doch sie zwingt sich, weiterzusprechen. Viel Zeit bleibt ihr nicht mehr.

„Ich wünschte mir, ich könnte dir alles persönlich erklären, aber Tamer wird dir erzählen, was du wissen musst, wenn die Zeit gekommen ist."

Innerlich graut es ihr bei der Vorstellung, wie Jenny darauf reagieren wird, wenn sie die Wahrheit erfährt. Den wahren Grund, warum ihre beste Freundin nicht mehr lebt.

„Ich bin mir sicher, dass du eine wundervolle Freundin für Cherin warst. Und, ähm, ich bin dankbar dafür, dass ich dich auch meine Freundin nennen durfte, wenn auch nur für eine kurze Zeit. Ich hoffe, dass du glücklich wirst. Du wirst mir fehlen!"

Sie beendet die Aufzeichnung, ehe ihre Emotionen die Oberhand gewinnen können. Vielleicht ist es besser so, dass

Jenny ihren Anruf nicht entgegengenommen hat. Sie ist sich fast sicher, dass es ihr unmöglich gewesen wäre, ihr die Wahrheit persönlich zu offenbaren. Tamer wird das sicherlich noch tun, wenn all das hier vorbei ist. Dann wird jeder wissen, wer Warda wirklich ist.

Nouris Hand fühlt sich rau an, doch im Gegensatz zu ihrer eigenen ist sie warm. Er schaut sie zwar direkt an, doch scheint er durch sie hindurchzusehen, als sei sie unsichtbar. Sie hat so sehr gehofft, dass sich sein Zustand inzwischen etwas gebessert hätte, aber es sieht ganz danach aus, als sei sein Geist immer noch ein fremder Gefangener seines Körpers.

Agnesa bittet seine Pflegerin, sie eine Viertelstunde mit ihm allein zu lassen, dann konzentriert sie sich wieder auf ihn.

„Agnesa", spricht sie ihren Namen klar und deutlich aus. „Das ist es doch, was du damals auszusprechen versucht hast, nicht?"

An der Veränderung in seinem Blick versteht sie, dass er sich an irgendetwas zu erinnern scheint.

„Agnesa", wiederholt sie ihren Namen erneut, spricht ihn diesmal langsamer aus.

Wie bei ihrem ersten Besuch hier spricht er mit großer Mühe die ersten drei Buchstaben ihres Namens aus. Zu mehr scheint er nicht in der Lage zu sein.

„Wir waren in einer Schulklasse." Zwar bezweifelt sie, dass ihre Worte zu ihm hindurchdringen, doch sie muss es zumindest versuchen. „Du saßt damals zwei Reihen vor mir und hast dich oft umgedreht und mir zugelächelt."

Sie spürt Gegendruck an ihrer Hand. Nouri umschließt ihre Finger leicht mit seinen. Automatisch legt sie auch ihre freie Hand auf seiner ab.

„Wir sind sogar einmal zusammen ausgegangen. Weißt du noch?"

Er sagt nichts, gibt jetzt nur unverständliche Laute von sich.

„Wir hatten eine schöne Zeit zusammen. Aber als du mich dann nach Hause begleitet hast, habe ich dir gesagt, dass es für mich irgendwie nicht passt. Du warst enttäuscht, das konnte ich dir ansehen, aber du hast dich noch für die Verabredung und meine Ehrlichkeit bedankt, bevor du gegangen bist. Danach hast du dich in der Klasse nicht mehr zu mir umgedreht, aber du hast mich immer angelächelt, wenn sich unsere Blicke zufällig trafen."

Sie umschließt seine Hand jetzt noch fester. Und da passiert es, er lächelt sie an. Es ist ein offenes, freundliches Lächeln. Doch weiß sie nicht, ob er es deshalb tut, weil er sich tatsächlich erinnert oder weil er sich aus einem anderen Grund freut. Und in diesem Moment geschieht noch etwas: Agnesa spürt einen plötzlichen Stich in ihrer Brust.

Ruckartig zieht sie ihren Arm zurück. Mit welchem Recht hält sie die Hand des Mannes fest, dessen Leben sie völlig ruiniert hat? Das würde er nicht wollen, wenn er jetzt klar denken könnte. Wenn ihm bewusst wäre, was sie ihm und seiner Familie angetan hat. Sie sind keine Schulfreunde mehr. Das ist schon lange vorbei. Heute ist sie sein Feind. Und wenn ihre Tat ihn nicht in diese Lage gebracht hätte, dann würde er jetzt wahrscheinlich von seinem Rollstuhl aufspringen und sie für ihr Verbrechen büßen lassen.

Agnesa strafft die Schultern und nimmt einen tiefen Atemzug, bevor sie wieder spricht. „Ich bin hier, Nouri, um mich zu entschuldigen. Für das, was ich dir, deiner Frau und deinen Kindern angetan habe."

Sie spürt, wie ihr heiße Tränen in die Augen steigen. „Ich wünschte mir, ich könnte die Zeit zurückdrehen und alles ungeschehen machen. Wieder das nette Schulmädchen sein, das zu keiner bösen Tat imstande ist. Aber das kann ich nicht. Es ist schon geschehen." Sie schluckt den schweren Kloß in ihrem Hals hinunter. Ist nicht mehr in der Lage, weiterzusprechen.

Er scheint die Veränderung in ihr zu bemerken, obwohl ihre Worte vermutlich gar nicht zu ihm hindurchdringen, denn auch sein Ausdruck verändert sich. Das Lächeln weicht aus seinem Gesicht. Doch es ist keine Wut, die sie jetzt in seinem Blick sieht, sondern eine sonderbare Trauer, vermutlich durch ihre eigenen Tränen ausgelöst. Er hebt die Hand, ganz so, als wolle er ihr Gesicht berühren. Sie schließt die Augen, lässt ihren Tränen freien Lauf. Doch er berührt sie nicht, sondern senkt den Arm auf halbem Weg.

Sekundenlang schauen sie sich an, während ihr Schluchzen die Stille übertönt.

„Agneeeeeesa", spricht er ihren Namen das erste Mal ganz aus, und ein Funke Hoffnung kehrt in ihr zurück, dass er eines Tages vielleicht doch zu mehr imstande sein wird, als stumm in diesem Rollstuhl zu sitzen.

Sie beugt sich zu ihm nach vorn und flüstert ihm zu: „Vielleicht siehst du mich heute das letzte Mal, Nouri, denn ich weiß nicht, wie es mit mir weitergehen wird. Aber solange ich noch lebe, werde ich für dich beten, damit du hoffentlich irgendwann einmal hier rauskommst."

Ihre Sorge, Franco könnte ungeduldig geworden und auf die Suche nach ihr gegangen sein, bewahrheitet sich in dem Moment, als sie am Fahrzeug ankommt und ihn hinter dem Steuer nicht mehr entdeckt. Was, wenn er sie mit Nouri gesehen hat oder viel schlimmer noch, ihr Geständnis belauscht hat?

Sein Ruf aus der Ferne lässt sie zusammenzucken. Ist er dahintergekommen, dass sie ihm nur etwas vorspielt?

Mit angehaltenem Atem dreht sie sich um, kann ihn aber am Eingang des Gebäudes nicht erkennen.

Er ruft ihren Namen erneut. Sie dreht sich um die eigene Achse und entdeckt seinen blonden Haarschopf auf einer Parkbank. Franco winkt sie zu sich, dann richtet er seine Aufmerksamkeit auf eine junge Frau, mit der er sich anscheinend schon länger unterhält. Ein Glück!

Als Agnesa vor den beiden stehen bleibt, fällt ihr Blick auf die Unbekannte gleich neben Franco auf der Bank. Durch ihre Hausschlappen gibt sie sich als Heimbewohnerin zu erkennen. Sie hält ein Baby in den Armen, das in eine Baumwolldecke gewickelt ist.

„Hey, ich möchte euch nicht stören", sagt Agnesa, den Blick wieder auf Franco gerichtet.

Der steht von seinem Platz auf und stellt sich neben sie. „Das hier ist meine Frau."

Von der Fremden kommt nichts weiter als ein „Oh", ganz so, als sei sie enttäuscht darüber, dass Franco vergeben ist. Dann fügt sie noch verspätet hinzu: „Tja, ich möchte sie nicht weiter aufhalten."

„Das tun Sie nicht", erwidert Franco in einem so freundlichen Ton, den Agnesa noch nie zuvor von ihm gehört hat. „War nett, mit Ihnen zu plaudern."

Die Fremde nickt bestätigend und steht ebenfalls auf. „Ich muss auch schon wieder rein, um der Kleinen ihr Fläschchen zu geben. Sie ist schon ganz hungrig."

Agnesa wirft einen kurzen Blick auf das Baby. Es ist so still, dass man meinen könnte, es wäre gar nicht da.

Die junge Mutter zieht die Decke leicht herunter und streicht ihrem Kind liebevoll über die Wange. Agnesa versteckt ihre Verwunderung beim Anblick des Babys hinter einem zaghaften Lächeln. Dann legt sie ihre Hand auf Francos Arm als Zeichen, dass sie nun gehen möchte.

Mit einem höflichen Kopfnicken verabschiedet sie sich von der merkwürdigen Unbekannten.

„Du weißt schon, dass sie eine Puppe im Arm hielt?", will sie von Franco wissen, nachdem sie sich von der Bank entfernt haben.

Franco verdreht die Augen. „Klar, ich bin ja nicht blind."

Das überrascht Agnesa. „Worüber habt ihr euch denn unterhalten?"

Es dauert einen kurzen Moment, bis er ihr antwortet. „Sie wollte wissen, ob ich auch Kinder hab."

Darauf weiß Agnesa nichts zu erwidern.

„Sie hat mir erzählt, wie glücklich sie ist, endlich ein eigenes Kind zu haben. Dass es schon immer ihr größter Wunsch war, Mutter zu werden."

Agnesa schaut noch einmal zurück, sieht die junge Frau in der Ferne, die das Kind, oder besser gesagt die Puppe, im Arm wiegt.

„Und du hast einfach so getan, als wäre das Baby echt?"

Franco bleibt vor dem Fahrzeug stehen und öffnet ihr die Beifahrertür. „Was hätte es gebracht, hätte ich gesagt, dass es nur aus Plastik ist? Es gibt sicherlich einen Grund, warum die Frau an diesem Ort ist."

Agnesa steigt ein, folgt mit dem Blick aber noch der Bewohnerin, die jetzt auf den Eingang des Heims zusteuert.

„Ich weiß noch genau, in welchem Zustand du damals warst, als wir Lizzie verloren haben", führt Franco fort, nachdem er selbst eingestiegen ist. „Wenn ihr diese Puppe dabei hilft, über ihren Schmerz hinwegzukommen, dann bin ich der Letzte, der sie dafür verurteilt."

Agnesa schaut von der Frau, die im Gebäude verschwindet, zu Franco hinter dem Steuer. Und zum ersten Mal glaubt sie, dass er vielleicht doch so etwas wie ein Herz besitzt.

Sie wacht von seiner kalten Berührung auf ihrem Oberschenkel auf. Zwar kann sie Franco in der Dunkelheit nicht sehen, da die Vorhänge des Schlafzimmers zugezogen sind, doch Agnesa hat die Umrisse seines Gesichts deutlich vor sich.

„Ich wollte dich nicht wecken. Tut mir leid."

Sein Geruch nach herbem Männershampoo steigt ihr in die Nase. Er muss frisch aus der Dusche kommen.

„Schon okay. Schlaf gut!" Sie wendet ihm den Rücken zu. Damit sollte klar sein, dass sie weiterschlafen möchte.

Doch entweder versteht er ihr Zeichen nicht oder es ist ihm, entgegen seiner Aussage, egal, dass er sie aus dem Schlaf gerissen hat. Seine Hand wandert an ihrem Oberschenkel auf und ab. Agnesas Nackenhaare richten sich auf. Es ist überdeutlich, was er damit zu bezwecken versucht. Sie gibt keine Reaktion von sich. Vielleicht nimmt ihm ihre Gleichgültigkeit bei seinem Annäherungsversuch die Lust auf Intimität. Doch er lässt nicht locker, sondern schmiegt sich enger an sie. Seine noch feuchte Brust gegen ihren Rücken gepresst, nimmt sie seinen rhythmischen Atem leise im Ohr wahr. So nah waren sie sich bisher noch nie. Zumindest nach ihrer Rückkehr. Irgendwann musste dieser Moment kommen, das war ihr klar. Immerhin ist er ihr Ehemann. Doch sie hat gehofft, es noch länger hinauszögern zu können.

Bitte schlaf schnell ein, beschwört sie ihn im Geiste. Umsonst. Er zieht ihr Nachtkleid nach oben, während sich seine freie Hand weiter nach unten vortastet.

„Ich bin nicht in Stimmung." Der Satz kommt aus ihrem Mund, ehe sie darüber nachdenken kann.

Er zieht seine Hand mit einem lauten Seufzer zurück. „Das hast du früher nie gesagt."

„Es ist schon spät, und ich bin müde, Franco", ergänzt sie, um ihre Abweisung abzuschwächen. Wenn er daran zweifelt, dass sie seine körperliche Nähe möchte, zweifelt er vielleicht auch an der Echtheit ihrer Gefühle für ihn.

„Warst du auch für den Mistkerl nicht ‚in Stimmung' oder ‚zu müde'?"

Diese Frage macht Agnesa sprachlos. Gott sei Dank kann er sie in dieser Dunkelheit nicht sehen.

„Wenn ich dein Schweigen richtig deute, dann –"

„Was spielt das jetzt für eine Rolle?" Sie fällt ihm absichtlich ins Wort, damit sein Satz unbeendet bleibt.

Das kleine Licht neben dem Bett geht plötzlich an. Ehe sie weiß, wie ihr geschieht, starrt er ihr direkt ins Gesicht.

„Sag schon! Hat er dich angefasst?"

Sein kühler Blick durchbohrt sie, hält sie fest. Was soll sie ihm antworten? Er wird nicht hören wollen, dass sie sich Tamer hingegeben hat. Anderseits kann und will sie es nicht leugnen.

„Wir waren für eine kurze Zeit ein Paar." Mit dieser Antwort muss er sich zufriedengeben.

„Also war dieser Mistkerl in dir?" Der Ekel ist ihm anzusehen.

Agnesa schluckt. „Ich bin jetzt bei dir, also was zählt das noch?" Sie will sich nicht dafür rechtfertigen, immerhin hatte sie ihm monatelang die Treue gehalten, obwohl sie im Ungewissen war, ob er tatsächlich noch lebte.

Der Ausdruck in Francos Gesicht verändert sich. Fast scheint es ihr so, als sei es nun sie, vor der er sich ekelt.

„Hast du es genossen?"

Sie wendet den Blick ab, damit er in ihren Augen die Wahrheit nicht liest. Diese Unterhaltung geht in eine falsche Richtung.

„Diese ganzen Fragen führen doch zu nichts. Das liegt jetzt alles in der Vergangenheit. Jetzt bin ich bei dir." Sie legt ihm die Hand besänftigend auf den Arm, doch er zieht ihn zurück.

„Dass du mit 'nem anderen im Bett warst, ist eine Sache, aber dass es ausgerechnet ein Moslem sein musste." Er verzieht das Gesicht zu einer Grimasse.

Schlagartig ändert sich auch etwas in ihr. Es geht ihm gar nicht darum, dass sie mit einem anderen Mann geschlafen hat, sondern nur darum, dass er eine andere Religion hatte.

„Du glaubst doch an keinen Gott, also was spielt seine Religion für eine Rolle?" Sie schafft es nicht, die Schärfe aus ihrem Ton zu nehmen. Zwar könnte sie Franco jetzt wissen lassen, dass Tamer Atheist ist, aber wozu? Tamers Glaube geht ihn nichts an.

„Wer weiß, was für komische ‚Traditionen' die haben, und ob er sich dabei nich' mit irgendwas angesteckt hat."

Empört über diese obszöne Behauptung, setzt sich Agnesa aufrecht hin. „Womit soll er sich angesteckt haben?" Ihr ist klar, dass Franco eigentlich sie meint.

„Keine Ahnung, ich kenn ja all deren Rituale nicht, aber mir wäre es lieber, wenn du dich beim Arzt untersuchen lässt."

Das reicht ihr jetzt. Dieses Gespräch grenzt an Unverschämtheit. Mit einer Hand greift sie nach ihrer Decke, mit der anderen nimmt sie das Kissen und steht auf.

„Was soll das?"

„Ich werde auf dem Sofa schlafen, damit ich dich nicht mit irgendetwas infiziere." Sie betont das letzte Wort.

„So war das doch nicht gemeint."

Jetzt steht er ebenfalls vom Bett auf. Doch sie würdigt ihn keines weiteren Blickes mehr, als sie zur Tür eilt.

„Dann kannst du jetzt in aller Ruhe darüber nachdenken, warum du das alles unbedingt sagen musstest."

42

Warten auf ein Lebenszeichen

„Es gibt gute Nachrichten.“ Jacks Stimme klingt ungewohnt heiter.

Wieso ist er so früh am Morgen hier? Agnesa öffnet die Badezimmertür einen Spalt weit, um ihn besser zu hören. Sie hat absichtlich die Duschbrause voll aufgedreht, damit er glaubt, dass sie unter der Dusche steht. Noch immer misstraut er ihr, weshalb er Franco nur dann Informationen gibt, wenn er glaubt, dass sie nicht in der Nähe ist.

Sie kann keinen der beiden Männer sehen, jedoch vernimmt sie jetzt auch Francos Stimme.

„Verrätst du auch, welche, oder muss ich sie erraten?“

„Der Sprengstoff ist endlich da.“

Agnesa kann Jacks listiges Grinsen förmlich sehen, so zufrieden klingt seine Stimme. Es kostet sie Überwindung, um nicht herauszutreten und ihm ihre Meinung ins Gesicht zu sagen. Wie kann er von „guten Nachrichten“ sprechen, wenn es sich um die Lieferung einer Bombe handelt? Dieser Kerl ist noch gewissenloser als ihr Ehemann.

„Dann können wir jetzt von der Planung in die Umsetzung übergehen“, verkündet Franco völlig sachlich.

„Ich rufe Garret an, damit wir einen Termin ausmachen.“

Sie hört, wie seine Schritte leiser werden und die Haustür ins Schloss fällt. Schnell bindet sich Agnesa ein Badetuch um den nackten Körper, ehe sie heraustritt. Irgendwie muss sie es schaffen, Tamer über diese Neuigkeit zu informieren, bevor es zu spät ist.

Mit einem vollen Wäschekorb tritt Tamer vor die Wohnungstür. Er ist noch nicht am Treppenhaus angelangt, da entdeckt er Djamil mit einem Sixpack Bier unter dem Arm am anderen Ende des Flurs.

„Hey!“, gibt Tamer erstaunt von sich. Mit Djamil hat er hier nicht gerechnet.

Im Vergleich zu den letzten beiden Malen, als er ihn völlig fertig mit der Welt gesehen hat, sieht er jetzt wie ausgewechselt aus. Zeit heilt alle Wunden, da ist etwas Wahres dran, geht es ihm durch den Kopf.

„Hi!“ Es herrscht eine kurze Pause, bis Djamil endlich weiterspricht. „Ich wollte schon längst mal vorbeischauen …“ Er hebt das Sixpack demonstrativ hoch. „… und mich für mein Verhalten das letzte Mal entschuldigen.“

Tamers ernste Miene hellt sich auf. Er ist noch nie lange nachtragend gewesen, wenn sein Gegenüber Einsicht gezeigt hat. „Schön, dass du gekommen bist.“ Er wirft Djamil seinen Hausschlüssel zu, der ihn gerade noch rechtzeitig auffängt. „Geh schon mal rein und mach's dir bequem. Ich bring kurz noch die Wäsche runter.“

Djamil stellt das Sixpack Bier auf die Küchentheke, öffnet eine Schublade mit Besteck und kramt darin herum.

Früher einmal war er regelmäßig hier, um mit Tamer Fußballspiele zu schauen oder eine Runde Karten zu spielen. Die beiden hatten sich immer schon gut verstanden. Der kleine Altersunterschied hat keinen von ihnen je gestört. Tamer war froh zu wissen, dass seine kleine Schwester einen anständigen Kerl als Freund hatte, und für Djamil war Tamer durch seine lockere Art der perfekte Schwager in spe. Er hat sich nie in ihre Beziehung eingemischt oder den großen Bruder raushängen lassen. Zwar sorgte er sich um seine Schwester, und Djamil war sich sicher, dass er es sich nicht mit ihm verscherzen sollte, aber Tamer hatte Cherin auch immer vertraut und sich nicht in ihre privaten Angelegenheiten eingemischt.

Das Haustelefon klingelt, während Djamil bereits eine andere Schublade öffnet, da er in der ersten nicht fündig geworden ist.

In einer hinteren Ecke des Zimmers geht der Anrufbeantworter an.

„Ich bin's, Agnesa", erklingt eine unruhige Stimme am anderen Ende. „Können wir uns gleich am Lindenthaler Tierpark treffen?"

Endlich findet Djamil den Flaschenöffner und schiebt die Schublade wieder zu. Jetzt, wo das Geraschel aufgehört hat, ist ihre Stimme deutlicher zu vernehmen.

„Es ist sehr wichtig. Wir dürfen keine Zeit verlieren."

Djamil wird hellhörig. Diese Stimme kennt er doch. Aber die gehört zu keiner Agnesa. Wie hieß sie doch gleich? Warda, ja!

„Für morgen ist schon ein neuer Anschlag geplant …"

Instinktiv dreht er sich in die Richtung, aus der ihre Stimme ertönt.

„... wieder an derselben Moschee, wo ich die Bombe damals platziert habe. Diesmal wollen sie mit dem Sprengstoff aber rein."

Die Augen weit aufgerissen und zur Salzsäure erstarrt, kann Djamil seinen eigenen Ohren nicht trauen.

Im Hintergrund erklingen jetzt Männerstimmen. Agnesa, alias Warda, stößt einen erschrockenen Laut aus.

„Ich muss auflegen. Bis gleich!"

Das Telefon piept und ihre Stimme verstummt.

Wie versteinert starrt Djamil weiterhin auf den Anrufbeantworter in der Ferne. Seine Gehirnzellen rattern. Er versucht, diese Informationen in einen logischen Zusammenhang zu bringen. Langsam, fast in Zeitlupe, verziehen sich seine kindlichen Gesichtszüge zu einem Ausdruck des puren Hasses. Diese Frau, die in Cherins Bett geschlafen, ihre Kleidung getragen und mit ihrer Familie an einem Tisch gesessen hat, ist ihre Mörderin. SIE hat Cherins Leben beendet. SIE ist für sein ganzes Unglück verantwortlich. SIE, die auf Cherins Geburtstagsfeier vor allen ach so scheinheilig über Cherin gesprochen und sogar Beifall dafür erhalten hat. Dieses Miststück ...

Voller Wucht wirft er den Flaschenöffner auf den Anrufbeantworter. Er landet jedoch knapp daneben auf dem Boden. Wusste Tamer etwa, dass sie für den Anschlag verantwortlich war?

Ohne auf ihn und eine Erklärung für all das zu warten, stürmt er aus der Wohnung. Er wird ihn noch früh genug zur Rede stellen.

Kaum fünf Minuten später kehrt Tamer mit einem leeren Wäschekorb in der Hand zurück. Überrascht darüber, die Tür zu seiner Wohnung weit offen zu sehen, geht er hinein und schaut sich im Zimmer um. Er entdeckt die Bierflaschen auf der Theke, Djamil ist jedoch nirgendwo zu sehen.

„Djamil?“

Keine Antwort.

Er geht ins Schlafzimmer und ruft seinen Namen erneut. Auch im Bad ist Djamil nicht vorzufinden.

Als er in das Wohnzimmer zurückkommt, bemerkt er den blinkenden Anrufbeantworter und geht darauf zu.

Er ist schon dabei, auf den Abspielknopf zu drücken, da fällt ihm der Flaschenöffner auf dem Boden auf. Mit gerunzelter Stirn hebt er ihn auf und betätigt schließlich den Knopf.

„Sie haben eine neue Nachricht. Heute, um 13:42 Uhr.“

Es piept kurz.

„Ich bin’s, Agnesa …“, erklingt die vertraute Stimme aus dem Lautsprecher. Er spürt eine Erleichterung. Endlich eine Nachricht von ihr. Es geht ihr wohl gut.

„Für morgen ist schon ein neuer Anschlag geplant …“

Tamer zuckt zusammen.

Während Agnesa weiterspricht, begreift er langsam, was in seiner Abwesenheit passiert sein muss. Djamil hat diese Nachricht gehört. Scheiße!

Ohne den letzten Satz abzuwarten, rennt er ins Schlafzimmer, packt seine Dienstwaffe ein, dann rennt er Richtung Flur, zieht den Wohnungsschlüssel heraus und knallt die Tür hinter sich zu.

Er muss es schaffen, rechtzeitig am Treffpunkt anzukommen, ehe Djamil noch einen großen Fehler begeht.

In der überschaubaren, jedoch gut gepflegten Parkanlage, die mit zahlreichen Rotbuchen und Stieleichen bepflanzt ist, geht ein älterer Herr gerade mit seinem Dackel auf dem Spazierweg neben dem Teich Gassi. Ein Jogger kommt ihm schweißnass entgegengelaufen und biegt auf eine Brücke ab, die über den Teich führt und eigens für die Spaziergänger angelegt wurde. Er nickt Agnesa zum Gruß zu. Sie registriert ihn zwar, doch, gedanklich woanders, erwidert sie den Gruß nicht.

Stattdessen geht sie unruhig auf und ab, dreht den Kopf dabei ständig in alle Richtungen. Dann bemerkt sie den dunkelhaarigen jungen Mann in einiger Entfernung, der mit schnellen Schritten in Richtung Brücke eilt, genau auf sie zu. Das muss Tamer sein. Sie winkt mit erhobenem Arm, um von ihm entdeckt zu werden. Doch als er näher kommt, begreift sie, dass es jemand anderes ist. Erst als Djamil die Brücke fast erreicht hat, erkennt sie ihn wieder.

Irritiert starrt sie ihn kurz an. Hat Tamer ihn geschickt, weil er keine Zeit hatte, um zu kommen? Aber warum gerade ihn und nicht Max?

Sie hat den Gedanken noch nicht einmal zu Ende gedacht, da erkennt sie auch schon an seinen verzerrten Gesichtszügen, dass er in keiner friedlichen Absicht gekommen ist. Was ihm ins Gesicht geschrieben steht, ist Hass.

Automatisch wendet sie sich von ihm ab und eilt auf der anderen Seite die Brücke hinunter.

Djamils Schritte werden schneller. Agnesa dreht sich im Gehen kurz um, spürt die Wut in seinen schwarzen Augen, mit denen er sie fest anvisiert hat – wie ein Stier den Matador in der Arena. Sie rennt los. Djamil rennt jetzt ebenfalls. Sie vernimmt seine Schritte auf dem Rasen. Es dauert nur Augenblicke, da hat er sie schon eingeholt.

Ehe Agnesa irgendetwas sagen kann, packt er sie am Oberarm, sodass sie nicht anders kann, als stehen zu bleiben. Mit klopfendem Herzen dreht sie sich erneut zu ihm um und schaut jetzt aus unbehaglicher Nähe in sein hasserfülltes Gesicht.

„Du dreckiges Miststück!“

Sie gibt einen Schmerzenslaut von sich, als er ihren Arm mit einem Ruck verdreht. Er reagiert sofort, legt ihr die freie Hand auf den Mund, sodass ihr Schrei nicht erneut nach außen dringt.

Sowohl der Jogger als auch der Hundebesitzer sind mittlerweile zu weit weg und mit dem Rücken zu ihnen gekehrt, um hiervon etwas mitzubekommen.

Agnesa versucht, sich von Djamil loszureißen, schlägt mit den Fäusten auf ihn ein, doch er ist weitaus kräftiger als sie. Und so schafft er es, sie zwischen die Büsche neben sich zu zerren und sie auf die Knie zu zwingen, noch bevor sie sich erneut wehren kann. Mit seiner ganzen Kraft zieht er sie zu Boden und setzt sich in einer flinken Bewegung auf ihre Oberschenkel. Jetzt ist es ihr nicht mehr möglich, sich zu rühren. Er ist viel zu schwer. Nur ihre zuckenden Füße ragen zwischen den Blättern des Busches heraus, sonst ist sie, gemeinsam mit Djamil, völlig zwischen dem blättrigen Geäst verschwunden.

„Wie fühlt sich das an?“

Agnesa öffnet den Mund, um nach Hilfe zu schreien, doch da legt er ihr auch schon beide Hände um den Hals und schnürt ihr die Kehle zu. Sie reißt die Augen weit auf, versucht, nach Luft zu ringen, wie ihr nur möglich ist.

Djamil drückt derweil immer fester zu. Er lässt den Blick nicht von ihr ab. Agnesas Gesicht läuft bereits rot an. Sie würgt dem Tod entgegen. Aber sie muss hier lebend rauskommen, sie muss Tamer warnen. Nur er kann den Anschlag verhindern.

In diesem Moment erscheint ein Arm zwischen den Blättern des Busches, packt Djamil von hinten am Kragen seiner Jacke und zieht ihn zurück. Automatisch lösen sich seine Hände von Agnesa. Sie keucht sofort auf.

Als sie endlich wieder Luft bekommt und zwischen dem Gestrüpp hervorkriecht, entdeckt sie Tamer hinter Djamil, die

Hand noch immer fest um seinen Kragen gekrallt. Der fängt sich aber sogleich wieder, dreht sich ruckartig um und schlägt seinem Angreifer mit der geballten Faust ins Gesicht.

Tamer löst instinktiv die Hand von seiner Kleidung und packt sich an die blutende Nase, wo ihn der Schlag eben getroffen hat.

Djamil holt zu einem erneuten Schlag aus, doch diesmal weicht ihm Tamer aus. Er packt ihn mit beiden Händen an den Schultern und drückt ihn zu Boden.

Agnesa beobachtet das ganze Schauspiel mit an den Mund gepressten Händen. Die beiden Männer wälzen sich auf dem Fußgängerweg. Agnesa sammelt ihre Kräfte und steht auf, um dazwischenzugehen.

Während Djamil zu einem weiteren Schlag ansetzt, drückt Tamer seinen erhobenen Arm zu Boden.

„Hör endlich auf, Djamil!"

„Verpiss dich, Mann!"

Er schafft es, sich von Tamer loszureißen, erblickt Agnesa neben sich und will wieder auf sie los. Wie ein freigewordenes Raubtier rennt er auf sie zu. Sie weicht nach hinten aus.

„Ich bring dich um, du Schlampe!"

Seine Faust trifft diesmal ihre Magengrube. Sie verschränkt die Arme vor dem Bauch, bemüht sich aber, aufrecht zu stehen.

Noch bevor er Agnesa einen weiteren Schlag verpassen kann, zieht Tamer seine Dienstwaffe heraus und hält sie auf Djamils Rücken gerichtet.

Es ertönt ein Schrei. Agnesa wirft einen Blick über die Schulter.

Eine junge Spaziergängerin mit einem Schäferhund an der Leine blickt sie schockiert an. Von dem Schrei seiner Besitzerin alarmiert, bellt der Hund los. Sie kommt wieder zu sich und spurtet auf die andere Seite, um der Gefahr auszuweichen.

Agnesa blickt wieder nach vorn. Djamil rührt sich nicht. Er schaut nur perplex von der Pistole mit sich als Zielscheibe auf seinen ehemaligen Schwager. Völlig unerwartet lacht er los. Es ist ein ironisches Lachen, das noch grotesker wird, fast so, als sei er ein Darsteller auf der Theaterbühne.

„Kann nicht wahr sein! Du verteidigst sie? Die Mörderin deiner Schwester?"

Tamers Schultern sinken nach unten, obwohl er die Pistole weiterhin fest umschlossen hält.

Plötzlich todernst strafft Djamil die Schultern. „Was bist du für ein elender Bruder?! Und ein falscher Bulle noch dazu." Er spuckt Tamer vor die Füße. „Das wird dir noch leidtun, Mann!" Ruckartig dreht er sich zu Agnesa um, die beschützend an Tamers Seite tritt. „Und du, kleine Nazi-Schlampe, wirst den Rest deines Lebens im Knast verrotten. Dafür sorge ich persönlich!"

Mit geballten Fäusten und großen Schritten geht er davon.

Agnesa schaut ihm mitleidig hinterher. Sie kann ihn nicht für seinen Hass verurteilen, hat sie es doch nicht anders verdient.

Tamer steckt seine Waffe wieder ein. Zwar hat er seinen Willen bekommen, doch seine ganze Körperhaltung ist wie die eines Verlierers. Er schüttelt fast unmerklich den Kopf, als versuche er, das soeben Geschehene von sich abprallen zu lassen. Doch sie kann spüren, dass Djamils Worte ihn wie ein Dolch mitten ins Herz getroffen haben.

„Geht es dir gut?"

Eigentlich müsste sie ihm diese Frage stellen. Sie nickt. „Es tut mir leid …" Sie bricht den Satz ab. „Danke, dass …"

„Du hast was von einem neuen Anschlag erzählt", fällt er ihr ins Wort.

Agnesa legt sich eine Hand auf die Stirn. „Sie wollen wieder die gleiche Moschee angreifen wie beim ersten Mal. Der Anschlag ist zum Freitagsgebet geplant."

Tamer schluckt schwer. „Vermutlich während des Khutbahs, also um die Mittagszeit."

Sie nickt.

„Wer soll die Bombe reinschleusen?"

Agnesa zögert nicht. „Er heißt Garret und ist auch für den Anschlag in der Schule verantwortlich." Sie zieht einen Zettel aus ihrer Hosentasche heraus und hält ihn ihm hin. „Das sind die Namen der anderen Gruppenmitglieder, die ich in Erfahrung bringen konnte, mit einer Beschreibung ihres Äußeren. In ihrem Versteck war ich noch nicht."

Tamer nimmt den Zettel an sich. Es stehen sieben Namen in Handschrift, ihr eigener inklusive. Er schaut auf. Ihre Blicke treffen sich.

„Wie lautet eure Adresse?" Diese Frage stellt er ihr nicht zum ersten Mal. Und auch diesmal fällt es ihr schwer, sie zu beantworten. Was wird er tun, wenn er weiß, wo Franco steckt? Und was wird Franco tun, wenn plötzlich Tamer vor ihm auftaucht? Viel zu riskant …

Er bemerkt ihr Zögern. „Ich bin hierhergekommen, obwohl es auch eine Falle sein könnte, weil ich dir vertrauen wollte. Aber DU vertraust mir nicht."

Sie zuckt zusammen. In seinen Worten steckt bittere Wahrheit.

Ich würde dir mein Leben anvertrauen, denkt sie, sagt aber stattdessen: „Ich vertraue Franco nicht. Wenn er dich sieht, dann …" Sie schnappt nach Luft. „Ich traue ihm alles zu."

„Ich brauche seinen Aufenthaltsort", wiederholt Tamer nun mit ernsterem Ton. „Hier geht es nicht nur um mich. Dieser Mann plant einen neuen Anschlag. Wir müssen ihn überwachen, damit es keine neuen Opfer gibt."

Es benötigt keine weitere Überredung mehr. Er hat völlig recht. Es geht hier um viel mehr als nur um seine Sicherheit.

„Tanusstraße sieben, vierte Etage, zweite Tür von rechts. Familie Bergmann."

Er will etwas sagen, denn er öffnet den Mund, doch dazu kommt es nicht.

„Ich muss wieder zurück, damit Franco keinen Verdacht schöpft."

„Geh nicht zurück zu ihm."

Schwingt da etwa Sorge um sie mit?

„Ich muss, sonst fliegt alles auf." Um weitere Überredung abzuwehren, wiederholt sie seine Worte: „Es geht um viel mehr als um meine Sicherheit."

Er überlegt kurz, ob er etwas einwenden soll, nickt dann aber nur.

Einen Moment schauen sie sich schweigend an, dann kommt er einen Schritt auf sie zu, streckt ihr die Hand entgegen, als wolle er sie berühren, zieht sie aber schlagartig wieder zurück.

„Pass auf dich auf", flüstert er im Vorbeigehen.

Agnesa schaut ihm noch lange nach. Er dreht sich jedoch nicht mehr um.

So hat sie sich ihren Abschied von ihm nicht vorgestellt, aber warum wundert sie sich überhaupt? Ihr ganzes Leben ist anders verlaufen, als sie gedacht hätte. So viel ist schiefgegangen. So viel davon selbst verschuldet. Dennoch verspürt sie keinen Groll gegen ihr bitteres Schicksal. Stattdessen bedankt sie sich im Geiste dafür, dass es diesen wundervollen Mann, wenn auch nur kurz, in ihr Leben geführt hat.

43

Planänderung

So ein Mist, Franco ist früher zu Hause als erwartet. Dabei sollte er doch bis 16 Uhr auf der Arbeit sein. Das Beunruhigende ist jedoch nicht, ihn hier vorzufinden, denn diesmal hakt er nicht nach, wo sie war, nachdem er die volle Einkaufstüte in ihren Händen erblickt hat. Ein Glück, dass sie noch schnell im Supermarkt war, um ihre Abwesenheit begründen zu können. Nein, viel beunruhigender ist die Tatsache, dass er ihre Sachen in eine Reisetasche packt.

„Leg die Tüte ab und hilf mir hier bitte. Wir müssen uns beeilen."

„Womit beeilen?" Sie kann sich nicht zusammenreimen, was das Ganze soll.

„Wir können hier nicht mehr länger bleiben."

Sie zuckt zusammen. „Wieso nicht?"

Franco unterbricht endlich seine Handlung. „Der Nachbar hat hier geklingelt. Er hat ein Selfie von dir und Marie in den

Nachrichten gesehen. Die Polizei muss das Foto von Maries Eltern haben."

Sie schluckt, versucht aber, ihre Mimik unter Kontrolle zu halten.

„Jedenfalls hat er dich sofort erkannt und sich auch an Marie erinnert. Immerhin war sie mehrfach hier."

Agnesa stellt die Papiertüte auf dem Boden ab. Was weiß Franco noch?

„Er wollte wissen, ob wir schon mit der Polizei gesprochen haben", fährt er fort und greift wieder nach der Kleidung, die er auf dem Sofa verstreut hat. „Ich sag's dir, der wird sicher selbst noch einmal mit den Bullen sprechen wollen, und dann stehen die früher vor unserer Haustür, als uns lieb ist."

Sie schaut auf die offene Reisetasche. Wenn sie hier weggehen, wird Tamer annehmen, dass sie ihn angelogen hat.

„Aber es fällt doch auf, wenn wir so plötzlich verschwinden", bringt sie als logischen Einwand ein.

Franco schüttelt den Kopf. „Ich hab ihm erzählt, dass du für ein paar Tage weg wolltest, weil dich das Ganze mit deiner Freundin so mitgenommen hat."

Er stoppt seine Handlung, packt dann mit beiden Händen den halben Inhalt der Tasche hoch und wirft ihn wieder auf das Sofa. „Viel zu viele Sachen. Schau du lieber selbst, was du für ein bis zwei Wochen brauchst." Er tritt vom Sofa zurück. „Nach dem neuen Anschlag wird keiner mehr über Marie sprechen." Er eilt zur Küchenzeile und schnappt sich sein Handy. „Ich werd mal klären, wo wir in der Zwischenzeit untertauchen können."

Agnesa betrachtet den Kleiderhaufen neben der Reisetasche. Wenn sie Franco zum Bleiben überredet, dann wird er vielleicht misstrauisch, aber wenn sie hier weggehen, verliert Tamer ihre Spur. Was, wenn er glaubt, dass sie ihn absichtlich zu einem falschen Standort gelockt hat, damit der Anschlag nicht von der Polizei verhindert werden kann? In dem Fall wird er auch ihren Worten keinen Glauben mehr schenken, dass der Anschlag in derselben Moschee geplant ist. Sie muss ihm irgendwie eine Nachricht hinterlassen. Ihn wissen lassen, dass sie nach ihrem Gespräch hier war. Aber wie? Franco weicht ihr nicht von der Seite.

Vergeblich wartet sie auf eine günstige Gelegenheit, in der er kurz aus dem Raum geht, damit sie eine heimliche Nachricht für Tamer verfassen kann.

„Wir sollten jetzt los."

Agnesa zuckt beim Klang von Francos auffordernder Stimme zusammen.

„Wo werden wir denn untertauchen?"

„Bei Louis. Der wohnt außerhalb der Stadt und hat noch ein Zimmer für uns frei."

Louis? Etwa der Louis, der sie in der Tankstelle erkannt hat?

„Wir sollten dem Nachbarn Bescheid sagen, dass wir jetzt weg sind, damit es nicht wie eine Flucht wirkt", schlägt sie vor.

„Auf keinen Fall! Wir sind gar nicht befreundet und ihm daher keine Rechenschaft schuldig. Das macht es nur auffälliger."

Agnesa schweigt, ihre Gehirnzellen rattern aber im rasenden Tempo weiter.

„Ich geh noch schnell auf die Toilette."

Sie muss Zeit gewinnen, bis ihr eine Lösung einfällt.

Agnesa öffnet ein Regal nach dem anderen im Bad, doch im ganzen Schrank befindet sich nichts, das als Stift taugen würde. Ihre Kosmetik bewahrt sie im Schlafzimmer auf, also ist nicht einmal ein Kajalstift vorhanden, der ihr als Schreibwerkzeug dienen könnte.

Einen Moment lang spielt sie mit dem Gedanken, die Zahnpastatube einzusetzen, und tatsächlich probiert sie es sogar aus.

Doch der erste Buchstabe – ein A für Agnesa –, den sie auf einem Stück Toilettenpapier zu zeichnen versucht, ist nicht nur unleserlich, auch weicht das Papier sofort auf. Sie versucht es noch mal auf einem neuen Papier. Dasselbe Problem. Aber selbst, wenn sie ein vernünftiges A hinbekommt, wie soll sie das Papier unauffällig und ohne, dass es verschmiert, aus der Wohnung schaffen und es gut erkennbar für Tamer platzieren? Eine dumme Idee! Doch eine andere hat sie leider nicht.

Moment mal, was ist das da hinter ihr im Spiegel?

Die letzte Nacht hat Agnesa kaum drei Stunden geschlafen, und das lag nicht allein am fremden Bett. Die Sorge um das bevorstehende Ereignis ließ sie lange nicht einschlafen.

Wird Tamer meine Botschaft entdecken und sie verstehen? Wird Djamil seine Drohung wahr machen und der Polizei alles berichten? Wird die Polizei den geplanten Anschlag rechtzeitig verhindern können? Das waren nur einige von vielen Gedanken, die sie quälten.

Von Unruhe ist hier in Louis' kleiner Küche jedoch nichts zu spüren. Der Frühstückstisch ist so üppig gedeckt, als sei das hier ein Festtag. Für Agnesa fühlt es sich jedoch an wie eine Henkersmahlzeit, deshalb bekommt sie auch keinen Bissen hinunter. Franco unterhält sich derweil unbeschwert mit Louis, und zwar doch tatsächlich über das Wetter. Agnesa bekommt mit einem Ohr mit, wie sie die Wetterlage einschätzen. Es komme ihnen gelegen, dass es heute regnet. Hoffentlich bliebe es dabei, denn so würden die Passanten außerhalb der Moschee nur daran denken, irgendwo ins Trockene zu kommen, statt zu schauen, wer sich draußen herumtriebe. Außerdem würde der Einsatz eines Regenschirms zur Tarnung vor eventuellen Kameraaufzeichnungen ihnen zugutekommen.

Agnesa muss sich beherrschen, um ihre Meinung nicht lauthals kundzutun. Als sie hier gestern ankamen, hatte Louis nur eine dumme Bemerkung zu ihrem Wiedersehen gemacht, aber sonst nichts mehr dazu gesagt, dass sie jetzt wieder „mit im Boot sitzt", wie Franco auch allen anderen Mitgliedern verkündet hat.

„Darf ich noch ein bisschen Fernsehen, Papa?" Die Stimme gehört zu einem sechsjährigen Jungen, der im Pyjama mit verfärbtem Plüschhasen an der Hand vor der Küchentür steht. Es ist Louis' Sohn, der diese Woche bei ihm bleibt.

„Aber nur noch eine Folge, dann komm ich zu dir, damit wir deine Hausaufgaben erledigen."

Agnesa kann kaum fassen, wie liebevoll Louis mit seinem Sohn umgeht. Gestern hat er eine Stunde an dessen Bett gesessen und ihm Gute-Nacht-Geschichten vorgelesen. Der kleine Kerl hat hier sein eigenes Zimmer, da Louis sich das Sorgerecht mit seiner Ex-Frau teilt. In dem Kinderzimmer haben aber Agnesa und Franco die Nacht verbracht, ganz zur Freude des Jungen, der mit seinem Papa im Bett kuscheln konnte.

Wie kann ein Mann so liebevoll und herzlos zugleich sein?, geht es Agnesa durch den Kopf. Louis ist zwar nicht direkt an der Durchführung der Anschläge beteiligt, jedoch übernimmt er die organisatorische Vorarbeit und ist sich dessen mehr als bewusst, an dem Tod so vieler Unschuldiger beteiligt zu sein.

„Ich will eine sichere Welt für meinen Sohn", hatte er gestern Abend auf Agnesas Frage hin geantwortet, was ihn denn zu dieser Gruppe geführt hat. Eine sichere Welt für sein Kind wollen und die Welt für andere Kinder unsicher machen, was für ein Widerspruch.

Der Junge eilt zurück ins Wohnzimmer und kurz darauf kündigt die Intromusik eines Zeichentrickfilms die neue Folge an.

Louis tunkt ein Stück seines Brötchens in die Schale mit Hummus, der in ihrer Mitte steht. Ob ihm bewusst ist, dass dieser Dip arabischen Ursprungs ist und er somit gerade die Spezialität aus dem Hause seiner „Feinde“ isst?

Agnesa behält diesen Gedanken für sich. Mit einem tiefen Seufzer schaut sie auf die Uhr über der Küchentür. Es bleiben ihnen noch circa sechs Stunden. Sechs alles entscheidende Stunden.

44

Wardas Botschaft

Hundertfünfzig Kilometer entfernt sitzt Tamer auf dem Bett seiner Schwester und starrt in die Leere vor sich. Das goldene Sonnenlicht strahlt in Cherins Zimmer und versprüht eine friedliche Wärme. In ihm drin bahnt sich jedoch ein Gewitter an. So intensiv, dass es ihn zu Boden reißen könnte.

Heute ist die Zeit der Abrechnung gekommen, auf die er ein Jahr lang gewartet hat. Doch es fühlt sich noch lange nicht so zufriedenstellend an, wie erwartet, wird doch nichts seine geliebte Schwester zurückbringen.

Ihr Tod war so sinnlos, aber seine Vergeltung soll es nicht sein.

Als ihm eine einzelne Träne über die Wange rollt, wischt er sie hastig mit dem Handrücken weg. Dann zieht er seine Pistole aus dem Holster und betrachtet sie stumm.

Wird sie heute zum Einsatz kommen? Noch nie hat er in all dieser Zeit auf einen anderen Menschen geschossen. Wie weit ist er bereit zu gehen, wenn die Situation es verlangt? Wie groß ist sein Hass? Er kennt die Antwort darauf.

Sorgsam füllt er das Magazin der Handfeuerwaffe mit genügend Patronen und steht mit neuer Willenskraft auf.

„Kann ja wohl nich' wahr sein!" Franco schlägt mit der Faust auf den Tisch. Ein stumpfes Küchenmesser landet dabei auf dem Boden. „Ausgerechnet heute?"

Garret senkt beschämt den Kopf, während Louis ihm die rechte Hand verbindet. Auf dem Weg hierher ist er vom Fahrrad gestürzt, als er einem Raser ausweichen wollte. Dabei hat er sich die Hand verstaucht.

„Ich zieh's trotzdem durch!" Er hebt den Arm hoch und bewegt seine Finger. Zwar gibt er keinen Ton von sich, doch seine zusammengepressten Lippen verraten, dass er Schmerzen hat.

„Wie willst du mit dieser Hand die Weste ausziehen?"

„Das krieg ich schon hin."

„Glaubst du echt, wir lassen's drauf ankommen? Viel zu riskant." Jack zieht einen Stuhl heran und setzt sich.

„Also blasen wir's ab?", will Louis wissen.

„Ich mach's statt Garret", sagt Franco nach kurzer Überlegung.

„Tolle Idee! Mit deinem humpelnden Bein fällst du sicherlich gar nicht auf", meldet sich Jack wieder zu Wort.

„Warum machst DU es dann nicht?", wirft Franco ihm an den Kopf.

„Das weißt du genau! Die Bullen haben 'ne fette Akte über mich. Ein Foto von mir reicht – und die haben mich sofort identifiziert."

Franco weiß, dass es die halbe Wahrheit ist. Zwar hat Jack eine polizeiliche Akte, jedoch ist er auch nicht der Typ, der sein Leben für die Mission riskiert. Er hinterlässt die Drecksarbeit lieber anderen.

Die Blicke der Männer ruhen auf Louis. Der hebt sofort die Hände hoch, als ob er sich ergeben möchte.

„Hey, ich hab euch schon gesagt, dass ich nur im Hintergrund helfen kann. Hab 'nen Sohn, vergesst das nicht."

Schweigen, dann erklingt eine fünfte Stimme: „Ich werd es machen!"

Alle drei Köpfe drehen sich augenblicklich zu Agnesa um.

Keine Regung hinter dem Fenster der vierten Etage. Es hat auch noch keiner der Verdächtigen das Gebäude verlassen. Dabei ist Tamer schon seit 6 Uhr morgens hier. Langsam müsste Franco doch aufbrechen, wenn der Anschlag tatsächlich zum Mittagsgebet geplant ist.

Tamer nimmt noch einen Schluck von seinem bereits kalten Kaffee, spuckt ihn aber sofort wieder in den Pappbecher aus. Wie lange soll er hier denn noch warten? Was, wenn er sich bei der Adresse vertan hat?

Er muss sichergehen, dass er vor dem richtigen Gebäude steht. Mit einer Hand zieht er die Kapuze seines Hoodies hoch, bevor er aus dem Wagen steigt.

Vor der Eingangstür angekommen, geht er alle Namen auf den Klingelschildern durch, bis er die Bergmanns entdeckt. Diese Angabe stimmt jedenfalls mit Agnesas Auskunft überein.

Er klingelt. Als keiner ihm antwortet, betätigt er die Klingel erneut. Das Ganze wiederholt er noch zweimal.

Haben Franco und Agnesa die Wohnung etwa vor seiner Ankunft hier verlassen? Hat sie sich vielleicht vertan und statt dem Freitagsgebet am Mittag das Morgengebet gemeint? Aber dann hätte ihm doch Max schon längst Bescheid gegeben, immerhin ist er mit seinem Einsatzteam vor Ort.

Er klingelt so lange bei den Nachbarn, bis ihm jemand schließlich aufmacht.

Leicht außer Puste kommt er in der vierten Etage an. Was hatte sie noch mal gesagt? Zweite Tür von rechts? Auf der Klingel steht kein Name.

Er klingelt erneut und lauscht, ob Schritte von innen zu vernehmen sind.

„Die Bergmanns sind verreist."

Tamer dreht sich zu dem älteren Herrn um, der mit einer Mülltüte in der einen und den Autoschlüsseln in der anderen Hand seine Wohnung verlässt.

„Seit wann?", hakt er nach.

„Gestern erst. Die kommen wohl in zwei Wochen wieder zurück."

Tamer nickt als Dank für die Auskunft.

Der Mann betritt den Aufzug. „Wollen Sie mit runter?"

Tamer folgt ihm, doch kurz bevor sich die Aufzugtür schließt, entdeckt er etwas Rotes auf der Fußmatte der Bergmanns, das da sicherlich nicht hingehört. Sofort tritt er hinaus.

„Ich nehm die Treppen", sagt er, ohne sich umzudrehen.

Erst als er den Gegenstand aufhebt, erkennt er, was er ist: eine Rose aus Seife. Was hat sie vor der Wohnungstür verloren? Rein zufällig ist sie hier sicherlich nicht gelandet. Jemand muss sie hier absichtlich platziert haben. Aber nicht irgendjemand, sondern Warda.

Tamer legt die Stirn in Falten. Sie muss ihm mit der Rose ein Zeichen geben wollen, dass sie hier war. Er dreht die Seife um. Ein Stück ist abgebrochen, ganz so, als hätte sie die Seife fallen lassen. Aber warum keine Notiz dazu? Vielleicht hatte sie nicht die Möglichkeit, falls Franco bei ihr war. Ein Zettel wäre ihrem Ehemann sicherlich aufgefallen. Die Bedeutung der Rose versteht hingegen nur er.

Tamer nimmt zwei Stufen auf einmal und schafft es noch, den Nachbarn zu erwischen, ehe dieser in sein Auto steigt.

„Entschuldigung! Können Sie mir noch sagen, wann Sie die Bergmanns zuletzt gesehen haben?"

Der ältere Herr öffnet schon den Mund, um ihm zu antworten, überlegt es sich dann aber offensichtlich anders. Er mustert Tamer kritisch, dann fragt er: „Wer sind Sie überhaupt, wenn ich fragen darf?"

Tamer zieht den Reißverschluss seines Hoodies herunter und offenbart seine Polizeiuniform.

„Kommt gar nicht infrage!"

Francos Ton lässt keine Widerworte zu, doch Agnesa hat es in dem Moment beschlossen, als sie die Unterhaltung der Männer belauscht hat.

Wie zu erwarten war, wollte Jack sie bei dem Gespräch nicht dabeihaben, weshalb er auch darauf bestanden hat, dass sie die Küche verlässt.

„Sie weiß Bescheid?" Sein Blick verfinstert sich.

Franco lässt die Frage unbeantwortet. Stattdessen greift er nach Agnesas Arm und zieht sie zur Seite. „Du hältst dich aus der Sache raus!"

Sie schüttelt den Kopf. „Als Frau werden sie mich weniger verdächtigen. Ich kann ein Kopftuch tragen, um wie eine von ihnen auszusehen."

„Marie war auch eine Frau und wurde trotz Kopftuch entlarvt", erwidert er trocken.

„Sie hatte nicht genug Mumm, um es durchzuziehen, deshalb wurde sie entlarvt“, kommentiert nun Jack.

Franco dreht sich verärgert zu ihm um. „Warum setzt du nicht deinen eigenen Arsch aufs Spiel, wenn du’s so viel besser machen kannst?“

Jack gibt nur ein Zischen von sich, sagt aber nichts mehr dazu.

Garret steht von seinem Platz auf.

„Wie es scheint, haben wir im Augenblick keine andere Wahl, wenn es heute noch passieren soll. Und sie hat gute Chancen, unauffällig reinzugehen.“

Louis legt das Verbandszeug beiseite. „Sehe ich auch so. Und die kommen nie dahinter, dass wir wieder eine Frau schicken.“

Franco schüttelt den Kopf. „Dann müssen wir es eben verschieben, bis mein Fuß oder Garrets Hand wieder heil sind. Auf die eine Woche kommt’s auch nicht an.“

Nun ist es Agnesa, die nach seinem Arm greift. „Denkst du etwa, ich schaff das nicht?“

„Du hast anscheinend vergessen, was vor einem Jahr passiert ist.“

Er zieht ihren Arm weg, doch da greift sie auch schon nach seiner Hand.

„Diesmal sorge ich dafür, dass alles nach Plan läuft“, versichert sie ihm, während sie in Gedanken weiterspricht, *nach meinem Plan.*

HOFFNUNG

45

Agnesas Plan

Die Schwarz-Weiß-Skizze erstreckt sich über den ganzen Tisch. Es sind mehrere Rechtecke darauf abgebildet, die die Räumlichkeiten in der Moschee darstellen. Eine Route ist bereits in roter Farbe durch sie hindurch markiert.

„Wenn du reinkommst, musst du sofort nach rechts abbiegen. Links ist der Eingang für Männer." Franco deutet mit dem Zeigefinger auf ein Nebenzimmer. „Hier drüben ist der Waschraum, wo sich die Frauen fertig machen." Sein Finger gleitet weiter hoch. „Durch das Mikro wird das Gebet angekündigt, dann gehen alle in diesen Raum hier drüben." Er tippt auf das angrenzende Zimmer. „Wenn du allein bist, ziehst du die Weste aus und verstaust sie in dieser Tasche." Er zeigt mit dem Kopf zu Jack, der eine Stofftasche in seiner Hand hochhält.

„Die beten immer in die Richtung des Qibla."

Agnesa hört ihm aufmerksam zu.

„Also, wenn du vorsichtig die Tür aufmachst, kannst du die Weste an der Wand platzieren, ohne dass sie dich sehen.“ Er markiert die Stelle mit einem X.

Sie inspiziert den Grundriss genaustens. Nicht nur um ihnen etwas vorzutäuschen, sondern auch um sich den Notausgang zu merken.

„Danach verlässt du das Gebäude sofort.“ Er tippt mit dem Stift auf eine senkrechte Linie, die die Tür darstellt. „Das hier ist der Hinterausgang. Für den Fall, dass dir aus irgendeinem Grund nicht möglich sein sollte, wieder durch den Haupteingang hinauszugehen.“ Er zeigt auf eine freie Fläche auf der anderen Seite. „Ich werde am selben Ort auf dich warten, wo ich dich rauslasse, damit du mich schnell findest.“

Agnesa nickt, ohne einen Ton von sich zu geben.

„Du sprichst mit niemandem! Lässt dich von niemandem aufhalten! Falls dich jemand anquatschen sollte, antwortest du kurz und knapp und gehst weiter. Schlimmstenfalls rennst du raus.“

Sie nickt erneut.

„Kriegst du das hin?“, vergewissert sich Jack.

„Ich mache es nicht zum ersten Mal“, entgegnet sie mit forschem Unterton.

„Dann pass diesmal auf, dass du nich’ wieder zu spät bist“, kommentiert Jack von der Seite.

Agnesa rollt demonstrativ genervt mit den Augen.

„Du musst dir keine Sorgen machen. Ich werde den Auslöser erst betätigen, wenn du wieder bei mir bist.“ Franco wirft einen vielsagenden Blick zu Jack. Der bleibt jedoch stumm.

Garret schaut auf sein Handy. „Nach dieser App hier beginnt das Gebet in einer Stunde.“

„Ich geh dann noch mal kurz ins Bad.“ Agnesa spürt die Blicke der Männer auf ihrem Rücken, als sie den Raum verlässt.

Kaum hat sie die Toilettentür hinter sich zugezogen, zieht sie das Diktiergerät aus ihrer Socke. Es hat das ganze Gespräch von eben aufgezeichnet. Hiermit haben Franco und sie zuvor Lizzies erste Worte aufgenommen, nun wird es dazu dienen, die Schuldigen zu fassen.

Sie dreht den Wasserhahn auf, dann hält sie das Mikro nah an ihren Mund und spricht ganz leise hinein: „Die fünfte Stimme gehört zu Louis. Er ist der Verkäufer aus der Tankstelle, dem wir zufällig auf dem Rückweg von Berlin begegnet sind."

Sie schaltet das Gerät aus. Doch bevor sie es zurück in die Socke steckt, wickelt sie ein Blatt Papier darum, das sie zuvor für Tamer beschriftet hat.

„Die beiden sind nicht in ihrer Wohnung. Nach Angaben eines Nachbarn aus derselben Etage sind sie erst gestern abgereist", fasst Tamer das Wichtigste für Max zusammen. Von dem älteren Herrn hat er erfahren, dass das Gespräch mit Franco vor seinem eigenen Treffen mit Agnesa stattfand. Also hat Agnesa mit großer Wahrscheinlichkeit selbst nichts von dieser kurzfristigen Abreise gewusst, sonst hätte sie es ihm sicherlich verraten. Vermutlich hat Franco ihre Wohnung nach Maries Identifizierung für keinen sicheren Ort mehr gehalten. Kein Wunder, wenn selbst der Nachbar schon einen Verdacht hatte. Nur wohin hat er Agnesa hingebracht? Und wird er selbst beim Anschlag dabei sein?

„Ich hab meine Leute bereits in und um die Moschee herum platziert", klärt ihn Max auf. „Ich lass dich wissen, wenn wir die Täter geschnappt haben."

„Ich komme jetzt auch zur Moschee", verkündet Tamer.

„Denk nicht einmal dran!" Max klingt verärgert.

„Ich weiß, das ist keine Angelegenheit für die Polizei."

„Nein, diesmal sage ich es nicht zu dem Polizisten, sondern zu dem Bruder eines Opfers."

Genau deshalb muss ich dabei sein, denkt sich Tamer.

„Du bist nicht neutral in dieser Sache", ergänzt Max, als hätte er Tamers Gedanken gehört. „Und wir wissen beide, dass du deine Emotionen nicht immer unter Kontrolle hast."

Ja, das weiß Tamer, aber er hat es Cherin versprochen, und er wird selbst dafür sorgen, dass ihre Mörder nicht entkommen.

Agnesa blickt sich in dem fremden Raum um, der ihrer Gruppe als Versteck dient. War sie schon einmal hier? Das Gefühl, das dieser kahle, kalte Ort in ihr auslöst, ist jedenfalls erdrückend, ebenso die Last, die sie freiwillig bereit ist zu tragen.

Franco ist gerade dabei, ihr den Sprengstoff um den Oberkörper zu binden, den sie in diesem Raum hier aufbewahrt haben. Die Weste fühlt sich weitaus leichter an, als Agnesa erwartet hat. Dass sie dieses Prozedere in abgewandelter Form schon einmal mitgemacht hat, fällt ihr schwer zu glauben. Ihre Erinnerungen sind noch nicht vollständig zurückgekehrt. Vielleicht liegt es an der inneren Abwehr, die gewisse Details aus ihrer Vergangenheit noch wie ein unbekanntes Kapitel verschlossen hält.

„Kannst du dich noch an alles erinnern?", reißt Franco sie aus ihren Gedanken.

Sie nickt, während Jack sich neben sie stellt.

„Ich werd euch begleiten."

Sofort dreht sich Franco zu ihm um. „Nein, wirst du nicht!"

Jack zieht eine unzufriedene Miene.

„Wir brauchen dich dafür nicht", führt Franco ruhiger fort.

„Schon vergessen, was beim ersten Mal war, als du allein vor Ort warst?“, erinnert ihn Jack.

„Hast du etwa vergessen, was beim letzten Mal passiert ist, als du dabei warst?“, kontert Franco.

Die beiden tauschen zornige Blicke aus. Garret geht dazwischen.

„Hey, könnt ihr eure Differenzen nich’ wann anders klären?“

Jack wendet sich ab.

„Gut, wenn du meinst, dass du keinen von uns brauchst, können wir ja in der Zwischenzeit was trinken gehen.“

Er legt das Handy, das wie die letzten beiden Male als Auslöser für die Bombe dienen soll, auf dem Tisch in ihrer Mitte ab und richtet sich an die anderen beiden Männer.

„Lasst uns gehen, Jungs! Ihr habt’s ja selbst gehört, wir werden hier nich’ mehr gebraucht.“

Die beiden Männer blicken irritiert drein.

Agnesa schaut derweil auf das Handy vor sich. Es ist ein günstiges altes Modell, ohne Touchscreen und Internet, das mittlerweile fast keiner mehr benutzt. Sie muss es irgendwie schaffen, unbemerkt dranzukommen. Eine bessere Chance als jetzt bekommt sie nicht.

„Werd mal erwachsen, Mann! Du klingst wie ein beleidigter Schuljunge“, antwortet Franco statt den anderen.

Jack greift nach seiner Jeansjacke und zieht sie sich über.

„Und du komm mal von deinem Egotrip runter. Es geht hier schließlich nich’ um dich!“

Franco eilt auf ihn zu. Jack rührt sich nicht von der Stelle. Als Franco ihn an seiner Jacke packt, schubst er ihn jedoch mit einer ruckartigen Bewegung von sich weg. Anlass genug für Franco, ihm eine Backpfeife zu verpassen.

„Hey, was soll’n das jetzt?“, mischt sich Garret ein. „Ich dacht, wir sind n’ Team.“

Jack lässt es nicht auf sich sitzen und schlägt zurück. Auch Louis meldet sich jetzt zu Wort, während Garret versucht, die beiden Streithähne auseinanderzubringen.

Agnesa nutzt die Gelegenheit, dass keiner auf sie achtet, nimmt das Handy vom Tisch und dreht sich mit dem Rücken zu den Männern.

Derweil ziehen die beiden anderen Mitglieder Franco und Jack auseinander, die sich von neuem aufeinander stürzen wollen.

„Kriegt euch endlich ein! Ihr könnt euch die Köpfe einschlagen, wenn die Mission vorbei ist."

Hastig versucht Agnesa, die hintere Hülle des Handys zu öffnen, aber sie klemmt.

Während Franco seine aufgestaute Wut nun hemmungslos rauslässt, indem er Jack noch einen Schlag verpasst, wird dieser rasend vor Wut und tritt ihn gegen das Schienbein. Nur mit Mühe schaffen es die beiden anderen Mitglieder, Franco und Jack voneinander zu lösen, wobei sie selbst herumgezerrt werden.

„Wenn ihr nich' sofort aufhört, könnt ihr ohne uns weitermachen."

Agnesa versucht in der Zwischenzeit immer noch, die Handyhülle zu öffnen. Nervös wirft sie einen Blick über die Schulter. Die vier Männer beachten sie nicht.

Jack löst sich aus dem Griff von Garret und faltet den Kragen seiner Jeansjacke zurecht.

„Und du willst ein Anführer sein?", sagt er an Franco gerichtet.

Endlich öffnet sich die Handyhülle. Noch einmal schaut sie über die Schulter.

Franco will wieder auf Jack los, doch Louis hält seine Arme fest.

„Verpiss dich von hier!", ruft Franco Jack zu.

„Von so ’nem Egozentriker wie dir lass ich mir nichts mehr bieten.“

Beim Hinausgehen schmeißt Jack einen der Stühle um. Alle schauen ihm hinterher. Alle, außer Agnesa. Die nutzt diese Gelegenheit und will das Handy auf seinen Platz zurücklegen, doch ihre Finger zittern. Es fällt ihr aus der Hand. So ein Mist!

„Lass dich hier nie wieder blicken!“, ruft Franco ihm nach.

Die beiden Männer schauen ausdruckslos zu ihm rüber.

„Musste das jetzt echt sein?“

„Ohne ihn sind wir besser dran“, gibt Franco knapp als Antwort.

„Und was, wenn er gegen uns handelt?“

„Soll er’s doch mal versuchen. Dann leg ich ihn persönlich um!“ Franco dreht sich wieder zu Agnesa. Sie hat es noch rechtzeitig geschafft, das Handy aufzuheben, doch es befindet sich noch immer in ihrer Hand. Sofort streckt sie es Franco entgegen.

„Hier! Lasst uns das jetzt endlich hinter uns bringen!“

46

Die tickende Bombe

Draußen vor der Moschee herrscht, trotz des Regens, idyllische Ruhe. Ein fünfjähriges Mädchen springt in eine Pfütze, die sich auf dem Vorplatz gebildet hat, und füllt die Stille mit seinem kindlichen Lachen. Es greift nach der ausgestreckten Hand seiner Mutter, die ihr den Regenschirm über den Kopf hält, damit es nicht noch nasser wird. Der Vater kommt ihnen schnellen Schrittes hinterher.

In ein weißes Kopftuch gehüllt, betrachtet Agnesa aus dem Beifahrerfenster, wie die Familie auf der gegenüberliegenden Straßenseite gemeinsam die Moschee betritt.

„Bist du sicher, dass du's auch durchziehst?", fragt Franco hinter dem Steuer. „Wir können uns keinen Fehler mehr erlauben."

Sie dreht sich zu ihm um und schaut ihm direkt in die stahlblauen Augen. „Beim ersten Mal hast du nicht an mir gezweifelt, soweit ich mich erinnern kann."

Er drückt ihre Hand. „Also, wie besprochen. Ich werd genau hier auf dich warten."

Sie nickt und zwingt sich zu einem Lächeln.

„Vergiss nich', sobald du die Weste platziert hast, musst du raus. Egal, wer dich auch …"

„Keine Sorge", fällt sie ihm ins Wort. „Diesmal mach ich alles richtig."

Er streicht ihr mit der freien Hand über die Wange, dann zieht er das Handy aus seiner Tasche.

„Ich aktiviere den Sprengstoff erst, wenn du wieder bei mir bist. Versprochen! Es kann also nichts schiefgehen."

„Das wird es auch nicht, dafür sorge ich schon." Sie knöpft ihren Mantel zu und zieht den Türgriff hinunter, sodass ihre Tür einen Spaltbreit aufgeht.

Als sie einen Versuch macht, aufzustehen, zieht Franco sie an der Hand zurück, die er noch immer festhält. Ruckartig dreht sie sich zu ihm um.

„Ich bin stolz auf dich!" Er beugt sich nach vorn und küsst sie auf den Mund. Agnesa wehrt sich zwar nicht, erwidert den Kuss jedoch auch nicht. Sie lässt es über sich ergehen. Nur noch ein letztes Mal …

Max beobachtet den Vorplatz aus einem alten Audi, der ihm als Tarnfahrzeug geliehen wurde, von der anderen Seite der Moschee. Er gähnt einmal laut und reibt sich die Augen. Schon seit 8 Uhr morgens sitzt er hier im Wagen, weil sie keine genaue Zeitangabe hatten, wann der Anschlag tatsächlich ausgeübt werden soll. Das Freitagsgebet müsste erst um 12 Uhr starten, jedoch wollte er auf Nummer sicher gehen.

Hinter dem Gebäude wartet bereits seine Verstärkung in Alarmbereitschaft. Die ahnungslosen Besucherinnen und Besucher der Moschee werden, auf seine Anweisung hin, in den Waschräumen abgefangen und in Begleitung des männlichen oder weiblichen Sicherheitspersonals aus dem Hinterausgang wieder hinausgeführt. Bald muss das Freitagsgebet beginnen, einen Mann nach Agnesas Beschreibung hat er bislang jedoch auf dem Vorplatz nicht gesichtet.

Max richtet sein Fernglas auf die Frau im weißen Kopftuch, die vor dem Eingang ihren Regenschirm zuklappt. Doch ehe er die Schärfe einstellen kann, um ihr Gesicht zu erkennen, ist sie auch schon im Gebäudeinneren verschwunden.

Unruhig fährt sich Franco mit der Hand über das Kinn und lehnt sich in seinem Ledersitz nach hinten, während er tief Luft holt. Jetzt heißt es abwarten, bis sie wieder bei ihm ist.

Noch dieses eine Mal, dann hört er damit auf. Er ist es Marie schuldig. Sie soll ihr Leben nicht umsonst verloren haben. Sie und ihr ungeborenes Kind. Aber danach muss er dieser Geschichte ein Ende setzen. Nur so kann sein Leben einen Neuanfang bekommen. Er wird mit Agnesa weit wegziehen. Irgendwohin, wo sie keiner kennt. Ihn hält nichts mehr in dieser Stadt. Woanders können sie vielleicht von vorn beginnen.

Kann er Agnesa wieder lieben, nachdem sie ihn ausgerechnet mit dem Feind betrogen hat? Es verbindet sie zu viel, um all das aufzugeben. Seine Ehe ist noch nicht verloren. Er wird nicht zulassen, dass ihm auch das wegbricht. Und wer weiß, vielleicht ist Agnesa bald bereit für ein zweites Kind: eine neue Lizzie. Das wünscht er sich sehr, wieder eine Familie zu haben, einen anderen Grund für seine Existenz als nur den Hass, den er seit Langem verspürt. Es macht ihn von innen kaputt.

Nur noch einmal zu Ende bringen, was er begonnen hat, dann kann er all das hier hinter sich lassen und nach vorn blicken.

Ein schlechtes Gewissen macht sich in ihm breit. Dasselbe Gefühl, das er bei Marie verspürt hat. Wieso nur hat er eingewilligt, dass sie den Sprengstoff hineinschmuggelt? Er hätte es selbst tun müssen. Stattdessen sitzt er nun zum dritten Mal tatenlos rum.

Als er den Kopf senkt, fällt sein Blick auf das Handy auf seinem Schoß. Ein altes Modell, das er entsorgen wird, sobald es seinen Zweck erfüllt hat. Doch was ist das da für eine komische Meldung?

Verwundert hebt er das Handy an, um es genauer zu betrachten.

Die Worte auf dem Display stellen ihm die Nackenhaare auf:

SIM-Karte fehlt

47

Rache ist bitter

Mit bedachten Schritten marschiert Agnesa zum Waschraum. Sie möchte nicht auffallen. An diesen Ort eilt sicherlich niemand. Den Weg hat sie sich auf dem Grundriss des Gebäudes gemerkt. So ruhig wie sie nach außen hin vermutlich wirkt, ist es in ihr drin jedoch keineswegs. Wie auch, wenn man eine Bombe um den eigenen Körper gebunden trägt?

Ihr Herz rast. Kaum an ihrem Ziel angekommen, wird sie von zwei Frauen in Uniform umzingelt.

„Entschuldigen Sie die Störung, aber es handelt sich um einen Notfall“, sagt eine von ihnen. „Wir bitten Sie, uns zu folgen.“

Agnesa hat bereits damit gerechnet, dass Max und seine Leute hier Verstärkung platzieren würden. Das ist ein gutes Zeichen. Jedoch ist es viel wichtiger, dass die Verstärkung außerhalb des Gebäudes Franco zu schnappen bekommt, ehe er bemerkt, dass etwas faul ist und ihnen entwischt.

„Ich weiß Bescheid“, gesteht sie, nachdem sie den Kloß im Hals hinuntergeschluckt hat. „Ich arbeite als Lockvogel für die Anti-Terroreinheit.“

Die Frauen tauschen verwunderte Blicke aus. Diese Information hat ihnen offensichtlich niemand gegeben.

„Ich habe Informationen für Sie.“ Agnesa bückt sich hinunter, versucht dabei jedoch, das lange Kleid so zu halten, dass sich die Weste darunter nicht abzeichnet. Die Frauen sollen nicht wissen, was sie mit sich trägt.

Die noch schweigsame Polizistin legt sicherheitshalber eine Hand auf die Waffe, doch Agnesa lässt sich nicht beirren.

Sie zieht das kleine Diktiergerät heraus, das sie nach wie vor in ihrer Socke verwahrt, und überreicht es der Polizistin samt dem weißen Papier, in das es gewickelt ist.

Ein Gefühl der Reue taucht in ihr auf, weil sie Tamer allein gelassen hat. Sollte sie jetzt nicht bei ihm sein, um ihn bei der langersehnten Verhaftung zu unterstützen? Was, wenn Franco ihm entwischt? Wenn er nicht seine gerechte Strafe erhält, nach der Tamer so lechzt? Aber das ist nicht mehr ihr Kampf. Tamer muss ihn austragen. Nur wenn er ihn eigenhändig schnappt, wird er den Frieden finden, den er nach Cherins Tod verloren hat. Sie hofft nur, dass er dabei nicht zu weit gehen wird, um sich selbst zu schaden.

„Können Sie das hier bitte Herrn Tamer Al-Bari übergeben? Er weiß Bescheid.“

„Um was handelt es sich hierbei?“, will die bisher Schweigsame von den beiden wissen, die das Diktiergerät entgegennimmt.

„Es sind Aufzeichnungen mit den Stimmen der Terroristen darauf.“

Die Fragestellerin nickt ihr zu, während die andere Agnesa eine Hand auf die Schulter legt, um sie nach draußen zu begleiten, doch die winkt ab.

„Ich weiß, wo sich der Hinterausgang befindet. Sie können hierbleiben. Ich finde selbst hinaus."

Mit diesem Satz geht sie weiter, ohne sich noch einmal umzudrehen. Es gibt keinen Weg mehr zurück. Sie hat ihre Entscheidung bereits in dem Moment getroffen, als sie einen Fuß in diese heiligen Wände gesetzt hat.

Das kann nicht sein, er hat die Speicherkarte selbst eingesetzt. Ruckartig dreht Franco das Handy um und öffnet die Hülle. Tatsächlich, die SIM-Karte fehlt. Wie ist das möglich? Er hat sich doch selbst darum gekümmert. Er ist sich ganz sicher dabei.

Irritiert starrt er einige Sekunden auf die Rückseite des Handys. Schließlich begreift er, dass irgendetwas faul ist.

Angestrengt versucht er, sich zu erinnern. Er hat das Handy doch die ganze Zeit bei sich gehabt. Wann hat er es zuletzt irgendwo abgelegt? Das war kurz vor seinem Streit mit Jack. Hat der etwa –? Nein, warum sollte er? Was hätte Jack davon? Vielleicht will er ja, dass sie auffliegen, indem die Bombe mit ihren Fingerabdrücken gefunden wird, ohne dass sie explodiert. Aber wie hätte er die SIM-Karte mitten im Streit austauschen sollen?

Moment mal, war es nicht Agnesa, die ihm das Handy überreicht hat? Sie würde doch nicht –? Das könnte sie nicht! Oder doch?

Nervös blickt er aus dem Fenster in alle Richtungen, auf der Suche nach irgendeinem Hinweis.

Da erkennt er ihn, den grünen VW zwischen den anderen Fahrzeugen. Er hat ihn bereits vor dem Haus der Al-Baris gesehen.

Franco hält sein Handy auf den VW gerichtet, öffnet die integrierte Kamera und zoomt an den Fahrer heran. Sofort wird er in seiner Vermutung bestätigt. Dieser scheiß Bulle …

Er wirft das nun unbrauchbare Gerät auf den Beifahrersitz.

Man hat ihn reingelegt. Nein, SIE hat ihn reingelegt. Hat mit diesem Mistkerl gemeinsame Sache gemacht. SIE, mit der er einen Neuanfang starten wollte. Dieses verdammte Miststück hat die Seite gewechselt!

Tamer bemerkt sofort, wie am Vordereingang der Moschee die Lichter des schwarzen Volvos angehen, den er seit seiner Ankunft vor zehn Minuten im Visier hält. Schlagartig ist er in Alarmbereitschaft.

Was soll er tun? Das Gebet startet gleich. Die Zielperson muss sich mit der Bombe bereits in der Moschee befinden, wenn dieser Scheißkerl allein im Auto sitzt. Hat Max den Täter unbemerkt reingehen lassen? Am liebsten möchte er ihn anrufen, aber dazu ist jetzt nicht die Zeit. Wenn der Sprengstoff im Gebäude ist, und der Auslöser in den Händen dieses gewissenlosen Mannes, sind alle, die sich noch im Inneren aufhalten, in Lebensgefahr.

Er muss handeln, den Anschlag verhindern.

Wird Franco so weit gehen, die Bombe zu aktivieren, obwohl sein Komplize noch nicht in Sicherheit ist? Natürlich wird er das! Warum sonst fährt er jetzt schon los?

Tamer kann den Verantwortlichen für den Tod seiner Schwester nicht entkommen lassen, wo er ihm jetzt so nahe ist. Er muss daran glauben, dass sein Freund die Sache hier im Griff hat.

Franco hat offenbar auch schon begriffen, dass er in eine Falle getappt ist, denn er fährt mit quietschenden Reifen los.

Tamer versteht nun ebenfalls, dass er entdeckt wurde, und fährt Franco mit Vollgas hinterher.

„Das kann doch nich' wahr sein!" Auch Max hat nun Tamers Wagen in der Ferne entdeckt. Dabei hat er ihm strikt verboten, sich in die Festnahme einzumischen. Seinen sturköpfigen

Freund kennend, hätte er es besser wissen müssen. Jetzt kann er nur hoffen, dass Tamer, dieser Hitzkopf, nichts Dummes anstellt.

Wohin will er denn so plötzlich?

Natürlich, der schwarze Volvo. Dadrin muss einer der Terroristen sitzen.

Der Imam beginnt derweil das Morgengebet, das durch den Lautsprecher nach draußen hindurchdringt. Besser gesagt, die Aufzeichnung seiner Stimme, denn natürlich befindet er sich nicht im Inneren. Von den Moscheemitarbeitern wurden alle bereits am Vortag informiert, um sich heute nicht im Gebäude aufzuhalten.

Max greift nach seinem Funkgerät, um seine Kollegen zu informieren, dass sie dem Fahrzeug folgen sollen, da bekommt er selbst eine Meldung.

„Hier ist gerade eine Frau gewesen, die etwas für Tamer Al-Bari hinterlassen hat."

Max spitzt die Ohren. „Wer war sie?"

„Sie sagte was von einem Lockvogel für die Anti-Terroreinheit."

Max begreift sofort. „Hatte sie zwei unterschiedliche Augenfarben?"

Als das Sicherheitspersonal diese Vermutung bestätigt, löst Max augenblicklich seinen Gurt. Agnesa hat hier nichts verloren. Es muss eine Planänderung gegeben haben, wenn sie statt dem angekündigten Täter hier ist. Er muss sie am Hinterausgang abfangen, ehe sie ihm entwischen kann.

Mit rasender Geschwindigkeit fährt Tamer dem Volvo hinterher, der nicht einmal vor roten Ampeln haltmacht. Jetzt wünscht er sich, er würde in seinem Streifenwagen sitzen und könnte die Sirenen einschalten. Da das aber nicht der Fall ist und ihm niemand den Weg freigibt, muss er darauf achten, den anderen Fahrzeugen im Straßenverkehr rechtzeitig auszuweichen und dabei Franco nicht aus den Augen zu verlieren.

Sein Tachometer erreicht 150 km/h, und das in einer Hauptstraße mit unvorsichtigen Fußgängern und Radfahrern. Die anderen Fahrzeuge hupen empört, einige Passanten rufen ihm Beleidigungen zu, die jedoch nur als Geräuschkulisse zu ihm hindurchdringen.

Tamer steht schon der Schweiß auf der Stirn. Ist er wahnsinnig? Aber wenn er Franco nicht zu fassen bekommt, wird der sich aus dem Staub machen, ehe sie die Suche nach ihm einleiten können. Ungewollt drückt er weiter auf das Gaspedal, um mit dem Tempo des Volvos mithalten zu können, dabei hofft er inständig, keinen Unfall zu verursachen.

Franco kommt sein fehlendes Gewissen zugute. Dass er drauf und dran ist, jemanden zu überfahren, rührt ihn in diesem Augenblick herzlich wenig. Das Einzige, was ihm durch den Kopf geht, ist es, irgendwie von hier wegzukommen. Danach wird er sich überlegen, wie er es Agnesa und ihrem dreckigen Lover heimzahlen kann. Erst einmal muss er in Sicherheit sein. Wenn die Polizei ihn jetzt fasst, ist alles, wofür er gekämpft hat, alles, woran er geglaubt hat, umsonst gewesen.

Er versteht, dass seine Geschwindigkeit verrückt ist, lebensgefährlich sogar, aber er drückt das Gaspedal durch, setzt alles aufs Spiel und fährt über Rot. Geschnappt zu werden, ist nicht minder gefährlich.

Da taucht völlig unerwartet ein Lkw aus der Seitenstraße vor ihm auf, der ihn offenbar gar nicht registriert.

Erschrocken setzt Franco den Fuß auf die Bremse. Doch bevor der Wagen zum Stehen kommt, knallt er seitlich in den

Lastwagen rein und sein Airbag springt hinter dem Steuer auf. Francos Kopf prallt mit dem Gesicht nach vorn gegen das Luftpolster.

Tamer, der das Ganze wie einen Film in Zeitlupe vor sich abspielen sieht, schafft es noch rechtzeitig, seinen Wagen zu stoppen, bis auch dieser in den Unfall hineingezogen wird. Der Fahrer hinter ihm hat jedoch keine so guten Reflexe und knallt voller Wucht auf seine Stoßstange.

Und da stehen sie nun, die beiden Fahrzeuge, wie ein verwundeter schwarzer Puma und ein verletztes grünes Reptil, zum Greifen nah beieinander, um mit gefletschten Zähnen aufeinander loszugehen, aber entgegen ihrer Macht außer Gefecht gesetzt.

48

Die Zeit der Abrechnung

Verdammter Mist! Sie war schneller als er.

Max lässt die Schultern hängen. Agnesa ist nicht mehr am Hinterausgang zu finden.

Von einer Kollegin erfährt er, dass eine Frau, die ihrer Beschreibung entspricht, in ein Taxi gestiegen ist.

„Wieso habt ihr sie gehen lassen? Verdammt, sie ist eine Zeugin!“ Und eine Täterin noch dazu, ergänzt er in Gedanken.

Was beabsichtigt sie? Warum ist sie nicht dageblieben, um ihnen bei der Identifizierung der Täter zu helfen? Die Männer, die sie als Mitglieder der terroristischen Gruppe aufgelistet hat, haben, laut Aussage seiner Leute, die Moschee bislang nicht betreten. Kann es sein, dass es eine kurzfristige Planänderung gab? Oder hat sie die Polizei ganz absichtlich auf eine falsche Fährte gelockt?

Er greift nach seinem Diensthandy, versucht, Tamer zu erreichen, doch der geht nicht ran, also betritt Max die Moschee durch den Hinterausgang. Er muss dringend mit seiner Kollegin sprechen.

„Scheiße, Mann!" Franco versucht mit hektischen Bewegungen, seinen Gurt zu lösen, doch es will ihm einfach nicht gelingen. Er schafft es jedoch, das Handschuhfach aufzuziehen, und greift nach dem Taschenmesser, das er dort für alle Fälle aufbewahrt. Damit stößt er ein Loch in den Airbag. Sofort entweicht die Luft aus ihm, und endlich kann er auch den Gurt öffnen.

Er muss wohl einen Schutzengel haben, dass er den Aufprall heil überstanden hat.

Keuchend steigt er aus dem Wagen, wirft einen Blick nach hinten, während der Lkw-Fahrer ihn aus seinem heruntergezogenen Fenster anschnauzt.

Im gleichen Augenblick springt Tamer hinter der Fahrertür heraus, Franco fest im Visier. *Scheiße!*

Er rennt los, ohne eine Sekunde zu verlieren, in die erstbeste Seitenstraße rein.

Beinahe außer Atem, schafft Tamer es, Franco langsam einzuholen, da der sich durch den Aufprall offensichtlich eine Verletzung am Bein zugezogen hat, was ihn verlangsamt.

Franco lässt sich dadurch jedoch nicht aufhalten und wird noch mal schneller. Aber Tamer hat durch sein wöchentliches Sportprogramm eine bessere Kondition und ist ihm dicht auf den Fersen.

Der Abstand schrumpft, sein Puls rast, sein Atem geht schnell. Er holt auf, streckt den Arm aus, erwischt zwar Francos Schulter, rutscht aber ab, als er versucht, ihn nach hinten zu ziehen. Er flucht, beißt dann die Zähne zusammen und zwingt sich, das Tempo noch einmal zu steigern. Er darf ihn nicht entwischen lassen, ist der einzige Gedanke, den er hat. Noch schneller, er musst noch schneller sein. Der Boden unter seinen Füßen fühlt sich fast rutschig an, doch er drängt weiter nach vorn. Endlich ist er Franco wieder nah genug. Jetzt oder nie! Er setzt einen letzten Schritt und stößt mit aller Kraft von hinten gegen Franco. Der verliert das Gleichgewicht, stolpert und fällt nach vorn. Tamer zögert keinen Augenblick, wirft sich auf Franco und zieht ihn zu Boden.

Zwar versucht Franco, sich mit aller Kraft von ihm wegzudrücken, doch er liegt mit seinem ganzen Gewicht auf ihm. Endlich hat er seinen Gegner da, wo er ihn haben wollte. Mit voller Wucht schlägt er ihm einmal, zweimal, dreimal ins Gesicht und trifft schließlich Francos linkes Auge. Ein Schmerzenslaut entweicht seinem Mund, und er fasst instinktiv an die schmerzende Stelle. Es ist eine Genugtuung für Tamer, diesem Mistkerl Schmerzen zuzufügen. Jetzt ist er nicht mehr zu bremsen. Jetzt, wo der Schuldige an Cherins Tod ihm völlig ausgeliefert ist.

Er holt zu einem weiteren Schlag aus, doch da spürt er auf einmal einen stechenden Schmerz, der sich in sein Fleisch bohrt. Er schaut an sich hinab. Franco hat ihm ein Taschenmesser in den Oberschenkel gerammt. Wieso hat er nicht daran gedacht, dass dieser Mistkerl bewaffnet sein könnte?

Mit einer flinken Handbewegung wird er von Franco zur Seite gedreht, ehe er sich aus dessen Griff befreien kann. Er legt die Hand auf seine Waffe, doch Franco ist schneller, stellt sich aufrecht hin, tritt Tamer mit voller Wucht in den Magen und rennt los.

Tamer sieht noch, wie er binnen Sekunden zwischen zwei Wohnblöcken verschwindet. Er beißt die Zähne zusammen und stellt sich wieder auf die Beine, um die Verfolgung aufzunehmen. Der Schmerz, der von der Schnittwunde an seinem Oberschenkel ausgeht, wird von seiner kochenden Wut verdrängt.

Noch während er Franco hinterherrennt, um ihn bloß nicht aus dem Sichtfeld zu verlieren, vibriert sein Handy in der Hosentasche. Jetzt ist nicht der Zeitpunkt für ein Telefonat, aber er ahnt, wer der Anrufer ist, deshalb zieht er das Handy heraus, ohne sein Tempo zu verringern, und wirft einen flüchtigen Blick auf das Display.

„Was gibt's, Max?", fragt er außer Atem, während er weiterrennt.

„Wo steckst du? Meine Leute haben euch aus den Augen verloren."

„Ich verfolge gerade den Anführer."

Genau in diesem Moment biegt Franco nach links in eine Gasse ab.

„Er läuft Richtung Schillerstraße", informiert Tamer seinen Freund.

„Bin gleich da. Stell nichts Dummes an, hörst du?!"

Statt ihm zu antworten, drückt Tamer willkürlich auf irgendeine Taste. Er kann Max kein Versprechen geben, das er nicht mit Sicherheit auch einhalten kann.

Bei dem Versuch, das Handy wieder einzustecken, fällt es ihm aus der Hand. Er bleibt jedoch nicht stehen, um es aufzuheben.

Völlig außer Atem biegt er in die Gasse ein, in der Franco verschwunden ist.

Den stechenden Schmerz in seinem Oberschenkel spürt er erst wieder, als er zum Stehen kommt. Tamer stützt die Hände auf den Beinen ab und ringt nach Luft. Endlich kann er kurz verschnaufen, denn am anderen Ende hört die Straße mit einer fast drei Meter hohen Mauer auf. Franco sitzt in der Falle. Wie ein zappelnder Fisch gefangen im Netz blickt er sich nervös um, sucht nach einem Fluchtweg, doch weit und breit ist keine Möglichkeit der Flucht aus der Gasse erkennbar.

Tamer nutzt diese Chance, richtet sich ächzend auf und zieht seine Dienstwaffe. Derweil versucht Franco, verzweifelt auf einen Müllcontainer zu steigen, vermutlich um sich daran an der Mauer hochzuziehen.

Mit einer flinken Bewegung richtet Tamer seine Pistole genau auf Franco. Er schießt, ohne auch nur einen Wimpernschlag lang zu zögern, auf seine rechte Wade, sodass dieser mit einem Schmerzensschrei die Hände vom Container löst und zu Boden fällt.

„Ergib dich endlich! Du sitzt fest!"

Die Waffe noch immer auf ihn gerichtet, nähert sich Tamer seinem Feind. Franco schwitzt vor Panik. Sein Gesicht ist vor Schmerz verzerrt.

Tamer muss sich die Genugtuung eingestehen, die er bei seinem erbärmlichen Anblick verspürt. Und er spürt noch etwas: dieses unbeschreibliche Pulsieren in seinen Fingern, weil er es kaum abwarten kann, abzudrücken.

„Und was jetzt? Wirst du mich im Namen Allahs abknallen?" Francos Stimme klingt wie ein Wimmern.

Tamer bleibt nur wenige Meter vor ihm stehen. „Gott hat hiermit nichts zu tun."

„Ach nein? Ich dachte, Allah ist für euch der …" Er deutet mit einer Hand Anführungszeichen an, „… aller Heiligste." Mit der anderen versucht er, die Blutung an seiner Wade zu stoppen.

„Ich glaube nur an Gerechtigkeit", gibt Tamer trocken als Antwort, während er seine Hand auf den Auslöser legt. Sein Herz klopft wie wild.

Franco versucht zu grinsen, was ihm durch die offene Wunde nur mittelmäßig gelingt. Es ist jedoch keine Angst in seinem Gesicht erkennbar, nur grenzenloser Hass.

„Selbstjustiz, wo die Gesetze versagen. Dann haben wir was gemeinsam."

„Wohl kaum! Ich töte nicht grundlos.“ Dass dieser Mistkerl es wagt, sie beide gleich zu stellen, bringt die Wut in Tamer zum Überkochen.

„Ich auch nicht.“ Franco stützt sich an der Mauerwand ab und stellt sich, trotz offensichtlicher Schmerzen, aufrecht hin.

Tamer bleibt in seiner Position unverändert, während Franco humpelnd zwei Schritte auf ihn zukommt.

Wie schafft er das bloß?, geht Tamer durch den Kopf. Die Schusswunde muss höllisch wehtun. Schon allein der Schnitt an seinem Oberschenkel brennt ihm stechend ins Fleisch.

„Was steht denn eigentlich im Koran, was deine Schwester anstelle der zweiundsiebzig Jungfrauen in eurem Paradies bekommt?“

Tamer presst den Kiefer zusammen und kommt ebenfalls einen Schritt auf Franco zu, sodass seine Waffe fast schon dessen Stirn berührt. Jetzt steht er dem Verantwortlichen für Cherins Tod gegenüber und sieht ihm direkt in die Augen. So lange hat er auf diesen Augenblick gewartet.

„Es waren doch zweiundsiebzig oder habe ich mich verzählt?“

Tamer ballt die freie Hand zur Faust, um sich von seiner Provokation nicht aus der Kontrolle bringen zu lassen.

„Der Himmel ist für alle Menschen gleich …“

Er muss nur abdrücken, und es ist um Francos Leben geschehen. Das Leben seiner Schwester gegen seins. Niemand ist hier, der als Zeuge gegen ihn aussagen könnte. Er kann einfach behaupten, dass es Notwehr war. Ein Eins-zu-eins-Kampf. Sein Wort gegen das eines Terroristen. Eines toten Terroristen. Ein schlechter Mensch weniger auf dieser Welt.

Schieß! Er hat's nicht anders verdient, fordert ihn eine Stimme im Kopf auf. Doch sein Finger will einfach nicht abdrücken. Nicht weil der Polizist in ihm es verbietet, sondern weil sein Glaube es nicht zulässt. Sein Glaube an die Gerechtigkeit.

Franco hebt noch überrascht die Brauen hoch, als Tamer seine Waffe hochzieht und ihm damit so heftig auf den Kopf schlägt, dass er noch an gleicher Stelle auf dem Boden zusammensackt.

„Ob es den Himmel gibt, wirst du aber nie erfahren, denn du landest sicherlich in der Hölle."

Genau in diesem Augenblick kommt Max mit Verstärkung um die Ecke gerannt. Tamer tritt zur Seite, um der Anti-Terroreinheit die Verhaftung zu überlassen.

Erschöpft schaut er dabei zu, wie sich Max über den bewusstlosen Franco beugt und ihm in geübter Manier Handschellen anlegt. Dann stellt er sich wieder aufrecht hin und legt Tamer eine Hand auf die Schulter.

„Danke!" Die nächsten Worte flüstert er ihm ins Ohr, damit es seine Kollegen vermutlich nicht hören. „Ich hätte nicht gedacht, dass du diesen Mistkerl am Leben lässt."

„Ich auch nicht." Tamer steckt seine Waffe wieder ein. „Habt ihr seinen Komplizen gefasst?"

Max wendet den Blick von ihm ab. „Es war Agnesa, die mit der Bombe in die Moschee gegangen ist."

„Was?!", entfährt es Tamer völlig entsetzt. Warum hat SIE das getan? Wieso hat sie ihm nichts gesagt?, geht es ihm gleichzeitig durch den Kopf. Doch die Frage, die er laut stellt, ist eine andere. „Ist sie jetzt in Sicherheit?"

„Sie war nicht mehr da, als ich sie abfangen wollte."

Die Farbe entweicht aus Tamers Gesicht. Was hat das zu bedeuten? Was beabsichtigt sie damit?

Max zieht Franco mithilfe einer Kollegin vom Asphalt hoch, packt ihn unter den Schultern und zerrt ihn hinter sich her. Tamer beugt sich vor, um ihnen zu helfen, doch sein Freund winkt ab.

„Wir kümmern uns um den hier. Geh du schon zur Polizeiwache. Sie hat dort was für dich hinterlassen."

49

Der Abschied

Latifa steht am Waschbecken und spült gerade das dreckige Geschirr, als Rashid mit der Post in der Hand in die Küche kommt. Er blättert die Briefe durch, bis er bei einem Umschlag überrascht die ergrauten Brauen hochzieht. Die Adresse fehlt. Jemand muss ihn persönlich im Briefkasten eingeworfen haben. Es ist lediglich ein Name darauf geschrieben: Warda.

Sofort legt er den restlichen Stapel auf der Küchenzeile ab und geht mit dem Brief in der Hand zu Latifa. Es ist das erste Lebenszeichen von ihr, nachdem sie ihr Haus mitten in der Nacht verlassen hat.

Latifa vernimmt seine Schritte hinter sich und dreht sich zu ihm um.

„Der ist von unserer Warda", informiert er sie auf Arabisch. Etliche Male haben die beiden schon hier zusammengesessen und sich den Kopf darüber zermartert, wie es dazu kommen konnte, dass diese liebenswerte junge Frau, die zu einem Teil ihrer Familie geworden ist, sie ohne ein Wort des Abschieds verlassen hat. Nach alldem, was sie für sie getan haben. Nach all der aufrichtigen Zuneigung, die sie selbst ihnen geschenkt hat. Was kann nur vorgefallen sein, um dieses Verhalten zu begründen? Ihr Sohn ist jeder Frage in diese Richtung ausgewichen und hat sie weiter im Dunkeln tappen lassen.

Fast genauso aufgeregt, wie er selbst es innerlich ist, nimmt Latifa den Brief entgegen und öffnet den Umschlag mit einem Küchenmesser. Sie wirft einen kurzen Blick hinein und zieht dann die goldene Halskette der Hamsa heraus. Irritiert schaut sie zu ihrem Mann. Der zuckt verständnislos mit den Schultern. Schließlich holt sie den gefalteten Zettel heraus und beginnt den Inhalt zu lesen. Sie tut es jedoch so leise, dass er sie nicht versteht.

Noch bevor sie bei den letzten Zeilen ankommt, bricht sie ohne jegliche Vorwarnung in Tränen aus. Der Brief fällt zu Boden.

„Was ist los, Habibi?"

Latifa antwortet ihm nicht, schluchzt nur in ihre Hände, die sie zitternd vor ihren Mund gepresst hält. Ihr ganzer Körper bebt.

Rashid möchte sie trösten, doch die Neugierde ist zu groß. Er hebt den Brief auf. Die Tinte ist zum Teil verschwommen. Das Papier ist in der Mitte wellig geworden. Er muss sich anstrengen, um manche Buchstaben zu entziffern.

Liebe Familie,
ich weiß weder, wie ich diesen Brief beginnen, noch, wie ich ihn beenden soll. Was ich euch gleich sagen werde, schmerzt mich so sehr, dass ich hier und jetzt sterben möchte, für das Leid, das ich euch zugefügt habe. Den Menschen, die so gut zu mir waren, obwohl ich es nicht verdient habe.

Wenn ich wüsste, wie ich meine Tat wieder ungeschehen machen könnte, würde ich mein Leben dafür geben, um Cherin wieder zu euch zurückzubringen. Denn ICH bin dafür verantwortlich, dass eure geliebte Tochter nicht mehr bei euch ist.

Rashid reißt erschrocken die Augen auf, während er Latifas Wimmern noch immer im Ohr hat. Was sollen diese Worte?

Ich bin an jenem Tag mit der Bombe im Kinderwagen meiner Tochter zu eurer Feier gegangen, um meinen Schmerz und meine Wut damit zu heilen, dass ich den Verlust meiner eigenen Familie räche.

Jetzt erst merkt Rashid, wie seine Hände zittern. Er kann den Brief nur gerade so halten, um ihn weiterzulesen. Er will wissen, wie er weitergeht, und traut sich zugleich auch nicht, den Rest zu lesen.

Erst jetzt, nachdem ich die Menschen kennenlernen durfte, die ich für meine Feinde hielt, habe ich verstanden, was für ein Monster ich einmal gewesen bin.
Ich möchte euch um Vergebung bitten, auch wenn ich weiß, dass meine Tat nicht zu verzeihen ist.

Rashids Augen brennen urplötzlich. Es fällt ihm schwer, die nächsten Sätze auf dem Papier zu erkennen, und das nicht nur, weil die Tinte verschwommen ist. Auch seine Sicht ist trüb geworden.

Und ich möchte mich auch dafür entschuldigen, dass ich nicht den Mut hatte, euch all das persönlich zu sagen.
Dieser Anhänger, das Geschenk eurer Zuneigung, das ich nicht verdient hatte, konnte mich nicht vor dem Bösen von außen

bewahren, da ich die Schuld des Bösen bereits in mir trug. Möge es euch beschützen.
So sehr ich mein Schicksal auch bedauere, danke ich ihm dafür, dass es mich zu euch geführt hat. Ihr seid das Beste, das mir passieren konnte, und werdet immer einen Platz in meinem Herzen haben, auch wenn ich meinen Platz in euren Herzen verloren habe.

Warda

Eine einzelne Träne fällt auf das Papier in Rashids Hand. Nur mit Mühe kann er sein Schluchzen unterdrücken. Ferngesteuert blickt er zu Latifa. Sie hält sich am Küchentisch fest, um aufrecht stehen zu können. In ihrem schmerzerfüllten Gesicht erkennt er all das, was er selbst empfindet.

Wie ist das möglich? Womit haben sie das verdient? Was hat sich Gott dabei gedacht? All das liest er in ihren glasigen Augen. Mit einem undefinierbaren Laut, der einem sterbenden Tier ähnelt, fällt sie ihm schließlich kraftlos um den Hals.

Er drückt seine Frau fest an sich. So fest, wie er es zuletzt bei der Todesnachricht seiner Tochter getan hat, dann lässt er seinem eigenen Schmerz tief in seiner Brust und dem anderen Gefühl, das er nicht zuordnen kann, freien Lauf.

In dem pechschwarzen Zimmer geht das schwache Deckenlicht an. Agnesa steht am Türrahmen und blickt in das leere Versteck ihrer Gruppe, wo sie mit den anderen noch wenige Stunden zuvor den Anschlag vorbereitet hat. Mit einem Taxi hat sie sich hierherbringen lassen. Der Raum im Industriegebäude war nicht einmal abgesperrt, da hier nichts Wichtiges mehr verwahrt wird. Zumindest aus Sicht der Mitglieder. Die

Bombe, die diesen Raum verlassen hat, ist wieder an ihren ursprünglichen Platz zurückgekehrt.

Den Weg hierher hat sie sich genaustens eingeprägt, um ihn Tamer zu schildern. Doch das wird nicht mehr nötig sein.

Beim Hineingehen zieht sie ihr Kopftuch aus. Anschließend knöpft sie den Mantel auf und lässt ihn zu Boden fallen.

Sie blickt auf die schwere Weste hinunter, die noch immer um ihren Körper befestigt ist und sie zu erdrücken scheint.

Mit einer unsagbar tiefen Traurigkeit lässt sie ihren Blick durch das Zimmer wandern.

Wie viele furchtbare Taten hier schon geplant wurden? Und wie viele Schicksale entgegen Gottes Zustimmung besiegelt? So harmlos diese kahlen vier Wände auch aussehen, die Aura, die hier schwebt, ist bösartig.

Ihr Blick verharrt auf dem Tisch in der Mitte. Ihre persönlichen Sachen liegen noch dort, wie die Kleidung, die sie am Morgen trug, und ihre Handtasche. Sie geht darauf zu, zieht einen Stuhl zu sich heran und setzt sich hin. Dann greift sie in die Handtasche hinein und holt das Handy heraus, das Franco ihr erst vor zwei Tagen überreicht hat, damit sie für ihn erreichbar ist.

Auf dem Display strahlt die kleine Lizzie sie als Screensaver an. Dieses wundervolle Wesen, das sie in diese Welt gesetzt hat. Das Gute hat Elizabeth erschaffen, doch das Böse hat sie ihr viel zu früh entrissen und in Agnesa selbst das Teuflische entfacht. Dieses Bild verkörpert Liebe sowie Hass, die jetzt Hand in Hand in diesem Raum auch ihr Schicksal besiegeln.

Mit einem tiefen Atemzug fügt sie die SIM-Karte, die sie aus Francos Handy entfernt hat, in ihr eigenes ein. Nicht mehr imstande, die Tränen zurückzuhalten, presst sie ihre Augenlider fest zusammen, während ihre Finger den Auslöser umklammern.

Noch ein letztes Mal möchte sie sich die Menschen in Erinnerung rufen, die ihr zurückgegeben haben, was sie vor Jahren verloren hat: ihr Herz.

Sie sieht Cherin vor sich, mit der ihre Reise zu sich selbst begonnen hat. Cherin, die ihr ihren Platz überlassen hat. Dann tritt Rashid mit seinem gütigen Blick dazu. Dieser herzliche Mann, der sie von Anfang an in seinem Haus willkommen hieß. Latifa stellt sich an seine Seite. Sie schaut mit dieser Skepsis in den Augen auf sie hinab. Wusste sie doch von Anfang an, dass sie dem Gast in ihrem Haus nicht trauen konnte. Und trotzdem hat sie sie bei allem unterstützt. Alle drei nicken ihr zum Abschied zu, bevor sie gemeinsam zur Seite treten, um Platz für ihn zu machen. Den Mann, der sie am meisten verändert hat. Der keine Angst davor hatte, sich an ihren Dornen zu verletzen. Und doch hat sie ihn verletzt. Schlimmer als es je ein anderer hätte tun können. Tamer, ihr Tamer. Trotz allem, trotz des Verrats, hat er ihr genug vertraut, um ihr eine neue Chance zu geben. Um zu zeigen, dass sie nicht nur das Böse in sich trägt. Hoffentlich war es genug, um seine Enttäuschung ein wenig zu mildern. Sie wird es nie erfahren. Wer hätte gedacht, dass ihre einstigen Feinde mehr als nur Freunde werden könnten?

Sie wirft noch einen letzten Blick auf das Tattoo an ihrem Handgelenk. Der Telefonhörer wartet auf den entscheidenden Anruf. Doch die Leitung ist tot. Bald wird sie Marie Gesellschaft leisten. Wo auch immer sie sich jetzt befindet. Auch sie wird sich ihrer Strafe stellen. Jedoch wird nicht Gott über sie richten, sondern die Gerechtigkeit.

Sie spürt, wie der Sprengstoff um ihren Körper langsam in ihrem Kopf zu ticken beginnt. Der Timer läuft bereits.

Ein Anruf, und all das hier ist vorbei: all die Schuldgefühle, all das Mitleid, all die Trauer, all der Schmerz.

Sie nimmt noch einen tiefen Atemzug und öffnet die Augen.

Nur ein Anruf.

50

Das Ende der Rose

In der kleinen Polizeiwache herrscht Trubel. Ein rundlicher Beamter protokolliert die Ereignisse in der Moschee, während ein Polizeizeichner anhand Agnesas Beschreibung auf der ausgehändigten Notiz gerade ein Phantombild von Jack anfertigt, der noch immer frei herumläuft. Ein anderer hört gerade die Aufzeichnung von Agnesa ab, in der die Stimmen der Mitglieder im Hintergrund zu hören sind. Das Gespräch können sie als Beweismittel für das geplante Attentat verwenden, um auch die restlichen Mitglieder zu fassen. Besser könnte es nicht sein. Doch Tamer empfindet alles andere als Zufriedenheit.

Nervös geht er hinter der Anmeldung auf und ab, den Blick immer wieder auf eine junge Polizistin gerichtet, die gerade mit jemandem am Telefon spricht. Sein Bein schmerzt noch von dem Messerstich, aber das ist ihm gerade egal. Er wird später einen Arzt aufsuchen.

„Vielen Dank für die Auskunft!“

Als sie den Hörer auflegt, eilt Tamer zu ihr. „Und?“

Die Polizistin schaut zu ihm auf. „Ein Taxifahrer hat gerade bestätigt, dass er eine Frau im weißen Kopftuch von der Moschee abgeholt hat. Er gibt uns gleich die genaue Adresse durch, wo er sie abgesetzt hat.“

Wohin ist sie geflüchtet? Weiß sie denn nicht, dass ihre Flucht die Situation noch schlimmer macht?

Insgeheim spürt Tamer jedoch auch eine Erleichterung, sie nicht in Handschellen hier vorzufinden. Verrückte Welt, dass ihm als Polizist solche Gedanken kommen.

Er verschränkt die Hände hinter dem Kopf. Sein Atem wird schwer. Plötzlich kommt ihm ein neuer Gedanke. Er greift nach dem Telefon und wählt die einzige Nummer, die er auswendig kann.

„Papa …“

Er lauscht gebannt, als sein Vater ihm vom Abschiedsbrief berichtet. Langsam verändert sich seine Mimik zu einem Ausdruck der Fassungslosigkeit.

„Ich weiß Bescheid“, gesteht er endlich. „Ich wusste es schon eine Weile. Es tut mir so leid, dass ihr das auf diesem Weg erfahren musstet.“ Seine Stimme bricht ab. „Ich komme zu euch, wenn ich hier fertig bin. Es gibt viel, das ich euch noch erzählen muss.“ Jetzt ist nicht die Zeit für lange Erklärungen. Er legt auf.

Wie sehr muss diese Nachricht seine Eltern schockiert haben. Dabei haben sie doch schon so viel durchgemacht. Er muss für sie da sein. Zuerst muss er aber wissen, dass Agnesa in Sicherheit ist.

Die Kollegin von eben verkündet nun eine neue Botschaft.

„Es gab vor einer halben Stunde eine Explosion in einem Fabrikgebäude in Kalk.“

Tamer reißt erschrocken die Augen auf.

„Die Location stimmt mit der Adresse überein, die uns der Taxifahrer eben durchgegeben hat. Die Kollegen sind schon vor Ort und untersuchen die Lage."

Es braucht einen Moment, bis Tamer seine Sprache wiederfindet. „Wurde eine Leiche gefunden?"

„Diese Information haben wir nicht erhalten. Den vollständigen Bericht bekommen wir frühestens in einer Stunde."

Einige Sekunden bleibt Tamer wie angewurzelt am selben Platz stehen, den Blick in die Ferne gerichtet.

Kann es sein, dass sie das wirklich getan hat? Sie könnte doch nicht ... Sie würde doch nicht ...

„Tamer, dieser Zettel hier war um das Diktiergerät gewickelt. Er ist an dich adressiert."

Tamer reißt sich zusammen, als ihm sein Kollege das zerknitterte Blatt Papier überreicht. Aufgrund der ganzen Geschehnisse hatte er das völlig vergessen. Er faltet den Zettel auseinander und liest den einzigen Satz, der in Handschrift darauf steht. Kein emotionaler Text des Abschieds. Kein „Es tut mir leid", kein „Bitte verzeih mir", und auch kein „Danke für alles." Nur ein Satz:

„Dich ein einziges Mal zu lieben, ist tausend Tode wert."

Das Brennen in seinen Augen überwältigt ihn. Tamer greift nach dem Stuhl in seiner Reichweite, um nicht umzukippen.

„Alles okay?"

Max legt ihm die Hand auf die Schulter. Tamer wendet sich jedoch von ihm ab und hastet an allen vorbei zum Ausgang.

Er muss hier raus! Jetzt!

Die Tür der Polizeiwache schwingt auf und Tamer fällt beinahe hinaus. Er fühlt kaum mehr seine Beine, taumelt einige Schritte, dann sackt er auf den Knien zusammen. Sein ganzer Körper bebt, als er beide Hände auf sein Gesicht presst.

Sein Puls schlägt wie wild. Er fühlt eine Taubheit in den Ohren und Schwärze breitet sich vor seinen Augen aus. Er presst die Lider fest zusammen, um nichts mehr zu sehen, nichts mehr ertragen zu müssen.

Wimmernd auf dem Asphalt gekniet, legt er den Kopf in den Nacken und blickt zum Himmel hinauf.

Womit hat er all das verdient? Hat er nicht schon genug gelitten? War der Verlust seiner Schwester nicht genug?

Keine Antwort. Keine Erklärung. Nur ein klarer blauer Himmel, nach einem starken Regen. Das Schicksal einzelner Menschen kümmert das Universum nicht. Auch nicht ihr Schmerz.

Als er den Kopf wieder senkt, erstarrt er zur Salzsäule. Auf der anderen Straßenseite steht sie da wie ein Gespenst.

Tamer braucht einen Moment, um sich zu fassen. Kann er seinen Augen trauen? Ist sie das tatsächlich, oder ist sie eine Illusion?

Sie rührt sich nicht von der Stelle, als er einige Meter vor ihr zum Stehen kommt. Wortlos blicken sie sich an. Fremd und vertraut zugleich.

In seinen Augen spiegelt sich all das, was sie gerade empfindet: Verzweiflung, Sehnsucht, Schmerz.

„Ich dachte, du wärst …" Er führt den Satz nicht zu Ende, doch sie versteht ihn auch so.

„Das wollte ich auch. Ich bin der letzte Mensch, der es verdient hat, jetzt hier zu stehen." Sie stoppt, um nach Luft zu schnappen. „Aber es gibt einen Grund, warum ich es tue. Warum ich am Leben bleiben muss." Ihre Stimme zittert. Sie schnappt erneut nach Luft. „Der Tod ist der einzige Weg, um all das hier zu vergessen. All das, was ich nicht mehr vergessen kann …"

Sie blickt an ihm vorbei zur Polizeiwache. Er folgt ihrem Blick. Max steht vor der Eingangstür und wartet geduldig.

Agnesa schaut wieder zu Tamer. Ihre Sicht ist von einem dicken Tränenschleier bedeckt. „Aber ich darf nicht vergessen! Nicht der Tod soll meine Strafe sein, sondern das Leben." Das ist ihr in dem Moment klar geworden, als sie den Auslöser in der Hand hielt. „Mich zu erinnern und mit meinen Erinnerungen weiterzuleben, ist der Grund, warum ich damals überlebt habe. Das sollte mein Schicksal sein. Ich habe nicht das Recht, es zu verändern."

Ihre Worte gehen ihm offensichtlich tief unter die Haut, denn seine Oberlippe beginnt zu beben.

„Du musst hier weg. Ich werd mit Max reden …"

Sie kann kaum glauben, was er da vorschlägt. Sicherlich ist es nicht der Gesetzeshüter, der gerade aus ihm spricht.

Agnesa lächelt mit einem Hauch von Bitterkeit. Er ist zu gut für diese Welt. Aber die Welt ist nicht gut genug für ihn.

„Vor wem soll ich mich verstecken? Mein Gewissen begleitet mich überallhin."

Tamer sagt nichts mehr, denn er scheint zu begreifen, dass sie ihre Entscheidung längst getroffen hat.

„Wir haben Franco gefasst", informiert er sie, weil er sicherlich ahnt, dass sie es wissen möchte. „Die anderen werden wir auch bald schnappen. Dank dir."

Sie nickt. Fühlt eine kleine Erleichterung, weil die Gefahr erst einmal gebannt wurde.

Nach einer kurzen Stille, die mehr Frieden in sich trägt, als sie für möglich gehalten hätte, streckt sie beide Arme aus, die Handballen aneinandergedrückt.

Entsetzt schaut er von ihren Händen zu ihr auf. Sie nickt ihm als Bestätigung für seine Annahme zu, doch er rührt sich nicht von der Stelle. Sie weiß, dass sie zu viel von ihm verlangt, aber er muss es tun.

„Für die Gerechtigkeit", sagt sie leise.

Tamer blinzelt die Tränen weg. Eine gefühlte Ewigkeit tut er nichts. Dann nickt er.

„Wenn eine Rose erst einmal aus dem Nichts erblüht, dann übersteht sie selbst den stärksten Sturm und den längsten Winter." Er lächelt. Es ist ein qualvolles Lächeln, das genau das widerspiegelt, was sie tief in ihrem Herz empfindet. Und sie empfindet so viel für diesen Mann.

Sie schaut zu, wie er zögernd die Handschellen von seiner Gürtelschnalle löst und sie in Gedanken versunken festhält.

Sie will ihm zum Abschied noch etwas sagen, sich noch einmal für alles bedanken, noch einmal entschuldigen. Ihn noch einmal an sich drücken, noch einmal küssen. Doch sie tut nichts von alledem.

Schließlich ist er es, der noch ein letztes Mal zu ihr spricht: „Was zusammengehört, findet wieder zusammen."

Er sagt es so leise, dass sie es beinahe nicht gehört hätte. Doch sie hat es gehört.

Seine Worte hallen in ihren Ohren nach. Sie wird sich an sie erinnern, genauso wie sie sich an sein liebevolles Gesicht erinnern wird, wann immer sie die Hoffnung verlässt.

Sie spürt seine weiche, warme Haut an ihren Händen, dann das kalte, raue Metall, das sie umschließt. Doch da ist noch ein Gefühl, das ihr ganzes Sein einnimmt. Ein Gefühl, das vor Warda nicht existiert hat, aber noch lange in Agnesa weiterleben wird.

Nachwort

Ist Liebe stärker als Hass? Das ist die Grundfrage, die mich zu dieser Geschichte inspiriert hat. Sowohl Liebe als auch Hass sind vermutlich die stärksten Gefühle, die wir empfinden können, und das sogar ein Leben lang. Doch während Liebe Menschen verbindet, motiviert, heilt, Glücksgefühle oder auch Euphorie entstehen lässt und zu Empathie, Fürsorge und sogar Opferbereitschaft führt, bewirkt Hass genau das Gegenteil. Er trennt, zerstört, vergiftet. Denn Hass wird durch verschiedene Emotionen wie Ängste, Wut, Verachtung, Ekel aber auch Trauer und Schmerz ausgelöst. Wenn er stark genug ist, kann er sogar blind für Empathie und Menschlichkeit machen und als verheerende Konsequenz zu Rachegelüsten, Gewalt und Zerstörung führen. Das zeigt sich insbesondere im Terrorismus und Rechtsextremismus. Denn Hass hat die Macht, Menschen sogar dazu zu verleiten, das Leben Unschuldiger zu beenden.

Schon allein in den Nachrichten hören, sehen und lesen wir täglich über Feindschaften zwischen entfernten oder sogar benachbarten Ländern bzw. Nationen, oft sogar innerhalb eines Landes, sei es aus politischen oder religiös motivierten Gründen, die dann zu Gewalt und Krieg führen. Auch in meiner eigenen kulturellen Geschichte ist Feindschaft mit den Nachbarländern schon seit über hundert Jahren gegeben.

Vielleicht hast du schon einmal von dem Genozid der Türken an den Armeniern gehört. Meine eigenen Großeltern haben während des Völkermords ihre Familienangehörigen verloren, was mich natürlich emotional sehr mitnimmt und negativ auf die Türkei einstimmt. Doch in einem multikulturellen Land aufzuwachsen, hat es für mich unvermeidlich gemacht, mit Menschen anderer Nationalitäten – wie auch

Menschen mit türkischer Herkunft – in Berührung zu kommen, wodurch sich Freundschaften über kulturelle oder religiöse Unterschiede hinweg gebildet haben. So habe ich einige gute türkische Freundinnen, obwohl Armenier und Türken bis heute als „Feinde“ gelten. Dadurch, dass wir uns auf „neutralem Boden“ kennenlernen konnten, haben wir die Möglichkeit erhalten, uns ohne Vorurteile zu begegnen.

Ich habe mir die Frage gestellt: Was wäre, wenn man einfach „vergessen“ würde, wer die Feinde sind und warum man sie hasst? Wenn man sie ohne Vorurteil als Menschen kennenlernen könnte, so wie ich es durch das Aufwachsen in Deutschland getan habe? Und wenn Hass dazu führen kann, Unschuldige zu töten, kann dann Liebe als das stärkste positive Gefühl imstande sein, den Schuldigen zu vergeben?

Vor sieben Jahren habe ich mich auf die Suche nach einer Antwort auf all diese Fragen begeben. Die ersten Fassungen dieser Geschichte schrieb ich als Drehbuch für einen Film. Zwei Jahre später habe ich die Handlung in ein Manuskript für einen Roman adaptiert, da die Geschichte, die ich gerne erzählen wollte, nicht auf 120 Seiten gepasst hat wie für ein Drehbuch üblich. Es gab dann noch viele Überarbeitungsrunden, aber ich habe das Manuskript auch für längere Zeit weggelegt, da sich das Thema zu schwer anfühlte. Und zugegebenermaßen auch deshalb, weil ich immer Sorge hatte, wie mein Roman aufgefasst würde. Denn Religion und Politik sind die Themen, die viel Platz für Kritik lassen. Doch die Menschen in meinem Umfeld haben mich bestärkt. Allen voran natürlich meine Familie. Daneben hatte ich aber auch wieder ein tolles Team aus Testleserinnen und Testlesern, bestehend aus Eva, Tamara, Silke, Sarah, Amira und Christian sowie meiner Schwester, die mir als Psychologin gute Tipps gegeben hat. Sie alle haben mir mit ihrem Feedback sehr weitergeholfen. Professionelle Unterstützung hinsichtlich des Inhalts und des

Sprachstils gab es dann von Lana und Lisa. Das Cover und die Illustrationen sind Anis Werk, die meiner Agnesa alias Warda ein Gesicht verliehen hat. Und um die optische Gestaltung des Textes hat sich Sabine gekümmert. Alle von ihnen haben mich bereits bei anderen Projekten unterstützt und ihnen ist es zu verdanken, dass es so ein schönes Endergebnis geworden ist.

Ich hatte aber diesmal auch Unterstützung von einigen neuen Menschen, was die Recherchearbeit anbelangt. So konnte ich mehrfach mit einem Anti-Terror-Spezialisten sowie einem Bombenexperten sprechen. Außerdem habe ich mich mit einer Neurologin und einem Psychotherapeuten unterhalten, um meine Protagonistin möglichst authentisch darzustellen. Nichtsdestotrotz ist die Handlung fiktiv und wäre in der Realität so auch gar nicht möglich, da wir glücklicherweise in einer Welt leben, wo Terroristen leicht aufgedeckt werden können und vermutlich niemand so lange ohne Identität unerkannt bleiben könnte. Ich habe mir daher einige künstlerische Freiheiten erlaubt, um meine Geschichte spannend und dramatisch zu gestalten.

Falls ich es geschafft habe, dich nicht nur gut zu unterhalten, sondern auch zum Nachdenken zu bewegen, dann habe ich mein Ziel erreicht. Danke, dass du Agnesa auf ihrem Weg zu sich selbst und hin zu einem besseren Menschen begleitet hast. Sie hat bewiesen, dass Liebe stärker sein kann als Hass. Daran glaube ich fest. Und du?

WELT DES FRIEDENS

Amalia Thomson lebt in einer Welt ohne Grenzen, dafür jedoch der ständigen Überwachung. Mit drei Jobs auf drei Kontinenten verstreut, versucht sie, ihren sozialen Wert hoch genug zu halten, um sich und ihre kranke Mutter über die Runden zu bringen. Denn Geld existiert in Amalias Realität nicht mehr. Der Social Value des Menschen ist die neue Währung, die Gerechtigkeit und Frieden für alle verspricht. Wer für die Gesellschaft jedoch „wertlos" wird, oder gegen die Regeln verstößt, muss seinen Platz auf der Erde räumen. Wer noch brauchbar ist, landet hingegen im Human Recycling Center und wird als Keeper der Neuen Welt zur Marionette der Regierung ausgebildet.

Amalias trister Alltag wird schon bald durch eine zufällige Begegnung mit der Vergangenheit völlig auf den Kopf gestellt. Die Gegenwart führt sie zu der Liebe ihres Lebens, doch das Schicksal hat andere Pläne mit ihrer Zukunft. Ihr liebster Mensch wird plötzlich wertlos, während ihr Wert sich rasant verhundertfacht. Aber das hat seinen Preis, und Amalia ist nicht bereit, den zu zahlen.

ISBN: 978-3-910729-05-6

WELT DES AUFRUHRS

Amalias Leben hat sich innerhalb von wenigen Wochen völlig verändert. Sie hat den wichtigsten Menschen verloren und ist die Ehefrau eines Mannes geworden, den sie verabscheut. Aber das Schicksal gibt ihr eine zweite Chance, indem sie eine andere Identität erhält.

Unter neuem Namen macht sie sich auf die Suche nach dem Mann, dem sie ihr Herz geschenkt hat. Noch ahnt sie nicht, dass Erik nicht mehr derselbe ist, den sie vor einigen Tagen kannte, und dass es ausgerechnet Reynolds ist, der die beiden wieder zusammenbringt. Doch Erik ist nur ein Teil seines hinterhältigen Plans, denn Chadwick ist zu allem bereit, um Amalias verlorene Spur zu finden.

Aber auch Daniel Crown und die Black Doves haben ihre eigenen Pläne mit der Frau des Gouverneurs. Erneut steht Amalias Glück auf dem Spiel, und auch dieses Mal wird sie nicht kampflos aufgeben.

ISBN 978-3-910729-03-2

Rose Daniel wurde 1983 in Armenien geboren und wuchs ab ihrem siebten Lebensjahr in Deutschland auf. Nach einem Studium der Erziehungswissenschaften an der Universität Bielefeld folgte ein Zweitstudium in „Practical Filmmaking" an der Met Film School Berlin.

Seit 2012 schreibt sie Drehbücher für Filme in unterschiedlichsten Genres, bei denen sie auch Regie führt.

Seit 2019 verfasst sie zudem Geschichten für Kinder, die sie als Kinderbücher, Hörbücher und Hörspiele veröffentlicht – und in die sie ihr medienpädagogisches Wissen einfließen lässt.

Neben ihren beiden Leidenschaften – Literatur und Film – liebt sie es vor allem, neue Länder und Kulturen zu entdecken. Gemeinsam mit ihrer Zwillingsschwester hat sie bereits mehr als 50 Länder auf allen Kontinenten bereist und über 150 Städte weltweit besucht. Ihre Eindrücke hat sie in ihrem zweiteiligen Debüt verarbeitet, in dem sie ihren Traum von einer grenzenlosen Welt beschreibt.

Mehr über die Autorin erfährst du auf Instagram.